本书获陕西理工大学中国语言文学省级特色学科、汉语言文学省级特色专业、"汉水文化"省级重点学科建设经费资助出版。

金庸

与武侠小说研究

徐　渊⊙著

中国社会科学出版社

图书在版编目(CIP)数据

金庸与武侠小说研究/徐渊著.—北京:中国社会科学出版社,
2017.2(2018.11 重印)
ISBN 978-7-5161-9745-5

Ⅰ.①金… Ⅱ.①徐… Ⅲ.①金庸—侠义小说—小说研究
Ⅳ.①I207.425

中国版本图书馆 CIP 数据核字(2017)第 000724 号

出 版 人　赵剑英
责任编辑　周晓慧
责任校对　无　介
责任印制　戴　宽

出　　版　中国社会科学出版社
社　　址　北京鼓楼西大街甲 158 号
邮　　编　100720
网　　址　http://www.csspw.cn
发 行 部　010 - 84083685
门 市 部　010 - 84029450
经　　销　新华书店及其他书店

印　　刷　北京君升印刷有限公司
装　　订　廊坊市广阳区广增装订厂
版　　次　2017 年 2 月第 1 版
印　　次　2018 年 11 月第 2 次印刷

开　　本　710×1000　1/16
印　　张　18
插　　页　2
字　　数　279 千字
定　　价　66.00 元

目　　录

序　言

我对武侠小说的阅读，始于 20 世纪 80 年代中期。当时正读大学，每年寒暑假回家，都会看到弟弟不知从哪里借来的一些武侠小说作品，闲来无事，就阅读一番。90 年代初，所在学校有两位教师在校内开了一个书屋，出租各类小说给学生看，其中，武侠小说摆满了几个书架。因与两位教师交好，书屋离宿舍也很近，所以在教学、工作之余，时常到书屋免费借阅武侠小说。书屋开的时间虽然不长，大概二三年时间，但我已将书屋的武侠小说作品基本看完。结婚初期，妻子当时还在邻县一个乡镇中学教书，有时工作忙，周末或假期回不来，我到她那里去时，尽管带有专业书籍，然而也时常会到镇上的出租书屋租武侠小说作品看，而且常常是一部全三册或全四册的作品，一两天就看完，因此甚至对所带专业书籍一页都未翻看，怎样带去再怎样带回。2001 年春节回家，偶然看到弟弟买的几本《今古传奇·武侠版》，于是，它们就又成了我的读物。弟弟喜欢买书，对武侠小说也情有独钟，《今古传奇·武侠版》几乎每期都买。也因此，在那几年里，每次回家，都能看到不断更新的《今古传奇·武侠版》，如果因为时间紧而没有看完，就干脆将其带走。十几年里断断续续的阅读，金庸、梁羽生、古龙、柳残阳、卧龙生、萧逸等新派武侠小说作家的作品看了很多，清代、民国时期的武侠小说作品也有所涉猎，而在《今古传奇·武侠版》上，则阅读了小段、凤歌、步非烟、沧月等大陆新生代武侠小说作家的不少作品。所阅读的武侠小说虽然不少，但阅读最多、印象最深的还是金庸小说，很多作品如《射雕英雄传》《神雕侠侣》《倚天屠龙记》《笑傲江湖》《天龙八部》《鹿鼎记》等都阅读过数遍，而且每次阅读都比较细致，并不是随手翻翻。

冯其庸在谈及阅读金庸小说的过程时描述说："我每读金庸小说，只要一开卷，就无法释手，经常是上午上完了课，下午就开始读金庸的小说，往往到晚饭时，匆匆吃完，仍继续读，通宵达旦，直到第二天早晨吃早饭，才不得已暂停。如早饭后无事，则稍稍闭目偃卧一会，又继续读下去，直至终卷而止。"严家炎也说："读金庸的许多作品，我们都有一种相同的经验：拿起来就放不下，总想一口气看完，有时简直到了废寝忘食、通宵达旦、欲罢不能的地步。"回想我阅读金庸小说的过程，也是如此，只要开始阅读，手不释卷、通宵达旦就是常事。不过，尽管如此沉溺于金庸小说，然而，当时却没有考虑过要在学术层面对其进行研究，而仅仅是将其作为闲暇时的一种娱乐读物。如果说，学生时期因为缺乏学术意识和学术能力而使感性阅读没有上升到学术研究的层面是正常的，那么，工作之后闲暇时的继续阅读依然没有引起学术方面的思考，则未免显得不太正常。其原因应该是多方面的。比如，求学期间所了解、掌握并形成的文学观念是比较正统的，充分认可了所谓严肃文学、精英文学的文学意义，而对武侠小说这一文类的文学意义则缺乏认识，所以即使在金庸小说阅读上花费过大量的时间和精力，也获得了比较强烈的感受和愉悦，却只是把阅读作为消遣、娱乐的过程，不能从文学意义上思考金庸小说，或者，即便对金庸小说的文学意义有所认识，但因为与已经形成的文学观念有违而不能加以正视；我当时并非从事中国现当代文学的教学与研究工作，所在学校又地处秦巴山，信息比较闭塞，学术交流活动缺乏，所以对主要发生在 90 年代的大陆学术界掀起的"重写文学史"运动以及对金庸小说的经典化运动虽有所了解但缺乏广泛和深入的认识；我当时还比较年轻，学术研究尚处在摸索阶段，既缺乏学术经验也缺乏学术自信，更没有确立明确的研究方向，如此等等。

事情的改变发生在 2003 年。那一年，所在学校中文系让教师申报选修课程，而从金庸小说来说，大陆学界对其经典化过程至此时已基本完成，尽管争议仍然存在并且很大，但其文学史地位已基本确立。于是我就想，既然金庸已经被命名为中国 20 世纪文学史的经典作家，金庸小说已经被命名为中国 20 世纪文学史的经典作品，而我对金庸小说也曾有长期、多次的阅读，那么是否可以此申报选修课程，并由此开始，在一定时间里，将金庸小说以及武侠小说作为自己的研究方向？在慎重考虑之下，我最终以"金庸小说研究"为名申报了选修课程并获得批准。此课程名称虽与严家炎在北京大学开设的课程名称相同，我在设计、组织教学内容时对严家炎根据讲稿整理而成的《金庸小说论稿》也多有参考，但具体讲授内容与之有较大差异。与此同时，我对金庸小说的学术研究也随之展开。当年，发表以金庸小说为研究对象的论文1篇，从那以后至2014年，我发表以金庸小说、武侠小说为研究内容或与"侠"有关的论文近20篇，平均每年近2篇。这些成果当然算不上丰硕，但对于曾经为阅读金庸小说而付出时间和精力的我而言，总算没有白读，多少也算是个交代。

2014年底，一次与朋友聊天，谈及著书立说的话题时，朋友建议说，你可以把十几年金庸小说的研究成果整理一下，出一本专著。说实话，对这个问题我不是没有考虑过，但内心总是迟疑，因为在我的心目中，"书"非常神圣，不是任何人都可以随便"出"的，虽然我在金庸小说研究方面付出了心血，也有收获，但总觉得研究还不充分、不深入，有很多问题尚需要更透彻、更精深的研究，贸然出书，未免显得浮躁。朋友的建议再次勾起我出书还是不出书的想法。思虑再三，我觉得朋友的建议还是可以采纳的：一方面，如果觉得此前的研究成果还存在某些不足，那么可以在整理过程中进行修正、补充；另一方面，此前的研究与后续进一步研究之间并不是矛盾关系，没有必要非得等到所有的问题都研究清楚之后再出书，后续研究完全可以作为独立的成果以文章或另书的形式出现，何况，在整理过程中还有可能发现新的问题。于是，从2014年底始，我在完成其他各项工作之余，便将身心投入了对书稿的整理之中。

原以为将已有的研究成果整理成书应该是比较容易的，可以在较短时间内完成，但真正开始整理之后发现，事情没有最初想象得那么简单。

首先是书的体例问题。金庸小说研究在港台主要始于80年代，在大陆主要始于90年代，尽管期间在金庸小说经典化问题上存在很大争议，但对金庸小说的很多方面如文学史地位、艺术成就、文化内涵、侠形象塑造、爱情描写、叙事艺术等都有了大量研究，而且有些方面已经非常充分、深入。我在研究金庸小说时，一方面，有意识地避开了一些已有定论或达成共识的问题，或者对一些已有一定研究的问题从另外的角度进行分析，因而研究缺乏系统性、整体性；另一方面，对出现在某一时期的或与金庸小说有关，或与金庸小说并无直接关联但与武侠小说或侠文化有关的热点问题也不乏思考，因此，所取得的成果并不全是针对金庸小说的研究，如此一来，在书的体例安排上就颇费周折。在认真梳理、分析已有成果之后，最终确定在整合章节内容时，能整合为一章的文章尽可能整合在一起；扩充之后能独立成章的单篇文章就安排为一章；不能整合进相关章节内而又不能或不宜作为单独一章，但又与本书内容相关的成果，将其作为"附录"出现；既不能与其他文章整合又不能独立成章，也不宜作为"附录"出现的，干脆舍弃不用。目前本书分为六章，其中，除第一章是由一篇文章扩充而成外，其余五章或者是由二三篇文章整合而成，或者是由四五篇文章整合而成。另有四篇文章因无法整合进相关章节，也无法独立成章，便选择其中一篇作为附录一，另外三篇文章舍而未用。附录二是一篇未发表的文章，与第六章"武侠小说的文化生态"有关联，本想将其作为这一章的一个问题，但几经尝试仍然无法很好地与本章内容契和，则将其附录于书后，以求起到与该章内容相印证的作用。

其次是章节内容的论述问题。这其中主要涉及这样几个问题：其一，由几篇文章整合而成一章，并不是几篇文章的简单拼凑、叠加，而必须使之成为一个有机整体；其二，将一篇文章作为独立一章，作为文章而存在的篇幅与作为一章而存在的篇幅相比，肯定是不够的，因而必须进行扩充；其三，现在的认识水平、资料掌握情况以及对问题思考的广度和深度与之前相比有很大的不同，因此在整理时会发现此前的成果中存在种种不足，必须对其进行修改；其四，以文章形式研究某一问题，即使有好几篇文章，也常常是就该问题的某些方面予以讨论，因而必然存有遗漏，将其作为本书中章节时必须予以补充而使其尽可能完整。因为这几个问题的存在，所以本书章节内容的具体安排与论述问题远比体例安排问题要复杂、困难得多，我因而投入了更多的心血。可以这样说，本书目前的六章内容，无论是由一篇文章扩充而成一章还是由多篇文章整合而成一章，都不是原来文章的简单复制、组合，变化是极大的。当然，由于这些文章当初的完成情况不同，现在的变化情况也有所不同。例如第三章"金庸小说中的娱乐元素"，由《论金庸小说中的娱乐元素》和《金庸小说男主人公的成功元素》二篇文章整合而成，前者在发表时并不包含后者，在整合时，我不仅将后者按照前者的论述思路组合进去作为其中的一个方面，而且这一章除观点与原来文章基本一致外，其具体论述与原文已大相径庭，可以说是完全进行了重新论述。第四章"金庸小说中的华山"的完成相对而言比较容易一些，因为整合形成这一章的五篇文章，是我 2012—2014 年才完成的陕西省教育厅科学研究项目"地域文化视阈下金庸小说中的陕西名山研究"的成果，加之这五篇文章本身就是按金庸小说中"华山"描写的五个方面分别探讨的，所以结构安排并不困难，对具体论述也可以不进行大的修改，但在增加资料运用的翔实性、减少资料运用的非重复性上也颇花了一番心思，而且，当初的研究并未涉及《笑傲江湖》这一金庸小说"华山"描写的内容，此次用 1 万余字的篇幅对其加以补充论述。其他各章完成情况多数基本与第三章相同，如第二章、第五章、第六章，少数与第四章情况基本相同，如第一章。所以，整理成书的过程虽然不敢说是殚精竭虑，但至少也颇费了一番工夫。

与本书内容并非只是金庸小说研究因而缺乏系统性相一致，在书稿完成之后，书名的确定也令我颇感踌躇，并在"金庸小说研究""金庸小说与武侠小说研究""金庸小说与武侠文学研究""金庸与武侠小说研究"几个名称间一再权衡。最终决定以"金庸与武侠小说研究"为书名，因为该名不仅可以涵盖金庸的人生经历、金庸对武侠小说的认识、金庸小说本身等本书所涉及的章节内容，而且可以包含"武侠小说的文化生态"一章的内容，相对于其他几个名称，应该更为准确、简洁、恰当一些。

无论怎样，用一年多的时间对已有研究成果进行整理，对其加以调整、增删、改动、丰富并最终完成此书，我还是颇感欣喜并有几分成就感。

第一章

写作与金庸的自我拯救和实现

金庸的人生无疑是成功的人生。凭借所创作的武侠小说，拥有不分地域、跨越时空、超越政见的数以亿计的读者，从而在 20 世纪中国文学史上获得重要的一席之地；凭借所撰写的社论而被冠以"香港第一健笔"的美誉，并将麾下的《明报》办成香港的言论重镇，从而成为香港最杰出的报人之一，这些都足以证明金庸的成功。而无论是作为武侠小说作家还是作为报人，金庸赖以成功的利器就是写作。这不仅是因为如果没有写作就没有金庸的武侠小说和社论本身，而且是因为如果没有写作金庸的人生一定是另一种轨迹。

关于金庸的人生，金庸本人并无自传描述，而且也无写自传的打算。他自谦地认为："金庸为人所注意只是一个写武侠小说的人，并无多大价值……写自传似乎没有资格。而且我这辈子和太多的人交往，有太多的秘密，也不方便公开。"① 但为金庸立传的书籍却屡有出现，如冷夏的《文坛侠圣：金庸传》、冷夏与辛磊合著的《金庸传》、傅国涌的《金庸传》、张建智的《儒侠金庸传》等，此外，还有一些虽非为金庸立传，但或是在某些章节里介绍了金庸的生平，或是收录了一些金庸亲朋的回忆性文章以及金庸访谈录的书籍，如孔庆东的《金庸评传》、费勇与钟晓毅的《金庸传奇》、葛涛的《金庸其人》《金庸评说五十年》等。对于他人为自己所立之传，金庸并不认可。他说："所有的《金庸传》，最近出的（还没有详细看过）和以前出版的，都没有经过我的授权，傅国涌先生和香港的冷夏先生，我几乎可以说不认识。我这

---

① 张英：《学问不够是我的一大缺陷》，《南方周末》2003 年 7 月 31 日第 C21 版。本文是《南方周末》记者张英在杭州对金庸的采访实录。

一生经历极其复杂，做过的活动很多，兴趣非常广泛，我不相信有人能充分了解我而写一部有趣而真实的传记。"① 尽管如此，根据上述书中关于金庸生平的共同描述，以及金庸亲朋的回忆文章，特别是金庸本人在访谈中的一些自我表述，也许金庸人生中的隐秘之事未曾得以真实地揭示，但金庸的基本人生轨迹却是比较清晰可见的，从中不难看出写作之于金庸的重要。写作不仅使金庸一次次地拯救了自我，也使其一步步地实现了自我。写作之于金庸的自我拯救，主要表现于金庸通过写作不断改变自己的人生轨迹，特别是在遭遇挫折或面临困厄之时，是写作帮助他渡过难关，改变命运；写作之于金庸的自我实现，则主要表现于金庸通过写作真实地表达自己的思想情感、个性愿望、理想追求、人生感受与认识等，并最终实现人生价值。

一 写作与金庸的自我拯救

金庸的写作能力，在青少年时期就已显露端倪。据他当年就读浙江省立联合高中时的同学回忆，"他是学校的高材生，数理化成绩优异，英语、国文更是出色，能写得一手好文章。"② 金庸在衢州中学上学时的同学也回忆说："每次语文作文课他都是当堂第一个交卷，获得最佳评分，作文发下来，大家争相传阅。"③ 也就是在衢州中学读书期间，金庸在当时的上海《东南日报》副刊"笔垒"头条以"查理"为笔名第一次公开发表了他的文章《一事能狂便少年》。此文是因金庸的一位同学被学校训育主任训斥说"你真是狂得可以"而起，金庸以此为事由，用王国维诗句"一事能狂便少年"为题，对"狂"进行剖析，肯定"狂"的价值，明确表达了"要成就一件伟大的事业，带几分'狂气'是必需的"的观点。文章虽然简短，但其流露的才气、展示的才华却颇得"笔垒"主编陈向平的欣赏，甚至"不久，他从金华到邻近

---

① 张英：《学问不够是我的一大缺陷》，《南方周末》2003 年 7 月 31 日第 C21 版。
② 叶炳炎：《查良镛在联合高中》，见葛涛《金庸评说五十年》，文化艺术出版社 2007 年版，第 72 页。
③ 王浩然：《难忘金庸在衢州中学的日子——"三驾马车"的友谊》，见葛涛《金庸评说五十年》，第 22 页。

的衢州出差，专门到石梁乡下来看望这位作者，他没有想到此文竟出自一位十六七岁的高二学生之手。两人一见如故，谈得很是投机，成了忘年交"①。此后不久，金庸的第二篇文章《人比黄花瘦——读李清照词有感》又在"笔垒"上发表。文章批评李清照《人比黄花瘦》的自我怜惜和使人萎靡不振的效果，并借由对李清照的批评，"对现代一切吟风弄月，缺乏战斗精神的思想提出抗议，我控诉那种自我怜惜的心理"，最后发出"坚强地忍受吧，我们不要怨叹与诉苦"的呼声。此文发表于1941年12月7日，对李清照的批评虽然不失偏颇和牵强，但在抗战的大背景下，金庸能进行如此不随波逐流的独立思考，体现了少年金庸的不平凡。后来，金庸长达6000余字的谈论友谊观的文章《千人中之一人》又分五期在"笔垒"上连载。金庸少年时期在上海《东南日报》副刊"笔垒"上所发表的这几篇文章，不仅显示了金庸的写作才华，而且更重要的是，当金庸在1944年于重庆中央政治学校外交系求学，因不满当时横行于校园中的一些学生特务，出于正义感而向校方投诉，却被勒令退学以后，正是通过写作而结识的陈向平将他"推荐到杭州《东南日报》社长汪远涵处"②，主要工作是做记者兼收录英语的国际新闻广播。在此期间，金庸也写过一些文章。金庸在《东南日报》工作将近一年时间，虽然不长，但这一段经历却使他受益匪浅。1947年，上海《大公报》招人，金庸报考。"这场考试很难，录取比例为1000∶1，在这个比例中金庸脱颖而出，因为他的文笔非常好，英语也非常好。"③ 而据金庸自己说："因为有过这方面的专业训练，所以1947年上海《大公报》招考国际新闻的电讯翻译员时，我去投考，成绩相当不错而得录取。《大公报》于1948年在香港复刊，我被派来香港。"④ 从上述简略的金庸去往香港之前的经历不难看出写作对于金庸的意义。没有写作，金庸就不会认识陈向平，更不会得到陈向平的赏识；没有陈向平的赏识，金庸就不会在遭遇人生困

---

① 傅国涌：《"一事能狂便少年"：少年金庸的几篇旧文》，见葛涛《金庸评说五十年》，文化艺术出版社2007年版，第65页。这里有关金庸几篇文章的引用均出于此。
② 陈淑媛：《掀起历史的一角看金庸》，见葛涛《金庸评说五十年》，第71页。
③ 孔庆东：《金庸评传》，重庆出版社2008年版，第71页。
④ 《金庸与池田大作对话录》（节选），见葛涛《金庸评说五十年》，第13页。

窘之时被推荐进入《东南日报》,从而受到新闻方面的专业训练,并强化写作和英语水平;没有新闻方面的专业训练和良好的写作与英语水平,金庸也就不能在竞争异常激烈的招聘考试中脱颖而出,成为《大公报》的一员,并前往香港,而且在其一生之中与新闻工作结下了不解之缘。

金庸1948年到香港,自称是"身无半文走香江""南来白手少年行"。1952年,金庸到《大公报》另创副刊《新晚报》做编辑,主要撰写影评文章。在此,金庸结识了陈文统即后来的梁羽生,二人常在一起谈武论剑,交流阅读武侠小说的心得。1954年,香港两个武术派别即"白鹤派"掌门人陈克夫和"太极派"掌门人吴公仪在澳门设擂比武,虽然整个比武过程很简单,但此事一时成为大街小巷热议的话题。具有商业头脑的《新晚报》总编辑罗孚看到了商机,欲借武侠小说扩大报纸的影响,他先找在他看来更有才华的陈文统,陈文统在万般推脱不果后,以"梁羽生"为笔名创作《龙虎斗京华》在《新晚报》连载,并迅速走红,掀起香港武侠小说热。香港掀起的武侠小说热让罗孚感到仅凭梁羽生一人是不够的,于是又找金庸。金庸先是推辞,但终究敌不过罗孚的游说,1955年开始创作《书剑恩仇录》在《新晚报》连载,并拆解自己名字"查良镛"中的"镛"字为笔名。《书剑恩仇录》获得巨大成功,"在《新晚报》连载的时候,顿时就使《新晚报》洛阳纸贵。人们形容当时的情况为:'家家说书剑,户户论金庸。'一部书就使金庸走红,而且小说迅速传到南洋一带,被改编成其他形式,用来说书、广播。所以金庸和梁羽生就成了一时瑜亮,金庸从此也就'扬威武林'。"① 金庸承认,"在写《书剑恩仇录》之前,我的确从未写过任何小说,短篇的也没有写过"②,而一写就是长篇并获得成功,的确有些匪夷所思。但这不是偶然的。之所以能如此,首先是因为读书。金庸说:"年轻时培养我创作能力和写作能力最

---

① 孔庆东:《金庸评传》,重庆出版社2008年版,第75页。

② 林以亮、王敬羲、陆离:《金庸访问记》,见费勇、钟晓毅《金庸传奇》,广东人民出版社1995年版,第91页。金庸在本次访谈中所说和后来与严家炎问答时所说并不相同。在回答严家炎的提问时,金庸说:"我在重庆时曾经写过短篇小说,题为《白象之恋》,参加重庆市政府的征文比赛,获得过二等奖,署的是真名。题材是泰国华侨的生活,采用新文学的形式。"(见严家炎《金庸小说论稿》,北京大学出版社2007年版,第177页)

主要的因素是读书，特别是阅读小说。"① 不仅他家藏书颇丰的"书房里的书他大都'翻'过"②，而且，他所求学的小学、中学的图书馆，包括他在重庆被勒令退学后所一度就职的中央图书馆，都是他读书的绝佳场所。而在阅读的小说中，除了古今中外的文学名著外，金庸尤其喜欢看武侠小说，"我自小在小学中学就一直租武侠小说看，买来看，一直就喜欢，古代的武侠小说差不多全看过了"③。广泛的阅读不仅使金庸积累了丰富的知识，积淀了深厚的文学修养，培养了良好的写作能力并在其少年时所写的文章中充分显露出来，而且，对武侠小说的大量阅读也为其日后写作武侠小说奠定了知识、文体、技巧、方法等方面的坚实基础。所以，对于其武侠小说写作，金庸的回答是："我不过是一个爱听故事的人，走到前台，自己也说起故事来。"④ 其次是因为想象力。金庸的想象力极为丰富。他的兄弟在回忆中描述说："每天晚上，小阿哥都给我们讲故事。他的故事都是现编现讲，可编得天衣无缝，讲得引人入胜，常常是讲到兴头上，一下子跳起来站在床上，连比画带模仿，手舞足蹈的，有意思极了。"⑤ 金庸对自己的想象力也颇为自诩，他说："文学的想象力是天赋的，故事的组织力也是天赋的……我可以把平淡无奇的一件小事，加上许多幻想说成一件大奇事。"⑥ 可见，在想象力方面金庸的天赋极好。而对于文学作品特别是武侠小说的广泛阅读，使金庸的想象力无疑得到进一步的强化。对于传奇性、故事性极强的武侠小说而言，金庸丰富的想象力无疑是非常关键的创作条件。最后是因为编辑工作本身进一步强化了他的写作能力，并扩大了知识结构。无论是在《东南日报》《大公报》还是在《新晚报》工作期间，金庸都写过文章，特别是在《新晚报》工作期间，金庸写过散文，更写过大量影评文章，而且"由于工作上的需要，每天如痴如狂地阅读电影与艺术

　　① 《金庸与池田大作对话录》（节选），见葛涛《金庸评说五十年》，文化艺术出版社2007年版，第3页。

　　② 宾语、潘泽平：《我的哥哥金庸》，见葛涛《金庸评说五十年》，第28页。

　　③ 黄里仁、王力行、陈雨航：《掩映多姿，跌宕风流的金庸世界》，见费勇、钟晓毅《金庸传奇》，广东人民出版社1995年版，第147页。

　　④ 同上。

　　⑤ 宾语、潘泽平：《我的哥哥金庸》，见葛涛《金庸评说五十年》，第27页。

　　⑥ 《金庸与池田大作对话录》（节选），见葛涛《金庸评说五十年》，第6—7页。

的理论书，终于在相当短的时期内成为这方面的'半专家'，没有实践的经验，但理论方面的知识和对重要戏剧、电影的了解与认识，已超过了普通的电影或戏剧工作者"①。不仅如此，在《新晚报》时，金庸即以"林欢"为笔名创作过电影剧本，如《绝代佳人》《兰花花》等。这不仅更加强化了金庸的写作能力，而且为金庸日后在写作武侠小说时于有意和无意之间娴熟运用影视剧技巧作了充分的准备。因此，金庸写武侠小说且出手就是长篇看似偶然和匪夷所思，实则在情理之中。更为关键的是，正是因为金庸在语言文字、写作技巧、文学修养、知识储备、想象力诸多方面具备了写作武侠小说的条件，所以才能在香港呈现出武侠小说需求热和写作热时，进行武侠小说的写作。否则，这样的契机是抓不住的。是写作让金庸因武侠小说而进入广泛人群的视野，并为他带来声名和利益。之后，《碧血剑》《雪山飞狐》接连问世，至百万字巨著《射雕英雄传》的出现，金庸武侠小说大宗师的地位即告确立而无人能够与之比肩。从一个普通编辑转变为广受瞩目的武侠小说大宗师，写作让金庸又一次完成了自我拯救。

1959 年，主要凭借写作武侠小说的稿酬和版税，金庸自立门户，与人合资创办《明报》。金庸的这一选择是比较冒险的。因为香港媒体非常发达，各种报纸几乎已将市场瓜分殆尽，而金庸既无深厚的政治背景做依靠，也无雄厚的资金做支撑。也因此，《明报》的起步举步维艰，不仅最初只是一份四开小报，而且没有固定和较大的报馆。《明报》所以能坚持而不倒闭，并最终跻身于大报行列，成为香港言论的重镇，在相当长的一段时间内，主要出于两个原因：一是连载金庸新写作的武侠小说作品。《明报》在创刊之始，金庸的第五部小说《神雕侠侣》即在其上连载；之后，《倚天屠龙记》《白马啸西风》《天龙八部》等作品陆续连载。对《明报》度过艰难的萌芽期以及之后的稳定发展而言，这些小说发挥了极为重要的作用。二是金庸针对时事而写的社评。金庸在写小说的同时，每天还要写一篇社评，通常是白天写小说，晚上写社评。评论对象多是发生于当时的事关政治、经济、文化、民生

---

① 《金庸与池田大作对话录》（节选），见葛涛《金庸评说五十年》，文化艺术出版社2007 年版，第 9 页。

的各类重大事件、重大问题。在评论中，金庸坚持以理性、科学的态度分析问题，力求客观公正，不偏袒，不粉饰，发表了很多在当时与常人不同、与众多媒体不同，甚至与主流意识形态不同的观点。对读者而言，一方面，"许多人为了看金庸武侠，便改买《明报》"；另一方面，"金庸的社论独树一帜，在读者中，尤其在知识分子中，享有崇高的声誉。世界上发生什么事，人们习惯性地想到，看看《明报》的社论怎么说"①。这一时期的金庸应该是非常艰难而苦累的。但凭借着连载的武侠小说和每天一篇的社评，《明报》不仅坚持了下来，而且到1965年成了大报。之后，金庸又增办了《明报月刊》《新明日报》《明报周刊》《明报晚报》《财经日报》等报刊，将《明报》拓展成为一个庞大的报业集团。《明报》是金庸作为一生的事业来做的，而从《明报》的发展过程看，如果说武侠小说在最初维系了《明报》的生存，那么社评则促进了《明报》后来的发展。而无论是武侠小说还是社评，都是金庸在当时极为艰难条件下辛勤写作的结晶。正是它们，成就了《明报》，也成就了金庸，完成了金庸人生中再一次也是最重要的自我拯救。

可见，正是因为写作，金庸不断地改变着人生轨迹，也不断地摆脱困境，完成自我拯救。如果没有写作，金庸的人生一定是别样的人生，或许同样能获得成功，但一定是另一种方式的成功。

二 写作与金庸的自我实现

写作之于金庸，是改变个人命运的工具，但绝不纯然只是工具；是谋求个人生存与发展的手段，但绝不纯然只是手段。金庸依靠写作不断拯救了自我，也不断实现了自我。

金庸早在1941年就读于联合高中时，就写过《阿丽丝漫游记》，该文刊于学校图书馆走廊的壁报上。此文"描述阿丽丝小姐不远千里来到联高校园，兴高采烈遨游东方世界之际，忽见一条色彩斑斓的眼镜蛇东游西窜，吐毒舌，喷毒汁，还口出狂言威吓教训学生：'如果……你活得不耐烦了，我就叫你永远不得超生……如果……'眼镜蛇时而

① 费勇、钟晓毅：《金庸传奇》，广东人民出版社1995年版，第32页。

到寝室，时而到教室，或到饭厅，或到操场，学生见之纷纷逃避。文章讽喻训导主任沈乃昌。他戴眼镜，讲话时常夹着'如果'二字，学生就以'如果'作他的绰号。这是一位令人讨厌的、不近情理的训导主任，人皆敬而远之。文章假阿丽丝之口，讲出了学生想讲而不敢讲的话。故读壁报者拍手称快。"① 金庸因此被开除而转往衢州中学。虽然金庸后来回忆说，"高中壁报虚拟文章，只是少年时代的一股冲动，没有考虑到严重后果的鲁莽行为而已"②，但以文章表达自己的意见，不屈服于强权而敢于反抗的精神却由此可见一斑。而在衢州中学时所写并发表的那几篇文章，《一事能狂便少年》论证了"要成就一件伟大的事业，带几分狂气是必需的"这观点，《人比黄花瘦——读李清照词有感》借李清照词句对当时抗战大背景下"一切吟风弄月，缺乏战斗精神的思想"和"自我怜惜的心理"进行批判，《千人中之一人》更以6000余字的篇幅论述对友谊的认识，以及对"千人中之一人"友谊的向往和追求，无一不带有少年金庸的鲜明个性特征。陈向平所以欣赏这几篇文章，固然因其语言优美流畅，论证旁征博引，但更重要的还是因为其中所包含的一个17岁少年对所论述问题的独立思考与见解。可见少年金庸就以写作方式表现自我，实现自我。

对于武侠小说，金庸尽管一再说"武侠小说本身在传统上一直都是娱乐性的"③，即使在现代，"我个人以为，武侠小说仍旧是消遣性的娱乐作品"④，因而非常注重所写作小说的娱乐性表现，但金庸同时强调："如果一部小说单只是好看，读者看过之后就忘记了，那也没什么意思。如果在人物刻画方面除了好看之外，还能够令读者难忘和感动，印象深刻而鲜明的话，那就是更进一步了。毕竟，小说还是在于反映人生的。"⑤

---

① 叶炳炎：《查良镛在联合高中》，见葛涛《金庸评说五十年》，文化艺术出版社2007年版，第72—73页。

② 《金庸与池田大作对话录》（节选），见葛涛《金庸评说五十年》，第8页。

③ 林以亮、王敬羲、陆离：《金庸访问记》，见费勇、钟晓毅《金庸传奇》，广东人民出版社1995年版，第93页。

④ 黄里仁、王力行、陈雨航：《掩映多姿，跌宕风流的金庸世界》，见费勇、钟晓毅《金庸传奇》，第135页。

⑤ 杜南发：《长风万里撼江湖——与金庸一席谈》，见费勇、钟晓毅《金庸传奇》，广东人民出版社1995年版，第111页。

所以，对于他创作的武侠小说，金庸说："我希望它多少有一点人生哲理或个人的思想，通过小说可以表现一些自己对社会的看法。"①例如，关于正邪："我想写的跟其他武侠小说有点不同的就是：所谓邪正分明，有时不一定那么容易分。人生之中，好坏也不一定容易分。"②关于民族性格与民族精神："'宽容'是中国民族性中很重要的精神，也是民族的必要条件。……我的《倚天屠龙记》可以说是比较集中地表现这种精神，其他的作品中，我也有意无意地表现这点。"③关于汉夷："我念中国历史和其他书籍，常感到中国古代汉人不论怎样对待异族，正义却永远在汉人一边，我感觉不太公平，这种想法自然反映到小说上。"④关于创新，"我在创作这些小说时有一个愿望：'不要重复已经写过的人物、情节、感情，甚至是细节。'限于才能，这愿望不见得能达到，然而总是朝着这个方向努力，大致来说，这十五部小说是各不相同的，分别注入了我当时的感情和思想，主要是感情。"⑤金庸对文学有自己的见解，对武侠小说有自己的认识，对传统有自己的思考，对人生有自己的感悟，因而，虽然金庸借用了武侠小说这一人们在习惯上所认为的低级文学形式，但通过他的努力与创造，不仅在写作层面进一步满足了他自小就对武侠小说所怀有的浓厚兴趣，而且还在写作中表达他的思想与感情，并因此提升武侠小说的品格，沟通雅俗两界。不仅如此，金庸在写武侠小说时还在有意无意之间通过人物形象塑造表现自己的个性和愿望。例如，他说："小说其实是对作者真实生活的补偿和发泄。我自己没有武功，所以就带进小说里去，想象自己有那么厉害；我不会喝酒，所以把萧峰写成酒量特好，我的小说里侠士武功都很好，还有机会打抱不平；我没有很漂亮的女友，所以笔下的女侠都很美丽可爱。这是一种希望

---

① 黄里仁、王力行、陈雨航：《掩映多姿，跌宕风流的金庸世界》，见费勇、钟晓毅《金庸传奇》，广东人民出版社1995年版，第128页。

② 林以亮、王敬羲、陆离：《金庸访问记》，见费勇、钟晓毅《金庸传奇》，第86页。

③ 黄里仁、王力行、陈雨航：《掩映多姿，跌宕风流的金庸世界》，见费勇、钟晓毅《金庸传奇》，第139页。

④ 刘晓梅：《文人论武——香港学术界与金庸讨论武侠小说》，见费勇、钟晓毅《金庸传奇》，第119页。

⑤ 金庸：《书剑恩仇录·新序》，广州出版社2002年版，第5页。

和理想，自己完全不是大侠。"① "作家其实都有折射自己的时候，都会在作品中留下某种烙印。写郭靖时，我对文学还了解不深，较多地体现自己心目中的理想的人格。如果说有自己的影子，那可能指我的性格反应比较慢，却有毅力，锲而不舍，在困难面前不后退。我这个人比较喜欢下苦功夫，不求速成。到后来，随着对文学理解的加深、实践经验的增多，我的小说才有新的进展。后面的小说，处理这个问题比较好。"② "我写了许多不同的英雄，我自己不可能化身在这许多英雄之中。我的目标是尽可能写出不同的人，凡是在这一部小说中已经写过的人，到下一部小说中就不再重复出现。当然，作家的创作要想全部抛弃自己的个性，自己的想法是不可能的。自己的个性和想法总是会不知不觉地反映到作品之中。但这并不是说我就如同作品中的英雄那样好、那样厉害。作家的想法常常是'希望这样'，而不是'就是这样'。"③ 从金庸的这些表述中可以看到，在自我与所塑造的人物形象之间，存在着比较密切的联系，金庸在一定程度上将他的个性投射进了所塑造的人物形象身上，将他在现实中的"不能"化为愿望而表现于所塑造人物形象的"能"。虽然在中后期创作中金庸尽量避免将自身过多地投射于所塑造的人物形象上，而更多地注重人物形象塑造本身，但其个性、愿望仍然不知不觉地在有意无意之间渗透进所塑造的人物形象里。无论是自觉地表达他的思想和对社会的看法，还是有意无意地通过所塑造人物形象表现他的个性与愿望，都是金庸在武侠小说创作中的一种自我实现。

而就金庸所写的社评看，金庸何以为所创办的报纸取"明"字？金庸说：《明报》的'明'字，取意于'明理'、'明辨是非'、'明察秋毫'、'明镜高悬'、'清明在躬'、'光明正大'、'明人不做暗事'等意念，香港传媒界有各种不同的政治倾向，在政治取向上，我们既不特别亲近共产党，也不亲近国民党，而是根据事实作正确报道，根据理性作公正判断和评论。"他为《明报》制定的报训是"有容乃大，无欲则刚"，强调"报纸可以容纳各种各样不同的意见，编辑部不偏见、不排

---

① 谢晓：《金庸畅谈人生：真爱是一生一世的》，见葛涛、谷红梅、苏虹《金庸其人》，社会科学文献出版社2004年版，第214页。

② 严家炎：《金庸小说论稿》，北京大学出版社2007年版，第177—178页。

③ 《金庸答北大学生问》，见葛涛、谷红梅、苏虹《金庸其人》，第231—232页。

斥不同意的观点。同时报纸的主持人和工作人员不利用报纸来谋取自身不正当、不合理的利益，报纸必须永远光明磊落，为大多数读者的利益服务"①。金庸的社评充分体现了这一点。他在与池田大作的对话中不无自豪地回忆说：

> 《明报》的发展经历了几个重要的阶段，在每个阶段中我们都坚持固定的主张。20世纪50年代末期，中国和苏联及印度发生争执，甚至兵戎相见，《明报》支持中国的立场；我们又反对大跃进，反对强迫人民作过分的体力劳动。……60年代后期及70年代，"文化大革命"时期，《明报》反对林彪和"四人帮"的极"左"路线，反对极"左"派在香港搞动乱，受到暗杀和炸弹对付的威胁，我们主张保护中国文化，支持周恩来、邓小平、彭德怀等人的合理路线。70年代后期，《明报》热烈支持邓小平所主张的改革开放政策……80年代，《明报》赞成香港回归中国，中国收回香港的主权……②

金庸在这里说的是《明报》，实际上说的是他自己。因为"《明报》社评，绝大多数（99%）由金庸执笔，见解之精辟，文字之生动，深入浅出，坚守原则，人人称颂。就算意见完全和他相反的人，也不能不佩服他的社评写得好"③。上述内容正是他的社评所言及并评述的。同时，金庸上述所说其实非常简单而概括，他二十余年的社评写作所涵盖的内容和发表的主张远比这一概述丰富。在此过程中，特别是在"文化大革命"期间，金庸不仅基于理性和客观的立场，敢于与以《大公报》《新晚报》等为代表的持"左"派立场的报纸进行数次论争，而且在香港一部分激进的"红卫兵"将他列入黑名单第二名，并已将名列第一的人当街浇上汽油烧死，包括给他邮寄土制炸弹、派人袭击报社等

---

① 《金庸与池田大作对话录》（节选），见葛涛《金庸评说五十年》，文化艺术出版社2007年版，第15—16页。

② 同上书，第16页。

③ 倪匡：《武侠小说大宗师——金庸》，见葛涛、谷红梅、苏虹《金庸其人》，社会科学文献出版社2004年版，第175页。

行为发生之后，金庸虽然不得已采取了必要的人身安全保护措施，如曾到欧洲躲避，将报社用铁栅栏封起来，但金庸没有屈服。他说："我当然有些担心，但我写武侠小说的主角都是大丈夫，到了这个关头一定要坚持到底，没有退缩余地。要么就只有谨慎行动，非必要也不会外出。"① "每一个阶段中，在坚持自己的主张时，都面对着沉重的压力，有时甚至成为暗杀目标，生命受到威胁，但是非善恶既已明确，我决不屈服于无理的压力之下。"② 香港虽然是自由之港，但要不媚俗，不随波逐流，而要坚持己见，坚持充满理性精神的自我判断，并不容易；尤其是在面对种种压力，甚至生命都已遭到威胁时仍能坚持不改初衷，实属难能可贵。所以，社评之于金庸，是表现自我、实现自我的重要载体，从中可以看到一个傲然独立、不屈不挠、为了正义而绝不低头的金庸。《明报》也正是因为此而最终跻身于香港大报行列的。

金庸共创作了 15 部武侠小说作品，大部分都创作于 20 世纪 60 年代及 70 年代初期。这一时期也正是金庸写社评最多的时期，而且常常是一天内既写小说又写社评。陈平原认为："社论与小说，一诉诸理性与分析，一依赖情感与想象，前者需要'现实'，后者不妨'浪漫'。如此冷热交替，再清醒的头脑，也难保永远不'串行'。只要对当代中国政治略有了解，都会在《笑傲江湖》和《鹿鼎记》中读出强烈的'寓言'意味"，因此，"同时写作政论与小说，使得金庸的武侠小说，往往感慨遥深。撰写政论时，自是充满入世精神；即便写作'娱乐性读物'，金庸也并非一味'消闲'。理解查君的这一立场，不难明白其何以能够'超越雅俗'"③。孔庆东同样认为，金庸于 60 年代中后期"更加有意地表达自己对政治、对社会、对人生的种种见解。比如，1967 年'文革'正进行到高潮的时候，他创作了《笑傲江湖》，读过的都知道，里面的武侠人物都是政治人物。如果没有'文革'，如果没有对'文革'的感触和体会，世界上就不会产生一部《笑傲江湖》这

① 转引自费勇、钟晓毅：《金庸传奇》，广东人民出版社 1995 年版，第 34 页。
② 《金庸与池田大作对话录》（节选），见葛涛《金庸评说五十年》，文化艺术出版社 2007 年版，第 17 页。
③ 陈平原：《超越雅俗——金庸的成功及武侠小说的出路》，《当代作家评论》1998 年第 5 期。

样的作品。所以，他把《笑傲江湖》写成了一部伟大的政治寓言。随后又于 1969 年 10 月开始，发表直接描写政治权力核心问题的不朽巨著《鹿鼎记》"①。不过，金庸并不承认他的小说是对现实的影射与批评。他在《笑傲江湖·后记》中说："这部小说通过书中一些人物，企图刻画中国三千多年来政治生活中的若干普遍现象。影射性的小说并无多大意义，政治情况很快就会改变，只有刻画人性，才有较长期的价值。不顾一切地夺取权力，是古今中外政治生活的基本情况，过去几千年是这样，今后几千年恐怕仍会是这样。"② 金庸持此说与他对文学的认识有关。他说："我认为文学的功能是用来表达人的感情，至于讲道理，那就应该用议论性的、辩论性的或政治性的文章，像我在'明报'上写的社评便是，这并不是文学。"③ 因而，他试图将其小说和社评拉开距离。小说与社评当然是两种完全不同的文体，具有不同的功能，但二者在"反映人生"、表达"对社会的看法"上并无根本性冲突。金庸基于写社评而对社会现实予以敏感关注并进行理性分析与评判所产生的独立而深刻的认识与见解，并将其上升为历史、文化与人性批判，在几乎同时写作的武侠小说中借由小说人物形象的塑造与刻画进行表现与揭示，其实是非常自然的。这样，现实的遭遇、感触与思考既通过社评得以直接表达，又通过小说对现实问题的历史、文化、人性之源的探求以及人物形象的塑造而得以间接表达。实际上，金庸后来于 2003 年和贾平凹、陈忠实、汤哲声、费勇等作家、学者座谈时对此也予以了承认，他说："当时写《笑傲江湖》的时候，正是'文化大革命'进行得如火如荼的时候，我每天都要在《明报》上写评论，当时情绪很激动，于是在小说中也不由自主地渗透了一些自己的观点，借此抒发内心的不平之鸣。"④ 所以，如果说写社评是金庸在现实世界中的一种直接自我实现，那么写武侠小说就是金庸在文学世界里的一种间接自我实现。二者相映

---

① 孔庆东：《金庸评传》，重庆出版社 2008 年版，第 79 页。
② 金庸：《笑傲江湖·后记》，广州出版社 2002 年版，第 1440 页。
③ 杜南发《长风万里撼江湖——与金庸一席谈》，见费勇、钟晓毅《金庸传奇》，广东人民出版社 1995 年版，第 103—104 页。
④ 万润龙、韩宏：《衣要尺度米须斗量——"华山论剑"说金庸》，见葛涛、谷红梅、苏虹《金庸其人》，社会科学文献出版社 2004 年版，第 82 页。

照，完成金庸在 20 世纪 60 年代 70 年代初的自我实现。因此，"倘若有一天，《查良镛政论集》出版，将其与《金庸作品集》参照阅读，我们方能真正理解查先生的抱负与情怀"① 之断语，确然不谬。

金庸的写作当然不止于武侠小说和社评。50 年代初期在《新晚报》工作期间，金庸就因为写影评而一度对电影产生浓厚兴趣，并写过《绝代佳人》《兰花花》等电影剧本。甚至在 1957 年离开《大公报》，进入长城电影公司做编剧，创作了《午夜琴声》《有女怀春》《不要离开我》《小鸽子姑娘》等十余个剧本，还参与导演《有女怀春》《王老虎抢亲》等影片。在此期间，金庸不忘武侠小说的创作，《碧血剑》和《雪山飞狐》就是这个时候完成的。金庸对文学、艺术有其理解和认识，他说："文学必须有一定的影响和功能，不过，我个人不想把文学当成是一种影响社会的工具。我觉得这些都是副作用，艺术本身还是艺术，它并不是追求什么目的，只是追求一种美感。"② 但是"长城电影公司的政策较为重视社会教育意义，对于影片限制较严，金庸感到难以发挥自己的创作思想。尤其在他编的几个剧本未能通过审查时，便萌生了去意"③。进入电影业并创作电影剧本可看作是金庸在没有真正明确人生目标前的一种尝试或探索，也可视为是金庸欲通过进入电影业和创作电影剧本以实现自我人生价值。然而，很快当他发现在电影界根本不能使他得到自由、充分地展现和发挥时，他毅然选择了离开，转而开始创办《明报》。所以，金庸选择写电影剧本又最终放弃，可作为金庸通过写作实现自我的反证。从此，他一心一意地进行武侠小说和社评的写作，专注于《明报》的生存与发展。

无论是少年时的冲动与轻狂，还是成年后的抗争与执着；无论是在虚拟的江湖世界中任想象驰骋、情思飞腾，还是在真实的现实世界里以理性为光，恪守公平与正义，金庸在写作中从来不曾隐瞒自己，也从来不愿隐瞒自己。金庸在写作中自由而真诚地展示了自我，也在写作中充

---

① 陈平原：《超越雅俗——金庸的成功及武侠小说的出路》，《当代作家评论》1998 年第 5 期。

② 杜南发：《长风万里撼江湖——与金庸一席谈》，见费勇、钟晓毅《金庸传奇》，广东人民出版社 1995 年版，第 105 页。

③ 费勇、钟晓毅：《金庸传奇》，第 13 页。

分地实现了自我，因此不仅使自我拯救成为可能，而且最终能够实现人生价值，成为有史以来武侠小说作家第一人和杰出的报人。

不过，金庸青年时代比较清晰的人生理想并不是成为一个武侠小说家或报人，而是做一名外交官。原因是"我从小喜欢看外国文学，所以对外国社会很有兴趣，想亲身去看了"，但因为当时是在抗战时期，个人"到外国去游历根本没有可能，外国留学也是很难很难，很多很多钱才有可能。当时好像惟一可以到外国去见识见识的，一是做外交官，或者是在大公司做事，公司派你出去，但这种是很渺茫的"。于是在重庆中央政治学校招生时，"我也去报名，考取了。当时就觉得如果能够做外交官，做一个外交领事馆的小职员，也可以派到外国去"①。金庸选择的是外交系的国际法专业。战后在上海东吴法学院继续学习国际法。因为学习国际法，金庸也发表过一些国际法论文。新中国成立后，针对国民党政权在香港的资产归属权问题，金庸写了一篇名为《从国际法论中国人民在国外的产权》的论文，认为新中国政府应该拥有国民党政权在香港的资产。时任外交部顾问的梅汝璈非常重视，邀请金庸"去外交部做他的研究助理，连续从北京发来三封电报。年轻人得到一位大学者的赏识，毫不犹豫地就答应了"，遂于 1950 年离开香港到北京。然而，由于家庭出身背景的关系，金庸被告知需要先在人民外交学会工作一段时间，将来再转入外交部，"但我觉得人民外交学会只做些国际宣传、接待外宾的事务工作，不感兴趣，于是又回到香港，仍入《大公报》做新闻工作"②。金庸的外交官之梦破灭了。对于这一段经历，金庸后来说："现在回想，这个外交官之梦虽然破灭，却未尝不是好事。……外交官的行动受到各种严格限制，很不适宜于我这样独往独来、我行我素的自由散漫性格。我对于严守纪律感到痛苦。即使作为报人，仍以多受拘束为苦，如果我做了外交官，这一生恐怕是不会感到幸福快乐的。……现在独立地从事文艺创作，作学术研究，不受管束和指挥，只凭自己良心做事，精神上痛快得多了。"金庸还说，他后来在

① 杨澜：《杨澜访金庸》，见葛涛、谷红梅、苏虹《金庸其人》，社会科学文献出版社 2004 年版，第 175 页。

② 《金庸与池田大作对话录》（节选），见葛涛《金庸评说五十年》，文化艺术出版社 2007 年版，第 10—11 页。

担任香港基本法起草委员以及香港特别行政区政府筹备委员期间曾与外交部的很多高级官员共事或往来，"听他们谈到外交官的经历、现在的工作、生活各种情况，我并无羡慕的心理，如果有可能将我作为小说家、报人、学者的经历和他们交换，我肯定会拒绝"①。可见，金庸对其外交官之梦破灭的反思，更加反证了金庸在武侠小说创作和社评写作中的自我实现。

但从另一方面看，金庸虽然没有实现做外交官的人生理想，但他凭借写作武侠小说、社评而获得的巨大社会声誉以及作为《明报》这一香港言论重镇负责人所拥有的巨大影响力，在70年代以后参与了很多政治文化事件。例如，1973年应邀访问台湾并与蒋经国、严家淦会谈；1981年应邀访问大陆与邓小平会谈；1984年再次应邀访问北京与胡耀邦、胡启立、王兆国等会谈；1985年被委任为香港基本法起草委员会委员，"他起草的方案被叫做'查氏方案'，这个方案就成了香港基本法的主流方案，这个方案于1989年2月21日在全国人大常委会上被通过"②。至于他做外交官而"周游列国"的想法，自不用说，早已轻松实现。所以，金庸的外交官之梦表面上看没有直接实现，但是借由所写作的武侠小说、社评以及《明报》之力，又在一定程度上得到了间接实现，在不受外交官纪律约束之苦的情况下圆了青年时代的梦想。这更加证明了写作之于金庸自我实现的重大作用。

三 武侠小说的两次修订与金庸的自我实现

金庸自1955年创作《书剑恩仇录》始至1972年《鹿鼎记》完稿终，共计创作15部小说。这些小说最初都是在报纸上连载发表的。金庸封笔后于1973年开始对原连载于报纸上的所有小说进行修订，1980年完成修订后交由台北远景出版社正式发行出版。之后，各家出版社经

① 《金庸与池田大作对话录》（节选），见葛涛《金庸评说五十年》，文化艺术出版社2007年版，第12页。

② 孔庆东：《金庸评传》，重庆出版社2008年版，第83页。

正式授权出版的《金庸作品集》虽然繁简字体、外观、版式、序跋等会有不同，但文本内容一致。众多研究者对金庸小说的研究，除研究金庸小说的版本外，一般都是据此研究的。为区别修订前后的金庸小说，台湾学者林保淳将最初在报纸上直接刊载的版本称为"刊本"，而将修订后出版发行的版本称为"修订本"，而陈墨则将修订前的称作"连载版"或"原始结集版"，修订后的称作"流行版"。

那么，金庸何以要对当初已大获成功的"刊本"进行修订？金庸在60年代接受香港学者林以亮的采访时说："至于小说，我并不以为我写得很成功，很多时拖拖拉拉的，拖得太长了。不必要的东西太多了，从来没有修饰过。本来，即使是最粗糙的艺术品吧，完成之后，也要修饰的，我这样每天写一段，从不修饰，这其实很不应该。就是一个工匠，造成一件手工艺品，出卖的时候，也要好好修改一番。将来有机会，真要大大地删改一下，再重新出版才是。"①金庸的多数小说都是在一天里既写小说又写社评的状态下完成的，而且有时一天里还要同时写两部小说，每天紧张的写作时间、整个作品刊载的漫长而拖沓过程以及为吸引读者而产生的某些功利性考虑，必然使"刊本"存在问题。对于他连载于报纸上的小说中所存在的问题，从金庸上述的回答里可见，他是有着比较清醒的认识的。也许一般的读者可以满意于"刊本"，但具有严谨的写作态度和更高写作追求的金庸自己却不能满意于此。所以，在写完《鹿鼎记》而自觉无法再创新于是封笔之后，即进入长达近十年的潜心修订期。人生体验与感悟的加深、思想观念的改变、时间的充裕与精力的集中、《明报》生存之忧的释然等因素汇聚在一起，使金庸精雕细琢的"修订本"的质量大为提高。台湾林保淳先生对金庸小说的版本进行过细致而深入的研究，他在认真比照"刊本"和"修订本"之后认为，"金庸'修订版'小说，相对于旧版，变动的幅度极大，基本上，有以下几种重要的改动：一是文字、修辞上的更易，包含了内文的修饰与回目的重新设计；二是情节的改换，包含了人物的性格、关系及情节的铺排；三是历史性的增强，包含了相关史实的

---

① 林以亮、王敬羲、陆离：《金庸访问记》，见费勇、钟晓毅《金庸传奇》，广东人民出版社1995年版，第90页。

增入及附注说明"①，并分别予以例证说明和分析。例如，在情节的改换上，《倚天屠龙记》中删除张无忌在冰火岛上的玩伴"玉面火猴"的设计；《神雕侠侣》中删除秦南琴是杨过生母的设计而改为穆念慈是杨过的生母，与秦南琴相关的许多重要情节随之消失；《鹿鼎记》中，改变韦小宝会武功的设计而让其不懂武功，等等。林保淳对金庸的"修订"虽然并不是全部肯定，但其结论是："金庸肯以 10 年精力，潜心修订，且不厌其琐碎，博纳雅言，一改再改，可以说是有史以来第一个严肃认真的通俗作家，这是具有深刻意义的，我们虽不敢就此论断武侠小说从此就步入文学殿堂，足以与典雅文学作品等量齐观，但却不能不承认，金庸以如此严谨的态度面对自己的作品，无疑将一新论者耳目，且有助于其他通俗作者对自我的肯定与要求。以此更进一步，相信通俗文学与典雅文学双峰并峙的日子，将为期不远了。"② 这一结论还是比较谨慎的。实际的情况是，"刊本"已使金庸在当时声名远播，而金庸对"刊本"几近"脱胎换骨"似的"修订"则使其更臻完善而影响更大。后世关于金庸小说的研究主要依据"修订本"，金庸及其小说作为20 世纪中国文学史上经典作家、经典作品的地位亦因"修订本"而确立。

金庸对其小说的修订并不止于这一次。20 世纪 90 年代末至 21 世纪初，即在"修订版"出版发行 20 年后，金庸再次修订了他的小说。为与第一次修订的版本相区别，金庸将这次修订的版本称为"新修本"。金庸何以要对自己已经经典化了的小说进行再次修订？这是因为修订版虽然历经金庸近十年之功而臻上乘，但并非无懈可击。对此，读者与研究者多有指出。例如，陈墨在其论著中曾专章例证分析了《书剑恩仇录》《飞狐外传》《射雕英雄传》《倚天屠龙记》《天龙八部》《鹿鼎记》等前后期作品中存在的情节前后矛盾、不合情理、过多的巧合、重复等"破绽与缺陷"③；严家炎认为，"金庸花十四五年写，后来修改又花了七八年，力图精益求精，但某些烙印依然还留下

---

① 林保淳：《解构金庸》，中国致公出版社 2008 年版，第 38 页。
② 同上书，第 57 页。
③ 陈墨：《金庸小说艺术论》，百花洲文艺出版社 1995 年版，第 212—231 页。

来了"①；陈洪指出，金庸小说存在"细处多有疏漏""结构尚有不足""个别关键处的情理欠推敲"等短处，并进行了简要的例证分析。② 既然"修订版"确实存在一些问题，具有严肃创作态度的金庸在深刻的自我反省之下，不仅认可读者和研究者所指出的一些问题，觉得有再次修订的必要，而且在修订时也注意采纳读者和研究者的建议："一般我要先修改五六遍，然后请人看过，拿回来再改，基本上每部都要修改七八遍。"③ 那么如何修改呢？金庸说："每天要花将近 10 个小时的时间来修改自己的作品……我修改的原则是故事的结果不变，人物不变，只是对一些前后矛盾的情节进行修改。比如《射雕英雄传》中，黄蓉和郭靖的年龄需要修改，同时增加了黄药师和梅超风之间的一段感情。在《碧血剑》中，袁承志对青青是一见钟情，专一到底，写何铁手、阿九爱他，袁承志不为所动，我现在改为袁承志后来被阿九慢慢吸引，甚至越来越爱她，只是因为道义所限，袁承志一直压抑自己的感情，没有背叛青青。但是他人生里就有了很多遗憾了。"④ 这是金庸在接受采访时对再次修订所作的简略回答。照此表述，金庸只是要修改前后矛盾的情节，而在实际的修订中，金庸又并非仅如此，而是对"修订本"有非常大的改动，如上述所说的增加黄药师与梅超风的感情、袁承志越来越爱阿九的改动就已不是修改情节前后矛盾的问题。毕竟，这次修订是在 20 年后，20 年人生阅历的增加与体验，使金庸对人生、人性、人情、人心有了或新或深的思考与认识，并在再次修订中自然反映出来。

　　金庸的两次修订，都曾在当时激起非常激烈的争论，但结果并不相同。对于第一次修订，"因为金庸重新剪裁、增删了备受报刊'逐日登刊'限制而无法兼顾的许多情节、人物，加强其历史感，并适度地将后来更成熟、精到的观念借改版而呈现，无疑是成功的。因此，尽管多数的旧读者未能忘情旧版，如马幼垣、王秋桂、倪匡等学者专家甚至主

---

① 严家炎：《就金庸作品答大学生问》，见廖可斌《金庸小说论争集》，浙江大学出版社 2000 年版，第 168 页。

② 陈洪、孙勇进：《世纪回首：关于金庸作品经典化及其他》，见廖可斌《金庸小说论争集》，浙江大学出版社 2000 年版，第 87—89 页。

③ 周祚、卜松竹：《金庸：修改原著绝非为版税》，见葛涛、谷红梅、苏虹《金庸其人》，社会科学文献出版社 2004 年版，第 175 页。

④ 张英：《学问不够是我的一大缺陷》，《南方周末》2003 年 7 月 31 日第 C21 版。

张'旧版'也应一并重刊，以资读者参照，但毕竟还是尊重、接受了这一次的修订，而各种外国的译本，也无不以前次的修订本为定本"①。而对于第二次修订，无论是一般金庸迷还是专家学者，接受者甚微。如有人认为："求千秋万世名，亦是金庸的心魔。这是自己对自己的战争。这几年他对自己的'历史定位'越来越在乎。"② 更有言辞激烈者称："眼看年过八旬的查良镛胡乱删改金学经典，金庸迷无不痛心疾首。老查居然把绝代佳人王语嫣送到做皇帝梦做得发疯的慕容复的怀抱！纯粹狗尾续貂，惨不忍睹。作家当然有修改作品之权，不过，金学经典已成为社会财富，只准越改越好。……老查近年执迷于名利，走火入魔引剑自宫，恰恰证明他的见识不复当年。"③ 陈墨用近40万字的篇幅对《书剑恩仇录》《碧血剑》《射雕英雄传》和《天龙八部》的"新修本"与"流行本"进行深入、细致地比照研究后认为："这一次修订固然弥补了流行版的许多缺陷和漏洞，成绩不容忽视。但新修版在取得成绩的同时，我们也必须看到，增订的部分也出现了这样或那样的新问题，有些修订不过是画蛇添足，有些则更加严重，破坏了小说原有的肌理和韵味。无论是作者或者是读者，当然都不愿意看到这样的情况。"陈墨分析了造成这一结果的原因："诸如修订工程浩大，作者精力有限；作品问世已经数十年之久，作者已经很难像当年那样熟悉作品的整体肌理乃至每一条毛细血管，从而在修订过程中虽然没有伤筋动骨，但却难免不小心伤害了那些血管，尤其是伤害了一些无形但却十分重要的经络。还有一些原因，可能是出自作者的杂念，有时候是固执，有时候甚至是情绪化的自相矛盾。"④ 陈墨同时说明了他得出这种结论的原因："最重要的是，我知道，几十年来，我一直阅读流行版，对流行版虽非情有独钟，至少会感到熟悉和亲切，甚至难免是流行版之所是、非流行版之所非。尽管，这并不是我故意如此，且我一直努力注意不要这

---

① 林保淳：《解构金庸》，中国致公出版社 2008 年版，第 62 页。

② 吴锦勋：《金庸：江湖人物没有退隐江湖，也就没有退路》，见葛涛《金庸评说五十年》，文化艺术出版社 2007 年版，第 165 页。

③ 马鼎盛：《金庸，你为何不急流勇退?》，见葛涛《金庸评说五十年》，第 155—157 页。

④ 陈墨：《修订金庸·自序》，东方出版社 2008 年版，第 3 页。

样。"① 话虽说得委婉，但表现出对"新修本"的拒绝接受。同样，林保淳也主要从读者角度对"新修本"表达了不接受的态度，认为一部小说有"作者的心理世界""小说作品中的世界"和"读者的心理世界"三个世界，"金庸是作者，当然在他思虑更臻圆熟后，有权利改写自己的小说；然而，改写后的文本所呈露的小说世界，必然与此前有所差异，即此便有破坏过去在读者心目中建立的世界之虞"。"站在一个读者的立场，笔者只希望金庸先生能谨记孔子所说的一句话：再，斯可以！"②

对于再修订时就已经遭到的质疑和之后可能面临的批判，金庸表达的态度是："人家给我的评价，跟我自己没有关系。人家评价高评价低……应该问批评家的。我的小说以前没有大的修改，现在要修改，跟进入文学史没有关系的。我的想法是，把以前小说里的错误进行改正，把留下的遗憾挽回。"③ 且不论对他的已经成为历史存在，并给读者留下深刻印象的小说，金庸是否可以一再进行修订，也不论金庸的一再修订是否能够让读者满意、接受，单以金庸的修订行为而论，两次修订的初衷，诚如金庸所言，或者是将小说初创时期存在的问题加以克服，或者是将修订后依然存在的问题加以克服，其目的是让小说能够更趋于完善，至少要让他自己满意。金庸是有史以来第一个能够这样做的武侠小说作家，充分显示了金庸之于写作的严肃态度。即使并不接受"新修本"的研究者，对于金庸此举也给予了肯定。如林保淳认为："金庸今年已有 81 岁高龄，改稿之事，头绪万端，是极消耗体力与脑力的事，却仍不惮辛劳，如此苦心孤诣地欲为自己下'晚年定论'，足可见其对武侠创作的严肃态度，这是令人敬佩的。"④ 陈墨也说："之所以要对自己的全部小说作品再一次进行大规模的修订，最根本的原因应该是金庸先生对自己的作品精益求精，对广大金庸迷认真负责，具体说就是作者希望更进一步提高小说的艺术品质，或者说是进一步提高小说的经典成色。这种认真负责和精益求精的作风，正是金庸先生和其他的武侠小说

---

① 陈墨：《修订金庸·自序》，东方出版社 2008 年版，第 4 页。
② 林保淳：《解构金庸》，中国致公出版社 2008 年版，第 63—66 页。
③ 张英：《学问不够是我的一大缺陷》，《南方周末》2003 年 7 月 31 日第 C21 版。
④ 林保淳：《解构金庸》，中国致公出版社 2008 年版，第 66 页。

家不同的地方。"① 即使金庸的再次修订是为了"求千秋万世名",是为了让读者能够一直喜欢并接受他的作品,如他在 2003 年回答央视记者提出的"我在人间百年到底怎么样"的问题时所说:"我希望百年之后还能有人看金庸小说,不要让电脑什么把这个小说全部赶掉了。我想只要世界上还有小说,大概中国人还会看金庸小说。我希望再过 50 年、60 年还有人来看,我就觉得很满意了。……如果两百年之后还有人来看金庸小说,还有人来讨论,我想有一两百年的价值"②,也丝毫不显动机的龌龊。因为创新的自律,金庸无法再写,因而不能继续通过写出作品来实现自我,但是借由修订,力求无愧无憾,力求达到至少他自己所认可的尽善尽美而能传之后世,无疑是金庸以另一种方式对自我的最大限度地实现。

---

① 陈墨:《修订金庸·自序》,东方出版社 2008 年版,第 2 页。
② 辛文、叶华:《金庸:为自己设计墓志铭》,见葛涛、谷红梅、苏虹《金庸其人》,社会科学文献出版社 2004 年版,第 223 页。

第二章

金庸的武侠小说观

金庸从 1955 年至 1972 年的 18 年间创作了 15 部武侠小说，其后又两次进行认真细致的修改，但从未以著书立说或专门的文章形式对武侠小说这一文学类型本身作直接而系统的理论阐述。实际上，金庸对于武侠小说是有他自己比较清醒的认识和思考的。这主要见于第一次修订后出版发行时的一些作品后记，不同版本、不同出版社出版时的序言，20世纪 60 年代以来的各种访谈录或座谈记录，以及金庸应邀前往某地演讲后与现场观众的互动问答等。陈平原先生曾主要根据《金庸访问记》《长风万里撼江湖》《文人论武》和《掩映多姿，跌宕风流的金庸世界》等几则流传广泛的访谈录，把金庸对于武侠小说的基本看法概括为："第一，武侠小说是一种娱乐性读物，迄今为止没有什么重大价值的作品出现；第二，类型的高低与作品的好坏没有必然联系，武侠小说也和其他文学作品一样，有好也有坏；第三，若是有几个大才子出来，将本来很粗糙的形式打磨加工，武侠小说的地位也可以迅速提高；第四，作为个体的武侠小说家，'我希望它可以多少有一点人生哲理或个人的思想，通过小说可以表现一些自己对社会的看法'。"并评价说："如此立说，进退有据，不卑不亢，能为各方人士所接受，可也并非纯粹的外交辞令，其中确实包含着金庸对武侠小说的定位。"[①] 因为陈平原先生所撰之文并非是就该问题进行论述，所以概括比较简单，还不足以充分显示金庸对武侠小说的认识。而其他一些研究者在研究金庸小说或武侠小说时，虽然对金庸的言论有一定的引用，但都是在论述某些具

---

① 陈平原：《超越雅俗——金庸的成功及武侠小说的出路》，《当代作家评论》1998 年第 5 期。

体问题时把金庸表达的与所论述问题相关的言论作为论据使用，并未立足于金庸的武侠小说认识本身，将散见于后记、序言、访谈录、座谈录、互动问答之中的金庸关于武侠小说的认识进行比较系统的梳理和归纳。因而金庸关于武侠小说的认识至今并未得到比较清晰而完整地呈现。实际上，由于金庸是比较公认的古今武侠小说家第一人，梳理、归纳其关于武侠小说的认识是非常重要的，这不仅对研究金庸小说本身有重大意义，而且有助于武侠小说的理论建设。

　　散见于后记、序言、访谈录、座谈录、互动问答之中的金庸关于武侠小说的言论，虽然庞杂而琐碎，同时由于是在不同时期、不同场合进行的访谈、座谈和问答，限于特定语境下的问题和思维，一方面，言论并不集中、连贯而逻辑清晰地将某一认识一次性表达清楚、完整；另一方面，少数言论也有相互矛盾之嫌，但通过梳理、归纳，就整体而观，大致可以看到金庸的武侠小说认识主要包括本体观、创作观以及与本体观和创作观相适应的鉴赏观三个方面。其中，本体观主要包括武侠小说是一种形式传统化、本质情感化、功能娱乐化的文学类型，它与其他小说类型是平等的；创作观主要是以人物为核心并写出人物的性格、情节跌宕起伏且与人物性格相适应、设定历史背景以求真实感、武功源于想象以增神奇性、语言追求白话表现以符合形式和内容的需要并更好地接近读者以及力求不断创新；鉴赏观主要是不以类型论成败，而应以娱乐性、情感性、人物塑造、人生思考以及传播正确的价值观念为评价标准。金庸能全面提升武侠小说这一传统小说形式的品格和地位，拥有数以亿计的海内外读者，成为武侠小说创作第一人，都源于具有这样的认识及其在创作中的成功实践。

一　金庸的武侠小说本体观

（一）类型平等观

　　武侠小说长期以来特别是自 20 世纪初开始，即被界定为"俗"文学。因此，作为众多文学类型中的一种，在正统文学观念中，一直遭到轻视甚至是蔑视而始终地位不高。对此，金庸认为，武侠小说与纯文学的确是不同的。他在最早与林以亮等人的访谈中就明确说过："武侠小说虽然也有一点点文学的意味，基本上还是娱乐性的读物，最好不要跟正式的文学作品相提并论。"① 在后来的访谈中也强调说："我本人认为，武侠小说还是娱乐性的，是一种普及大众的文字形式，不能当成是一种纯文学。"但是，金庸并不认为，文学形式或类型不同就能决定作品质量的好坏与地位的高低。他说："不管是武侠小说，爱情小说，侦探小说或什么小说，只要是好的小说就是好的小说，它是用什么形式来表现那完全没有关系。武侠小说写得好的，有文学意义的，就是好的小说，其他任何小说也如此。毕竟，武侠小说中的武侠，只是它的形式而已。武侠小说也和其他文学作品一样，有好的，也有不少坏的作品。我们不能很笼统地、一概而论地说武侠小说好还是不好，或是说爱情小说好还是不好，只能说某作者的某一部小说写得好不好。……好的小说就是好的小说，和它是不是武侠小说没有关系。"② 在 2002 年新版《金庸作品集》序言中，金庸也再次明确表示："武侠小说只是表现人情的一种特定形式。作曲家或演奏家要表现一种情绪，用钢琴、小提琴、交响乐或歌唱的形式都可以，画家可以选择油画、水彩、水墨或版画的形式。问题不在采取什么形式，而是表现的手法好不好，能不能和读者、听者、观赏者的心灵相沟通，能不能使他的心产生共鸣。小说是艺术形式之一，有好的艺术，也有不好的艺术。"③ 那么，武侠小说又何以一直地位不高呢？在金庸看来，原因主要有二：一是武侠小说创作自身的问题。他说："武侠小说虽然出现的时间不算短，但写得比较好的却还是近代的事。从前的武侠作品虽然多，佳作却少见，像清末的《七侠五义》，已算是写得不错的了。"④ 不过，"任何一种艺术形式，最初发展的时候，都是很粗糙的。像莎士比亚的作品，最初在英国舞台上演，也是很简陋，只是演给市井的人看。那个有名的环球剧场，都是很大众化的。忽然之间，有几个大才子出来了，就把这本来很粗糙的形式，大

---

① 林以亮、王敬羲、陆离：《金庸访问记》，见费勇、钟晓毅《金庸传奇》，广东人民出版社 1995 年版，第 91 页。

② 杜南发：《长风万里撼江湖——与金庸一席谈》，见费勇、钟晓毅《金庸传奇》，第 103 页。

③ 金庸：《书剑恩仇录·新序》，第 2 页。

④ 杜南发：《长风万里撼江湖——与金庸一席谈》，见费勇、钟晓毅《金庸传奇》，第 102 页。

家都看不起的形式，提高了。假如武侠小说在将来五六十年之内，忽然有一两个才子出来，把它的地位提高些，这当然也有可能。""等到有很多真的好作品出来了，那么也许人们也有可能改观，觉得武侠小说也可以成为文学的一种形式。"① 二是政治方面的问题。金庸说："我想一般知识分子排除像张恨水那样的章回小说，而把巴金、鲁迅那些小说奉为正统，这个问题主要是基于政治的因素甚于艺术因素。因为这些人都是大知识分子，他们在政治上有地位或影响力，而且整个中国文坛主要也是由这些人组成的。而用中国传统方式来写小说的人，就比较不受整个中国文化界的重视，甚至受到歧视。"②

可见，金庸自始至终一直坚定地认为，武侠小说与被称为纯文学小说以及爱情小说、侦探小说等通常同样被视为通俗小说的小说相比，各自都只是小说类型的一种，它们在具体的表现形式方面当然有所不同，但就类型本身而言，却没有高低、好坏之分，而是完全平等的。如果说，长期以来武侠小说这一类型在人们心目中的地位不高，那不是类型本身的问题，而是武侠小说作家们在创作这一类型小说时所表现出的水平不够高，以及在相当长一段时间内人们的政治观念强于艺术观念所造成的。金庸对武侠小说的这一定位，无疑是合理的。它还原了武侠小说在文学家族中的应有地位。这从大陆学界几十年的雅俗之争并最终基本达成共识里可以得到印证："从 20 世纪 70 年代末 80 年代初开始，学界开始谈论通俗文学在中国现代文学领域中的生存权问题，谈论如何弥合 30 年来大陆都市通俗文学的断层问题。经过了 20 多年的探讨、澄清和创建的历程，这一问题在学界已有了比较一致的认识：'阳春白雪'与'下里巴人'应该各得其所，各自发挥其职能，各有其侧重地服务对象，甚至在不失其自身特色的前提下，相互学习，取长补短。在雅俗文学之间，如果只择取其一而要很好地满足全民多元的需求，是不现实的，也是不可能的。因此，为了雅俗文学各臻于'真、善、美'的境界，就应该研究它们各自创作的规律，以及它们各自的

---

① 林以亮、王敬羲、陆离：《金庸访问记》，见费勇、钟晓毅《金庸传奇》，广东人民出版社 1995 年版，第 93 页。

② 杜南发：《长风万里撼江湖——与金庸一席谈》，见费勇、钟晓毅《金庸传奇》，第102 页。

审美特性。"① 对金庸本人来说，武侠小说的如此定位更加坚定了金庸对武侠小说的信念，从而得以在不受干扰的状态下执着地，同时也是自由地进行武侠小说的创作。更为重要的是，这样的一个定位使金庸在创作态度上保持了一贯的严谨、认真，他在小说创作中所自觉进行的种种探索、创新，可以说，莫不源于此。

（二）本质情感观

对于文学是什么这一本质问题，金庸以为，从传统来讲，"中国人向来就喜欢说'文以载道'，认为文章的目的，是用来讲道理的"②。同时，长期以来，"一直有这样的争论，艺术该不该为人生服务，文以载道是不是必要，两派的争执总是存在，也难说哪派对哪派不对"③。在金庸的认识中，"我个人不想把文学当成是一种影响社会的工具。我觉得这些都是副作用，艺术本身还是艺术，它并不是追求什么目的，只是追求一种美感。人的价值观念有许多不同的范畴，科学是追求真实的……至于宗教的道德观念，则是在研究善与恶的问题。文学艺术则是侧重于美或不美的追求，至于真假善恶，则是另外一回事"④。那么，文学所要追求的"美感"是什么呢？金庸说："以我个人而言，我认为文学主要是表达人的感情。文学不是用来讲道理的，如果能够深刻而生动地表现出人的感情，那就是好的文学。我不赞成用'主题'来评判一部作品。主题的正确与否，并不是文学的功能，如果要表现一种特定的主义，写一篇理论性文章会更好、更直接。"⑤ 金庸之所以强调文学的本质"主要是表达人的感情"，是因为在他看来，"道德规范、行为准则、风俗习惯等等社会的行为模式，经常随着时代而改变，然而人

---

① 范伯群、汤哲声、孔庆东：《20世纪中国通俗文学史》，高等教育出版社2006年版，第1页。

② 杜南发：《长风万里撼江湖——与金庸一席谈》，见费勇、钟晓毅《金庸传奇》，广东人民出版社1995年版，第104页。

③ 刘晓梅：《文人论武——香港学术界与金庸讨论武侠小说》，见费勇、钟晓毅《金庸传奇》，第118页。

④ 杜南发：《长风万里撼江湖——与金庸一席谈》，见费勇、钟晓毅《金庸传奇》，第105页。

⑤ 同上书，第103页。

的性格和感情，变动却十分缓慢。三千年前《诗经》中的欢悦、哀伤、怀念、悲苦，与今日人们的感情仍是并无重大分别。我个人始终觉得，在小说中，人的性格和感情，比社会意义具有更大的重要性。郭靖说：'为国为民，侠之大者'，这句话在今日仍有重大的社会意义。但我深信将来国家的界限一定会消灭，那时候'爱国'、'抗敌'等等观念就没有多大意义了。然而父母子女兄弟间的亲情、纯真的友谊、爱情、正义感、仁善、乐于助人，为社会献身等等感情与品德，相信今后还是长期地为人们所赞美，这似乎不是任何政治理论、经济制度、社会改革、宗教信仰等所能代替的。"① 即是说，人的情感本身具有超越时空的永恒性，文学的根本应该是揭示出人的情感的种种存在状态。

金庸关于文学本质是追求一种美感，主要是表达人的情感的看法，必然延伸出他关于武侠小说的本质同样在于表现和揭示人的情感的认识。金庸认为，"武侠小说的特点是紧张刺激"②，因为"武侠小说基本上就是描写冲突的，像两种力量的冲突，两种观念的冲突，或是命运与人之间的冲突。'误会'也是一种冲突。人类社会基本上是充满冲突的，许多小说、戏剧也描写它，武侠小说只是更适合描写冲突罢了"③。同时，"武侠小说看起来是一个浪漫美丽的世界，但实际上是一个很不理想的社会"，这个世界"基本上是很不正常的，不讲法律，完全用暴力来解决问题。生活在武侠世界里，一般人其实是会很痛苦的"④。尽管武侠小说与其他小说形式相比浪漫而充满暴力，并因主要描写冲突而更加紧张刺激，但作为文学或小说形式的一种，在表现和揭示人类的情感这一根本点上，武侠小说与其他文学形式不应有什么不同。所以，金庸说他写武侠小说就是要表现和反映人的情感，"只是希望写得真实、写得深刻，把一般人不太常注意到的情感都发掘出来、表现出来。当然

---

① 金庸：《神雕侠侣·后记》，广州出版社2002年版，第1381页。

② 卢玉莹：《访问金庸》，见费勇、钟晓毅《金庸传奇》，广东人民出版社1995年版，第143页。

③ 黄里仁、王力行、陈雨航：《掩映多姿，跌宕风流的金庸世界》，见费勇、钟晓毅《金庸传奇》，第138页。

④ 同上书，第133页。

武侠小说主要是幻想的，一般人的生活不会这么紧张和惊险"①。在这里，金庸不仅强调了武侠小说主要是表现和反映人的情感，而且强调了由于武侠小说充满紧张惊险、暴力冲突，人物必然经常面临生死、恩仇、名利、荣辱、爱恨、善恶等矛盾的极端处而不可回避，无法逃遁，情感因而可以表现和反映得更加真实、深刻。至于表现什么样的情感，金庸说："文学作品要表现人类哪一种情感都是可以的，很强烈的爱，很强烈的恨，所谓义，或者说是特别的一种情谊，都是属于人的感情。当然，侠义是人类感情中一种比较特别的部分。"② 即是说，武侠小说除了必然表现"侠义"这一人类特别的情感之外，人类的其他各种情感都可以在武侠小说中进行表现和反映。

需要注意的是，金庸虽然主张文学是用来表达情感而不是用来讲道理的，因而不强调文学的社会责任和教育作用，但这并不是说，金庸就完全无视文学的社会效果。他说："艺术作品基本上是属于美的范畴，科学与真假有关，道德与善恶有关。小说又和人的关系很直接……小说中有人物，就有价值观念或道德观念。武侠小说本身是很微妙的，它也是一种大众型的产物，要接触千千万万人，如果故意或不知不觉地传播一种对整个社会善良风俗有害的观念，我希望能避免。虽然它属于美的范畴，但是事实上它是对人有影响的，因此作者要考虑到武侠小说是有千千万万人读的。"③ 例如，"武侠小说中'正义伸张'是必要的，如果正义不伸张，读者觉得不过瘾，道德意味也太差了。武侠小说中'正义伸张'就好像侦探小说中'破案'一样，这是它的基础。如果单从道德来看，武侠小说应该是比较道德一些的"④。再如，"武侠小说不能主张犯法，只能鼓励人们的勇敢精神，对于正义感要强调"⑤。可见，在"为艺术"与"为人生"、表达情感与讲道理、追求美感与追求真假

① 杜南发：《长风万里撼江湖——与金庸一席谈》，见费勇、钟晓毅《金庸传奇》，广东人民出版社 1995 年版，第 106 页。

② 同上书，第 104 页。

③ 黄里仁、王力行、陈雨航：《掩映多姿，跌宕风流的金庸世界》，见费勇、钟晓毅《金庸传奇》，第 130 页。

④ 同上书，第 132 页。

⑤ 杨澜：《杨澜访金庸》，见葛涛、谷红梅、苏虹《金庸其人》，社会科学文献出版社 2004 年版，第 179 页。

善恶之间，金庸还是有所兼顾、有所平衡的，只不过在他看来，文学主要是表达情感，讲道理、影响社会是次要的。

认为文学首先是追求美感、主要是表达人的情感，在正常的文学思维中，并不是什么创见，但是，倘若放之于20世纪中国文学的严重意识形态化的大背景中来看，就非常有意义了。"如果说二十世纪中国文学有什么值得深入反省的，由文学的意识形态化导致自由精神的丧失恐怕是其中之一。自由精神的丧失，给二十世纪中国文学留下了极为深刻的教训：能够写作的作家写下的是缺少人性光辉但充满'斗争'和'血腥'的文字；不能继续写作的作家在投笔罢书的苦闷中聊度余生。不论哪一种结局，都是抽空了写作的意义。"① 金庸写作武侠小说的时间正是大陆包括香港极"左"思潮盛行、文学严重意识形态化的高峰阶段，因而，金庸坚持此说并身体力行，显示了金庸的文学自由和难能可贵的精神。更为重要的是，金庸在此认识之下能在武侠小说中空前地自觉着力于人的情感的表现和揭示，使其创作的武侠小说在人情、人心、人性、人生的描写上达到了相当的深度，既非传统武侠小说，也非一般新派武侠小说作家的作品所能相比。也因此，金庸小说得以超越雅俗，从而全面提升了武侠小说这一传统文学形式的品质。

（三）形式传统观

金庸在有意无意中对中国传统文化总是有一种偏爱。他说，如果"一个地方有世界一流的音乐会，另一个地方是中国评剧、民谣，我觉得听评剧、民谣更接近自己的兴趣，多半是与传统有关系。"② 而在文学传统中，金庸唯独偏爱武侠小说这一小说形式，自古以来的武侠小说可以说都看遍了，所以在偶然的情况下需要进行武侠小说创作时，即可提笔而为且能写出不错的作品，写作技巧不断圆熟而终至炉火纯青。至于其他的文学形式，"也许我不会写，也写不好，但这些也不是必要

---

① 刘再复：《金庸小说在二十世纪中国文学史上的地位》，《当代作家评论》1998年第5期。

② 刘晓梅：《文人论武——香港学术界与金庸讨论武侠小说》，见费勇、钟晓毅《金庸传奇》，广东人民出版社1995年版，第117页。

的。……我不过是一个爱听故事的人，走到前台，自己也说起故事来"①。

由此而观，金庸选择写作武侠小说的原因是出于阅读经历所形成的对武侠小说的了解与熟悉，以及自身对武侠小说的情感偏爱和心理认同。但不止于此。实际上，金庸对武侠小说这一文学形式的传统性，包括武侠小说在内的中国传统小说在 20 世纪初中期的遭遇是有一定认识的。金庸说："武侠小说是中国小说的一种形式，是西洋小说里面没有的一种形式。中国武侠小说是在长期中，很自然演变出来的。武侠小说当然与武侠有关，但本身是小说形式，表面是斗争，精神却是侠士的，有着中国传统道德观念，大部分内容是以中国传统道德观念为主。"这是金庸对武侠小说的总体判断。从其产生看，金庸认为，"广义来说，早在唐朝传奇小说中，就有这一种类小说，如虬髯客传、黄衫客等，这种侠义传奇与现在的武侠小说很接近，由此一直发展而成。狭义来说，源流有两方面，一是唐代文人所写的传奇小说，如上述的皆是文人的作品；另外是南宋时期的说书，说书是一种地方性的艺术形式，由一个人说唱故事，故事种类包括爱情、历史、侠义，更有些如现在的侦探小说，而侠义的故事便是武侠小说发展的开始"。从武侠小说的发展来看，唐传奇中的侠义传奇和南宋话本小说中的侠义故事之后，"到元朝已有简陋的侠义小说，好似《水浒传》的前身一类。明朝章回小说就相当发达，清朝更不用说了。至于近代武侠小说，民国初年时便有，都是继承中国传统而发展的。"② 这是金庸对武侠小说的产生与发展所作的简要而基本的判断。此说虽然与学界相关研究有出入，但大致不差。这正是金庸"武侠小说是中国小说的一种形式"说法的立论依据，认为武侠小说是建立在中国传统侠义精神基础之上，从唐代开始出现并于后世不断发展而成的中国本土化小说形式。而从武侠小说的接受来看，"武侠小说，一方面其形式跟中国的古典章回小说类似，另一方面它写的是中国社会，更重要的，它的价值观念，在传统上能让中国人接受。

---

① 黄里仁、王力行、陈雨航：《掩映多姿，跌宕风流的金庸世界》，见费勇、钟晓毅《金庸传奇》，广东人民出版社 1995 年版，第 134 页。

② 卢玉莹：《访问金庸》，见费勇、钟晓毅《金庸传奇》，第 141—142 页。

是非善恶的观念，中国人几千年来的基本想法没有很大改变"①。所以，尽管武侠小说受读者欢迎的原因可能有很多，"不过，我想最主要的原因，是因为武侠小说是中国形式的小说，而中国人当然喜欢看中国形式的东西"②。然而，"自五四以来，知识分子似乎出现了一种观念，以为外国的形式才是小说，中国的形式不是小说"③，使现代一般文艺小说"跟中国古典文学反而比较有距离，虽然用的是中文，写的是中国社会，但是它的技巧、思想、用语、习惯，倒是相当西化"④。这就影响了中国读者对它的接受。因为"西洋的小说虽然在文学上有其地位，但它描述的内容、表达的观念却不能很适切地为中国人所接受，即使是留学国外多年甚或居住国外的人也无法完全接受。这不是武侠小说与西洋小说来比较好坏的问题，而是生活上、道德上、观念上的不同而自然地产生接受上的问题"⑤。因此，过于西化的现代新文学使它无法被更广泛的读者所接受。所以，金庸强调："从认识传统中去坚定中国的精神及信念是我们所当努力的"，对于武侠小说，"我们应当充实它，并且加深它的价值"，因为章回形式的武侠小说"仍受大家普遍喜爱，这说明了传统在一般人心中的地位，这种现象值得每一个人去正视它"⑥。金庸对五四以来新文学完全西化的判断和评价虽然不失偏颇抑或有偏激之处，但是，他立足于文学接受角度而做出的判断也是实情。由此亦可看到，金庸清楚地知道，负载着传统价值观念、深具中国传统特色的武侠小说对中国人所能产生的吸引力，他创作武侠小说固然是出于个人的兴趣以及后来办报的需要，但同时也是金庸对本土文学传统以及 20 世纪中国文学创作现状的比较清醒而理性的认识使然，他要借由武侠小说的创作对本土文学传统有所继承和彰显。

---

① 刘晓梅：《文人论武——香港学术界与金庸讨论武侠小说》，见费勇、钟晓毅《金庸传奇》，广东人民出版社 1995 年版，第 117 页。

② 杜南发：《长风万里撼江湖——与金庸一席谈》，见费勇、钟晓毅《金庸传奇》，第 101 页。

③ 同上书，第 102 页。

④ 刘晓梅：《文人论武——香港学术界与金庸讨论武侠小说》，见费勇、钟晓毅《金庸传奇》，第 117 页。

⑤ 黄里仁、王力行、陈雨航：《掩映多姿，跌宕风流的金庸世界》，见费勇、钟晓毅《金庸传奇》，第 137 页。

⑥ 同上书，第 136—137 页。

当然，对传统的继承和彰显并不意味着对传统的膜拜和固守。金庸毕竟是一个现代人，是一个具体生存在香港这样一个特定时空环境下的具有其独立人格的现代人，所以，一方面，不可能不受西方文化的影响，正如他在接受新加坡著名报人杜南发采访时所说："我们所生活的新加坡和中国香港，都是东西方交集的社会，不是纯粹东方或西方的社会，耳濡目染之下，当然会受影响了。"① 另一方面，金庸大量阅读过外国小说，非常喜欢司各特、大仲马、史蒂文生、阿加莎·克里斯蒂等一些西方小说家的小说，自称"最喜欢看这类惊险的、冲突比较强烈的小说。……他们的作风，对我特别有吸引力"②。同时，金庸也大量阅读和观看过影视理论著作与影视作品；更重要的是，香港现代社会的具体生活感受和思想价值观念使金庸强烈地认识到，写小说"我希望它多少有一点人生哲理或个人的思想，通过小说可以表现一些自己对社会的看法"③。因此，金庸所说的"我觉得用中国传统章回小说方式来写现代的人与事，也未尝不可以试验"④，这也就意味着：一方面要以传统的章回体武侠小说形式进行创作；另一方面，因为是写"现代的人与事"，所以必然会对传统进行必要的改造。正因为这样，金庸小说在继承了本土文学传统的同时，又使之在新的历史时空中具有了新的内涵和表现。严家炎从否定"快意恩仇"和任性杀戮观念、平等开放态度处理中华各族关系、纠正黑白分明的正邪二分法而以是否"爱护百姓"为新尺度、揭示权力的腐蚀作用、渗透着个性解放与人格独立精神、锐利的针对现实的批判锋芒、用现代心理学观念剖析并塑造人物形象等方面充分肯定了金庸小说中的现代精神及其对传统武侠小说的改造和变革。⑤ 刘再复也认为："他既保持了传统章回形式'文备众体'的一贯特点，又作出了符合现代阅读的弹性改变；既在作品中坚持善恶是

---

① 杜南发：《长风万里撼江湖——与金庸一席谈》，见费勇、钟晓毅《金庸传奇》，广东人民出版社1995年版，第105页。

② 林以亮、王敬羲、陆离：《金庸访问记》，见费勇、钟晓毅《金庸传奇》，第88页。

③ 黄里仁、王力行、陈雨航：《掩映多姿，跌宕风流的金庸世界》，见费勇、钟晓毅《金庸传奇》，第128页。

④ 杜南发：《长风万里撼江湖——与金庸一席谈》，见费勇、钟晓毅《金庸传奇》，第105页。

⑤ 严家炎：《金庸小说论稿》，北京大学出版社2007年版，第48—63页。

非分明的价值传统，又为表达分明的具体价值观念带来新的时代内容；既继承了表达平易、绝无欧化弊端的白话文风格，又使白话文与时俱进，达到新境界；既继承了传统武侠小说的题材形式，又极大地拓展了武侠题材的表现空间。"① 融入现代的思想意识、价值观念、技巧方法以求传统的留存和彰显，这是任何一种传统保有生命力的必要前提。金庸清醒地认识到了这一点，并在他的武侠小说创作中自觉而充分地体现了这一点，从而使他成为武侠小说这一本土文学传统在 20 世纪的集大成者。

（四）功能娱乐观

娱乐性是金庸在武侠小说本体认识上又一始终认为并一再坚持的认识。金庸说："武侠小说本身在传统上一直都是娱乐性的"②，即使在现代，"我个人以为，武侠小说仍旧是消遣性的娱乐作品"③，虽然它要"反映作者个人对社会的价值观念"，也因社会效果上的考虑而包含一定的道德评判，但是，"武侠小说的趣味性是很重要的，否则读者就不看，它的目的也达不到了"④。因此，"武侠小说是真正的群众小说"⑤。金庸之所以选择写武侠小说，固然是因为对武侠小说的偏爱与熟悉，但同时也是因为他看到了武侠小说这一传统形式因强烈的娱乐性而具有的广泛群众基础，因此在办报过程中，他需要用武侠小说来吸引读者，正如他所说："只是为了写武侠小说可以帮忙增加销路，所以每日在自己的报纸上面写一段，这是有这个必要，非写不可。"⑥ 此外，"现在台湾和香港的武侠小说大都是在报上连载的，都不是先写好再出版，即使是

---

① 刘再复：《金庸小说在二十世纪中国文学史上的地位》，《当代作家评论》1998 年第 5 期。

② 林以亮、王敬羲、陆离：《金庸访问记》，见费勇、钟晓毅《金庸传奇》，广东人民出版社 1995 年版，第 93 页。

③ 黄里仁、王力行、陈雨航：《掩映多姿，跌宕风流的金庸世界》，见费勇、钟晓毅《金庸传奇》，第 135 页。

④ 同上书，第 129 页。

⑤ 杜南发：《长风万里撼江湖——与金庸一席谈》，见费勇、钟晓毅《金庸传奇》，第 100 页。

⑥ 林以亮、王敬羲、陆离：《金庸访问记》，见费勇、钟晓毅《金庸传奇》，第 90 页。

先写好再出版，也是要争取最大多数的读者"①。进而，不止武侠小说，
所有的小说也都应该注重娱乐性，"我认为娱乐性很重要，能够让人家
看了开心、高兴，我觉得并不是一件坏事。小说离开了娱乐性就不好看
了，没有味道，我认为这是一种创作的失败。现在有一种文学风气，不
重视读者的感受，不重视故事，老是要从小说的内容里寻找思想，寻找
意义，这就变成'文以载道'了，这不是文学"②。所以，金庸非常赞
同毛泽东"文艺要为工农兵服务"的观点，他说："毛主席说过：文
艺应该为工农兵服务，越是大众化的，作用越强。但是现在评论家认
为越是为工农兵服务，越是不好的作品，这个想法我个人不同
意。……任何艺术作品都必须要群众接受，才能够生存。"也因此，金
庸对中国现当代文学颇有微词，他说："中国'五四'以后的小说实
际有很多非常好的作品，可是我个人觉得，有一个缺点就是他们用外
国的文化来中国化，来写中国的生活、中国人的小说，我就不是很赞
成。"③ 例如，把茅盾的"《子夜》和一部武侠小说一同拿给工农兵看，
你想他们会接受哪一种？他们一定会喜欢看武侠小说。《子夜》那类的
文学作品写得自然很好，虽然说是要为群众或是工农兵服务，可是究
竟有几个工农兵真的会喜欢看它？"④ 可见金庸对于武侠小说乃至各种
小说类型娱乐性的看重，因为娱乐性意味着大众性、群众性，意味着
读者的广泛接受。

但是，重娱乐却不能唯娱乐。金庸在强调武侠小说娱乐性的同时，
也清醒地认识到："武侠小说本来是一种娱乐性的东西，作品不管写得
怎样成功，事实上能否超越它形式本身的限制，这真是个问题。"⑤ 因
为，"如果一部小说单只是好看，读者看过之后就忘记了，那也没什么
意思。如果在人物刻画方面除了好看之外，还能够令读者难忘和感动，
印象深刻而鲜明的话，那就是又进一步了。毕竟，小说还是在于反映人

---

① 黄里仁、王力行、陈雨航：《掩映多姿，跌宕风流的金庸世界》，见费勇、钟晓毅
《金庸传奇》，广东人民出版社1995年版，第129页。

② 张英：《学问不够是我的一大缺陷》，《南方周末》2003年7月31日第C21版。

③ 杨澜：《杨澜访金庸》，见葛涛、谷红梅、苏虹《金庸其人》，第164—165页。

④ 杜南发：《长风万里撼江湖——与金庸一席谈》，见费勇、钟晓毅《金庸传奇》，第
109页。

⑤ 林以亮、王敬羲、陆离：《金庸访问记》，见费勇、钟晓毅《金庸传奇》，第95页。

生的。"反映什么人生呢?"当然人生的各部分都可以,也应该加以反映。不过,我认为归根结底情感还是人生中一个相当重要的部分。因为小说不是流水账,不能单纯地把所要描写的人物的一举一动都记下来,小说是要比较精炼一点,所以,应该侧重于人生经验中最重要的情感问题。"① 这与上述金庸所主张的文学主要是表达人的情感相一致。同时,从金庸自身来讲,虽然"武侠小说本身是娱乐性的东西,但是我希望它多少有一点人生哲理或个人的思想,通过小说可以表现一些自己对社会的看法"②。此外,金庸还认为,强化娱乐性是"通俗"而不能"庸俗"。他说:"过分迁就市民、大众的口味就庸俗化了,我也不同意。通俗一点,让他们可以了解欣赏的意义。"③ 可见,金庸强调武侠小说一定要有强烈的娱乐性,因为有娱乐性才能"好看",因为"好看"才能通"俗"有读者,但在此前提下,应当注意内涵和品质,让读者在娱乐中借由小说中人物情感的深刻表现以及作者通过人物表达的人生哲理或思想,对人生有更多的感悟。

对武侠小说乃至所有小说类型的娱乐性的推崇,以争取更大范围的阅读面,让读者的阅读活动首先是娱乐活动,充分显示了金庸文学本位的观念。这种观念与大陆文学界长期以来所形成并坚持的文学观念并不相符,但却符合了文学本来的精神。"金庸现象"之所以能产生,金庸之所以能成为 20 世纪中国文学史上拥有最多读者的作家之一,是因为金庸对武侠小说功能娱乐观的定位及其在创作实践中对娱乐功能的不懈追求。

综上所述,金庸关于武侠小说本体的认识,无论是对于武侠小说文类本身还是对于金庸的武侠小说创作,都具有极为重要的意义。类型平等既意味着武侠小说文学地位的还原,也意味着金庸对武侠小说的无比坚定信念,更意味着金庸因此而怀有一种严谨、认真的创作态度,从而致力于武侠小说创作上的种种探索;以表现情感为武侠小说乃至文学的

① 杜南发:《长风万里撼江湖——与金庸一席谈》,见费勇、钟晓毅《金庸传奇》,广东人民出版社 1995 年版,第 111 页。
② 林以亮、王敬羲、陆离《金庸访问记》,见费勇、钟晓毅《金庸传奇》,第 82 页。
③ 杨澜:《杨澜访金庸》,见葛涛、谷红梅、苏虹《金庸其人》,社会科学文献出版社 2004 年版,第 165 页。

根本，并以此作为他创作武侠小说的理念，且力求表现深刻、真实，从而达到借虚幻的江湖世界表现真实的人心、人性、人情、人生的目的，这样的定位既在理论上与纯文学相一致，使类型平等之说显得更坚实，又在实践中因其真正做到了这一点而使金庸小说能够与纯文学作品比肩；武侠小说是中国传统的小说形式，并因其中国化、传统化而深受中国读者的喜爱，这既表明了金庸对这一客观现象的清醒认识，同时也表明他于20世纪中后期创作武侠小说并非只是出于偶然的机缘，也并非只是为了提升所办报纸的发行量，而是为了继承和光大本土文学传统，这在全面西化的20世纪中国文坛尤显可贵；充分肯定武侠小说的娱乐性，进而强调小说本身的娱乐性，突出读者的阅读活动首先应该是娱乐活动，在此基础上再赋予其一定的内涵从而感动读者，这非常符合文学本身的精神与功能，这不仅更加坚定了金庸创作武侠小说的信念，而且也使他在创作中更自觉、更充分地调动和运用娱乐元素。金庸关于武侠小说本体之如此立说，无疑是比较客观、合理的，也因此形成了金庸不同于一般武侠小说作家的创作追求。

二　金庸的武侠小说创作观

（一）人物核心观

金庸在多次访谈和座谈中谈及他的创作时，总是特别强调人物形象塑造的重要性。他说："写小说，我认为人物比较重要。西方文学理论小说，通常着重人物、故事结构、背景三个方面，背景又分时代背景和地理背景。看作家的兴趣，每个作家的所长皆不同，如英国的汤玛斯·哈代，他着重地理背景，使得读者如身临其境；又有些作家着重故事结构的完整。我的重点放在人物方面，作为通俗小说，人物突出，读者容易接受。"而从传统上看，"中国传统小说都是注重人物描写，例如红楼梦的地方背景，作者并未有意表达，究竟在北京，还是在南京？不清楚，但是贾宝玉、林黛玉则深入人心，其余武松呀、孙悟空等都为人熟知。"[1]

① 卢玉莹：《访问金庸》，见费勇、钟晓毅《金庸传奇》，广东人民出版社1995年版，第144页。

37

所以，"我个人写武侠小说的理想是塑造人物"①。在 2002 年新版《金庸作品集》序言中，金庸又说："小说是写给人看的。小说的内容是人。……基本上，武侠小说与别的小说一样，也是写人，只不过环境是古代的，主要人物是有武功的，情节偏重于激烈的斗争。……我最高兴的是读者喜爱或不喜欢我小说中的某些人物，如果有了那种感情，表示我小说中的人物已和读者的心灵发生联系了。小说作者最大的企求，莫过于创造一些人物，使得他们在读者心中变成活生生的、有血有肉的人。"② 可见，立足于对中国传统小说的了解和阅读感受，并与西方小说理论和作家相比较，从读者接受效果出发，也与文学的本质主要是表达情感的认识相联系，金庸认为，武侠小说虽然有其特点而与其他小说类型不同，但在写人这一点上却是共同的，因而人物是武侠小说创作的核心问题，塑造好人物形象是他的创作理想。那么，如何塑造人物呢？当然是写出人物不同的个性，刻画人物不同的性格。金庸说："我总希望能够把人物的性格写得统一一点、完整一点。"③"我希望写出的人物能够生动，他们有自己的个性"，因此在"构思的时候，亦是以主角为中心，先想几个主要人物的个性是如何"的④，例如，在写《天龙八部》时，"先构思了几个主要人物，再把故事配上去。我主要想写乔峰这样一个人物，再写另外一个与乔峰相互对称的段誉，一个刚性，一个柔性，这两个性格相异的男人。"⑤不仅在同一部小说中注意写出人物不同的性格，而且在不同小说中也注意写出人物不同的性格。例如金庸对"射雕三部曲"三位男主人公性格的说明：

> 这三部书的男主角性格完全不同。郭靖诚朴质实，杨过深情狂放，张无忌的个性却比较复杂，也是比较软弱。他较少英雄气概，个性中固然颇有优点，缺点也很多，或许，和我们普通人更

① 黄里仁、王力行、陈雨航：《掩映多姿，跌宕风流的金庸世界》，见费勇、钟晓毅《金庸传奇》，第128页。
② 金庸：《书剑恩仇录·新序》，广州出版社 2002 年版，第1—3页。
③ 林以亮、王敬羲、陆离：《金庸访问记》，见费勇、钟晓毅《金庸传奇》，第82页。
④ 黄里仁、王力行、陈雨航：《掩映多姿，跌宕风流的金庸世界》，见费勇、钟晓毅《金庸传奇》，第128页。
⑤ 林以亮、王敬羲、陆离：《金庸访问记》，见费勇、钟晓毅《金庸传奇》，第82页。

加相似些。杨过是绝对主动性的。郭靖在大关节上把持得很定，小事要黄蓉来推动一下。张无忌的一生却总是受到别人的影响，被环境所支配，无法解脱束缚。在爱情上，杨过对小龙女至死靡他，视社会规范如无物；郭靖在黄蓉与华筝公主之间摇摆，纯粹是出于道德价值，在爱情上绝不犹疑。张无忌却始终拖泥带水，对于周芷若、赵敏、殷离、小昭这四个姑娘，似乎他对赵敏爱得最深，最后对周芷若也这般说了，但在他内心深处，到底爱哪一个姑娘更加深些？恐怕他自己也不知道。作者也不知道，既然他的个性已写成了这样子，一切发展全得凭他的性格而定，作者也无法干预了。①

这一说明既显示出金庸在不同小说中注意描写、刻画不同人物的不同性格，也显示出金庸作为作者对小说人物性格的充分尊重，即绝不能以作者的意志和想法去干预和改变人物的个性。不仅如此，金庸还强调说："我写的角色也不是好人、坏人相当分明的，坏人也有值得同情的地方。这点我是考虑到人生的经验，因为在这个社会上也很难讲谁是百分之百的好人或坏人，坏人身上也会有好的成分，好人身上也有坏的成分。作者当然希望写人写得真实，读者难免误会，认为作者有时候把坏人写得相当好，是否鼓励坏人。我想作者不是这样认为，他考虑的是真实不真实的问题。他有时反映社会上具体存在的事，并不是说他反映的事就是他赞同的事。"② 人物是个体性的鲜活存在而非抽象性的概念存在，性格因而具有丰富性、复杂性，并非概念化的"好"与"坏"、"正"与"邪"所能简单界定、区分的，金庸主张的是写人物性格就应当真实、生动地写出人物性格的这种丰富性和复杂性。同时，为了真实地写出人物性格，金庸在刻画人物时还注意写出人物性格的变化，因为"一个人由于环境的影响，也可以本来是好的，后来慢慢变坏了，譬如周芷若。而赵敏，则是反过来，本来坏的，由于

---

① 金庸：《倚天屠龙记·后记》，广州出版社 2002 年版，第 1415 页。

② 黄里仁、王力行、陈雨航：《掩映多姿，跌宕风流的金庸世界》，见费勇、钟晓毅《金庸传奇》，广东人民出版社 1995 年版，第 130 页。

环境，后来却变好了"①。

尤为重要的是，金庸在刻画人物形象时还注意有意识地刻画出人物的文化性格抑或民族性格。例如，对于韦小宝这一人物形象，金庸说："在一个很不民主、不讲法律的、专制的时代中间，韦小宝这样的人就会飞黄腾达，好人会受到欺负、迫害，所以写韦小宝这个人也是整个否定那个封建腐败的社会。"问题在于，韦小宝这样的人"在康熙的时候很普遍，现在可能也没有被完全消除掉"，因为"我写的韦小宝就是在海外见过的人"，这种人多了，"有一批中国人，因为华侨众多，为求生存，有一些中国传统中很不好的道德品性和个性。有一部分典型中国人，像韦小宝这样子，自己为了升官发财，可以不择手段，讲谎话、贪污、腐败，什么事都干"，所以，受"鲁迅先生的启发"，塑造了韦小宝这一人物形象，"我想，阿 Q 是以前典型的中国人，现在典型的中国人不是阿 Q"，而"是韦小宝了"②。而《笑傲江湖》"这部小说通过书中一些人物，企图刻画中国三千多年来政治生活中的若干普遍现象"，因此"任我行、东方不败、岳不群、左冷禅这些人，在我设想时主要不是武林高手，而是政治人物。林平之、向问天、方证大师、冲虚道人、定闲师太、莫大先生、余沧海等人也是政治人物。这种形形色色的人物，每一个朝代中都有"。只有"令狐冲是天生的'隐士'，对权力没有兴趣"，他"是陶潜那样追求自由和个性解放的隐士。……'笑傲江湖'的自由自在，是令狐冲这类人物所追求的目标"③。而对于做隐士，"自古以来，中国传统的知识分子都有这种想法，尽管他们自己未必能做到。他们努力地去考试，要做官，要名利，但他们写诗或写文章时都表现了一种很冲淡的意境，希望做隐士。这也是中国文化传统的一种，至少传统的知识分子很仰慕这样的生活意境。"所以"我写《笑傲江湖》是想表达一种中国人冲淡的、不太争权夺利的人生观。"④再如

---

① 林以亮、王敬羲、陆离：《金庸访问记》，见费勇、钟晓毅《金庸传奇》，广东人民出版社 1995 年版，第 86 页。

② 杨澜：《杨澜访金庸》，见葛涛、谷红梅、苏虹《金庸其人》，社会科学文献出版社 2004 年版，第 169—170 页。

③ 金庸：《笑傲江湖·后记》，广州出版社 2002 年版，第 1440—1441 页。

④ 《金庸答北大学生问》，见葛涛、谷红梅、苏虹《金庸其人》，第 233 页。

《天龙八部》中，"段誉和乔峰是非常重要的人物，代表了两种个性。段誉虽然是大理人，但很有中国文化传统，为人温和，不争不躁，很容易交朋友，表现了文雅的一面。乔峰则是血性男儿，表现了阳刚的一面。他俩身上集中了我们中华民族的优良品格"①。由于金庸在塑造人物形象特别是主要人物形象时，既生动地刻画出鲜活的个性特征又描绘、反映了深刻的文化性格或民族性格，从而塑造了一些可称之为典型人物的人物形象。

在小说创作中以人物为核心，刻画人物性格，塑造生动、丰满乃至典型的人物形象，是由来已久的小说创作观念，金庸认识到这一点，并没有什么特异之处。关键是，金庸认为在武侠小说中也应如此，就显得非同一般。因为武侠小说在传统上是一种类型化很严重的小说形式，就人物而言，侠与魔，正与邪，好人与坏人，常常界限分明。传统武侠小说中的人物如此，"新派武侠小说"作家群中绝大部分作家笔下的人物也是如此。尤其是，金庸不仅有这样的认识，而且还能将这种认识比较完美地付诸笔下人物的塑造，从而塑造出许多可称之为典型的人物形象，这就使他既超越于传统，又出类拔萃于同时代的作家。

（二）情节性格观

对于武侠小说与其他小说类型的不同，金庸是非常清楚的，如上述提到的一些言论："武侠小说本身的特点是紧张刺激""武侠小说基本上就是描写冲突的"等。因此，从武侠小说的主题看，"武侠小说通常有两个主题：一是斗争，二是爱情"②；从武侠小说的故事情节看，与"斗争"主题相适应，也"偏重于激烈的斗争"③。因为反映"斗争"和描写"冲突"，制造"紧张刺激"，所以，"武侠小说的故事不免有过分的离奇和巧合"④，也会有误会，因为"'误会'也是一种

---

① 《金庸答北大学生问》，见葛涛、谷红梅、苏虹《金庸其人》，社会科学文献出版社2004年版，第234页。

② 卢玉莹：《访问金庸》，见费勇、钟晓毅《金庸传奇》，广东人民出版社1995年版，第143页。

③ 金庸：《书剑恩仇录·新序》，广州出版社2002年版，第1页。

④ 金庸：《神雕侠侣·后记》，广州出版社2002年版，第1381页。

冲突"①，同时，西方"侦探小说的悬疑与紧张，在武侠小说里面也是两个很重要的因素。因此写武侠小说的时候，如果可以加进一点侦探小说的技巧，也许可以更引起读者的兴趣"②。以描写"冲突"和反映"斗争"为内容，以离奇、巧合、误会、悬疑、紧张等手段设置、安排情节，必然使武侠小说的故事情节跌宕起伏、惊险刺激，从而产生强烈的吸引力，因而引人入胜。金庸是这样认识的，也是这样构思其小说情节的。金庸小说故事情节的曲折性、传奇性、生动性因此而生，显得非常"好看"。

然而，充分调动各种手段以使故事情节曲折跌宕、紧张刺激，并非是说小说家可以肆意而为。金庸承认："第一部小说我是先写故事的。我在自己家乡从小就听到乾隆皇帝下江南的故事，关于他其实是汉人，是浙江海宁陈家的子孙之类的传说，这故事写在《书剑恩仇录》中。初次执笔，经验不够啦，根据从小听到的传说来做一个骨干，自然而然就先有一个故事的轮廓。"但是愈往后，则先是构思人物，然后"再把故事配上去"。这是因为：其一，写作实际需要。金庸说："我这样每天写一段，一个故事连载数年，情节变化很大，如果在故事发展之前，先把人物的性格想清楚，再每天一段一段地想下去，这样，有时故事在一个月之前和之后，会有很大的改变，倘若故事一路发展下去，觉得与人物的个性配起来，不大合理，就只好改一改了。"③ 因为写作时间漫长，情节会因作者在不同时间中不断产生的新想法而不断发生改变，不可能一次性构思清楚，因而需要先设计好人物，这样，情节发展因为有了人物依据而会显得更加合理、统一。其二，读者需要。武侠小说的"故事往往很长，又复杂，容易被人忘记，而人物则比较鲜明深刻，如果个性统一，容易加深印象"，同时，如果只是注重情节本身，即使"有时故事结构得很好，但读者不一定了解很多微妙之处，普通的读者看不出来"④。其三，人物塑造需要。这是最重要的。金庸既然认为小

① 黄里仁、王力行、陈雨航：《掩映多姿，跌宕风流的金庸世界》，见费勇、钟晓毅《金庸传奇》，广东人民出版社 1995 年版，第 138 页。

② 林以亮、王敬羲、陆离：《金庸访问记》，见费勇、钟晓毅《金庸传奇》，第 87 页。

③ 同上书，第 82 页。此处未标注引文均见此。

④ 卢玉莹：《访问金庸》，见费勇、钟晓毅《金庸传奇》，广东人民出版社 1995 年版，第 144 页。

说的内容是写人，他写小说的理想是塑造人物，自会调动一切手段写好人物性格。所以，在人物与故事情节的关系处理上，金庸说："故事的作用，主要只在陪衬人物的性格。有时想到一些情节的发展，明明觉得很不错，再想想人物的性格可能配不上去，就只好牺牲这些情节，以免影响了人物的个性。"① 而且在构思伊始就"先想几个主要人物的个性是如何，情节也是配合主角的个性，这个人有怎么样的性格，才会发生怎么样的事情"②。即是说，人物性格决定着人物的行动选择，人物作何行动选择，故事情节才会有怎样的发展。而不是无视人物性格任意编织。例如，金庸对杨过和小龙女人物性格与故事情节关系的说明："杨过和小龙女一离一合，其事甚奇，似乎归于天意和巧合，其实却须归因于两人本身的性格，两人若非钟情如此之深，决不会一一跃入谷中；小龙女若非天性淡泊，决难在谷底长时独居；杨过如不是生具至性，也定然不会十六年如一日，至死不悔。当然，倘若谷底并非水潭而系山石，则两人跃下后粉身碎骨，终于还是同穴而葬。世事遇合变幻，穷通成败，虽有关机缘气运，自有幸与不幸之别，但归根结底，总是由各人本来性格而定。"③ 如此，以人物为纲，以情节为目，人物性格是情节展开的逻辑前提，情节是人物性格显示的重要载体，二者融合，相得益彰。

情节跌宕曲折、紧张刺激，既与武侠小说一般反映内容和主题相吻合，又是武侠小说娱乐性的重要体现。可以说，武侠小说的情节越是跌宕曲折、紧张刺激，其娱乐性就越强。金庸基于武侠小说是娱乐性的因而必须"好看"的认识，主张并致力于充分调动包括离奇、巧合、误会、悬疑、紧张等在内的一切手段精心组织、安排故事情节使其引人入胜是必然的。然而，倘若金庸小说的情节设置仅仅只是如此，那他和其他武侠小说作家就一般无二了。金庸之所以能成为新派武侠小说作家第一人并超越传统武侠小说家，是因为就小说情节设置而言，即在于能以

---

① 林以亮、王敬羲、陆离：《金庸访问记》，见费勇、钟晓毅《金庸传奇》，广东人民出版社 1995 年版，第 82 页。

② 黄里仁、王力行、陈雨航：《掩映多姿，跌宕风流的金庸世界》，见费勇、钟晓毅《金庸传奇》，第 128 页。

③ 金庸：《神雕侠侣·后记》，广州出版社 2002 年版，第 1381—1382 页。

人物形象塑造为目的，根据人物性格设计、演绎情节，从而使小说情节既是离奇的，又是可能的；既是紧张刺激的，又是真实可信的；既是极其生动化的，又是充分性格化的。于是，金庸小说不仅好看，而且耐看。

（三）背景历史观

金庸小说的人物和故事大都活跃或演绎于中国历史上的某个特定时期之中，且和特定的历史人物及历史事件发生各种各样的联系。何以如此安排，金庸解释颇多。其一，这是武侠小说这一类型本身的客观要求。金庸认为，作为中国传统小说形式的一种，"武侠小说本来就是以中国古代社会为背景……既然以古代社会为背景，那就不能和历史完全脱节"①，所以，"我写武侠小说，只是塑造一些人物，描写他们在特定的武侠环境（中国古代的、没有法制的、以武力来解决争端的不合理社会）中的遭遇"②。即是说，中国古代的、没有法制的社会是"武侠"的故事得以发生和演绎的根本前提，武侠小说中的虚拟世界需要与中国古代的现实世界相结合。金庸关于武侠小说当代创作前景的言论也佐证了他的这一认识，他说："武侠小说有深刻的历史背景，现在的有些年轻人对中国古代社会生活不熟悉，写起来会有困难，不像写现代背景那样方便。这中间，有一个障碍，要克服这个障碍，就必须深入了解中国的历史。"③ 当然，金庸也说过，"武侠小说不一定都要以封建社会作为背景，也可以用现代社会作为背景"，因为"侠的定义是愿意牺牲自己去帮助别人。这种侠的行为，不一定武侠才有，文人也可以有侠气"，所以，"我们的创作可以另外走一条路，多写一些具有侠义品格的人"④。言下之意，写"文侠"可以以现代社会为背景，而写"武侠"仍要以古代社会为背景。其二，作品内容需

---

① 杜南发：《长风万里撼江湖——与金庸一席谈》，见费勇、钟晓毅《金庸传奇》，广东人民出版社 1995 年版，第 99 页。

② 金庸：《书剑恩仇录·新序》，广州出版社 2002 年版，第 3 页。

③ 《金庸答北大学生问》，见葛涛、谷红梅、苏虹《金庸其人》，社会科学文献出版社 2004 年版，第 241 页。

④ 同上书，第 238 页。

要。金庸说："我写的武侠小说有的场面比较大，常有大的战争，这就必须要有所依据。"① 金庸为了给笔下的侠形象提供更广阔的活动空间从而提升其品格内涵，常让侠客身处乱世，参与历史上著名的战争进程，自不能信笔虚构。其三，阅读效果需要。武侠小说描绘的世界"只是一个浪漫的、想象的世界"②，它"情节离奇，许多事情似乎是不可能发生的，有了历史背景，可以增加它的可信度"③。因为"历史是真的背景，人物都是假的，这样可以使读者自己去想象一切的发生，一切都变得真的一样"④。即为了使读者更好地接受，对读者产生更大的吸引力，需要把浪漫与现实结合，想象与历史结合。其四，个人兴趣。金庸说他的小说背景历史真实化的"另一个原因，则是我对中国的历史很有兴趣"⑤。这并非金庸妄言。金庸青少年时期用功甚勤，规定其每天要看 10 小时书，所阅读的不仅包括武侠小说在内的古今中外名著，也包括诸子经典、《明史》《资治通鉴》《曾国藩家书》等在内的历史典籍。这种阅读习惯。金庸在香港时也尽可能保持，并未因办报琐事缠身、耗费时间而懈怠。金庸究竟阅读过多少历史典籍，虽因金庸从未明言列举而无从查证，但从他 20 世纪 80 年代以后到国内外很多地方演讲时，大都选择与中国历史有关的话题，以及要著述《中国通史》的举动，可见其对中国历史的热衷与熟悉。更重要的是，金庸不仅有丰厚的历史知识和素养，而且对于中国历史中的一些问题、现象、人物、朝代更迭包括文化传统也有其独立思考和判断，所以意欲借武侠小说的写作表达他对历史与文化传统的看法。例如，"我念中国历史和其他书籍，常感到中国古代汉人不论怎样对待异族，正义却永远在汉人一边，我感觉不太公平，这种想法自然反映到小说上"⑥。正是因为这样一些原因，

---

① 黄里仁、王力行、陈雨航：《掩映多姿，跌宕风流的金庸世界》，见费勇、钟晓毅《金庸传奇》，广东人民出版社 1995 年版，第 129 页。

② 同上书，第 133 页。

③ 同上书，第 129 页。

④ 卢玉莹：《访问金庸》，见费勇、钟晓毅《金庸传奇》，第 145 页。

⑤ 杜南发：《长风万里撼江湖——与金庸一席谈》，见费勇、钟晓毅《金庸传奇》，第 99 页。

⑥ 刘晓梅：《文人论武——香港学术界与金庸讨论武侠小说》，见费勇、钟晓毅《金庸传奇》，第 119 页。

金庸将其小说中的人物和故事置于真实的历史背景之中。

当然，金庸小说中也有没有具体历史背景的作品，如《笑傲江湖》《连城诀》等。对此，金庸在《笑傲江湖·后记》中说："因为想写的是一些普遍性格，所以本书没有历史背景，这表示，类似的情景可以发生在任何朝代。"① 而在接受采访或演讲后互动问答时也表示说："中国古代封建社会的时间很长，过去许多朝代的变化不是很大的，而是很缓慢的。一个故事发生在明朝或清朝，只要不与政治牵连在一起，背景不会发生很大的变化。"② "写作武侠小说不见得一定要有具体的时代背景，武侠小说中所表现的尔虞我诈、互相倾轧的权力斗争，在哪个朝代都会发生，不必特指，如果特指，反而没有普遍性。"③ 所以，没有具体的历史背景，不等于没有历史背景。它是金庸对中国历史本质的更深刻把握，是历史真实的更高层次。

无论是出于对文体或是作品内容客观需要的清醒认识，还是源于增强作品真实感或满足自我兴趣，金庸在小说中以显在或潜在的背景方式对中国历史的一些表象及本质进行了描述和表现。这种描述和表现不仅增强了小说的可信度，而且使读者对中国历史有了一定的直观了解，进而，对中国历史上的一些问题以及中国历史的本质进行理性的思考，尤其是当金庸在小说中通过人物对中国的一些历史问题进行具有现代意识的分析思考时，就更是这样。不仅如此，由于金庸小说的历史背景多是朝代交替之际或朝代新建之初，从而对"侠"的内涵有所拓宽，不复只是锄强扶弱、快意恩仇，为国为民、爱好和平等亦是"侠"的必然之举。因此，金庸小说得以既是武侠世界，也是历史的现实世界；既是虚构的，也是可信的；既是表象的，也是深刻的；既是传统的，也是现代的。

（四）武功想象观

武侠小说中的人物必须是有"武功"的。对于其小说中的武功如

---

① 金庸：《笑傲江湖·后记》，广州出版社 2002 年版，第 1441 页。

② 黄里仁、王力行、陈雨航：《掩映多姿，跌宕风流的金庸世界》，见费勇、钟晓毅《金庸传奇》，广东人民出版社 1995 年版，第 129 页。

③ 《金庸答北大学生问》，见葛涛、谷红梅、苏虹《金庸其人》，社会科学文献出版社 2004 年版，第 238 页。

何描写，金庸也有比较明确的考虑。其一，侠义为先，武功次之。金庸说："我认为武侠小说应该正名，改为侠义小说。虽然有武功有打斗，其实我自己真正喜欢的武侠小说，最重要的不在武功，而在侠气，人物中的侠义之气，有侠有义。"① "我写的武侠只是一种精神。这种'侠'指的是见义勇为，遇到不平的事能够挺身而出，甚至不惜牺牲个人的一切。"② 在金庸看来，"武功"虽然是武侠小说必不可少的，但相对于所要宣扬的人物的侠义精神，武功是次要的。所以，在人物与武功的关系上，人物是主要的，武功是辅助性的，并为人物塑造服务。这可视为金庸进行武功描写时所遵循的一个原则。其二，武功主要产生于想象。在接受采访，谈及其小说中武功描写的来源时，金庸说："武功有两个来源：一个是中国著名的武功都有书记载的，好像武当派、少林派的少林拳什么的。你到书店一看，许多派系的武功书都有的，这是一个来源；另一个来源就是我自己想出来的。"③ 对于前者，金庸的具体解释是，"关于武术的书籍，我是稍微看过一些。其中有图解，也有文字说明。譬如写到关于拳术的，我也会参考一些有关拳术的书，看看那些动作，自己发挥一下"④。对于完全不懂武术而又要进行武功描写的金庸来说，这当然是很重要的。但是，"所有记载的武功都是平铺直叙很现实的，它教你怎么出手，怎么出拳"⑤，而这样的武功并不能满足金庸武功描写的要求和需要，所以，据实而稍加发挥所描写的武功只是少数，"大多数又是神奇，又是做不到的都是自己想出来的"⑥。那么，金庸是如何想的？金庸说："我的小说写武侠自然有夸张的成分，但不宣传伪科学，也反对神功。"⑦ 因追求神奇而想象的武功难免夸张，毫无现实依

① 卢美杏：《历史人物与武侠人物》，见葛涛、谷红梅、苏虹《金庸其人》，社会科学文献出版社2004年版，第392页。

② 万润龙、韩宏：《衣要尺度米须斗量——"华山论剑"说金庸》，见葛涛、谷红梅、苏虹《金庸其人》，第84页。

③ 杨澜：《杨澜访金庸》，见葛涛、谷红梅、苏虹《金庸其人》，第171页。

④ 林以亮、王敬羲、陆离：《金庸访问记》，见费勇、钟晓毅《金庸传奇》，广东人民出版社1995年版，第87页。

⑤ 杨澜：《杨澜访金庸》，见葛涛、谷红梅、苏虹《金庸其人》，第171页。

⑥ 同上。

⑦ 万润龙、韩宏：《衣要尺度米须斗量——"华山论剑"说金庸》，见葛涛、谷红梅、苏虹《金庸其人》，第84页。

据，但不能荒诞而违反科学，这是金庸想象武功时自觉遵守的一个原则。具体而言，金庸有这样一些考虑：第一，源于文化典籍及艺术。"看看当时角色需要一个什么样的动作，就在成语里面，或者诗词与四书五经里面，找一个适合的句子来做那招式的名字"，而且所找的句子一般都是四字结构的，如果"有时找不到适合的，就自己作四个字配上去"。第二，招式命名形象化。武功招式肯定是有名字的，而无论给武功起什么名字，"总之那招式的名字，必须形象化，就可以了。……就是你根据那名字，可以大致把动作想象出来"[1]。第三，武功境界哲学化。对于杨过由玄铁重剑而至最后不用剑、张无忌随张三丰练剑而忘剑招、令狐冲练"独孤九剑"而无招胜有招的最高武功境界，金庸说："这大概是有一点受了中国哲学的影响。中国古代一般哲学家都认为，人生到了最高的境界，就是淡忘，天人合一，人与物，融成一体。所谓'无为而治'其实也是这种理想的境界之一。这是一种很可爱的境界，所以写武侠小说的时候，就自然而然希望主角的武功，也是如此了。"[2]第四，武功设计多元化。对于少林派、武当派的武功在其小说中并不总是武林至尊的描写，金庸说："有几部小说，我当时出发点是有否定教条主义的想法，我比较信服理性的思想结构……我想真理本身也有它相对的意义，社会变迁，真理也可能改变。有些事情的道理，千万年不变，我个人绝不相信。……少林派、武当派是对抑是错，都不一定，可能会根据环境而有所变化。我相信多元主义可能更合理一点，事情不要绝对化。少林、武当并不坏，其他好的东西也多得很。"[3]金庸此言当然并不完全是说武功设计，但包含着武功设计。第五，勤学苦练并集大成化。小说男主人的武功并非都从一派而来，而往往是有几个师父或很多意外机缘，并通过苦练而融会贯通几种以上绝顶武功的描写，金庸说："这倒不是故意如此，大概只是潜意识地，自然而然就这样吧。又也许因为，一般写武侠小说，总习惯写得很长，而作者又假定读者对于

---

① 林以亮、王敬羲、陆离：《金庸访问记》，见费勇、钟晓毅《金庸传奇》，广东人民出版社 1995 年版，第 87 页。
② 同上书，第 84 页。
③ 刘晓梅：《文人论武——香港学术界与金庸讨论武侠小说》，见费勇、钟晓毅《金庸传奇》，第 119—120 页。

男主角作为一个人的成长，会比较感觉兴趣。如果我们希望男主角的成长过程，多姿多彩，他的武功要是一学就学会，这就未免太简单了。而且，我又觉得，即使是在实际的生活之中，一个人的成长，那过程总是很长的。一个人能够做成功一个男主角，也绝不简单。"①

　　相对于金庸小说中的实际武功描写，金庸所说还是比较简单而概括的。从中可以看到，对于"武功"这一武侠小说的核心构成要素，金庸虽然将其视为宣扬人物侠义精神的辅助，但也是非常重视的，否则，金庸不会视据实而写的武功是平铺直叙的，而要进行想象以追求神奇。因为金庸很清楚，武功描写是武侠小说吸引读者的非常重要的因素。金庸小说主要基于想象的武功描写使其避免了对中华武术简单写实化描写所可能产生的机械、生硬、死板与乏味，与此同时，又因其与中国传统文化、人生道理甚至人物性格相融合而具有文化化、艺术化、哲理化、性格化的内涵和特点，加之在具体描写时注意场景、人数、兵器、招式、虚实等方面的变化，从而丰富而不单调，复杂而不简单，生动而不生硬，神奇而不离奇，极具观赏性却又不显得荒诞不经。金庸想象的"武功"及其在小说中的完美呈现是金庸小说吸引读者的极为重要的原因。

（五）语言白话观

　　金庸在谈及武侠小说的发展前景时说，写武侠小说的人除了"必须深入了解中国的历史"外，还要"认真继承中国传统小说的表现方式"，因为"这种表现方式有很多优点，可以用来描述古代社会、现代社会，也可以用来写侦探小说、爱情故事。这种以白话为主的文字是非常美的。像著名作家老舍、沈从文等的白话文就写得非常漂亮。但现在有些人却对这种传统的表现方式很不重视，结果他们写出来的文章千篇一律，千人一面，缺少自己的风格，而且有的文章还很欧化，文法、结构都是西方的。从某种意义上讲，武侠小说能不能发展无所谓，但中国的传统文体、美的文字则必须保留，必须发展。"② 在此表述中，金庸

---

　　① 林以亮、王敬羲、陆离：《金庸访问记》，见费勇、钟晓毅《金庸传奇》，广东人民出版社 1995 年版，第 83 页。

　　② 《金庸答北大学生问》，见葛涛、谷红梅、苏虹《金庸其人》，社会科学文献出版社 2004 年版，第 241 页。

不仅高度赞美了传统白话语言，批评了现在一些作家过于欧化的表现，而且表达了对写武侠小说以及所有进行文学写作的人都应该继承并光大传统白话语言的一种由衷而良好的愿望。而金庸本人也正是怀着这样的自觉写武侠小说的。金庸说："我想武侠小说讲古代的事情，用现在的语句是不适当的。不过事实上不可能完全避免，宋、明人到底怎样讲话，我们无法知道。元朝的白话文我们现在几乎看不懂。我用的是我们想象的古代话，不是古人的古代话。在武侠小说中，我认为叙述和描写部分用现代语法是可以的，如果是人物对话，就会破坏气氛。"虽然当代人并不知道古人究竟如何说话，但在金庸看来，即使是想象，也要按照古人白话的方式说话，特别是对于人物对话来讲更是如此。同时，金庸说"叙述和描写部分用现代语法是可以的"，这只是一种比较宽容的态度表达，对他来说，"我书中有些描写叙事部分，也是避免文艺腔，但不是很干净，我在努力避免"①。此外，金庸说"用的是我们想象的古代话"并非毫无根据地想象，而是建立在阅读、熟悉、借鉴古典白话小说的基础之上，如"在语言上，我主要借鉴中国古典白话小说，最初是学《水浒传》、《红楼梦》，可以看得比较明显，后来就纯熟一些"②。由此可见金庸在古代白话语言上的努力。具体的例证如在《射雕英雄传》写作时，金庸设法避免"一般太现代化的词语，如'思考'、'动机'、'问题'、'影响'、'目的'、'广泛'等等。'所以'用'因此'或'是以'代替，'普通'用'寻常'代替，'速度'用'快慢'代替，'现在'用'现今'、'现下'、'目下'、'眼前'、'此刻'、'方今'代替等等"③。

根据上述并结合金庸关于武侠小说的其他一些认识可以看到，金庸之所以主张武侠小说写作要用传统白话语言，一是因为武侠小说写的是古代社会的人和事，不用传统白话而用现代语言甚至欧化语言是不合适的；二是武侠小说是一种传统小说形式，传统小说形式应该用传统的语

---

① 刘晓梅：《文人论武——香港学术界与金庸讨论武侠小说》，见费勇、钟晓毅《金庸传奇》，广东人民出版社1995年版，第122页。

② 严家炎：《金庸答问录》，见严家炎《金庸小说论稿》，北京大学出版社2007年版，第176页。

③ 金庸：《射雕英雄传·后记》，广州出版社2002年版，第1352页。

言；三是传统白话本身就是一种非常美的语言，这种语言应该为现当代作家继承并光大；四是金庸非常重视小说的"群众性"，希望小说"好看"而被更多的读者所接受，而"好看"的表现之一就是语言的传统白话形式。此外，还有一个原因，就是金庸极不赞同现当代大多数作家的包括语言在内的欧化表现，这在前文引用的金庸的相关表述中已表露无遗。再如，"这些文学作品的确是有它的长处和价值，不过，如果口口声声说它是要为群众服务，可是群众到底是否看得懂，却大有疑问。这样的矛盾有什么意思？我们这些知识分子当然可以欣赏，可是工农兵绝对不能欣赏。"① 金庸是这样认识的，在其小说创作中也是尽可能这样做的。对于金庸小说之于传统白话语言运用的努力和表现，刘再复给予了很高的评价。刘再复在简要梳理白话文源流与发展的基础上认为："五四文学革命所造成的并不是普通意义上的白话文，而是新体白话文，它与当时的启蒙思潮有密切的关系。大量意译或音译新词、欧化的语句表达、新思潮的价值观，构成这种新体白话文明显的特征。"欧化的新体白话文由于新文学在文坛的绝对主流地位也成为书面语言的主流。但由于本土传统文学中的"白话文学的读者自宋元以来一直是社会大众，大众使用的语言、大众喜好的形式、大众认同的趣味，与白话文学保持着最密切的关系"，所以"新体白话文在整个二十世纪都只能在知识圈子发生影响而难以深入社会大众"。正是在这个意义上，金庸"不但是本土传统在文学上最为杰出的代表，而且也是本土文学对白话文有最大贡献的作家"。因为"金庸小说的白话文，承继了这个语言传统接近社会大众的特点，祛除了它们在早期矫情、俗艳的毛病，丰富了白话文的表现力，造就了一个现代白话语文的宝库。与新体白话文相比，它没有各种各样的'腔'，既没有欧化腔，也没有社论腔，纯然是道道地地的白话"。所以，在知识分子因为各种文化相互冲突与交流而为如何保持民族价值观和跟上时代潮流而煞费苦心的时代，在文学语言的选择上，如果说"新体白话文是新文学作家交出的一份答卷"，那么"金庸小说的白话文是金庸交出的另一份答卷，同时也是本土文学作家

① 杜南发：《长风万里撼江湖——与金庸一席谈》，见费勇、钟晓毅《金庸传奇》，广东人民出版社 1995 年版，第 110 页。

中交出的最好的一份答卷。两者的孰优孰劣恐怕还会有争论，但是无疑金庸的白话文比新体白话文负荷着更多的民族文化价值。假如我们要从语言观察、体认、学习汉语本身的文化价值，金庸的白话文肯定比新体白话文提供更多有益的启示"①。刘再复对金庸小说语言的高度评价与定位未必能得到所有文学史家以及现当代作家的认可，但是金庸之于传统白话语言的认识及其在创作中的自觉运用确实是值得充分肯定的。而这也正是金庸小说赢得更广泛读者的又一个重要原因。

（六）写作创新观

金庸具有非常清醒的创新意识并自觉致力于不断创新。这主要表现在三个方面：

其一，超越武侠小说类型的自身限制。武侠小说是高度类型化的一种小说形式。侠魔对立，正义必张，激烈的武功打斗，以夺宝、复仇等为主的故事模式，曲折跌宕的情节，复杂缠绵的爱情纠葛，以及整体呈现的娱乐性，等等，是武侠小说所应具备的一般要素。虽然不能说类型化就一定意味着低劣化，但在一定程度上，类型化的确限制了武侠小说品位的提升。传统武侠小说之所以少有佳作出现，就是因为与武侠小说的高度类型化有直接关系。所以金庸才会说："武侠小说本来是一种娱乐性的东西，作品不管写得怎样成功，事实上能否超越它形式本身的限制，这真是个问题。"而从金庸自身来说，之所以强调要重视娱乐性但又不能只有娱乐性，是因为对其创作的武侠小说而言，"希望它多少有一点人生哲理或个人思想，通过小说可以表现一些自己对社会的看法"，"希望借这个形式表达出一些真实的、正确的社会意义，甚至呈现出某种永恒的艺术价值"②，同时，以塑造人物形象为创作理想，追求真实而深刻地挖掘和表达人的情感，等等，都表现出金庸试图超越武侠小说形式本身限制的愿望和努力。

其二，不同于前人、他人。如何能写得与前人、他人有所不同，亦

---

① 刘再复：《金庸小说在二十世纪中国文学史上的地位》，《当代作家评论》1998 年第5 期。

② 黄里仁、王力行、陈雨航：《掩映多姿，跌宕风流的金庸世界》，见费勇、钟晓毅《金庸传奇》，广东人民出版社 1995 年版，第 135 页。

是金庸的自觉追求。例如，当在采访中被问及何以在《神雕侠侣》中把人物处理成"一个残废的男主角，一个失贞的女主角"时，金庸的回答是："我当初决定这样写，也许是为了写武侠小说的人很多，已有的作品也很多，自己写的时候，最好避免一些别人已经写过的。一般武侠小说的男女主角总是差不多完美，所以我就试着写男女双方都有缺憾，看看是否可以。"① 再如在《倚天屠龙记》中，"我本来写一个魔教，后来却对他们同情起来，而所谓正派的人物，也不一定真的很正派。我想写得跟其他武侠小说有点不同的就是：所谓邪正分明，有时不一定那么容易分。人生之中，好坏也不一定容易分"②。

其三，不重复自己。金庸在20世纪60年代最早接受林以亮采访时曾说："我觉得继续下去，很困难。虽然为了报纸，有这个必要。有些读者看惯了，很想每天一段看下去。但是我每多写一部书，就越觉得困难，很难再想出一些与以前不重复的人物、情节，等等。我想试试看是否可以再走一些新的路线。"③ 其时，金庸还在武侠小说创作期，从中不难看出金庸为不重复自己而感到的困难，但即使再困难也要坚持创新。对于他的封笔，金庸在七八十年代接受采访时坦言："我喜欢不断的尝试和变化，希望情节不同，人物个性不同，笔法文字不同，设法尝试新的写法，要求不可重复已经写过的小说。我一共写了12部长篇小说，大致上并不重复，现在变不出新花样了，所以就不写了。"④ 既说明了他在写作过程中对创新的不懈追求，也解释了封笔不写的原因即在于觉得自己已经无法再创新。而在2002年版《金庸作品集》序言中，金庸再次回顾说："我在创作这些小说时有一个愿望：'不要重复已经写过的人物、情节、感情，甚至是细节。'限于才能，这愿望不见得能达到，然而总是朝着这个方向努力，大致来说，这十五部小说是各不相同的，分别注入了我当时的感情和思想，主要是感情。"⑤ 虽然表述中

---

① 林以亮、王敬羲、陆离：《金庸访问记》，见费勇、钟晓毅《金庸传奇》，广东人民出版社1995年版，第85页。

② 同上书，第86页。

③ 同上书，第92页。

④ 刘晓梅：《文人论武——香港学术界与金庸讨论武侠小说》，见费勇、钟晓毅《金庸传奇》，广东人民出版社1995年版，第120页。

⑤ 金庸：《书剑恩仇录·新序》，广州出版社2002年版，第5页。

不失谦虚之语，但更有能写出 15 部各不相同小说的骄傲之情。能在自觉追求创新中不断超越自己，并在自觉不能再创新时毅然辍笔，没有几个作家特别是武侠小说作家能够做到，金庸的确是可以自豪的。无论是要超越武侠小说类型自身的限制、不同于前人和他人的创作，还是自律不可重复自己，都体现了金庸强烈的创新意识和创新追求。

当然，金庸的创新是从受影响与模仿之后逐渐开始的。在接受林以亮采访时，他被问及《书剑恩仇录》与《水浒传》有诸多相似地方这一问题，金庸坦承："在写《书剑恩仇录》之前，我的确从未写过任何小说，短篇的也没有写过。那时不但会受《水浒传》的影响，事实上也必然受到了许多外国小说、中国小说的影响。有时不知怎样写好，不知不觉，就会模仿人家。模仿《红楼梦》的地方也有，模仿《水浒传》的地方也有。我想你一定看到，陈家洛的丫头喂他吃东西，就是抄《红楼梦》的。"① 在后来的访谈中，金庸同样不回避此类问题，例如，"我想《七侠五义》、《小五义》、《水浒传》是有影响，而较近的武侠小说作家白羽、还珠楼主对我也有影响。还有一个传统来自西洋古典书籍，法国大仲马，英国司各特、史蒂文生，在故事结构上对我有影响。"② "我的小说中有'五四'新文学和西方文学的影响。……戏剧中我喜欢莎士比亚的作品。莎翁重人物性格、心理的刻画，借外在动作表现内心，这对我有影响。"③ 金庸虽然广泛阅读过古今中外的文学作品，了解一些文学创作技巧和方法，但在写《书剑恩仇录》之前毕竟没有实践经验，因而在写作之初受到所阅读过的文学作品的影响，或有意或无意地进行模仿，是很正常的。关键是，凭借创新的自律，也随着创作经验的不断积累和丰厚，金庸在不断探索中，博采众长而至自成一家。此外，金庸虽然要求自己不可以自我重复，但在实际创作中难免有所重复。例如，陈墨就认为："说金庸很少重复自己是不错的。很少，

---

① 林以亮、王敬羲、陆离：《金庸访问记》，见费勇、钟晓毅《金庸传奇》，广东人民出版社 1995 年版，第 91 页。

② 刘晓梅：《文人论武——香港学术界与金庸讨论武侠小说》，见费勇、钟晓毅《金庸传奇》，第 120 页。

③ 严家炎：《金庸小说论稿》，北京大学出版社 2007 年版，第 176—177 页。

却不等于没有。"① 他列举了人物、武功、兵器、情节、方法等方面的一些重复现象。如人物上，《书剑恩仇录》中的陈正德、关明梅、袁士霄与《天龙八部》中的谭公、谭婆、赵钱孙这两组人物的性格及其相互关系几乎完全雷同；武功上，《倚天屠龙记》中张无忌的"乾坤大挪移"和《天龙八部》中慕容复的"斗转星移"，名字不同但内容实质相同；兵器上，《笑傲江湖》中的秃笔翁与《射雕英雄传》中的朱子柳都以毛笔为兵器，以书法为武功；情节上，《射雕英雄传》中郭靖喝蛇血，《神雕侠侣》中杨过服蛇胆，《天龙八部》中段誉吞莽蛄，如出一辙；方法上，"偷听"运用过多产生重复。陈墨所说在金庸小说中确然存在，而且还不止于此。不过，整体而观，金庸的创新追求使其小说中的重复现象的确不多，这在类型化的武侠小说创作中极为罕见。

面对类型化的文体本身和前人已然创作出的大量武侠小说作品，以及他因创作而带来的巨大商业利润的诱惑，金庸在创作中能始终恪守创新的追求，实属不易。这源于金庸对文学的信念，源于金庸的文学自由精神，源于金庸武侠小说是文学，和其他文学类型相比较没有高下之分的本体论认识。和金庸相比，其他新派武侠小说作家可能在一定程度上超越了前人，但他们超越不了自己；而且，因创作量过大，有泛滥之嫌。金庸的创新追求，使他不仅继承了本土文学传统，而且光大了本土文学传统。

总之，金庸主张以人物为核心，注重刻画真实、完整的人物性格，力求把人物形象塑造得丰满、生动，同时注重人物个性与故事情节的辩证统一，使情节因人物个性而产生、发展，人物个性又因情节发展而得到显示、强化，不仅因此塑造了一系列可以称之为典型的人物形象，而且避免了"庸俗闹剧"的可能；在小说中以背景方式出现中国历史的各种状况，或者是表象描述，或者是本质揭示，既增强了小说的真实感，又丰富、提升了"侠"的内涵，尤其是当金庸以当代视角对中国历史文化进行理性反思和批判时，不仅增强了小说厚重的历史感，而且增强了小说深厚的文化感；想象的武功而非真实的拳术照搬，不仅避免了机械和一般，而且极大地拓展了表现空间，使金庸凭借其渊博的知识

① 陈墨：《金庸小说艺术论》，百花洲文艺出版社1995年版，第225页。

和丰厚的学养，尽情挥洒其才情成为可能，武功因此而具有哲学化、艺术化、性格化、文化化的品质，也更加增添了神奇性和观赏性；追求小说语言的传统白话表现，力避欧化、现代化痕迹，既符合小说形式和内容的需要，也因此更加接近读者，同时在继承中丰富了传统白话的表现力；自觉致力于超越文体限制、不同于并超越前人和他人以及不重复自己的尝试和创新，使金庸小说得以避免类型化、模式化、重复化。所有这一切都表明，金庸能够全面提升武侠小说的品质决非偶然。

三　金庸的武侠小说鉴赏观

相对于武侠小说本体和创作方面认识的言论，金庸直接表达的关于武侠小说鉴赏方面的言论比较少。同时，因为金庸在谈及武侠小说鉴赏方面的认识时往往与其在本体和创作方面的认识交织在一起，所以，换个角度而言，金庸的武侠小说本体观和创作观的某些方面也就是金庸的武侠小说鉴赏观。也因此，在梳理金庸的武侠小说鉴赏观时，不能不再提上述已经引用过的某些言论。总体而言，金庸的武侠小说鉴赏观与其武侠小说本体观和创作观是相适应的。

（一）不以类型论优劣

金庸主张文学类型平等，认为"不能很笼统地、一概而论地说武侠小说好还是不好"，而"只能说某作者的某一部小说写得好不好"，强调"好的小说就是好的小说，和它是不是武侠小说没有关系。问题是一部作品是否能够感动人，有没有意义，而不是在于它是不是用武侠的方法来表现"。进而，金庸又从历时性角度强调了这一认识："要评定一部作品，就不单是形式问题，而涉及内容，如果作品具有文学价值的话，那么在一段时间后，必然会得到应当的评定和地位。就好像《七侠五义》这部书，鲁迅所写的《中国小说史》也有提到它，《儿女英雄传》也一样，所以这主要要从小说本身的价值来判断。"[①]金庸因为

---

　　①　杜南发：《长风万里撼江湖——与金庸一席谈》，见费勇、钟晓毅《金庸传奇》，广东人民出版社 1995 年版，第 102 页。

主张文学类型平等，所以同样主张在鉴赏武侠小说时，鉴赏者首先也要有文学类型平等的观念，要根据所阅读的具体武侠小说作品自身的实际情况进行鉴赏与评价，而不能带着习惯性偏见，先入为主地将武侠小说与不入流、低俗等同，不能仅仅因为所阅读的作品是武侠小说形式，就认为一定"不好"，甚至只因为作品是武侠小说，连看都不看就认定为"不好"。而如果是这样，就不会有真正的鉴赏和客观、公正的评价。所以，平等地看待一切文学类型，不以类型论优劣，可看作是鉴赏武侠小说的重要前提。

金庸对武侠小说鉴赏持此说，既是客观而论，也是有感而发。例如，2003 年在杭州西湖接受央视记者采访时，面对"几十年来您是否分析过，为什么对您的毁誉如此分明，争议如此之多"的问题，金庸回答说："毁誉分明我觉得很简单，因为实际上中国人有两种，一种喜欢武侠小说的，一种痛恨武侠小说的。喜欢的他就非常喜欢，不管谁的，金庸写得也好，还珠楼主写得也好，随便哪个写的，他都喜欢。还有一种人根本不喜欢，连《水浒传》他也觉得不好，甚至《红楼梦》他也觉得不好。"① 金庸说的是实情。因为长期以来，在固有的文学观念中，武侠小说的文学地位的确不高，否定一切武侠小说作品对很多人来说是极其正常和自然之事。在文学观念已发生一定改变的今天，完全蔑视和诋毁武侠小说类型而无视作品具体表现和质量的人依然大有人在。也因此，鉴赏者确立不以类型论优劣的鉴赏观，对于武侠小说鉴赏显得尤为重要。

（二）强烈的娱乐功能，生动的人物形象，深刻的人生思考，正确的道德观念

金庸在接受采访，回答"对小说有些什么基本的要求"时说："小说一定要好看，因为小说最重要的还是好看。其次，如果一部小说单只是好看，读者看过之后就忘记了，那也没什么意思。如果在人物刻画方面除了好看之外，还能够令读者难忘和感动，印象深刻而鲜明的话，那

---

① 辛文、叶华：《金庸：为自己设计墓志铭》，见葛涛、谷红梅、苏虹《金庸其人》，社会科学文献出版社 2004 年版，第 222 页。

就是又进一步了。毕竟，小说还是在于反映人生的。"而因为"归根结底情感还是人生中一个相当重要的部分"，所以小说在反映人生时"应该侧重于人生经验中最重要的情感问题。例如你描写一个学生，你不可能去仔细地记录他上午念英语，然后做数学这种琐细的事务，而会去选择在某一段时间里，对他最具冲击力的一件事来刻画和描写，这才是小说"①。这是金庸提出的对包括武侠小说在内的所有小说的基本要求。而在回答"理想的武侠小说应该是怎样的"这一问题时，金庸说："这个问题很难答复。我谈的是个人的希望和方向。……我个人写武侠小说的理想是塑造人物。武侠小说的情节都是很离奇的、很长的，要读者把这些情节记得很清楚不大容易。我希望写出的人物能够生动，他们有自己的个性，读者看了印象深刻。同时我构思的时候，亦是以主角为中心，先想几个主要人物的个性是如何，情节也是配合主角的个性，这个人有怎么样的性格，才会有怎么样的事情。另外一点是，当然武侠小说本身是娱乐性的东西，但是我希望它多少有一点人生哲理或个人的思想，通过小说可以表现一些自己对社会的看法。"②从金庸这些关于小说的基本要求和理想的武侠小说应该怎样的言论中，不仅可以看出金庸有关武侠小说的本体与创作方面的某些认识，而且可以得出其评判武侠小说作品质量高低的一般标准：其一，是否有强烈的娱乐性。因为武侠小说是写给读者特别是民间读者看的，所以必须"好看"，只有"好看"，才能吸引读者阅读并接受。反之，如果武侠小说不"好看"，"如果武侠小说学术化了，那武侠小说也就失去它的价值了"③。其二，是否塑造了生动的人物形象。因为武侠小说与所有的小说一样都是反映人生的，所以是否塑造出生动的人物形象也就成为衡量武侠小说作品成功与否的重要依据。而生动的人物形象的标准则在于，一是人物有自己的个性，性格展现统一而完整；二是人物的情感表现真实、细腻而深刻。与此相适应，无论情节安排如何充满离奇和巧合，都应与人物性格和情

① 杜南发：《长风万里撼江湖——与金庸一席谈》，见费勇、钟晓毅《金庸传奇》，广东人民出版社 1995 年版，第 111 页。
② 黄里仁、王力行、陈雨航：《掩映多姿，跌宕风流的金庸世界》，见费勇、钟晓毅《金庸传奇》，第 128 页。
③ 同上书，第 137 页。

感表现相吻合，如此才显得可能而合理。所以，能通过描绘人物性格和表现人物情感而塑造出生动的人物形象，并依据人物性格设计可能的离奇情节，一般来说就是比较理想的武侠小说作品；反之，如若不能描绘人物性格和表现人物情感，不能塑造出生动的人物形象，也不能依据人物性格安排情节，这样的武侠小说作品的质量也是不高的。其三，是否表现了作者深刻的人生思考。虽然武侠小说一般描写的是古代社会，也是一个浪漫的世界，但作为现实存在的作者一般应该是基于对社会的认识和人生的思考而进行写作的，并非仅仅将其视为儿戏或消遣的东西。所以，是否表现出了作者对社会与人生的思考也成为衡量武侠小说优劣的一个标准。能表现作者对社会和人生深刻思考的武侠小说作品，因其有内涵、有深度而能给读者以人生或思想启示，就是好的武侠小说作品；反之，如果没有表现出作者对社会和人生的深刻思考，仅仅只是儿戏和消遣，这样的武侠小说作品也就称不上是好的作品。

除此之外，由于金庸清楚地认识到武侠小说是一种大众型的读物，要被广大范围的读者所阅读，所以，尽管金庸认为武侠小说作为文学"属于美的范畴"，而不能直接宣扬某种价值观念或道德观念，但是"小说中有人物，就有价值观念或道德观念"，因此，不仅从他个人来说，"如果故意或不知不觉地传播一种对整个社会善良风俗有害的观念，我希望能避免"，而且从整个武侠小说创作来说，"作者要考虑到武侠小说是有千千万万人读的"。即是说，从评判的角度来讲，是否传播了正确的价值观念或道德观念也是非常重要的价值尺度。如果武侠小说作品有强烈的娱乐性、生动的人物形象和深刻的人生思考，同时能传播正确的价值观念或道德观念，就是理想的武侠小说作品；反之，即使有强烈的娱乐性、生动的人物形象和深刻的人生思考，但如果不能传播正确的价值观念或道德观念，而对"整个社会善良风俗"和读者有危害，这样的武侠小说作品也是有问题的。

（三）对青少年可能产生的负面作用，与武侠小说本身无关

金庸在座谈中回答武侠小说被改编成电视剧难免涉及电视暴力的问题时说："以前有人攻击武侠小说，认为小孩看了会模仿，也上山学道去了。我想这个责任不应该由武侠小说来负的，一把菜刀可以用来切菜，也可以用来杀人。……我写武侠小说时，只想到小说的读者，电视的编剧应该想到电视对观众的影响。在小说中描述的事在电视中不一定可以演，因为看小说的人至少有阅读的能力，受过一定的教育。如果电视对观众有坏影响，应该电视负责。因为电视编剧应该考虑到观众中有一部分是没有分辨能力的，打斗应该适可而止。"① 在接受采访，回答学生因为看武侠小说废寝忘食而荒废学业是不是武侠小说的坏影响的问题时，金庸说："坏的影响，太过当然是有，正如吃饭吃得太多亦会撑坏肚子，美国有个女人饮清水还饮死了。什么东西一太过必然有害，譬如年轻人喜欢打球，打得过多而打坏身体或荒废学业，难道我们能说打球是坏的吗？我认为武侠小说是中性的，是一种普通的娱乐，不太坏亦不太好。"② 20世纪90年代，在与北大学生互动问答时，对于"如何看待武侠小说的不良影响"的提问，金庸的回答是："我看武侠小说本身的不良影响主要有两个：一个是妨碍你考试。你看小说看入迷了，而明天就要考试，你却没有时间去准备，这当然有不良影响。这就希望你能有所节制。另一个是有暴力的倾向。武侠小说中的人物动不动就打架，这对社会上的小青年可能会有暴力倾向的影响，但对北京大学的同学绝对没有。北京大学同学太用功了，戴眼镜的很多，文化程度很高，讲文明，不打架，如果能够注重身体，加强体育锻炼，多一点尚武精神也是很好的。所以我说任何事物都有不良影响，而要对付不良影响，就只有'节制'两个字。我们中国人讲中庸之道，什么事物都不要过分，不要过犹不及。如锻炼身体，你老是从早到晚跑步、健身，那也不好；你念书太用功了，一天念十几个钟头，其他什么事都不干，我看也有不良影响。关键还是要有节制。"③ 此回答虽有现场开玩笑的成分，但就整体内容而言，金庸的态度是严肃的。综合金庸的这三次回答，可以看出，金庸对于因青少年看武侠小说而可能产生负面作用或坏影响就指责

---

① 黄里仁、王力行、陈雨航：《掩映多姿，跌宕风流的金庸世界》，见费勇、钟晓毅《金庸传奇》，广东人民出版社1995年版，第131—132页。
② 卢玉莹：《访问金庸》，见费勇、钟晓毅《金庸传奇》，第143页。
③ 《金庸答北大学生问》，见葛涛、谷红梅、苏虹《金庸其人》，社会科学文献出版社2004年版，第239页。

武侠小说本身的认识是不赞同的。在金庸看来，其一，武侠小说因为必然描写"武"而有暴力倾向，但是作为以语言为表现形式的小说，其接受对象主要是受过一定教育、具有阅读能力和分辨能力的读者，"武"之描写对于这样的读者应该只是使其获得阅读愉悦，并非能够使其产生暴力倾向。其二，对受教育程度不够而缺乏阅读与分辨能力的青少年而言，阅读武侠小说可能会使其产生暴力倾向，但是，一方面，此类读者只是武侠小说读者构成中的一部分；另一方面，此类读者中真正因阅读武侠小说而产生暴力倾向的毕竟是少数。何况，阅读武侠小说可能产生暴力倾向，也可能激发和培养尚武精神，而尚武精神的激发和培养并不能说就是坏的影响。其三，青少年因过度沉迷于武侠小说的阅读而废寝忘食，耽误学业，这当然是不好的影响，但这种影响只是因为青少年不懂得"节制"造成的，而不能因此指责武侠小说本身，就如同青少年因过分沉迷于打球、跑步、健身而可能伤害身体或荒废学业，或者因念书用功过度而不锻炼身体或其他什么事都不干，就指责打球、跑步、健身、念书不好一样。所以，金庸认为，武侠小说是"中性"的，对青少年可能产生的负面影响和作用，与武侠小说本身无关，不能因此就否定武侠小说这一传统小说形式本身。

总之，从鉴赏者角度来看，将武侠小说与其他小说类型平等看待，确立不以类型论优劣的观念，是鉴赏的重要前提，唯此才能不先入为主，不带偏见，才能客观、公正地进行鉴赏，从而不至于因为武断、简单地否定整体而忽视或淹没真正优秀的武侠小说作品；从武侠小说本身来看，以是否具有强烈的娱乐功能、生动的人物形象、深刻的人生思考和正确的价值或道德观念作为评价武侠小说好坏的标准，是比较全面、合理的，凭借这几个标准鉴赏武侠小说作品基本上可以得出正确的结论；从武侠小说的影响来看，不能因武侠小说可能产生的负面作用而否定武侠小说本身的认识，也比较客观，对纠正长期以来存在的因此负面作用而否定武侠小说本身的观念，具有一定的作用。金庸的与其武侠小说本体观、创作观相适应的武侠小说鉴赏观，对如何鉴赏武侠小说具有比较重要的指导意义。

第三章

金庸小说中的娱乐元素

娱乐性是金庸在强调武侠小说功能乃至一切小说功能时的主张。在金庸看来，武侠小说或一切小说在本体属性上就应当具有强烈的娱乐性，如果没有娱乐性，不能让读者觉得"好看"因而产生吸引力，就是"创作的失败"，而且武侠小说在传统上一直都是娱乐性、消遣性的，是非常贴近一般读者的本土小说形式。就金庸最初的创作动机而言，也主要在于娱乐自己，复以娱人。由于对娱乐功能的自觉追求，金庸在进行小说创作时充分调动和运用了一些能够产生娱乐功能的元素，主要包括以矛盾冲突为核心内容，以悬念、巧合、误会、意外、计谋、离奇等为手段设置情节，使情节复杂曲折而引人入胜；极力挖掘并描绘人物情爱世界的多级性、多边性、多难性和多样性，让爱情这一为人类所永远关注的文学永恒主题在传奇的江湖世界里表现得更加丰富、震撼而扣人心弦；"文写"武功，以极富想象力的描写使武功人物化、艺术化、文化化、多变化、诙谐化、立体化，从而充满神奇性、观赏性和跌宕性；设计塑造各种诙谐化人物形象，并通过具体的人物言行和情节场景进行描写，从而使小说字里行间乃至整体叙事结构都充满诙谐幽默的趣味；描写主要人物的成长故事，让人物历经磨难而又奇遇不断，最终走向成功。正是因为对这样一些娱乐元素的充分调动以及成功运用，所以使金庸小说显得非常"好看"，对读者充满吸引力，拥有了数以亿计的不分年龄、性别、阶层的读者。

一　引人入胜的情节

金庸认为，"武侠小说基本上就是描写冲突的"，武侠小说本身的特点就是"紧张刺激"。可见，在金庸看来，相对于其他小说类型，武侠小说在叙事上的一个很大不同之处是，它在内容层面更适合描写和表现"冲突"。基于这样的认识，设置冲突与矛盾，也就成为金庸小说创作时必须面对并极为重视的问题。不可否认，认识到武侠小说主要是描写冲突并在武侠小说创作时自觉组织冲突，并不是什么新颖的看法和做法，因为武侠小说自古以来就是描写和表现冲突的，如复仇故事模式中的复仇者与复仇对象之间的冲突，夺宝故事模式中不同夺宝者之间的冲突，伏魔故事模式中代表正义的侠客或正派与代表邪恶的奸人或魔派之间的冲突，等等。问题的关键是，在武侠小说中组织什么样的冲突以及如何组织冲突。金庸小说不同于以往武侠小说之处在于，创造了诚如陈墨所言的历史视野、江湖传奇、人生主线或国家大事、江湖奇事、人生故事"三位一体"的整体结构形式，三者不可分割，不过，"三位一体并不等于三条轴的作用和重要性完全相同……在历史视野、江湖传奇、人生故事三者之中，人生故事比其它二者更为重要"。因为，"在结构意义上，人生故事主线可以串起国家大事与江湖奇事，可以将历史视野的内容及江湖传奇的形式组合成一个独特的统一体"①。这种以人生故事为主线的"三位一体"的结构形式，既具有灵活性，又可以在不同的作品中侧重于三者中的任何一个，更具有开放性，可以容纳无限丰富的故事，"因为历史的视野是广大无边的，而人生故事也会随着时代背景、生活环境以及人物个性的多种多样而千变万化"②。所以，如果说金庸以前的武侠小说在冲突的组织上相对比较单一，如夺宝就是夺宝、复仇就是复仇、伏魔就是伏魔、行侠就是行侠，那么，金庸小说中的冲突则要丰富得多、复杂得多。可以说，在特定的历史视野和江湖传奇世界中，人生可能面对或遭遇的冲突与矛盾都能够根据创作需要而被有机地组织到一部小说之中。因而金庸的每一部小说特别是长篇小说，没有一部是单纯的夺宝故事、复仇故事、伏魔故事、行侠故事，而往往是各种故事、各种冲突相互交织、相互影响、相互作用的。

例如《碧血剑》。它首先是一个复仇故事，即主人公袁承志为报其

① 陈墨：《金庸小说艺术论》，百花洲文艺出版社 1995 年版，第 59 页。
② 同上书，第 61 页。

父袁崇焕被杀之仇而帮助李自成与崇祯和皇太极为敌并复仇的故事，在此复仇主线之下，又有金蛇郎君夏雪宜因为全家被杀而向温氏五老复仇，闵子华因为哥哥被杀而向焦公礼复仇，何红药为报夏雪宜始乱终弃之仇而与夏青青和袁承志为敌等；它又包含着夺宝故事，即夏青青抢李自成军饷而被袁承志夺回，温氏五老为夺藏宝图而毒害夏雪宜，夏青青和袁承志根据藏宝图寻找宝物，山东和直隶各路帮派与强盗抢夺袁承志押送并要献给李自成的宝物等；它也有爱情故事，即夏青青爱袁承志而袁承志更钟情于阿九，阿九爱袁承志但因是崇祯之女及夏青青之妒而最终出家，焦婉儿爱袁承志同样因夏青青之妒而转嫁罗立如，夏雪宜与温仪互爱而双方却是仇家，何红药爱夏雪宜却被始乱终弃，何铁手爱上女扮男装的夏青青等。除此之外，它还有伏魔故事，如铁剑门玉真子为非作歹而最终被袁承志诛杀；有权力斗争故事，如李自成为防威望极高的李岩取代自己而将其逼死；有朝代更迭故事，如明朝崇祯、清朝皇太极和闯王李自成三大政治及军事力量的较量；有门派不合故事，如华山派归辛树及其弟子梅剑和、孙仲君对袁承志的蔑视与不尊重，等等。每一类及每一个故事都包含着冲突的双方或多方，而故事、冲突中的绝大多数都是袁承志的亲身经历，即通过袁承志的人生故事这一主线结构在一起。再如《飞狐外传》，也是集行侠故事、复仇故事、报恩故事、爱情故事、反清故事等于一体。行侠故事，如胡斐路见不平追杀凤天南、阻钟氏兄弟帮刘鹤真夫妇、与钟敬文冒险到药王谷求药以救治苗人凤双眼；复仇故事，如胡斐找苗人凤以报杀父之仇，袁紫衣找凤天南和汤沛以报母仇，商夫人敦促商宝震练功以向苗人凤报杀夫、杀父之仇；报恩故事，如胡斐因马春花在商家堡有一言相救之恩而数次报答，袁紫衣为报凤天南生身之恩而阻止胡斐追杀三次；爱情故事，如胡斐与袁紫衣彼此相爱，却因袁紫衣出家而不能在一起，程灵素爱胡斐因胡斐心有所属而不得，苗人凤娶南兰而南兰后与田归农私奔，商宝震爱马春花而马春花却与福康安私通且痴心不改；反清故事，如胡斐与红花会英雄在陶然亭与清廷大内十八高手相斗，袁紫衣抢夺各派掌门之位并与胡斐、程灵素等人破坏清廷主办的"天下掌门人大会"等。同样，所有故事及其所涉及的冲突双方或多方都主要因胡斐的人生主线而联系、交织在一起。《碧血剑》《飞狐外传》在金庸小说中不算质量很高的作品，远不

如《射雕英雄传》《神雕侠侣》《笑傲江湖》《天龙八部》《鹿鼎记》等
作品的艺术成就及影响力，它们既已如此，更遑论其他鸿篇巨制了。金
庸的长篇小说如此，中短篇小说亦如此，如《白马啸西风》。它主要包
含复仇故事、爱情故事、寻宝故事和迷宫故事。复仇故事，如李文秀为
父母报仇，东尔库一直寻找毒死自己妻子雅丽仙的仇人，瓦耳拉齐打死
曾致其伤残的马家骏；爱情故事，如史仲俊爱师妹上官虹而上官虹嫁给
了李三，瓦耳拉齐爱上雅丽仙而雅丽仙却爱上东尔库，马家骏爱上李文
秀而李文秀爱的是苏普，李文秀爱苏普而苏普爱的是阿曼；寻宝故事，
如史仲俊等人追杀李三既为报夺情之仇也为得到其所藏的藏宝地图，霍
云龙、陈达海等人追杀李文秀同样是为了藏宝图；迷宫故事因寻宝故事
而派生，在小说中由瓦耳拉齐讲给李文秀听。

可见，金庸小说没有一部作品只有单一的故事，而往往是由多种故
事相联系、相交织，同时，每一种故事中又常常包含着若干具体的故
事。由于这些故事必然涉及冲突的双方或多方，故事越多，联系越紧
密，冲突也就越丰富。冲突的接连不断及其相互作用必然使小说情节跌
宕起伏，变化多端。

小说情节的跌宕起伏并不只取决于冲突本身，因为冲突是需要具体
组织、描写的。如果说冲突本身是情节得以跌宕起伏的内容要素，那么
如何具体组织冲突，如何描写冲突的产生、推进、激化、演变以及各种
冲突间的联系、交织，还需要一些技巧和方法即形式要素。金庸所说的
"武侠小说的故事不免有过分的离奇和巧合"，"侦探小说的悬疑与紧
张，在武侠小说里面也是两个很重要的因素"，既是对武侠小说整体创
作技巧而言，也是对其创作武侠小说所使用的技巧而言的。可以说，为
了组织、描写好冲突，金庸自觉而充分地运用了包括悬念、巧合、意
外、误会、计谋、离奇等在内的各种手段与方法。

悬念在金庸小说中有大量的运用。《天龙八部》中，乔峰出场不
久，其身世问题就构成了一个悬念，这使他陷入极大的危机之中。接
着，神秘事件不断发生，即每当他想找一个知情人了解身世之谜时，该
知情人必定会在他找到之前被杀害。他是乔峰还是萧峰？是谁杀死了乔
三槐夫妇、玄苦大师等人？在聚贤庄，何人在他准备自戕时将他救走？
什么人要阻止他了解事实的真相？30年前的雁门关之战到底是怎么回

事？"带头大哥"究竟是谁？马夫人何以说段正淳是"带头大哥"？又是如何看出他和阿朱的破绽？诸如此类的问题，既是萧峰所关注并追查的，又始终紧扣读者欲知究竟的阅读心理。《笑傲江湖》中，小说开始"灭门"一章中就设置了一个很大的悬念，即谁制造了这一血腥而恐怖的事件，从而吸引着读者去关注小说故事情节的发展。此后，诸如令狐冲出场前的渲染、令狐冲与任盈盈的相识、令狐冲身陷梅庄地牢等过程，也都设置了悬念。如仪琳口中所说的令狐冲到底是一个怎样的人物？"婆婆"究竟是何许人？令狐冲何以受到江湖中三教九流人士的眷顾？这些人士何以不能明言这样做的理由？向问天带令狐冲到梅庄要干什么？令狐冲何以身陷囚室？令狐冲发现的"化功大法"是何人所刻？在令狐冲、任盈盈正面出现及任我行和向问天复归之前，这些问题始终是读者必然心存的疑问。包括日月神教教主东方不败在正式露面之前借由他人之口被一再提及也始终是一个悬念。《倚天屠龙记》中，俞岱岩为何人所伤？参与围攻明教的六大门派之人下光明顶后为何失踪？暗算和攻击张无忌及明教群雄的是什么人？小昭究竟是什么人？等等。金庸小说少有贯穿始终的悬念，但在整个小说叙事进程中，却通过各种方法时时设置各种悬念并破解悬念。金庸小说情节因悬念丛生而波澜不断。

相对于悬念，巧合更是金庸小说中大量使用的叙事手段。《射雕英雄传》中，郭靖初入中原，在张家口一酒店吃饭，恰巧扮作小叫花模样的黄蓉此时也在酒店门口偷馒头而遭店伙计训斥，郭靖帮黄蓉解围并邀其和他一块儿吃饭，二人因此结识并开始一段江湖奇缘；二人在长江边游玩，黄蓉刚将叫花鸡做好，准备二人食用，恰巧洪七公到此，于是与洪七公结识，而黄蓉的精湛厨艺又正好迎合了洪七公的胃口，使其欲罢不能，于是郭靖才能学得降龙十八掌中的十五掌；郭靖初上桃花岛，巧遇老顽童周伯通并与其结拜为兄弟，老顽童所创的"双手互搏之术"正好与郭靖纯朴、简单的性格相合，所以一学就会，而老顽童出于好玩让郭靖背记"九阴真经"经文，没想到黄药师出题考试择婿时，第三题正是背记"九阴真经"，于是郭靖胜欧阳克而成为黄药师不得不承认的女婿。《神雕侠侣》中，小龙女因绝情花毒不治，为救杨过而跳下绝情谷自杀，结果绝情谷底深潭中的鱼肉与所养蜜蜂酿的蜜相合，竟是治伤良药，而深潭极寒之水也是疗伤所必需；翅膀上刻有"我在绝情谷底"的蜜蜂被从小龙女处学得驭蜂之法的老顽童在百花谷发现，时逢黄蓉到来，于是一行人到绝情谷，与金轮法王和郭襄相遇；杨过从绝情谷峰顶跳入谷底求死，原为与小龙女的16年之约不能实现之故，却在跌入深潭后发现亮光并据此找到小龙女的居所与小龙女得以相见。《侠客行》中，小乞丐"狗杂种"在几十个烧饼中随意抓取的一个，竟然内藏着江湖人梦寐以求的"玄铁令"；侠客岛上，主人公的目不识丁居然恰与石壁所刻武功"侠客行"要旨相合。总之，巧合在金庸小说中无处不在，其效能主要在于使人物关系迅速得以建立，使人物命运出现突变，使情节充满戏剧性变化。

除悬念、巧合外，意外、误会、计谋、离奇等在金庸小说中的运用也比比皆是。如意外，《神雕侠侣》中，小龙女在终南山与金轮法王激斗正酣时，她魂牵梦绕的杨过突然在青松旁玫瑰花丛中意外出现，致小龙女发呆，忘记危险而身受重伤。《天龙八部》中，乔峰在聚贤庄因杀人太多加之伤重而意欲求死之时，屋顶一脸蒙黑布的黑衣大汉突然甩下一根长绳缠住其腰将其救走；少室山上，慕容复战败欲自杀，被一灰衣僧用暗器击中长剑而未遂，少林方丈玄慈突然出现，坦言他是叶二娘的情人、虚竹的父亲，藏经阁内青袍、枯瘦的无名老僧突然出现化解冤仇。意外使情节出现逆转或突变。如误会，《书剑恩仇录》中，陈家洛因误会霍青桐和男扮女装的李沅芷之间的关系而心生嫌隙，导致二人分离。《笑傲江湖》中，令狐冲因不能明言是风清扬所授剑法而被误以为私藏"辟邪剑谱"，所学乃"辟邪剑法"，也因与田伯光及日月神教中人结交而被认为是奸徒，从而蒙受被逐出师门并几遭江湖正派共弃的命运。误会产生或激化矛盾从而推进情节发展。如计谋，《倚天屠龙记》中，从谢逊全家被杀到少林寺最终几乎因叛乱而毁于一旦，从头至尾都是由成昆的阴谋所致。《笑傲江湖》中，左冷禅使计谋阻止刘正风金盆洗手、派劳德诺卧底华山派并唆使丛不弃和成不忧与岳不群争权、狙杀恒山派、威逼定闲师太、挑动泰山派内乱而企图统领五岳剑派；岳不群为保华山派并争五岳剑派盟主之位而欲得"辟邪剑谱"，先派人窥视福威镖局，后收林平之为徒，再诬陷令狐冲私练"辟邪剑法"，利用劳德诺，最后在嵩山封禅台打败左冷禅夺得盟主之位，同样是再三使用计谋；向问天用计策将任我行从梅庄救出，任我行复得教主之位后谋划一统江湖之计，江湖正派在恒山定下应对任我行之策，只因任我行突然病逝而使计策落空。无论是一方计谋的实施还是双方计谋的较量，都使情节既缜密推进又扣人心弦。如离奇，《射雕英雄传》中，郭靖被梁子翁所养毒蛇缠住，情急之下咬住毒蛇吸食其血，不仅增添了功力，而且从此百毒不侵；老顽童周伯通在大海之中降服鲨鱼且驾其遨游；郭靖和黄蓉在铁掌峰负于大雕之背飞走，躲过铁掌帮的追杀。《神雕侠侣》中，情花的存在及其毒性是非常离奇的，而杨过与小龙女也因情花之毒而历尽磨难；杨过被郭芙斩断左臂后，在荒谷中愤激悲苦之时遇到通人性的神雕，并在其敦促下练成"独孤剑法"。离奇不仅推动着情节的发展，改变了人物命运，而且使情节更具有传奇色彩。

金庸小说中组织、描写冲突的技巧与手段并不止于悬念、巧合、意外、误会、计谋、离奇等，智慧、错误、偷听（看），包括一些影视剧技巧也有大量运用，此处不再一一例证列举。需要说明和强调的是，其一，上述针对每一种技巧或手段所举例证相对于金庸小说中的具体、丰富存在而言，是微乎其微的；其二，将各种技巧或手段分开例证说明只是为了叙述与分析的方便，在金庸小说中，它们往往是紧密结合、交织融合在一起的。如《天龙八部》中，乔峰身世问题被暴露是出于马夫人的阴谋，而马夫人之所以设计陷害乔峰，只因乔峰当年在洛阳百花会上无视她的存在，这在乔峰本是无心之举，但在马夫人看来却是乔峰对她的冒犯，所以她要报复。报复的原因很离奇。其后便是证人不断被杀的悬念，因为乔峰出现在现场，所以被误认为是杀人凶手，更加坐实了他的罪名。乔峰在少林寺巧遇偷"易筋经"的阿朱，因偷听（看）被发现而与玄慈等人动手致阿朱受伤，乔峰带阿朱到聚贤庄找薛神医救治而大战群雄，身受重伤欲求死之时却意外被人救走。雁门关上，阿朱意外出现与乔峰相见。二人乔装打扮找马夫人了解真相，阿朱因不明情况被看出破绽而不觉，马夫人再使计策骗其杀段正淳。小镜湖畔，阿朱恰巧发现自己是段正淳之女。乔峰出重掌致前来赴约的段正淳于死地却发现对方是由阿朱假扮的，乔峰因这一错误而悔恨终生。乔峰再找马夫人查明情况，偷听（看）到马夫人与段正淳的关系及其离奇表现、白世镜的意外出现以及神秘之人装鬼逼问出马大元之死因。在与马夫人的直接对话中，乔峰了解到自己身世事件的起因以及阿朱装扮白世镜何以被看出破绽的原因。至此，身世事件除"带头大哥"和杀证人之人究竟是谁尚不知晓外已基本清楚。在这一过程中，金庸将悬念、巧合、意外、误会、计谋、离奇、错误、偷听（看）等手段有机组合，综合运用，矛盾组织紧凑，情节跌宕起伏。其三，悬念、巧合、意外、离奇等手段、技巧在武侠小说里是被广泛运用的，而非金庸小说所专门运用。关键在于，金庸通过缜密的构思将这些技巧、手段组合得更复杂微妙，运用得更合理可信。即以上例来看，马夫人报复乔峰而暴露其身世问题的原因似乎很离奇，但通过对其变态心理和变态行为的描写，这一原因是成立的；阿朱在雁门关的出现虽然很意外，但通过阿朱向乔峰说明缘由，再联系此前乔峰以自身真气为阿朱续命并为救阿朱而勇闯聚贤庄，阿朱因心系乔峰并以其聪慧想到乔峰会到雁门关而前往，其实也很合理；阿朱在小镜湖因阿紫身上的金锁片而知自己是段正淳和阮星竹的女儿，看似巧合，也很意外，但在此之前其实已有伏笔，即乔峰为阿朱疗伤时曾在阿朱身上发现一个"天上星，亮晶晶，永灿烂，长安宁"的金锁片。再如郭靖与黄蓉的相识，的确非常巧合，但人与人在茫茫人海中的偶然相遇不是不可能，更重要的是，郭靖的纯朴、慷慨、侠义之心及其真诚无私的帮助，感动了乞丐装扮又因是负气出走而倍感孤独、需要抚慰的黄蓉。同时，黄蓉虽然刁钻古怪但却冰雪聪明、慧眼识人，她发现了郭靖这块璞玉，所以二人才能相识、相交而相爱。否则，郭靖若只是帮付所偷馒头之账而不邀其和自己共同吃饭，或虽邀其共同吃饭但不任其胡乱点菜，或吃完饭后见其衣衫单薄而不赠其自己所穿貂裘和所剩四锭黄金中的两锭，或在其提出讨要汗血宝马时一口回绝；抑或黄蓉若只是刁钻古怪而非冰雪聪明、慧眼识人，若只是任性而不知感恩，又若非与父亲生气而只身流浪江湖感到伤心、孤单，那么，二人就不会由邂逅而坐在一起，也不会因交谈而彼此逐渐相知，更不会产生相交的渴望，相爱自然便无从谈起。所以，金庸虽然也使用一般武侠小说家所通常使用的技巧、手段，但他以人物性格刻画塑造为根基，使人物性格与情节设置交互作用，并辅以精心设计的伏笔和补叙做出交代，使情节既跌宕起伏又合理可信。

　　以组织、描写丰富的矛盾冲突为内容要素，以悬念、巧合、意外、离奇、误会等技巧、手段为形式要素，以塑造刻画人物形象为目的，通过大胆而丰富的想象和精心缜密的构思设置情节，金庸小说的故事情节具有了丰富性、跌宕性、传奇性、生动性和合理性。对读者而言，这样的情节是引人入胜的。严家炎说："读金庸的许多作品，我们都有一种相同的经验：拿起来就放不下，总想一口气看完，有时简直到了废寝忘食、通宵达旦、欲罢不能的地步。他的小说没有看了头就知道尾的毛病。情节曲折，波澜起伏，层层递进，变幻莫测，犹如精神的磁石、艺术的迷宫，具有吸引读者的强大魅力。"① 他主要从"跳出模式，不拘一格""复式悬念，环环相套""虚虚实实，扑朔迷离""奇峰突转，敢用险笔"和"出人意料，在人意中"五个方面具体分析了金庸小说情节的长处和特点。冯其庸在谈及他阅读金庸小说的感受时说："我每读金庸小说，只要一开卷，就无法释手，经常是上午上完了课，下午就开始读金庸的小说，往往到晚饭时，匆匆吃完，仍继续读，通宵达旦，直到第二天早晨吃早饭，才不得已暂停。如早饭后无事，则稍稍闭目偃卧一会，又继续读下去，直至终卷而止。记得第一部读的是《碧血剑》，我读了一个通宵，第二天白天，稍稍处理了一些事情，就将此书读完。以后每部书的开读，大抵都是如此。虽然书的卷数有多有少，读的时间也不完全相同，但通宵不寐地读金庸的小说，成了我的最大的乐趣。"② 之所以如此，从情节来说是因为"金庸小说情节的柳暗花明，绝处逢生，如天外奇峰飞来，这种令人拍案叫绝的地方，往往随处可见。在未往下读时，已觉山穷水尽，在既往下读后，又觉得路转峰回，情随景移，合情合理。正是由于这些，常常令人不能释卷，总让你要一看究竟。"③ 两位学者不仅描述了阅读金庸小说的感性体验，而且或具体或简要地理性分析了何以如此的原因，充分肯定了金庸小说情节之于读者的作用。一般读者可能未必会对金庸小说在情节上的强大吸引力进行深层的原因分析，但废寝忘食、通宵达旦地阅读金庸小说的切身感受与体验却是共同的、普遍的。能吸引读者阅读如斯，正是金庸注重武侠

---

① 严家炎：《金庸小说论稿》，北京大学出版社 2007 年版，第 64 页。
② 冯其庸：《读金庸》，见葛涛《金庸评说五十年》，文化艺术出版社 2007 年版，第 180—181 页。
③ 同上书，第 184 页。

小说的娱乐性、强调武侠小说一定要"好看"的主张在情节这一小说构成要素上成功实践所产生的强烈效果。

二　丰富多样的爱情

爱情是文学永恒的主题。因为文学是人学，主要是表现人的精神世界和情感世界的，而爱情不仅是人所必然经历、体验的人生情感，而且是所经历、体验的人生情感中最为复杂、微妙、深奥的一种情感。从武侠小说来讲，明末清初以前的"侠"是不近"女色"的，但随着明末清初之际才子佳人小说的兴起和风靡，"这股言情小说思潮也渗透到武侠小说中，致使武侠小说冲破了'情'的禁区，英雄豪杰也开始跳出'侠不近色'的框子，本来写英雄好汉、神勇任侠为主的刚性文学，一变而为刚柔相济，'侠''情'兼备，却又具有浓厚的封建名教气息的'儿女英雄'小说"①。尽管这一时期武侠小说中所描写的男女之情还被禁锢于封建名教、程朱理学之下，因而常与"忠孝节义"观念相结合，但在武侠小说中描写和表现男女之情，却"打破了武侠小说以往那种单调题材的格局，更有利于武侠小说描写人情世态、阐发人性，为武侠小说的发展开辟了宽广的道路"②。自此，又经后世武侠小说作家承继与发扬，"情"不仅与"侠""武""奇"共同构成武侠小说的四大元素，也成为武侠小说吸引读者的又一重要元素。

金庸认为，文学主要是表达人的感情而不是用来讲道理的，能够深刻而生动地表现出人的感情的文学作品就是好的文学作品，因此，发掘并深刻地表现人物的情感世界成为金庸小说创作时的自觉追求，甚至成为他的终极创作理想。应该说，金庸试图在小说中表现的情感是多方面的，除必然表现侠义之情这一特殊也是根本的情感之外，父母子女之情、朋友之情、男女之情、师徒之情、兄弟之情等都是金庸所要表现的，而且在不同的小说中也尽可能有不同的侧重，如《倚天屠龙记》，"事实上，这部书情感的重点不在男女之间的爱情，而是男子与男子间

---

① 罗立群：《中国武侠小说史》，辽宁人民出版社 1990 年版，第 173—174 页。
② 同上书，第 174 页。

的情义，武当七侠兄弟般的感情，张三丰对张翠山、谢逊对张无忌父子般的挚爱"①。然而，在金庸的 15 部小说中，无论长篇还是短篇，都少不了对男女之情的描写和表现。爱情描写无疑是其主要着力点之一。

对于金庸小说中的爱情描写，众多研究者都给予了充分的肯定。陈墨认为，金庸小说"不仅是刀光剑影的武侠天地，而且也是丰富而深邃的情爱世界"，其情爱世界非同一般之处在于它的严肃性、丰富性、深刻性和独创性。② 严家炎认为："金庸不但是写武侠的圣手，也是写爱情的高手。他的小说里交织着许多迷人的故事。……应该说这些爱情描写里都有'英雄美人'的罗曼蒂克成分，都渗透着理想主义的色彩，但纯洁崇高的爱情本身，依然有一种感染人、吸引人的力量，使读者的感情净化。"③ 也有研究者认为，金庸小说的爱情描写"超越前人与难倒后人的地方：既不'犹抱琵琶半遮面'，更没有沦落到'只谈风月'的模式。为了从爱情中揭示人的本质，还原人的真实，以及由此为主线去构思作品，金庸经常把爱情中的神妙元素轻轻拾起，略为安插，就使人生中不少原成定局的形式，又呈现出'山重水复疑无路，柳暗花明又一村'的境界，从而有了新的转机和改变，有了新的解释和说法，也有了新的出路和结局。"④ 的确，金庸小说中的爱情描写不同凡响，其描写本身的严肃性、生动性、纯洁性、复杂性、深刻性，其对读者产生的吸引力、震撼力、影响力，非一般武侠小说家所能望其项背。爱情描写在金庸小说中，不仅是表现人情、人性、人心的主要内容，塑造人物形象、推动情节发展的重要手段，而且是使小说"好看"从而吸引读者的重要娱乐元素。

从娱乐角度看，金庸小说中的爱情描写主要有这样几个特点：

其一，多级性。金庸小说的绝大部分作品中都有数种以上的爱情故事，主要人物固然少不了爱情故事，就是那些重要人物、次要人物，甚至只是作为背景出现的人物，也常常有自己的爱情故事。如《书剑恩仇录》中，既有主人公陈家洛和霍青桐、喀丝丽的爱情悲剧，又有重

---

① 金庸：《倚天屠龙记·后记》，广州出版社 2002 年版，第 1416 页。
② 陈墨：《金庸小说情爱论》，百花洲文艺出版社 1999 年版，第 1—12 页。
③ 严家炎：《金庸小说论稿》，北京大学出版社 2007 年版，第 40 页。
④ 费勇、钟晓毅：《金庸传奇》，广东人民出版社 1995 年版，第 217 页。

要人物余鱼同苦恋骆冰以及李沅芷对余鱼同的追求而定婚约、徐天宏与周绮的终成眷属，次要人物"天山双鹰"陈正德和关明梅与"天池怪侠"袁士霄的三角恋以及背景人物于万亭和徐潮生的爱而不得等。作为金庸处女作的《书剑恩仇录》已然如此，之后创作的小说就更是这般了。如《神雕侠侣》中，主要人物杨过与小龙女的爱情故事、重要人物李莫愁爱陆展元而不得的爱情故事、背景人物王重阳与林朝英的爱情故事、次要人物武三通爱义女何沅君而不能等爱情故事同时并存；《天龙八部》中，不仅有主要人物萧峰与阿朱、段誉与王语嫣、虚竹与西夏公主的爱情故事，也有重要人物叶二娘与玄慈、阿紫爱萧峰而不得的爱情故事，以及次要人物游坦之爱阿紫、赵钱孙始终爱谭婆而不得的情感纠葛等。主要人物、重要人物、次要人物以及背景人物等众多人物的爱情故事同时存在于特定作品中，从而构成特定作品爱情世界的多级性。多级存在的爱情故事，无论它们是独立存在还是相互联系存在，都使特定作品的爱情世界显现出丰富性。爱情作为人类极为重要的一种情感，既为人所必然经历、体验，也为人所必然关注、欣赏，对人天然地具有强烈的吸引力。读者阅读武侠小说固然主要是因为对行侠仗义、刀光剑影的江湖世界的喜爱，但儿女情长的旖旎风光同样是吸引读者的重要原因，而且在充满冲突性和传奇性的江湖世界里，爱情可以被演绎得更加轰轰烈烈、荡气回肠，因而能够更加吸引读者。

其二，多边性。金庸小说中的爱情故事不乏单纯的双边关系，即无论结果如何而只涉及男女双方并无其他任何追求者，如徐天宏与周绮、张翠山与殷素素、王重阳与林朝英、萧峰与阿朱（阿朱生前）等，但更多的爱情故事特别是主人公的爱情故事则是多边关系而非双边关系，即爱情纠葛至少是在三人或三人以上的群体之间发生的。具体表现大体包括：一是三角关系，即爱情纠葛主要是在三人之间发生的。其中，有两男一女，也有两女一男；可以发生在青年男女之间，也可以发生在已婚夫妇与未婚男子之间；这种爱情纠葛或只是在一段时期内发生或伴随着人物的一生。如陈家洛与霍青桐、喀丝丽之间，胡斐与袁紫衣、程灵素之间，郭芙与武修文、武敦儒之间，阿朱死后萧峰与阿紫、游坦之之间等，都是青年男女在恋爱期间的爱情纠葛，且发生在一定时间内；陈正德、关明梅与袁士霄之间，白自在、史小翠与丁不四之间，谭公、谭婆与赵钱孙之间，苗人凤、南兰与田归农之间等，则是已婚夫妇与未婚男子之间的爱情纠葛，其中，前三组三角关系始于青年时期，又在一生中始终保持着这样的关系。二是连串关系，即爱情纠葛发生在三人以上的群体之间。主要有两种情况：第一种是相爱并终成眷属的男女双方各有另外或多或少的其他爱慕者、追求者。如郭靖与黄蓉相爱而坚定，但郭靖另有青梅竹马且有婚约的华筝的矢志追求、黄蓉另有西毒之子欧阳克为之神魂颠倒而不择手段；杨过与小龙女彼此忠贞不渝，但杨过身边另有程英、陆无双、公孙绿萼、郭襄，小龙女身边另有尹志平和公孙止。第二种是男子或女子既是追求者也是被追求者，作为追求者，追求或许被接受或许不被接受，作为被追求者，或许不能接受或许最终终于接受。例如袁承志爱阿九，温青青、焦婉儿爱袁承志，罗立如爱焦婉儿，何铁手最初爱上男扮女装的温青青，后来也爱上袁承志。最终，袁承志与温青青厮守，焦婉儿下嫁罗立如，何铁手追随袁承志一生；王语嫣爱慕容复，段誉爱王语嫣，木婉清、钟灵爱段誉。王语嫣因慕容复一心只图复国而无情以及段誉的痴心不改，最终与段誉携手，木婉清与钟灵则因与段誉是兄妹关系而不能再爱；令狐冲爱岳灵珊，岳灵珊爱林平之，任盈盈和仪琳爱令狐冲，最终，令狐冲接受任盈盈而"曲谐"，岳灵珊因所爱非人而身亡，仪琳则只能依旧身伴青灯；李文秀爱苏普，苏普爱阿曼，马家骏爱李文秀，最终，马家骏为李文秀而死，李文秀只身返江南。三是一对多关系，即爱情纠葛发生在一男子与众多女子之间。这种关系也有两种情况：第一种是众多女子都爱一男子，该男子却不知自己究竟爱哪一个。如张无忌始终在爱自己的四女之间徘徊，既爱这个又喜欢那个，甚至梦想同时拥有四女，虽然最后他做出了选择，但如金庸所说："对于周芷若、赵敏、殷离、小昭这四个姑娘，似乎他对赵敏爱得最深，最后对周芷若也这般说了，但在他内心深处，到底爱哪一个姑娘更加深些？恐怕他自己也不知道。"① 第二种是一男子与众多女子同时保持着情爱关系。如段正淳与刀白凤、秦红棉、甘宝宝、王夫人、阮星竹、康敏六位女性之间，虽然段正淳与刀白凤是夫妻关系，但他与其他女性保持着情人关系，而且在与每一个女子相处时都是真心实意

① 金庸：《倚天屠龙记·后记》，广州出版社 2002 年版，第 1415 页。

的，并育有子女。如果说同时拥有四女在张无忌是一种梦想，那么与六女保持情爱关系在段正淳则成为事实。需要说明的是，上述几种多边关系只是一种大致区分，一方面，难以尽述金庸小说中爱情多边性的复杂状况，另一方面，它们又常常是动态地交织在一起的。例如，张无忌与赵敏等四女是一对多关系，但当宋青书追求周芷若时又形成一对多关系中的三角关系；段誉、王语嫣、慕容复、木婉清、钟灵之间是连串关系，而段誉、王语嫣和慕容复之间则是三角关系；杨过、小龙女和一众人等是连串关系，但就杨过个人而言，同时面对小龙女、程英、陆无双、公孙绿萼和郭襄之爱，又是一对多关系，等等。爱情关系的多边性设计和描写，使相爱者、追求者、被追求者、爱而不得者、暗恋者等众多人物身陷更加复杂而微妙的爱情旋涡之中，人物之间所产生的各种矛盾冲突以及做出的各种选择，既更加充分、生动地刻画出人物形象，又构成情节发展的重要推动力，对读者而言，则因更加关注人物的命运而激发出更大的阅读兴趣并沉溺其中。

其三，多难性。金庸小说中的爱情故事特别是主人公的爱情故事，大都一再延宕，历尽磨难。即使最终有情人终成眷属，也都是在经历了种种劫波之后。例如郭靖与黄蓉，"他俩被认为是人间最佳配偶，最幸福美满的姻缘。被看作是爱情美满的'正格'，即标准情侣或模范配偶"[1]，但江南七怪视黄蓉是"小妖女"而不许郭靖与之亲近，黄药师看不上愚钝的郭靖而一再阻挠，郭靖出于道义欲履行与华筝的婚约而惹黄蓉伤心，欧阳锋、欧阳克叔侄在桃花岛上杀江南七怪嫁祸黄药师而使郭靖对黄蓉心生怨怼，并与之分离北赴蒙古，二人海上几经劫难、密室封闭黄蓉守护郭靖疗伤、铁掌峰黄蓉中掌郭靖负其求医一灯、东征屠城郭靖对一切感到茫然、欧阳锋掳黄蓉引诱郭靖，等等，都是二人在相爱过程中所遭遇的磨难。杨过与小龙女的爱情更是磨难重重。最初是杨过因年少无知而离开小龙女，小龙女孤身一人流落江湖艰难寻找杨过，之后是小龙女三次离开杨过而杨过开始对小龙女的寻找：第一次是小龙女听闻包括郭靖、黄蓉在内的众口一词的礼教大防后，为使杨过不至于因与自己相爱而遭人轻贱，于是离开并身陷绝情谷；第二次是小龙女听到杨

---

[1] 陈墨：《金庸小说情爱论》，百花洲文艺出版社 1999 年版，第 32 页。

过对武氏兄弟所说话语，误以为杨过欲娶郭芙又感伤自己已非纯洁之身而再次离开；第三次是小龙女为救杨过，留下 16 年相见之约后，跳入绝情谷底。在此过程中，尹志平的玷污、众口一词的礼教大防、公孙止的作梗、杨过身中"情花"之毒、郭芙斩断杨过手臂、小龙女重伤，加之郭芙误发毒针陷其于不治、"情花"之毒能解而小龙女之毒不能解等使二人劫难重重。最终，杨过在经历 16 年黯然销魂的等待，终于无望后也跳入绝情谷，这才与小龙女意外重逢。杨过与小龙女的爱情故事充满了离别、寻找、伤痛和煎熬，在金庸小说中，他们的爱情故事"最为曲折、最为生动、最令人激动和痴迷。这是一个充满了悲剧意味的故事。自他们相爱之日起，就离多合少，往往旧劫未去，新劫又生，历尽曲折悲欢，充满苦涩苍凉"①。另外，如张无忌与赵敏、令狐冲与任盈盈、段誉与王语嫣等也是如此。金庸小说中当然也有众多历尽磨难而未终成眷属的，如陈家洛和香香公主、夏雪宜和温仪、萧峰和阿朱等。历经磨难之后无论是终成眷属还是未成眷属，重重磨难本身的曲折跌宕，人物在磨难中的困苦、伤痛、迷惘、抗争与执着，人物命运的不断改变，人物形象的更加丰满鲜活，对读者来说都是能扣住其心弦的。如果说历尽磨难之后终成眷属的美满结局因更能满足读者的心理而使其愉悦，那么历尽磨难之后未成眷属的遗憾同样令读者心惊而印象深刻。

其四，多样性。金庸小说中的爱情故事不仅众多，而且更为难得的是少有相同者。不仅同一部小说中不同人物的爱情故事不同，而且不同小说中人物的爱情故事也少有雷同者。从人物关系看，有同门或相同性质的江湖组织的男女之爱，如林平之、令狐冲与岳灵珊，李秋水、天山童姥与逍遥子；有不同辈分的男女之爱，如杨过与小龙女、武三通与何沅君；有身负家族仇恨的男女之爱，如胡斐与苗若兰、温仪与夏雪宜；有分属江湖和庙堂的男女之爱，如袁承志与阿九、张无忌与赵敏；有不顾正邪相争的男女之爱，如张翠山与殷素素、令狐冲与任盈盈；有分属佛界和俗界的男女之爱，如胡斐与袁紫衣、玄慈与叶二娘；等等。从爱情发生看，有青梅竹马、朝夕相处而生爱情者，如武修文、武敦儒对郭芙，令狐冲对岳灵珊；有江湖邂逅而一见倾心者，如陈家洛与香香公

---

① 陈墨：《金庸小说情爱论》，百花洲文艺出版社 1999 年版，第 53 页。

主、段誉对王语嫣；有不打不成交而逐渐心生爱慕之情者，如徐天宏与周绮、胡斐与袁紫衣；有始于调戏、报复之心而终于相爱者，如杨康与穆念慈、夏雪宜与温仪，有始于性欲而终于爱情者，如纪晓芙对杨逍、虚竹与西夏公主，等等。从追求关系及结果看，有男女互爱无所谓谁先追求谁并终成眷属者，如郭靖与黄蓉、杨过与小龙女，也有未能终成眷属者，如陈家洛与香香公主、袁承志与阿九；有女追男而成功者，如赵敏追张无忌、任盈盈追令狐冲，也有不成功者如程灵素爱胡斐、仪琳爱令狐冲；有男追女而成功者，如段誉追王语嫣，也有不成功者如欧阳克追黄蓉、令狐冲追岳灵珊，等等。从爱情意识和态度看，有明确爱的对象并始终不渝者如郭靖与黄蓉、萧峰与阿朱，有不知所爱对象是谁而困惑矛盾者如张无忌对四女，有爱而不自知者如郭芙之于杨过，有爱而又惧爱者如周伯通之于瑛姑，有爱心中之幻象者如殷离之于张无忌，等等。从失恋者看，有为所爱而牺牲者如香香公主、程灵素、公孙绿萼、阿朱，有为爱而压抑成魔、成狂者如何红药、李莫愁、武三通，有明知爱而无望但始终守护在所爱之人身旁者如何铁手、胡逸之、赵钱孙，有孤独一身、默默祝福而但凡所爱之人有所需便挺身而出者如陆无双、程英姐妹，有黯然神伤看破红尘而皈依佛门者如阿九、郭襄，有得不到爱而必将爱的对象毁灭者如康敏，等等。从磨难成因看，或许是因为人物自身的性格，或许是因为江湖险恶，或许是因为面临生死的考验，或许是因为多边关系而产生的情爱风波，或许是因为伦理道德不容，或许是因为父母、师父阻挠，或许是因为正邪之争，或许是因为家仇国恨，等等。这些原因可以由任意一个产生作用，更可以由多个原因共同产生作用。更重要的是，无论是互爱者还是爱人者、失爱者，无论是女追男还是男追女，无论是双边关系还是多边关系，无论是终成眷属还是未成眷属，由于人物的性格不同、爱与被爱的前提条件和基础不同、人生际遇和所面临的环境与阻力不同等原因，其具体的爱的过程、爱的方式、经历的波折、产生的问题等都是不一样的，从而显现出多样性。多样性意味着不重复，意味着独创和新奇，意味着在描摹千姿百态的爱情故事的同时，可以对读者不断产生新的刺激和吸引。

金庸小说爱情描写之所以具有这样的特点，一是因为金庸小说中江湖故事的发生无论是有明确的时代背景如宋、元、明、清，还是没有明确的时代背景，写的都是古代社会，但是对于爱情描写，金庸秉持的却主要是一种现代而非古代的爱情观，即爱情不仅是建立在男女平等基础上的男女互爱，而且是一对一的关系，具有排他性。即如恩格斯所说："现代的性爱，同单纯的性欲，同古代的爱，是根本不同的。第一，它是以所爱者的互爱为前提的；在这方面，妇女处于同男子平等的地位，而在古代爱的时代，决不是一向都征求妇女同意的。第二，性爱常常达到这样强烈而持久的程度，如果不能结合和彼此分离，对双方来说即使不是一个最大的不幸，也是一个大不幸；仅仅为了能彼此结合，双方甘冒很大的危险，直至拿生命孤注一掷，而这种事情在古代充其量只是在通奸的场合才会发生。"① 金庸秉持现代爱情观描写笔下古代人物的爱情故事，使其笔下爱情故事的丰富多样呈现成为可能。既然是男女平等，那么男女都有追求爱情的权利，既可以男追女也可以女追男，既可以是追求者也可以是被追求者；既然是男女互爱，而且是排他的，那么无论男女都可以拒绝别人也可以被别人拒绝；同时，男女互爱既是二人之事又不仅是二人之事，它既决定于二人的性格、志趣、喜好、机缘等因素，又必然受制于现实的各种复杂关系，而爱情本身又具有冲破一切阻力的强大力量。凡此种种，使得爱情的表现形态具有了无限可能。二是因为金庸对爱情有他自己的认识。金庸曾说："作为我个人是非常希望、非常鼓励青年男女从一而终的。假若一对年轻人青梅竹马、一见钟情，而后喜结良缘、白头偕老，这大概是人生最愉快、最幸福的事了。当然大世间多有变化，爱情并不一定总是理想的，但我还是要讲，既然你爱上了一个人，就专心地去爱他（她）吧！"② 金庸在这段话中既表达了他的现代爱情观和所认为的理想爱情形态，也强调了"大世间多有变化，爱情并不一定总是理想的"这一现实感受和认识。金庸在《神雕侠侣》中也曾描述一种植物"情花"，它有花、有刺、有果实。其花可食，杨过初尝时，"入口香甜，芳甘似蜜，更微有醺醺然的酒气，正感心神俱畅，但嚼了几下，却有一股苦涩的味道，待要吐出，似

---

① 恩格斯：《家庭、私有制和国家的起源》，见中共中央马克思、恩格斯、列宁、斯大林著作编译局：《马克思恩格斯选集》（第四卷上），人民出版社 1972 年版，第 73 页。

② 《金庸答北大学生问》，见葛涛、谷红梅、苏虹《金庸其人》，社会科学文献出版社 2004 年版，第 231 页。

觉不舍，要吞入肚内，又有点难以下咽。他细看花树，见枝叶上生满小刺，花瓣的颜色却是娇艳无比，似芙蓉而更香，如山茶而增艳"；其刺有毒，中者不能再想情爱之事，而且其毒可致人死亡；其果实并不好看，"或青或红，有的青红相杂，还生着茸茸细毛，就如毛虫一般"，滋味"有的酸，有的辣，有的更加臭气难闻，令人欲呕"，虽有"甜如蜜糖"的，但"从果子的外皮上却瞧不出来，有些长得极丑怪的，味道倒甜，可是难看的又未必一定甜，只有亲口试了才知"。如此奇异的"情花"作为植物当然不是真实的存在，而完全是金庸的虚构，但金庸虚构此花并非随意妄为，而是将其作为他对爱情本身认识的喻体，即如杨过听闻公孙绿萼对情花果实的介绍时所想："她说的虽是情花，却似是在比喻男女之情。难道相思的情味初时虽甜，到后来必定苦涩么？难道一对男女倾心相爱，到头来定是丑多美少？难道我这般苦苦地念着姑姑，将来……"① 不过，"情花"之喻又并非只指杨过与小龙女的爱情，《神雕侠侣》中的所有爱情故事如王重阳与林朝英相爱而不能结合，李莫愁因爱成魔最后高唱"问世间情为何物，直教人生死相许"而死，武三通爱义女不能而在压抑中发疯，程英与陆无双孤独守望一生，郭襄黯然神伤而出家最终创立峨眉派，公孙止与裘千尺夫妻反目成仇，老顽童对爱一再逃避，等等，都是"情花"之喻的具体表现形态。进而，金庸小说中的所有爱情故事可以说都是"情花"之喻的具体表现形态，"情花"即是金庸爱情认识的象征物。爱情是什么？这是人类进入文明史以来一直发问、探究而始终没有确定答案的问题。或者，即使有人进行了定义，但总是被人的具体感受和体验所否定。金庸用"情花"描述爱情，它有花、有刺、有果实，花娇艳香甜而又苦涩，刺有毒可致人死，果实有甜、有酸、有辣、有臭，而且关键是必须亲口品尝否则难以判断，正表明在金庸看来，爱情不是抽象的定义物，而是因人而异，感受各有不同。如此，金庸自觉致力于描写出形形色色的爱情故事也就成为必然。三是因为金庸高度重视武侠小说中的爱情描写。金庸认为，"武侠小说通常有两个主题：一是斗争，二是爱情"，把爱情

---

① 金庸：《神雕侠侣》，广州出版社 2002 年版，第 547—548 页。本章所引用作品内容均出于本书，不再详注。

作为武侠小说不可或缺的主题之一，可见其对爱情描写的重视和强调。因为爱情作为人生中极为重要的情感之一，不仅为人所必然经历，而且为人所必然关注，在武侠小说中倾力而充分地描写爱情，不仅符合金庸挖掘和表现人的情感的创作理想，而且能够强烈地吸引读者。爱情描写多级性、多边性、多难性、多样性特点的呈现，正是金庸高度重视武侠小说爱情描写作用的必然结果。

总之，秉持现代爱情观，以男女平等为前提，以男女互爱为根本，描绘形形色色的爱情故事，表现各种各样的爱情形态，金庸不仅展示出了他的卓越的创造才能，而且写出了爱情的丰富性和深刻性。从读者角度说，金庸小说如此描写爱情，又使其具有了强烈的娱乐性。面对这样的一个爱情世界，读者会不由自主地沉迷其中，吸引于它的丰富，惊奇于它的多样，感动于它的美好，赞叹于它的热烈，关注于它的复杂，心悬于它的曲折，震撼于它的牺牲，感伤于它的无奈，同情于它的痴狂，启示于它的深刻。有研究者评价说："至情至性，始终不渝，确实是金庸小说最重要的一翼。对许多读者来说，它甚至比武林豪侠的刀光剑影、武打博杀更耐人寻味，比湖光山色、古道斜阳的绝好风光更有吸引力。如果没有了爱情的恩恩怨怨，纠缠不休，没有了这些才下眉头，却上心头等等剪不断理还乱的情愫，那么，相信金庸的许多作品就不会有如今的魅力。"① 确实如此。如果失去丰富多样的爱情世界，金庸小说就不会达到应有的艺术高度，也不会拥有数以亿计的读者。

金庸小说中当然也有并非基于男女平等、男女互爱基础上的情爱描写，这主要表现于《鹿鼎记》中韦小宝娶了包括双儿、曾柔、方怡、阿珂、建宁公主、苏荃、沐剑屏在内的七个妻子的婚姻形态。对此，金庸说："有人问为什么写七个太太？我说那时候七个不够，还要多。那时候做大官的人不知有多少太太，历史上是这样子，不是讲现在，而是讲康熙的时候。……在一个很不民主、不讲法律的、专制的时代中间，韦小宝这样的人就会飞黄腾达，好人会受到欺负、迫害，所以写韦小宝

---

① 费勇、钟晓毅：《金庸传奇》，广东人民出版社 1995 年版，第 218 页。

这个人也是整个否定那个封建腐败的社会。"① 可见，金庸这样描写，一方面是为了符合历史真实，另一方面是为了借由韦小宝人物形象的塑造达到否定腐败封建社会的目的，而韦小宝不择手段地占有七女以及七女出于各种原因而委身于韦小宝，正是韦小宝形象塑造的一个重要方面。也因此，金庸这样描写并不代表金庸赞同这种没有爱情的婚姻。不过，从娱乐角度看，七个女性七个故事的多样化描写，无论是韦小宝不择手段的追求、被追求女性的拒绝还是七女之间的拉帮结派、争风吃醋的幽默诙谐化处理，使读者的阅读过程充满了愉悦和欢笑。此外，娶七个如花似玉、各具特色的太太，在客观上又何尝不是满足了众多男性读者的内心欲望从而产生阅读的兴趣？韦小宝的爱情与婚姻描写究其实质当然是深刻的，但就其表面呈现来说又是非常"好看"的。

三　充满想象的武功

"武"与"侠"是武侠小说最为核心的两个构成要素。有"武"无"侠"或有"侠"无"武"，并不能称为武侠小说，只有"侠""武"并举，才能称之为武侠小说。关于"武"与"侠"的关系，梁羽生说："我认为在武侠小说中，'侠'比'武'应该更为重要。'侠'是灵魂，'武'是躯壳；'侠'是目的，'武'是达成'侠'的手段。与其有'武'无'侠'，毋宁有'侠'无'武'。武功好的侠士自是相得益彰，但没有武功的寻常人也可以成为'侠'。"② 温瑞安说："武侠小说的'招牌货'，便是'打斗'。"但是，"仅'武'而不'侠'的，是失败的武侠小说，因没有人要看连场冗闷的打斗，就算武侠电影、电视也是一样。好的武侠小说，在故事的发展、情节的推进、人物的冲突、人性的尊卑等交织下，爆出一连串读者屏息以待的星花——打斗，

---

① 杨澜：《杨澜访金庸》，见葛涛、谷红梅、苏虹《金庸其人》，社会科学文献出版社2004年版，第170页。

② 佟硕之：《金庸、梁羽生合论》，见葛涛《金庸评说五十年》，文化艺术出版社2007年版，第213页。本文是梁羽生以佟硕之之名而撰，梁羽生在本文中将他和金庸进行了较为细致的比较。

这才是合乎情理的爆发。'打斗'，永远是手段，不是目标。"① 金庸也认为，"武侠小说应该正名，改为侠义小说"，因为武侠小说"最重要的不在武功，而在侠气，人物中的侠义之气，有侠有义"。可见，在新派武侠小说代表作家眼中，武侠小说中的"侠"要比"武"重要。然而，尽管他们都强调"侠"比"武"重要，但他们在武侠小说创作中又都莫不重视对"武"的描写。其原因很简单，因为在江湖世界里，"魔"要凭借武功为非作歹、争权夺利，而"侠"则更要仰仗武功锄强扶弱、伸张正义，同时，作为武侠小说类型特征标志的"武"本身对读者具有比较大的吸引力。特别是从金庸来讲，虽然也明确表态说重"侠"轻"武"，在小说中也确实塑造了众多光彩照人、深入人心的侠形象，但并不表明他在小说创作中真的轻视武功描写。恰恰相反，与众多武侠小说作家相比，金庸对武功描写更加用心和投入，更加绞尽脑汁、煞费苦心，表现出高超的创造力。也因此，金庸小说中的武功描写不仅极具神奇性和观赏性，而且更是推动故事情节、塑造人物形象、演绎传奇人生的重要手段和元素，成为其达到一定艺术高度的重要表现。读者喜爱金庸小说的一个重要原因即在于其中的武功描写。

金庸小说的武功描写具有诸多特点，从娱乐角度看，主要有这样几个方面：

其一，神奇性。金庸小说中的武功大都没有现实根据，显得匪夷所思，异常神奇。这主要表现在：一是人物化。武功人物化首先表现在武功性格化上，人物具有怎样的性格即有与之相适应的武功。例如，大气磅礴的"降龙十八掌"只有洪七公、郭靖和萧峰这样的沉稳浑厚、光明磊落之人才能修习并将其威力发挥到极致；分心二用的"双手互搏术"只有周伯通、郭靖、小龙女这样纯正质朴、胸无城府之人方能掌握运用；懒惰、怕死的韦小宝对什么武功都不感兴趣，唯独对可以助其逃命的"神行百变"功夫情有独钟并下功夫练习。进而，武功对人物具有反作用，人物因修习某种武功或者会更加强化其某种性格，或者会改变其某种性格。如"降龙十八掌"之于郭靖，既适合郭靖的性格，又反助其在成长过程中个性不断得到强化和完善；杨过深得古墓派功夫精髓，是因

---

① 温瑞安：《谈〈笑傲江湖〉》，重庆大学出版社 2009 年版，第 24—25 页。

古墓派功夫主要以灵巧见长，而这与其轻佻、浮躁的个性有关，但自从偶遇神雕而发现独孤求败"剑塚"，悟得"重剑无锋，大巧不工"的道理，并在洪水和飞雪中练剑，个性发生重大变化，由轻佻而沉稳，由浮躁而凝重。武功人物化其次表现在武功情感化上。武功与人物情感相联系，或因情感而被创制，或威力的有无与强弱因人物情感的变化而变化。例如林朝英创制的"玉女素心剑"是其与王重阳剪不断、理还乱的情感纠葛的结果，而杨过与小龙女双剑合璧使"玉女素心剑"，可以威力无敌，也可能无法御敌，其原因也只在二人之间的情感变化，正如书中所描写："使这剑法的男女二人倘若不是情侣，则许多精妙之处实在难以体会；相互间心灵不能沟通，则联剑之际是朋友则太过客气，是尊长小辈则不免照拂仰赖；如属夫妻同使，妙则妙矣，可是其中脉脉含情、盈盈娇羞、若即若离、患得患失诸般心情却又差了一层。此时杨过与小龙女相互眷恋极深，然而未结丝萝，内心隐隐又感到前途困厄正多，当真是亦喜亦忧，亦苦亦甜，这番心情，与林朝英创制这套'玉女素心剑'之意渐渐地心息相通。"而杨过在与小龙女离别后，于百无聊赖之际所创制的"黯然销魂掌"，不仅每一招如"行尸走肉""心惊肉跳""徘徊空谷""孤形只影"等都表现了杨过因思念小龙女而生不如死的心境与情感，而且与小龙女重逢后因情感发生变化而无法发挥此掌法的威力，至他以为要丧身在金轮法王之手而又生出对小龙女的"黯然离别"之情，掌法威力才又重新发挥。二是艺术化。文学、音乐、书法、绘画、舞蹈等艺术形式，在金庸小说中，都可以被用来描绘武功，或者是被作为武功本身，或者是被作为招式的名称，或者是被作为兵器等。例如，黄药师以箫吹奏的《碧海潮生曲》是其将毕生功力蕴含于乐曲声中，桃花岛上，当其以箫声与欧阳锋的筝声相较时，"铁筝犹似巫峡猿啼，子夜鬼哭，玉箫恰如昆岗凤鸣，深闺私语。一个极尽惨厉凄切，一个却是柔媚婉转。此高彼低，彼进此退，互不相下"。在郭靖听来，"只觉一柔一刚，相互激荡，或揉进以取势，或缓退以待敌，正与高手比武一般无异"，至洪七公以长啸声加入，"三股声音此起彼伏，斗在一起"①。此番较量不仅是三大高

---

① 金庸：《射雕英雄传》，广州出版社2002年版，第598—600页。本章所引用作品内容均出于本书，不再详注。

手之间的比武，而且郭靖也因此开始领悟《九阴真经》所载的武功。令狐冲在梅庄与黄钟公、秃笔翁比武时，黄钟公以琴声发出"七弦无形剑"，秃笔翁以笔为兵器，书法即剑法，笔画即剑招，先后书写颜真卿诗帖《裴将军诗》、张飞所书《八濛山铭》以及《怀素自叙帖》。张三丰因徒弟俞岱岩受重伤，悲愤之下书写的"武林至尊，宝刀屠龙。号令天下，莫敢不从。倚天不出，谁与争锋？"二十四个字共二百一十五笔的腾挪变化，并被张翠山窥得，"师徒俩心神俱醉，沉浸在武功与书法相结合、物我两忘的境界中"①。李白的诗《侠客行》是小说《侠客行》中的最高武功，全诗二十四句，每一句都包含着一套武功，或剑法，或掌法，或拳法，或轻功，或内功，如第五句"十步杀一人"、第十句"脱剑膝前横"、第十七句"救赵挥金锤"各包含一套剑法，第六句"千里不留行"、第七句"事了拂衣去"、第八句"深藏身与名"各包含一套轻功，第九句"闲过信陵饮"、第十四句"五岳倒为轻"、第十六句"纵死侠骨香"各包含一套拳掌功夫，等等。包含着至上武功的二十四句诗在侠客岛上以壁画形式被分别直观地呈现于二十四石室之中，所有上岛之人因执着于文字注解而理解各异、不得要领，唯有石破天因不识字而得窥真谛。同样，《连城诀》中众人梦寐以求的"连城剑法"即在《唐诗选辑》中，每一句唐诗都是一招剑法，如"孤鸿海上来，池潢不敢顾"（张九龄《感遇》）、"俯听闻惊风，连山若波涛"（岑参《与高适薛据登慈恩寺浮图》）、"落日照大旗，马鸣风萧萧"（杜甫《后出塞五首》），等等。三是文化化。金庸小说武功描写善于与传统文化相结合，既使传统文化借由武功描写得到一定的展示，又使所描写武功因为有了丰厚的文化内涵而显得更加玄妙。这其中，金庸最推崇的是《易经》和道家哲学思想，小说中所描写的最高武功大多都是由此演绎而来。《书剑恩仇录》中，如此武功描写已初现端倪，陈家洛和霍青桐、香香公主在古城石室中发现竹简，竹简上用朱漆写有《庄子》，看到第三篇《养生主》中的"庖丁解牛"段，陈家洛得悟至高武学境界，后在余鱼同的笛声伴奏中，拳法犹如行云流水，进退趋止，莫

---

① 金庸：《倚天屠龙记》，广州出版社 2002 年版，第 108 页。本章所引用作品内容均出于本书，不再详注。

不中节，战胜此前武功一直高过他的张召重。《神雕侠侣》中，独孤求败关于剑道三重境界的遗论，即从"凌厉刚猛，无坚不摧"之利剑到"重剑无锋，大巧不工"，再到"不滞于物，草木竹石均可为剑"从而渐进于"无剑胜有剑"之境，充分体现了道家思想，独孤求败为此一生中求一败而不能，杨过因此领悟武功绝学，通过师法自然、去巧守拙而臻至一流。《天龙八部》中，段誉于无量山洞穴中发现逍遥派两大武功：一是"引世人之内力而为我有"的"北冥神功"，二是变化莫测的"凌波微步"步法。"北冥神功"之名及武功原理源于庄子《逍遥游》，武功"以积蓄内力为第一要义。内力既厚，天下武功无不为我所用，犹之北冥，大舟小舟无不载，大鱼小鱼无不容"①；"凌波微步"源于易经，所有步法都与易经六十四卦的方位契合。段誉依靠"凌波微步"多次在临敌之际幸存，也凭借"北冥神功"所积蓄内力使家传武学发挥到极致。至于"降龙十八掌"这一洪七公、郭靖和萧峰使用的武功，其招式名称来自易经卦象，如"亢龙有悔""飞龙在天""见龙在田"是乾卦，"龙战于野"是坤卦，"神龙摆尾"是履卦等。人物化、艺术化、文化化的武功，完全出于金庸的想象，于现实中是不可能的，但是这种现实中的不可能在充满幻想的虚拟江湖世界中却是可能的，或者说，它不符合现实逻辑，却符合艺术逻辑。超现实武功描写避免了因对现实中存在的武术的简单照搬和模仿而具有神奇性，在显示出金庸丰富想象力和高超创造力的同时，对读者产生了强烈的吸引力。

其二，观赏性。武功本身无论怎样设计，都是要用于"打斗"的。在江湖世界里，高手切磋、行侠仗义、正邪相抗、争权夺利、锄强扶弱、报仇雪恨乃至保家卫国等，都需要"武力"，需要以"武功"进行"实战"。然而，武打可以写得机械、简单而沉闷，也可以写得灵活、多变而具观赏性，这取决于小说家的创造才能，金庸小说中的武打描写属于后者。主要表现在：一是多变化。多变化首先表现在同一个"打斗"场面中，人物施展的武功、使用的兵器、参与的人数、比拼的方式、所处的环境等不断发生变化。如《倚天屠龙记》中六大门派围攻

---

① 金庸：《天龙八部》，广州出版社2011年版，第59页。本章所引用作品内容均出于本书，不再详注。

明教于光明顶一役，张无忌为救明教挺身而出独战六大门派，先凭借"乾坤大挪移"坦然身受宗维侠、常敬之的"七伤拳"夹攻，再用"七伤拳"震断三丈有余的大松树而慑服崆峒派；以轻功与少林空性的"龙爪手"周旋，得窥其各种变化后，再以"龙爪手"制服空性；随手拆接华山掌门鲜于通的"鹰蛇生死搏"，揭其短而又以真气逼其无法开口辩解，再以其所施金蚕蛊毒还制其身将其击败，待高、矮两老者出战，又以二三百斤重的大石为兵器戏斗其"反两仪刀法"，当昆仑派何太冲、班淑娴夫妇与高、矮两老者联手，又折梅枝做兵器凭"乾坤大挪移"与"反两仪刀法"和"正两仪剑法"相抗，几经遇险后幸得周芷若借与灭绝师太对话提醒而窥破其四象顺逆原理得以制胜；得杨道和韦一笑提示施展轻功而抢攻，用剑和刀与灭绝师太的倚天剑和峨眉剑法相斗，待峨眉众弟子围住八面方位后又夺除周芷若外的众弟子之剑掷向灭绝师太，最后以"乾坤大挪移"心法的第七层功夫夺得倚天剑从而击败灭绝师太；因没有提防而被周芷若用倚天剑刺伤，躺倒在地再次用"乾坤大挪移"化解武当宋青书的"绵掌"并将其打败。至此，张无忌与六大门派对战共七场，虽然主要凭借的是"九阳神功"内力和"乾坤大挪移"心法，但因对手秉性不同、与其恩怨不同、对手使用武功和兵器以及人数不同，张无忌的应对方式、使用兵器以及武功的具体运用也不同。多变化其次表现在同一部小说中的"打斗"招式各不相同上。仍以《倚天屠龙记》为例。光明顶一役之后不久，张无忌在武当山三清殿与赵敏手下阿三、阿二和阿大分别打斗，与阿三打斗时是以"太极拳"迎战"金刚指力"功夫，与阿二打斗时是以"九阳神功"硬碰天生神力，与阿大打斗时则是持木剑以现场新学的"太极剑"抗衡凭倚天剑使出的快剑。此外，如张无忌在灵蛇岛与波斯流云使、妙风使和辉月使的打斗，在少林寺后山山峰与渡厄、渡劫、渡难三僧的打斗等，都是各不相同的。多变化最后表现在不同小说中的"打斗"招式各有不同上。不同小说中的人物不同，为人物设计的武功不同，"打斗"自然不同，此处毋庸举例说明。变化性意味着不雷同、不重复，对读者而言总是不断地产生新奇感而被吸引。二是诙谐化。江湖人物"打斗"因为常常事关生死，所以一般会表现得激烈、残酷、血腥。但金庸在描写武打时时常对其进行诙谐幽默化处理，使其既激烈残酷又轻松好笑。如上述张无忌在光明顶与六大门派诸人的打斗，张无忌用大石做兵器与高、矮老者的戏斗，高老者的胡搅蛮缠和耍无赖表现，张无忌以昆仑派弟子西华子为障碍抵挡高、矮老者和何太冲夫妇的合击，又以"乾坤大挪移"引得四人刀剑或刺，或砍向己方而狼狈不堪，再加之高老者在这一过程中的情急大叫等，使得这一场原本惨烈、悲壮的武打至少在张无忌与华山派和昆仑派相斗的这两个环节中多了几分轻松愉快。再如段誉在碾坊与11个西夏武士打斗的过程。此时的段誉只掌握"凌波微步"，家传的"六脉神剑"并不娴熟，但为保护心上人王语嫣，只得鼓足勇气勉力一战。此过程本来凶险无比，但段誉不顾生死、务求从头至尾地将"凌波微步"两次演示给王语嫣看，想用"六脉神剑"杀敌却不能而无意之中又能将敌杀死，王语嫣怎么提示就怎么做，同时不断与王语嫣对话并对敌叫喊，如对王语嫣说"姑娘要瞧，我这便从头至尾演一遍给你看，不过能否演得到底，却要看我脑袋的造化了"；"王姑娘，这人好生厉害，我走不到他身后"等，对敌说"弄死这许多人，叫我如何过意得去？实在是太过残忍，你们快快退去吧，算是我段誉输了，求……求你们高抬贵手"；"你这般横蛮，我可要打你玉枕穴和天柱穴了，只怕你抵敌不住，我劝你还是……还是趁早收兵，大家好来好散的为妙"；"你们人数越来越少，何必再打，杀人不过头点地，我向你们求饶，也就是了"，等等，整个过程既血腥又好笑。对于金庸小说武功"打斗"场面的诙谐化处理，陈墨认为："金庸的创作方法，是将武打看成是一种特殊的'游戏'，其次才是生死搏斗。这就使得他的小说中的'艺术的武打'不同于真实的拼命打斗。"① 其"妙处是显而易见的，一是增加了趣味性和观赏性；二是造成情节松紧起伏，变化多端，让人的情绪随之变化，获得极大的愉快；三是造成了场景氛围的既紧张又轻松好笑的奇异态势，使武打的吸引力成倍地扩大了"②。三是立体化。武功打斗一般是一对一，也可能是一对多或多对多，而且通常还有或多或少的围观者。金庸小说武功打斗描写的立体化即体现在，不仅写出了打斗者相互间的武功、招式、智计较量，也写出了其各自情

---

① 陈墨：《金庸小说艺术论》，百花洲文艺出版社1995年版，第205页。
② 同上书，第209页。

绪、心理的种种变化，而且写出了周围环境、围观者的各种现场反应及其对打斗者可能产生的影响。如《神雕侠侣》中杨过在大散关英雄宴上与霍都的打斗，其过程书中大致是这样描写的：杨过用只知招数而不知口诀的"打狗棒法"斗霍都落于下风，郭芙与武氏兄弟在场外各怀心事，武氏兄弟以为杨过是情敌，"自知不该幸灾乐祸、希冀敌人获胜，然内心深处，竟是盼望他这筋斗栽得越重越好"；郭芙对杨过虽无好感，"见他势危，却不禁为他担心"；杨过打斗中瞥见小龙女"神色关注，随时便要跃起相助"，身体斜飞越过其脚，小龙女双足微抬，足尖踢向霍都左右脚穴位，杨过危势暂缓；黄蓉在场外念"打狗棒法"口诀相助杨过，霍都无还手之力，以杨过是替小龙女争盟主之位而逼杨过弃用洪七公的"打狗棒法"，杨过也自觉不用小龙女所授武功，恐其怪罪；杨过使"玉女剑法"再斗霍都，旁观"群雄无不骇然钦服"，郭靖更是悲喜交加，黄蓉"见他眼眶微红，嘴角却带笑容，知他心意，伸手过去握住了他右手"；霍都见久战不能胜一少年，觉得声名扫地，便使出看家本领"狂风迅雷功"，而杨过因求"姿势俊雅"，剑法威力大减，当此之时，杨过三次喊要使暗器而不使，在霍都不防备时却又真正发出暗器玉蜂金针，从而战胜霍都。此战中，杨过与霍都的斗智斗力及微妙心理，郭芙与武氏兄弟的复杂心态，黄蓉本不喜欢杨过但为求胜而不顾帮规传授口诀的表现，郭靖的悲喜交加，小龙女只是全神贯注地看着杨过而随时准备相助，旁观群雄的喝彩、惋惜和担心，等等，都有描写。这种立体化的描写在金庸小说中比比皆是。金庸小说如此描写武打场面，显得极为具体、生动。正如严家炎所说："金庸不像有些作家那样光写当事人单纯斗武，而是十分投入具体的特定情境，不仅写出双方的武功路数、招式及技能发挥的情况，并且写出比武者随时发生着变化的情绪、心态，写出包括周围观众在内的各种因素对当事人产生的影响，使读者感到这确实是活人在比武。"[①] 金庸小说武功"打斗"场面描写的多变化、诙谐化和立体化，避免了重复简单而显得新颖复杂，避免了单纯的紧张刺激而显得张弛有度、轻松活泼，避免了机械乏味而显得具体生动，从而具有强烈的观赏性以吸引读者。

---

① 严家炎：《金庸小说论稿》，北京大学出版社 2007 年版，第 35 页。

其三，跌宕性。金庸小说主要人物武功的获得特别是使其成为江湖一流高手的武功绝学的获得，通常是在人物身处险境、受重伤几乎不治、面临危急关头或是被欺骗等情况下意外发现、获得并练成的。如张无忌少小时身中"玄冥神掌"非"九阳神功"而不能医治，张三丰遂带其到少林寺求治而不得，本以为时日无多，却不料在朱长龄的追逼下与其一起掉落悬崖平台，为躲避朱长龄欺辱而钻进一洞穴，没想到却别有洞天，并在为大白猿治伤时发现当年潇湘子和尹克西藏在猿猴腹中的"九阳真经"，既重伤得愈又练就神功。而"九阳神功"的真正大成，则是身困"乾坤一气袋"中因真气流转、膨胀，几欲"肌肤寸裂，焚为焦炭"之时，受成昆掌力猛烈袭击致"乾坤一气袋"破碎而获得；杨过被郭芙砍下右臂，悲愤惶急之下跑入荒山再遇神雕，竟然在神雕的指引下发现独孤求败的"剑塚"，不仅获得玄铁重剑，而且悟得至高剑理，并在神雕的催促、指导、陪练下师法自然而武功大进；谢烟客故意错误传授"罗汉伏虎神功"的修炼方法，导致石破天阴阳失调不合。在长乐帮，香主展飞以二十余年铁砂掌之力击打石破天"膻中穴"欲致其死而报夺妻之恨，没料到石破天正值寒热交攻之时，这一掌反助其阴阳交汇成就深厚无比的内功；虚竹出于慈悲之心背负天山童姥躲避追杀，后被天山童姥困在冰窖中不能逃脱，天山童姥为得虚竹保护而欲授其"天山六阳掌"功夫，虚竹坚辞不受，天山童姥先在其身种下"生死符"，再授其九种化解手法，及至与李秋水对掌时被叫破如"阳春白雪""阳关三叠""阳歌钩天"等，才知已身具"天山六阳掌"。如此描写主人公武功绝学的获得，不仅情节峰回路转，而且人物命运出现重大改变，对关注主人公命运的读者而言，既释然又希冀，释然于人物身逢绝境而产生的担心与紧张，希冀于人物因武功绝学的获得而可能开启的人生新境界。金庸小说武功描写的跌宕性更表现在武功"打斗"中。主人公在"打斗"特别是在比较关键的"打斗"中肯定是要获胜的，但获胜并非轻而易举，而常常是优势与劣势、顺境与逆境交织在一起。如杨过与小龙女重逢后为救郭襄而与金轮法王在高台之上"打斗"，本来二人势均力敌，但金轮法王借攻击郭襄引杨过相救而出现破绽，使杨过处于全然挨打的局面，其右腿、左肩受伤，杨过数次使出"黯然销魂掌"，但因与小龙女相会心中喜悦欢乐而总是失之毫厘，郭靖用弓箭射给杨过的长剑也被金轮法王用双轮绞断，小龙女、郭靖、黄蓉等人因无法相助而焦急万分，杨过万念俱灰之下没精打采地拍出一掌，却是"黯然销魂掌"之"拖泥带水"并击中金轮法王肩头，由此扭转败势转危为安，又在接连使出"魂不守舍""倒行逆施""若有所失"和"行尸走肉"之后将金轮法王打下高台获胜。上述张无忌大战光明顶一役更是如此。初逢少林空性"龙爪手"而被抓破右臂，斗鲜于通时差点中了蛊毒，疲于应付"正两仪剑法"和"反两仪刀法"的合击，在灭绝师太凭倚天剑之利的八招快攻下于劣势中八次死里逃生，被周芷若用倚天剑刺成重伤，躺在地上应对宋青书因妒火中烧而欲致其死地的攻击，等等，使张无忌在此役中数次遇险，从而使整个打斗过程跌宕起伏。希望看到主人公在"打斗"中获胜应该是读者普遍而正常的阅读心理，而且也知道武侠小说家一定会让主人公获胜，但是如果主人公胜得过于轻松，既不真实，也会削弱读者阅读的快感。相反，将优势与劣势、顺境与逆境、获胜与险情相交织，不仅真实，而且"打斗"过程因跌宕起伏而更加紧张刺激，从而强化、放大了读者的阅读快感。无论是武功获得过程的跌宕性还是武功"打斗"过程的跌宕性，对读者都是一种强有力的吸引。

武侠小说之"武"既是其特征标志也是其吸引读者的重要因素。温瑞安认为："武侠小说的'打斗'之所以'好看'，是来自'武功'的奇变百出，这种'武功'，已经自成为一种艺术。"而"在金庸的武侠小说里，武功之高、奇、怪、妙，层出不穷、变化万千已到了匪夷所思的地步，又能自圆其说，合乎情理，出乎意料"①。金庸凭借丰富的想象力使武功人物化、艺术化、文化化而呈现出神奇性，凭借高超的创造力和表现力使武功"打斗"多变化、诙谐化、立体化而呈现出观赏性，并描绘出武功获得以及武功"打斗"过程的跌宕性，使其小说中的武功描写避免了简单机械、单调乏味、沉闷冗长，而显得既玄妙奇幻又真实可信，既变化多端又具体生动，既紧张刺激又轻松愉快。这样的武功描写是"好看"的，对读者的吸引力是强烈的。

---

① 温瑞安：《谈〈笑傲江湖〉》，重庆大学出版社 2009 年版，第 25 页。

四　诙谐幽默的趣味

读者阅读金庸小说常常会情不自禁地会心一笑或捧腹大笑，这是因为金庸小说具有强烈的诙谐幽默的趣味。对于这种趣味，徐岱用巴赫金的"狂欢"理论进行分析并给予高度评价，认为金庸小说之所以能让读者废寝忘食地欣赏，是因为其中充满"狂欢精神"，这种"狂欢精神""渗透于作者所精心刻画与设计的人物形象和情节结构上，集中体现在贯穿整个文本篇章的诙谐化叙事氛围之中"①，"诙谐对于金庸小说，并非是一种可有可无的艺术点缀，而是其叙述诗学的一个中心。这是金庸小说之所以显得比一般武侠小说更为热闹的一个原因，也是其常常给人一种'反武侠'印象的道理所在"②。另有研究者虽不赞同用"狂欢"概括金庸小说的特点，但认为"这种感觉异常敏锐，因为它触及到了金庸作品独特的生命点。事实上，金庸武侠自第一部开始，就有这么一个特点若隐若现地在他作品中闪现，就有这么一根线索在他的作品中贯穿"，这个特点或线索即是"谐谑"，并高度评价说"金庸对中国文学的独特贡献，其一在于谐谑"③。虽然诙谐幽默的趣味在金庸的每一部小说中并不都是非常饱满，但金庸在创作中自觉致力于诙谐幽默化处理以制造快乐、欢笑的阅读趣味的努力却是明显的，而这也正是其小说强烈娱乐性得以呈现的又一重要构成元素。

金庸小说制造诙谐幽默趣味的手段主要包括：其一，设计诙谐化的"奇人"形象。江湖世界本是一个传奇世界，所有人物都可以说是奇人，但这一类"奇人"却是奇之又奇。如果说一般江湖人物虽然很奇，但由于其形容状貌、言谈举止基本合于情理、合于逻辑，因而还是可以理解的，那么这一类奇人则完全不能以常理度之。其中最典型者莫过于《射雕英雄传》和《神雕侠侣》中的老顽童周伯通，《笑傲江湖》中的桃谷六仙。周伯通的最大特征是怀有"童心"而"好玩"，身份、地

---

① 徐岱：《侠士道——金庸小说与中国精神》，北京大学出版社 2009 年版，第 88 页。
② 同上书，第 90 页。
③ 卢敦基：《论金庸对中国文学的独特贡献》，见廖可斌《金庸小说论争集》，浙江大学出版社 2000 年版，第 53 页。

位、声名从不萦怀，可以在任何时间、对任何事、向任何人表达"玩"的愿望，为了"玩"可以产生各种稀奇古怪的想法，做出各种令人匪夷所思的事，说出各种令人啼笑皆非的话，所以发生在他身上的笑话、恶作剧不断。如首次在桃花岛出现时，非要与郭靖拜把子以兄弟相称，将"双手互搏术"传给郭靖玩打架游戏，欺骗郭靖在不知情的情况下背记"九阴真经"，在洞内挖坑吊瓦罐而内藏屎尿并留字提示、相激而使黄药师脚踩大粪身淋臭尿，告知黄药师已将"九阴真经"传给郭靖而"大喜若狂"地看郭靖的目瞪口呆，"地下一坐，乱扯胡子，放声大哭"非坐新船不可，等等，都是为了"好玩"。再如，同样是为了"玩"，他想将郭靖或他自己放进海里做鲨鱼的鱼饵，和灵智上人赌谁打坐的时间长，在郭靖与欧阳锋、裘千仞恶斗时和郭靖玩"以一敌四"的游戏，偷走小龙女装有蜂蜜的玉瓶而想亲自训练指挥蜜蜂，等等。当然，周伯通想"玩"未必每次都能"玩"，毕竟他的想法和做法与正常人的正常思维及当时的环境、情势不能吻合，因而经常被阻止，如黄蓉常用他唯一介怀的他和瑛姑一事吓唬他，关键是他被阻止后的反应也为其所特有而引人发笑。因此，无论周伯通"玩"得成或"玩"不成，只要是有周伯通的地方和场合，只要是周伯通说的话和做的事，都能产生诙谐效果而让人开怀。桃谷六仙和周伯通一样天真而不谙世事，不同的是，他们不仅是形貌奇特的六兄弟，而且虚荣心极强，喜欢听好话被人奉承，既不承认自己的短处也不容许他人揭露其不足，尤其擅长"辩论"，不仅兄弟间经常辩论，而且常与人辩，而一旦开始辩论就无休无止、纠缠不清。如为令狐冲治伤时的"穴道"之辩，鱼虾有无四肢、乌龟到底能撕成几块之辩；在杨再兴庙，对"杨公再兴"四字所指究竟是"杨再兴""杨公再""杨七郎"之辩；关于"盟主"是叫"盟主"还是叫"盟"以及将"盟"拆开而叫"明血"之辩，等等。因为相貌丑陋而自以为美，技不如人而自我吹嘘、标榜，经常辩论而奇谈怪论不断，所以小说中凡桃谷六仙出现之处皆能引人发笑。此外，如到处招摇撞骗的裘千丈，钟情于老婆而行事粗鲁强硬的不戒和尚，武功低微却爱自我吹嘘、标榜而又有些许侠义之心的"太岳四侠"，视声名如生命而又守信憨直的岳老三等，都是此类"奇人"形象。这类奇人形象都是金庸精心设计的，虽然塑造上不乏类型化、扁平化，但他们在小说中对情节的推进有着比较重要的作用，而更重要的作用则在于制造诙谐幽默的效果。

其二，塑造诙谐化的主要人物。金庸小说塑造了一系列男性和女性主要人物形象，其中很多形象都具有诙谐的因素和表现。具体而言，大体包括三种：一是赋予人物诙谐的性格因素，在丰富人物性格从而更加丰满地塑造人物形象的同时产生诙谐效果。此类人物有袁承志、胡斐、杨过、张无忌、令狐冲、黄蓉、赵敏等。如胡斐，金庸的本意是要将其塑造成一个"富贵不能淫，贫贱不能移，威武不能屈"且"不为美色所动，不为哀恳所动，不为面子所动"①的急人所难、行侠仗义的真侠士，但就是这样一个侠士也有很多诙谐表现。如少小时在商家堡，与王剑杰相斗时以个子矮为由要站在长凳上并要求对方不能踢动长凳否则算输，打不过时又煞有其事地说要接帮手而准备逃走；与王剑英相斗时借口"手短"要求用半截剑头将"右手接长"，又左手取下头顶毡帽并明言"右手有剑头，左手有盾牌"，王剑英以左掌击其毡帽而欲断其左腕时却不料被藏在毡帽中的一只金镖刺中左掌；在陈禹掳吕小妹为人质欲逃时，"运气将一泡尿逼到尿道口"并跳上椅子解开裤子向陈禹疾射，待其阻挡并攻击他时乘机救下吕小妹，还笑道"我一泡尿还没撒完呢"。长大后的胡斐依然如此，如说自己是"大名鼎鼎'杀官殴吏拔凤毛'"，将凤天南的帽子套在石蛇头上，再掌断石龟之头而后把凤天南的长辫绕在石龟颈中以取笑；偷袁紫衣白马以报复其此前盗己包袱之举，将白马放在大松树下引袁紫衣前来而突然从树上落下，得知袁紫衣称赵半山为叔叔即让其叫自己"胡叔叔"；从皇宫里救马春花两个孩子后的出逃路上掷粪桶阻挡追兵收到奇效，因为"大粪桶当头掷来，却是谁也不敢尝一尝这般滋味"，等等。再如杨过，一生多灾多难却不屈不挠地与命运顽强抗争，因而在其身上具有浓烈的悲壮色彩，但其性格中的机智、轻佻、调皮等因素又使其多有诙谐表现。如少年时与郭靖、黄蓉相见不久，用两只大蟋蟀打架，其中一只打输而另两只小蟋蟀帮忙之喻讥刺郭靖、黄蓉和柯镇恶；初上终南山假装拉屎而将净桶中的屎尿

---

① 金庸：《飞狐外传·后记》，广州出版社2011年版，第659—660页。本章所引用作品内容均出于本书，不再详注。

倒在鹿清笃身上，以疯狗扑咬自己之喻告知丘处机被赵志敬殴打过程；终南山下与洪凌波相遇而装聋作哑并以自名"傻蛋"相欺，不是不识银子就是不借斧子，又将洪凌波之白腻肤色与跟自己一起睡的白羊进行比较；用疯牛之计救陆无双后，因其"恼怒的样儿"像极小龙女平日责骂自己的模样而装傻与之纠缠，在集市称其是自己媳妇并遭其殴打而引众人围观，置半片黄獐肉于背上，待陆无双刀砍后假装说梦话"谁在我背上搔痒"，给陆无双接断了的肋骨时以自己曾给癞皮狗和母猪接骨与陆无双斗嘴，还要陆无双必须叫自己一千声"好哥哥"，杨过和陆无双自此之后始终以"媳妇"和"傻蛋"相称；大散关英雄宴上，以一大块牛肉挡住"笑腰穴"让武敦儒点穴之手抓着汁水淋漓的牛肉狼狈不堪，用断桨打霍都臀部还大叫"打你屁股"，与霍都斗嘴引其叫自己"爷爷"而让霍都自称"小畜生"，模仿达尔巴口音使达尔巴以为他是其已逝的大师兄转世，再是"移魂大法"和"美女拳法"兼用而诱使达尔巴模仿他并自伤，等等。更不用说黄蓉了，她聪慧机敏而任性刁钻，智计百出而古灵精怪，似乎没有她所不能解决的问题而且是以她自己的方式，即使像周伯通这样的"难缠"之人也心悦诚服而一旦与黄蓉相见则唯恐避之不及，因而在《射雕英雄传》中由黄蓉制造的具有诙谐幽默效果的场景、对话数不胜数，此处不再例证说明。二是强化人物的某种性格并与所处环境、面对对象形成矛盾从而产生诙谐幽默效果。此类人物有段誉、虚竹、石破天等。与上述主要人物形象的诙谐化表现相比，如果说上述人物的诙谐化表现是因为人物的机智、调皮、刁钻甚至顽劣而有意施为，所有的玩笑、调侃、戏谑、恶作剧以及滑稽言行都是由人物主动制造的，因而具有主观故意性质，那么这一种人物的诙谐化表现则不具有主观故意性质，只是因为他们的某种性格导致其言行与所处环境、面对对象、身临情势等因素形成矛盾而在客观上产生诙谐幽默效果。如段誉，因一心向佛不愿杀戮而不学武功，家传武功绝学"六脉神剑"时有时无，但又有侠义之心喜欢打抱不平，而打抱不平的方式则主要是书生式的"讲道理"；极端爱慕、维护女性特别是美丽女性，不仅对美丽女性言听计从，而且可以为保护美丽女性而不顾安危、不计生死，也无所谓个人的形象与尊严。因此，段誉虽无诙谐化表现的自觉，但无能力行侠仗义却喜欢行侠仗义，希望通过"讲道理"平息江湖纷争与血腥拼杀，绝对服从甚至唯唯诺诺于美丽女性的任何命令、要求、呵斥，无保护女性之能却竭尽所能拼死而为，等等，却使其言行产生了极其强烈的诙谐幽默效果。如上述碾坊一战，以时有时无的"六脉神剑"迎战凶悍的西夏武士，生死搏杀之间因王语嫣要看"六脉神剑"而好整以暇地进行全套演示，激烈拼斗间不能满足王语嫣的要求即致歉声明，杀敌前先告知对方并表达歉疚之意，"讲道理"晓以利害试图令敌知难而退，种种出于段誉"真心""仁心"而非调侃、戏谑之心的言行因与此情此景格格不入、极不协调而显得滑稽可笑。如石破天，无智无识，恪守妈妈"不求人"的教诲，待人以诚而毫无心机，乐于助人而不求回报，绝无有意捉弄人、戏谑人的想法和言行，但恰恰是这种无智无识、不求人、待人以诚、乐于助人对所面临的欺骗和危险的浑然不觉，却造成欺骗的破产、危险的消除以及制造欺骗和危险者的尴尬与无奈，从而在强烈的反差中产生了强烈的诙谐幽默效果。《侠客行》中此种诙谐效果产生的最经典场景莫过于谢烟客为"玄铁令"之誓和石破天之间发生的矛盾。谢烟客为让石破天求自己一次而践昔年"玄铁之令，有求必应"之誓以尽早摆脱石破天，于是想尽办法制造让石破天求己的机会，却不料石破天就是"不求人"，不仅没有求谢烟客反而几次帮助谢烟客或为其着想，如谢烟客以吃馒头诱惑石破天却不准备为其付钱，但为自己付钱时又没有零钱，为难之际是石破天付了十二文，后来还取出几块碎银给谢烟客；谢烟客以路旁枣树上的枣子引诱石破天求自己采枣，石破天却灵活地爬上树摘下枣子请谢烟客吃；谢烟客在石破天用手抚摸其背时认为是对自己无礼而运内功将其震得胸腹难受几欲呕吐，石破天却以为是谢烟客生病发烧而对其关怀有加并搀扶其休息，待谢烟客收功并主动拿石破天手摸自己的额头感觉不再烫时，石破天以为这种忽冷忽热是谢烟客快要死了，不仅用大树叶编织帽子让谢烟客戴上遮阳，而且认为谢烟客是因为没钱"饿坏了的"所以把身上所有的碎银和铜钱拿出来请其上饭馆吃饭，搞得谢烟客啼笑皆非；石破天因长途奔行双脚红肿疼痛，谢烟客让其求自己医治，石破天仍是不求，还说"求也无用"，因为"你倘若不肯治，我心里难过，脚上又痛，说不定要哭一声。倘若你是不会治，反而让你心里难过"；摩天崖上，谢烟客故意在洞口烹煮食物而不给石破天吃引其向自己求讨，石破天进洞之后却自行拿碗筷盛饭吃却一句话也不说，谢烟客发怔后想到此前石破天请他吃过馒头、枣子和酒饭，若不允许石破天吃自己的食物显得不够义气，只好默不作声，等等。此外，在这一过程中还不时伴有二人对话时石破天的各种"无智无识"之言，如说知道谢烟客没钱是因为其脸上"神气古怪"，而"听店里的人说道，存心吃白食的人，个个这样"；不知"义气"之意而说谢烟客是"大好人"，待谢烟客说自己不是"大好人"时即称其"大坏人"，当谢烟客说自己既不是"大好人"也不是"大坏人"时便说谢烟客"不是人"；不知自己为何被谢烟客称作"小贼"，当谢烟客说明原因后，便根据其逻辑天真地推断谢烟客是"老贼"；自称"狗杂种"且认为没什么不好，因为自己因有所养之狗阿黄陪着而快活，又真诚地对谢烟客说"好像你陪着我一样。不过我跟阿黄说话，它只会汪汪地叫，你却也会说话"①，等等。从谢烟客发现石破天有"玄铁令"到谢烟客将石破天带到摩天崖，无论谢烟客是直言相告让石破天求自己还是设陷阱引诱石破天求自己，石破天都或明言"不求人"或以其赤诚、助人之心反过来一再帮助谢烟客从而化解其叵测居心令其无奈和尴尬，加之在此过程中石破天各种纯属本性的自然流露而绝无讥刺取笑之意但又实际讥刺取笑了谢烟客的"无智无识"之言，使得整个过程显得妙趣横生，诙谐幽默效果极为强烈。至于虚竹，其老实、无主见、慈悲为怀而又执着于佛家本性的迂腐，使其在《天龙八部》中同样有产生诙谐效果的诸多表现，如与天山童姥间的种种冲突、做灵鹫宫主人后与众女相见相处的尴尬羞涩、遇事不能决断只好问询下属或他人的无奈表现、与段誉各怀心事而一起诵读佛经的"自宽自慰，自伤自叹，惺惺相惜，同病相怜"等，毋庸细述。三是刻画完全诙谐化的人物。此类人物主要是韦小宝。相对于金庸小说中的其他主要人物，韦小宝绝对是一个异数，以致很多读者最初以为《鹿鼎记》并非金庸所写，而金庸的回答是："《鹿鼎记》和我以前的武侠小说完全不同，那是我故意的。一个作者不应当总是重复自己的风格与形式，要尽可能地尝试

———————

① 金庸：《侠客行》，广州出版社 2011 年版，第 53—79 页。本章所引用作品内容均出于本书，不再详注。

一些新的创造。"① 金庸的"故意"刻画出了一个彻头彻尾的诙谐化人物形象。韦小宝出身妓院，是典型的市井无赖、泼皮流氓、不学无术、缺乏教养、擅长于溜须拍马、见风使舵、两面三刀、急智通变、赌咒发誓、撒谎行骗、不择手段，热衷于吃喝玩乐赌，视女性如妓女，见到漂亮女性就引诱、欺骗、恐吓、死缠烂打而试图占有，虽有起码的江湖义气但无真正侠客的英雄气，因而与金庸小说中的其他主要人物都不同。但就是这样一个人，却能每遇凶险而平安无事，周旋于各种势力、各种人物间而左右逢源，屡建奇功而飞黄腾达。如在朝廷是康熙的红人，一路升迁爵位终至"鹿鼎公"；在江湖是陈近南、独臂神尼的弟子，也是天地会青木堂香主、神龙教白龙使；在国外是俄罗斯索菲娅公主的情人并获封"远东伯爵"之号；在家中坐拥七位不同背景、身份的美丽太太，等等。之所以能如此，是因为在小说情境中韦小宝基于不学无术、溜须拍马、见风使舵、急智通变、不择手段而具有韦小宝特色的奇言、奇行、奇计所产生的奇效，而这些具有韦小宝特色的各种奇言、奇行、奇计又总是诙谐风趣、滑稽可笑的。例如，韦小宝因不学无术、缺乏教养而语言粗俗、口无遮拦，经常错用、乱改、歪解或说不全成语、典故及俗语，在康熙面前也是如此，"老子""他妈的"常挂嘴边，将"尧舜禹汤"说成"鸟生鱼汤"还请教康熙是何意，说康熙对付吴三桂只需"伸个小指头儿，就杀他一个横扫千军，高山流水"，改"驷马难追"为"死马难追"，听康熙说已生四个儿子三个女儿即恭维"皇上雄才大略"，等等。这些奇言极为可笑，也深刻感染、影响了康熙，而这正是韦小宝能和康熙建立深厚友谊并成为康熙的红人且一再得到康熙饶恕的一个重要原因，这从康熙试图让韦小宝从"通吃岛"回朝而颁发的语言粗俗的奇特圣旨中即可看出。正如陈墨据此而论，康熙与韦小宝建立深厚友谊的原因与真相，"固然是因为韦小宝屡立大功而又忠心耿耿，但更重要的则是因为韦小宝与康熙乃是'总角之交'而又是'打架打出来的好朋友'。最重要的则是，在这个世界上，康熙唯有在韦小宝一人面前才能如此轻松快活不须任何正经严肃，而可以随口说'他

---

① 金庸：《鹿鼎记·后记》，广州出版社2002年版，第1812页。本章所引用作品内容均出于本书，不再详注。

妈的'及'老子'从而深刻地体验人生的'自由'之乐"①。再如，韦小宝奉命率军到辽东与罗刹国开战，审讯初战所抓俘虏时以掷骰子定生死，当自己点子小时即以"既然是中国地方，自然照中国规矩"为由宣布点子小的赢，而当后来的罗刹国兵士问到底是点子大赢还是点子小赢时，他干脆宣布说"中国人的点子大，就算大的赢；中国人点子小，就算小的赢"，罗刹国兵面对如此逻辑只好投降；让十名橱子用事先藏好的十条生牛肉做罗刹国第一名菜"霞舒尼可"使罗刹国1800余名官兵误以为是其十名士兵之肉所作而投降，再命牵着被脱了衣服而光屁股的罗刹将军图尔布青绕雅克萨城墙走上三圈，认为这样可以使其"没了威风，以后发号施令，就不灵光了"，如此做法被部下分别称作"霞舒尼可"之计和"韦子兵法"而大加赞赏；因罗刹兵在城头上射尿羞辱，韦小宝下令众军"一起向着城头小便"，怎奈城头太高而射不上去，导致这一场尿仗打输。韦小宝觉得"输得太失面子"，让取军中救火工具"水龙"十余架，再烧融冰雪成水倒入水龙，并亲自在热水中撒一泡尿，然后命令向城头发射，还自夸自赞说"诸葛亮火烧盘蛇谷，韦小宝尿射鹿鼎山"。最后又受此启示而造"水龙火炮"3000尊，融雪成水发射，冰封雅克萨城而获胜。无论点子大小都算己胜的"韦小宝逻辑"，以生牛肉代替人肉的"霞舒尼可"之计，脱光罗刹国官兵特别是其主将衣服的"韦子兵法"，既号令众军又亲自参与的尿射雅克萨城，都是有韦小宝特色的奇行、奇计，这些奇行、奇计让韦小宝在此役中大获全胜而再立奇功，其本身又是极为滑稽可笑的。《鹿鼎记》中，韦小宝因其奇言、奇行、奇计所制造的诙谐效果不胜枚举，只要他一出现就有"笑"果，可谓是一个浑身透着"喜"感的"活宝"。

其三，刻画了有诙谐表现的其他人物。除设计"奇人"形象和塑造诙谐化的主要人物外，对小说中的众多重要人物、次要人物甚至只是昙花一现的过渡性人物，金庸也不忘让其有诙谐的表现，或对其进行一定的诙谐化处理。如《书剑恩仇录》中的重要人物徐天宏和次要人物周绮，一个机智多谋，一个鲁莽粗豪，二人从不打不相识到喜结良缘，

---

① 陈墨：《金庸小说赏析》，百花洲文艺出版社1992年版，第328页。

期间的斗嘴、抬杠、戏弄充满谐趣。例如周绮晚上因肚子饿睡不着觉，徐天宏装不知道而拿出烘饼大口咀嚼还喷喷有声，知道周绮好酒所以又取出酒葫芦喝酒，待周绮不让在所睡之处喝时即装睡而不塞酒葫芦的塞子，周绮忍不住取父亲的一个铁胆掷向酒葫芦将其击碎，之后欲取铁胆时，徐天宏忽然翻身将铁胆压在身下，周绮取不回铁胆心中七上八下一夜未睡，徐天宏第二天早上似乎才发现铁胆，装傻地说是山里的顽皮小猴子闻到酒香，又见铁胆好玩就拿来玩耍，一不小心将葫芦打碎了；《射雕英雄传》中的重要人物洪七公豪迈坦荡，正气凌然，但又"贪吃"而言行诙谐，如风卷残云般地吃完自己的半只鸡后，黄蓉递给他另外半只时，一边客气地说"那怎么成？你们两个小娃娃自己还没吃"，一边"却早伸手接过，片刻间又吃得只剩几根鸡骨"，吃完后还拍着肚皮说"肚皮啊肚皮，这样好吃的鸡，很少下过肚吧"；《笑傲江湖》中的过渡性人物曲非烟，虽然只是非常短暂地出现，但她的天真与调皮使她出现的为数不多的场景亦充满乐趣，如面对江湖群豪背九九乘数表计算青城派二人、三人、四人"屁股向后平沙落雁"需要四人、六人、八人抬，凭武功躲避余沧海掷向自己的蕴涵内力的纸团却"矮身坐地，哭叫：'妈妈，妈妈，人家要打死我啦！'"故意熄灭烛火引仪琳说出真心话再点燃蜡烛让仪琳看到所救之人是令狐冲而发窘。具有诙谐性表现的重要人物、次要人物或过渡性人物遍布于金庸小说之中，不再一一列举。

精心设计诙谐化的"奇人"形象、塑造诙谐化的主要人物以及刻画有诙谐表现的重要人物、次要人物甚至过渡性人物，使得金庸小说中的众多生活场景、打斗场景、谈情说爱场景乃至字里行间、情节结构都充满了强烈的诙谐幽默趣味。当然，由于这些人物在不同作品中的多少、组合以及诙谐化表现程度并不相同，所以不同作品的诙谐幽默趣味强弱也不一样，有的非常浓郁，有的相对淡薄，有的只出现在局部，有的则几乎完全体现于整体，但总体而论，诙谐无疑是金庸小说极为基本而重要的结构手段。正如徐岱在评价《鸳鸯刀》这篇三万余字的短篇小说时所说："在金庸世界里，这部小说的艺术分量并不重。它的最大价值在于揭示了金庸小说的'形式诗学'。以诙谐为基本结构手段，以'反武侠'的方式来建构新颖的武侠天地，使得狂欢精神因此而成为金庸小说中的一种主旋律。"因为《鸳鸯刀》中的诙谐人物,如遇事即想"江湖有言道"并按其做出行动选择且又自我掩饰的周威信,武功低微却自吹自擂、有些许侠义之心又头脑简单的"太岳四侠",争吵、打骂不断而情感笃定的林玉龙、任飞燕夫妻,武功较高而装傻充愣、满嘴文辞酸句又自顾书生形象的袁冠男等,"几乎遍布于金庸世界的各个角落,类似的诙谐场景此起彼伏,层出不穷"①。

以诙谐为基本结构手段,制造强烈的诙谐幽默趣味,无疑是金庸非常明确而自觉的选择,因为金庸追求小说的"好看",认为小说要让读者阅读后"高兴""开心",而诙谐幽默表现的审美效果正是因产生"笑"而"高兴""开心"。从读者角度看,罗贝尔·埃斯卡皮认为:"文学阅读行为既有利于和社会融为一体,又无法适应社会生活。它临时割断了读者个人与周围世界的联系,但又使读者与作品中的宇宙建立起新的关系。所以,阅读的动机不外乎是读者对社会环境的不满足,或是两者之间的不平衡;不管这种不平衡是人的本性固有的(人生短暂、人生如梦),是个人的感情创伤(爱情、憎恨、怜悯)和社会结构(压迫、贫穷,对前途的恐惧、烦恼)造成的。总之一句话,阅读文学作品是摆脱荒谬的人类生存条件的一种办法。"② 因此,读者选择文学阅读应该主要是获得审美快乐,尽管这种审美快乐可能只是暂时的,但它可以"真正地为个体松绑,把人从沉重的文化压抑和现实负担中解脱出来,给个人以无限的生存时间和空间,因而,快乐孕育着自由的人性"③。审美快乐的内在情感体验和外在表现形式当然是多样的,但"笑"无疑是快乐与否的一个极为重要的标志。这样,金庸小说强烈的诙谐幽默趣味因为能使读者"笑"而获得审美快乐,因此成为愉悦读者、吸引读者的重要娱乐元素。

---

① 徐岱:《侠士道——金庸小说与中国精神》,北京大学出版社 2009 年版,第 89 页。
② [法] 罗贝尔·埃斯卡皮:《文学社会学》,于沛选编,浙江人民出版社 1987 年版,第 91 页。
③ 李西建:《重塑人性——大众审美中的人性嬗变》,湖北人民出版社 1998 年版,第 62—63 页。

五　走向成功的人生

金庸小说刻画塑造了众多鲜活生动的人物形象。而在众多人物形象中，男主人公无疑是金庸最用力用心因而也是最为光彩夺目的。虽然男主人公各自的性格、人生遭际并不相同，鲜活生动的程度也不相同，但他们的共同之处在于：一是身世奇苦。金庸小说的男主人公大都没有出生、生长在正常的家庭里。他们或者是遗腹子如郭靖、杨过，或者是幼年失去双亲如袁承志、胡斐、张无忌，或者是生父母虽在但与生父母彼此之间互不相知如虚竹、石破天，或者生父虽在却未尽抚养之责而由养父母抚养如萧峰，或者在小说中没有提及其父母而作为孤儿被师父养大成人如狄云、令狐冲等。由于没有生长在正常的家庭或根本就没有家庭，所以他们不是缺少健全的人伦之爱，就是过早地流落江湖，遭人歧视、欺凌是其幼年习以为常的生活状态。二是生逢乱世。金庸小说大都有特定的时代背景，且以乱世为多，不是某朝代末，就是某朝代始，或正值朝代更迭期如宋元、明清之际。如此乱世，民族矛盾激烈，政治黑暗，社会动荡，战乱不止，灾祸不断。在此背景下，不仅男主人公的奇苦身世多由此造成，而且在他们长大成人过程中，时常自觉或不自觉地卷入民族争端之中。如萧峰因辽国与北宋争战，其父母被中原群雄截杀而被收养，他不知自己的身世，后来身世真相大白，因民族仇恨而被昔日朋友及武林同道唾弃；郭靖因其父郭啸天被金兵所杀而成为遗腹子，随母流落大漠，少小时即目睹并感受到金国与蒙古国间的冲突，长大后更面临蒙古国对南宋王朝的入侵。三是置身险恶江湖。金庸小说中的江湖世界充满权力的争斗、名利的追逐、宝藏的寻觅、仇杀的疯狂、情欲的报复、正邪的较量、生死的考验，人性的贪婪与丑恶无不毕现。置身在这样的江湖里，男主人公往往身不由己地卷入各种各样的矛盾、冲突、斗争之中。例如，狄云无端陷入师父、师伯的夺宝之战中并因此银铛入狱，令狐冲被动卷入江湖权力之争而遭受误解、冤屈等。四是经历爱情劫波。因为金庸小说多是以男主人公的人生故事作为叙事主线，所以爱情必不可少。然而，无论男主人公与所爱之人最终能否成为眷属，都必然经受种种或者来自自我，或者来自他者的困扰与阻挠，波折与坎坷颇多。如杨过在追求爱情的过程中所经历的众人之责、断臂之痛、情花之毒、内心之苦、漫长等待以及殉情一跃，等等。身世奇苦、生逢乱世、置身险恶江湖、经历爱情劫波是金庸小说男主人公人生主要内容，它们相互交织、共同作用，使得男主人公的人生历尽艰辛，磨难重重。

然而，金庸小说男主人公正是在历尽艰辛和磨难重重之中走向了成功。金庸小说男主人公的成功大致表现为：其一，练就至高武功。金庸小说男主人公的武功，除萧峰外，都是苦练而得。何以萧峰是个例外？金庸说："其他小说男主角的武功都是一步一步练起来的，唯独乔峰却好像天生武功便是这样好。有些读者来信问为什么。我的回答是：求变。就是不想每一部小说男主角的发展过程都是一样。"① 而从众多男主人公武功获得看，则有这样几个特点：一是奇遇。男主人公一般都有其所属师门，也学有师门武功，但其最终拥有的武功绝学却并非来自师门，而多源于奇遇，如偶然得之于已经作古的前辈高人的遗留，或巧遇当世高人而受到指点。例如郭靖偶遇洪七公而学"降龙十八掌"，在桃花岛巧逢老顽童而得"双手互搏术"和"九阴真经"；狄云遭陷害入狱遇丁典而得传"日照神功"。二是苦练。这主要体现在习武过程中的苦练和学成后的江湖历练两个方面。例如，张无忌在山洞中习练"九阳神功"达四五年时间，光明顶一役中对"九阴真经"有更深刻领悟，至"乾坤一气袋"破裂才真正大成；杨过在神雕督促下于荒山及山洪中练剑一月有余而初悟"重剑无锋，大巧不工"之剑理，在东海之滨于海潮中练剑六年之久而达"不滞于物，草木竹石均可为剑"之境，并在日后的江湖闯荡中日臻"无剑胜有剑"之至境。三是集大成。男主人公拥有的武功绝学绝非一种，而往往是集人生不同阶段因各种奇遇获得的武功绝学于一身并融会贯通，甚至自创武功。如张无忌身怀九阳神功、乾坤大挪移、太极拳剑；杨过先练玉女心经，后学蛤蟆功，又习打狗棒法，再依独孤前辈遗存剑理修得上乘剑法，并自创黯然销魂掌；段誉既有家传六脉神剑，又练北冥神功、凌波微步，最后还被鸠摩智输入其自身全部功力。通过苦练各种因奇遇而获得的武功绝学并融会贯

---

① 林以亮、王敬羲、陆离：《金庸访问记》，见费勇、钟晓毅《金庸传奇》，广东人民出版社 1995 年版，第 85 页。

通，男主人公最终练就至高武功而成为江湖超一流高手。在纷扰、喧嚣不止而又需凭借武力说话的江湖世界，侠客若无高强的武功，既不能行走江湖，也不能锄强扶弱，而只有掌握江湖中人人梦寐以求而又难以得到的至高境界的武功，才能出类拔萃于江湖，超然卓绝于群雄，从而拥有江湖话语权，伸张正义，笑傲江湖。从武功低微、平庸到江湖超一流高手，从任人欺凌、宰割到自我主宰命运，练就至高武功无疑是金庸小说男主人公走向成功人生的极其重要的标志。

其二，获得众女芳心。金庸小说中多数男主人公的爱情都是"众女一男"模式。具体而言有这样几个特点：一是爱情奇遇。男主人公的爱情获得多数既非来自两小无猜，又非来自媒妁之言，而是来自奇遇。例如郭靖与黄蓉相识于闹市人流之中，其间稍有差池，便会错过；令狐冲与任盈盈相识于洛阳城外的竹林，若非此时任盈盈刚好滞留在绿竹翁的竹林里享受清闲，令狐冲也未随师傅至洛阳，并因辟邪剑谱一事被强行带到竹林，二人也就擦肩而过了；赵敏设计欲加害张无忌及明教教众，没想到陷阱中的一番打斗，使二人心生异样，赵敏从此心系张无忌，等等。男主人公与所爱之人之间的爱情是如此，与众多爱自己的女性之间也是如此。二是非常之爱。与男主人公相爱的女性或爱男主人公的女性大多不是寻常人家女儿。她们或者是名门之女，或者是武林世家之后，或者是武林泰斗的掌上明珠，或者是位高权重者的千金，抑或是享誉武林的高人与门派之徒。例如黄蓉是"东邪"黄药师之女、小龙女是与王重阳有情人关系的林朝英的关门弟子、赵敏是当朝襄阳王的郡主、任盈盈是日月神教前任教主任我行的爱女及日月神教的圣姑，等等。这些女性的身份都很特殊而非平常，也因此，她们与男主人公的爱情可谓非常之爱。三是给予之爱。金庸小说女性形象众多，"她们在小说里总是在寻找爱情，无论地位多尊，家产多富，武功多高，相貌多美，总是在寻觅意中人。如果说男侠的行为侧重于表现儒家'治国平天下'思想的话，那么女侠的行为侧重表现的是儒家人情伦理的一面……她们的目标是寻找归宿，为此而生，为此而死。"① 此论大致不差。聪慧机灵如黄蓉、淡定脱俗如小龙女、工于心计如赵敏、矜持暴戾

---

① 罗立群：《中国武侠小说史》，辽宁人民出版社 1990 年版，第 313 页。

如任盈盈、温婉灵秀如阿朱等一众女性，一旦钟情于所爱之人，便倾其所有、尽其所能地支持、帮助他，甚至以自己的生命为代价。不仅得到爱之回报的女性如此，即便只是单相思的女性，如公孙绿萼之于杨过、小昭之于张无忌、程灵素之于胡斐、仪琳之于令狐冲等，也都以她们特有的方式对所爱之人帮助甚大。所以说获得众女芳心是男主人公人生走向成功的表现，首先，金庸小说中的男主人公大多不仅出身低微、身世奇苦，而且多数其貌不扬，但却因为奇遇而获得众多女性的钟情并甘愿为之付出一切，不能不说是男主人公人生中在爱情上的成功。而且很多男主人公最终获得了幸福美满的爱情。其次，由于与男主人公相爱的女性或者爱男主人公的女性的身份的特殊性，不仅使得男主人公可以迅速接近江湖高层人士，从而能够在更高、更大、更广阔的平台上展示他们，而且也使他们很快受到整个江湖的密切关注，知名度得以空前提升。这样，比之一般江湖人士，男主人公走向成功所需要的时间大大缩短。例如郭靖，如果不是因为黄蓉，以他愚鲁、迟钝的性格和低微的武功，既不会成为洪七公的弟子，也无缘结识周伯通，最终根本不可能成为"为国为民"的一代大侠；令狐冲若不是因为任盈盈，断不会在极短时间内成为江湖正邪各派注目的焦点人物。最后，虽然金庸描写爱情力求写出爱情的纯洁性、无功利性，正如严家炎所说："金庸笔下的男女主人公的爱情，也已抛开一切社会经济利害的因素，成为一种脱俗的纯情的也是理想的性爱。"① 女性如此，男性也如此，但从男主人公来说，主观上的无功利，并不意味着客观上就无产生功利性的可能。男主人公虽然绝无利用女性之爱来达到自己成功的企图，亦无借女性之力成就自己江湖地位的意愿，但在其走向成功之路上，众多女性给予的爱无疑是其强有力的支撑。男主人公正是凭借她们的无私给予，人生之路方得以一再发生重大改变。

其三，拥有江湖地位。金庸小说中的男主人公无论身世多苦、遭遇多少险恶、面临多少生死考验，最终都从孤苦伶仃的平凡少年、默默无闻的门派小人物成为拥有一定江湖地位或名满江湖的重要人物，具有极大的江湖影响力和号召力。例如，从小与母亲流落大漠、迟钝憨直的郭

---

① 严家炎：《金庸小说论稿》，北京大学出版社 2007 年版，第 58 页。

靖，最终凭借其高强的武功、坚定伟岸的人格、为国为民的风范，被江湖人士广泛认可而尊称为"郭大侠"，并取代已逝的洪七公位列"五绝"，名"北侠"；自幼在江湖流浪，既聪明机智又不乏邪气痞性的杨过，最终凭借其高强的武功、狂放不羁的性格、行侠仗义的作为、为国为民的举动在江湖上博得"神雕大侠"的美名，并取代故去的欧阳锋位列"五绝"，名"西狂"；张无忌少年时因身中"玄冥神掌"几欲不治而流落江湖，屡遭欺骗而为人宽容，凭借侠肝义胆和高强武功成为明教教主且人人钦服，使明教与名门正派修和并带领明教反抗元朝统治者；虚竹从小出家少林寺，虔诚向佛而迂腐呆傻，却因误打误撞破了"珍珑棋局"而获逍遥子全部功力，并因心存善念相救天山童姥而获其全部武功，最终由不起眼的普通和尚成为"灵鹫宫"的宫主；石破天本是流浪江湖的小乞丐，自认狗杂种，却因偶得"玄铁令"而与谢烟客相识，从而改变人生，并进入长乐帮成为帮主。虽然长乐帮众人让其做帮主主要是让其代赴侠客岛之行，但石破天却因其无智无识获得"侠客行"武功全部奥秘而成为武功天下第一人并最终名副其实；即使像韦小宝这样"反武侠"的人物，也由最初出生妓院、混迹街头的泼皮无赖，在江湖上，成为"天地会"的香主，在朝廷获封"通吃侯""鹿鼎公"。金庸小说中当然也有未获得明显江湖地位的男主人公如胡斐、狄云，但胡斐凭借其"胡家刀法"行侠仗义于江湖，不仅深得"红花会"众英雄的赏识，而且最终被冠以"飞狐"之名威震江湖；狄云也从浑噩平庸的乡下小子成为能战胜连名满江湖的"落花流水"四侠都战胜不了的血刀老祖这一绝顶高手，并心智大开洞悉人心险恶。从流浪江湖的普通少年到拥有重要地位的江湖侠客，从被人歧视、遭受欺辱的弃儿、孤儿到人人敬仰、钦服的江湖大侠，从平凡平庸、无籍籍名的小人物到声震江湖的知名人物甚至江湖领袖，从只知报私仇、泄私愤的狭隘胸襟到为国为民、体恤一切弱者的宽广胸怀和更高追求，金庸小说中男主人公的人生在一次次蜕变中走向成功。虽然大多数男主人公最后都以退隐江湖为人生结局，但那都是在成功之后的选择。

男主人公的人生在历尽磨难中走向成功是金庸自觉而精心的设计安排。金庸在接受访谈面对"武侠小说从平民出身，但写武侠小说的人仍旧回归到平民，它不会变成贵族文学，而永远活跃在民间。这是武侠小说最优越的一点"这一观点时曾说:"我完全同意你的看法。……武侠小说普遍受欢迎的因素,是因为它具有传统的小说形式,内容也是传统的,它的道德观与一般人的道德观也趋于一致。……我最喜欢的人物就是在艰苦的环境下仍不屈不挠、忍辱负重、排除万难、继续奋斗的人物。这不是我刻意去这样写,而是我认为不屈不挠、忍辱负重正是我们中国人的形象。当然,其他的小说也可以表达这种形象、这种精神,但无可否认,武侠小说是其中很重要的一环。"① 可见,对于深谙武侠小说品格和中国传统文化精神的金庸来说,让男主人公从重重磨难中走向成功决定于主客观两个方面:客观上,"侠"的观念本源于民间,是民间渴望公平、伸张正义、除暴安良、能够平安幸福生活愿望的反映,自然也因此希望"侠"能够成功而不是失败。现实中的"侠"未必可以成功,而小说中的"侠"则可以也必须成功。武侠小说虽然多是文人书写,但因其刻画塑造的"侠"形象能够成功地行侠仗义于江湖、锄强扶弱于民间、主宰命运于自身而非常符合民间的道德观、价值观而广受欢迎。金庸既然写的是武侠小说,安排人物出身民间且身世苦涩,历经磨难而不断砥砺人格,练就至高武功而救国救民不惜牺牲自我,走向成功而满足于民间对于"侠"的想象,正是武侠小说这一文体本身在内容上的应有要求;主观上,则是出于金庸个人偏爱,希冀借由男主人公在磨难中的不屈与抗争、忍耐与奋斗表现出中国人"不屈不挠、忍辱负重"的文化形象。金庸让男主人公的人生在历经磨难中走向成功也圆满地刻画、塑造了一个个鲜活生动的侠形象。

从读者角度看,男主人公走向成功的人生亦是金庸小说又一个重要的娱乐元素构成。首先,男主人公作为小说核心人物必是读者最关注的人物。男主人公的人生既磨难重重,又奇遇不断,由此造成的人物命运的沉浮跌宕变化能紧扣关注人物命运的读者的心弦而使其手不释卷。其次,男主人公既是金庸小说宣扬侠义精神的代表人物,也深刻体现着千百年来广大读者的"侠客梦"。读者希望看到凝聚着自己梦想的侠客能够凭借高强武功而仗剑江湖,能够既行侠仗义又拥有自己的幸福生活,

① 黄里仁、王力行、陈雨航:《掩映多姿,跌宕风流的金庸世界》,见费勇,钟晓毅《金庸传奇》,广东人民出版社1995年版,第137—138页。

能够成为江湖至尊级人物而自掌命运以实现人生价值。金庸小说中的男主人公从江湖最底层抵至最高端这一极具戏剧性变化的成功过程，既是其经历重重磨难的过程，又是其不断磨砺坚定人格、彰显侠义精神、丰富侠义精神内涵、提升侠义精神境界的过程。可以说，正是因为磨难重重，男主人公的成功才显得更加来之不易，男主人公的侠义精神才显得更加可贵突出，男主人公的形象才显得更加光彩照人。而这无疑可以使得读者心中关于"侠"的想象得到更大的满足，使得读者时常涌动于心的侠义情感得到更强烈、更充分的宣泄和释放。最后，审美想象具有体验性和情感性。"欣赏者的想象在再现作品所描绘的艺术形象时，总是把自己带进到作品所描绘的境界之中，和作品所描绘的生活和人物融成一片，亲身体验到人物的各种复杂感受和情绪，在想象中过着人物所过的内心生活。……由于欣赏者在想象中体验着人物的感受和情绪，过着人物所过的生活，所以往往会产生一种如醉如痴、化身于作品中人物的幻觉。"① 此亦即审美欣赏中的"代入性"。一般文学作品的欣赏如此，对武侠小说尤其是金庸小说的欣赏更是如此。因为出身草根、平凡低微而能在各种艰辛与困苦中成长、成才并出类拔萃而走向成功的金庸小说中的男主人公，正可以成为在现实中不得不面临种种不公、承受种种压力与失败而具有浓烈侠义情怀并向往独立、公正、平等、自由的广大平民读者的化身。当读者欣赏金庸小说时，外在可以暂时与现实环境相隔离，内在则可以体验男主人公的人生而与男主人公一起或直接化身于男主人公，既经受困厄又能超越困厄，既出身低微又能卓然屹立于江湖，既身不由己又能主宰自我命运，既快意恩仇又能为国为民，既锄强扶弱又能得到美满爱情，从而在驰骋想象里、纵情江湖间获得审美愉悦。总之，由于金庸小说中男主人公走向成功的人生凝聚了读者的精神梦想，反映了读者是非善恶的价值判断，表达了读者的内心追求，体现了读者的情感渴望，满足了读者心灵慰藉的需要，因此具有强烈的娱乐性而吸引着读者。

综上所述，引人入胜的情节、丰富多样的爱情、充满想象的武功、诙谐幽默的趣味以及走向成功的人生，是金庸小说娱乐性的主要构成元

---

① 彭立勋：《美感心理研究》，湖南人民出版社1985年版，第132页。

素。它们有机融合，共同作用，使金庸小说所编织、叙述的江湖侠义故事充满着浓郁而强烈的娱乐性，对读者产生了强大的吸引力而使其如醉如痴。金庸小说当然并不只是具有强烈的娱乐性，其对社会历史、政治、文化的洞悉和批判，对人性、人心、人情的剖析和表现，也具有相当的深刻性，惟其如此，金庸小说才能雅俗共赏并成为武侠小说的空前之作而被经典化。关于此，很多研究者在其论著或文章中都有分析和论述，这里只是就金庸如何追求"好看"予以归纳、梳理而已。

第四章

金庸小说中的华山

　　金庸小说描绘的江湖门派众多，从其分布地域看，遍及中国各地。其中，以名山之名命名、设立的江湖门派无疑是最主要的构成，如天山派、武当派、昆仑派、崆峒派、青城派、衡山派、恒山派、嵩山派等，当然也有不以名山之名命名的，如终南山的全真派、嵩山的少林派、昆仑山的明教等，但这只是少数。由于金庸自觉致力于创新和变化，追求"情节不同，人物个性不同，笔法文字不同，设法尝试新的写法"，所以在名山选择及江湖门派描写上，极少在两部以上的作品中将某一名山及以该名山之名命名的江湖门派作为主要描写对象。但华山及华山派却是个例外。金庸不仅在《碧血剑》和《笑傲江湖》中将华山派及其人物作为主要描写对象，而且在《倚天屠龙记》和《鹿鼎记》中把华山派作为重要描写对象，又另在《射雕英雄传》中把"论剑"之地选择在华山，并将"华山论剑"作为小说主要线索，《神雕侠侣》则承其余绪再写"华山论剑"。这在金庸小说中是绝无仅有的。而从创作心理看，金庸在解释第一部小说《书剑恩仇录》何以将地理背景及故事设定在江南时曾说："乾隆皇帝的传说，从小就在故乡听到了的。小时候做童子军，曾在海宁乾隆皇帝所造的石塘边露营，半夜里瞧着滚滚怒涛汹涌而来。因此第一部小说写了我印象最深刻的故事，那是很自然的。"① 作为海宁人，金庸在第一部小说中写他最熟悉、印象最深刻的故乡，在创作心理上是非常自然的。由此推断，金庸在第二部小说《碧血剑》中即主要写华山派，第四部小说《射雕英雄传》和第五部小说《神雕侠侣》虽没有写华山派但以"华山论剑"为主要线索，有关

---

① 金庸：《书剑恩仇录·后记》，广州出版社 2002 年版，第 479 页。

人物几度上华山，第十部小说《倚天屠龙记》又写华山派活动，最后的两部小说《笑傲江湖》和《鹿鼎记》再写华山派，早、中、晚期的作品都涉及华山或华山派，不能不说金庸对华山情有独钟。那么，金庸何以偏爱华山？金庸对此虽从未明言，但应与华山独特的地理特点有关。而更为重要的是，金庸选择华山并设立华山派，绝不仅是简单描写华山而给人物活动提供场所，也绝不仅是简单以华山之名设立华山派。实际上，无论是"华山论剑"还是华山派及其人物与武功描写等，金庸都充分考虑了华山特点而显现出华山特色，从而既体现了金庸对华山的尊重，又表现出金庸创作技巧的高超。当然，这经历了一个渐进的过程。而在既有的研究成果中，虽不乏关于"华山论剑"和华山派人物以及武功的研究，但都主要是立足于金庸小说整体进行的一般研究，而不是立足于地域文化，从"华山"的特定角度所进行的专门研究，因而难以得窥金庸在此一方面的匠心独具。本章以地域文化为视角，对此予以分析和阐释。

一　华山地理

金庸小说涉及华山地理描写的作品主要有四部，按创作时间依序是《碧血剑》《射雕英雄传》《神雕侠侣》和《笑傲江湖》。从这四部涉及华山地理描写的作品中可以看到，金庸对华山地理的描写经历了一个由笼统到具体、由模糊到清晰、由空泛而论到特征鲜明的过程。

《碧血剑》首写华山派及其人物，也是第一部描写华山地理的小说。小说第三回写哑巴救袁承志并携其上华山：

> 深入群山，愈走愈高，到后来已无道路可循。哑巴手足并用，攀藤附葛，尽往高山上爬去，过了一峰又一峰，山旁尽是万丈深谷。袁承志揽住他头颈，双手拼命搂紧，惟恐一失手便粉身碎骨。如此攀登了一天，上了一座高峰的绝顶，峰顶是块大平地，四周古松耸立，穿过松林，眼前出现五六间石屋。①

---

① 金庸：《碧血剑》，广州出版社2002年版，第62页。本章同一作品引文不再详注。

这一段文字描写速度极快，粗略可知，华山山峰连绵、高而险峻，人迹罕至，藤葛、古松等植被茂盛。袁承志在此拜穆人清为师习武三年后的一天，为探明所养巨猿小乖身中两枚蛇锥暗器而受伤落下峰西绝壁的缘由，发现了绝壁下的一个洞口极小的山洞：

> 于是他慢慢爬了进去。见是一条狭窄的天生甬道，其实是山腹内的一条裂缝。爬了十多丈远，甬道渐高，再前进丈余，已可站直。他挺一挺腰，向前走去，甬道突然转弯。他不敢大意，右手长剑当胸，走了两三丈远，前面豁然空阔，出现一个洞穴，便如是座石室。

从袁承志上华山到几年中在华山学艺，除上述两处华山地理描述外，少有其他。第十九回写何红药强迫青青上华山，第一天走了四五十里到半山腰。第二天再上山，"山路愈来愈陡，到后来须得手足并用，攀藤附葛，方能上去"，当晚二人在山间"一棵大树下歇宿"，青青"眼见明月在天，耳听猿啼于谷"无法入睡。第三天一早又行，至傍晚才上华山绝顶，青青"抬头望见峭壁，见石壁旁孤松怪石，流泉飞瀑"。之后，二人缚绳索下行并进入袁承志当年发现的山洞，因为此处是青青的父亲、何红药的情人金蛇郎君夏雪宜的葬身之处。此过程描写较之袁承志上华山和发现山洞过程的描写，虽然在人物的心理与情感活动方面刻画得更为细致，但在华山地理描写方面基本一致，未增加任何新的内容。第二十回中，一众人等齐聚华山绝顶，但并无华山地理的专门描写，只是在描写人物行动时顺势偶尔且随意提及，如冯氏兄弟与石俊到"后山"找孙仲君和梅剑和，梅剑和"从旁边树丛中跃出"接冯不破掷出的剑，玉真子从"山崖边转出"，青青因袁承志和阿九眉目传情而跳下"悬崖"，袁承志"冲向悬崖，见青青已摔在十余丈下的树丛之中，身悬树上……忙缘着岩崖山石，向下连滑带纵，跳向一株大树的树枝之上"，等等，所以，虽说是在华山绝顶，但华山绝顶的风貌并不能在这样的描写中清晰呈现。总体而观，《碧血剑》中的华山地理描写不仅极少，而且无论是上华山之路还是华山绝顶，描写都显得笼统而模糊，方位、路线也不够明确，而所谓"愈走愈高""攀藤附葛""万丈深谷""古松耸立""猿啼于谷""孤松怪石""流泉飞瀑""悬崖""树丛""峭壁""山洞"等，可以为任何一座高险之山所有，并非华山所独有，所以，如此描写只是泛泛而论，除空洞而非真切的高、险印象外，难现华山地理特征。

《射雕英雄传》中的华山地理描写出现在第三十九回和第四十回。第三十九回写丘处机和郭靖上华山时，先概述"华山在五岳中称为西岳，古人以五岳比喻五经，说华山如同'春秋'，主威严肃杀，天下名山之中，最是奇险无比"，再描写二人上山过程：

> 两人来到华山南口的山荪亭，只见亭旁生着十二株大龙藤，夭矫多节，枝干中空，就如飞龙相似。……两人将坐骑留在山脚，缓步上山，经桃花坪，过希夷峡，登莎梦坪，山道愈行愈险，上西玄门时已须援铁索而登，两人都是一身上乘轻功，自是顷刻即上。又行七里而至青坪，坪尽，山石如削，北壁下大石当路。丘处机道："此石叫作回心石，再上去山道奇险，游客至此，就该回头了。"远远望见一个小小石亭。丘处机道："这便是赌棋亭了。……"再过千尺峡，百尺峡，行人须侧身而过。郭靖心想："若是有敌人在此忽施突击，那可难以抵挡。"心念方动，忽听前面有人喝道："丘处机，烟雨楼前饶你性命，又上华山作甚?"丘处机忙抢上数步，占住峰侧凹洞，这才抬头，只见沙通天、彭连虎、灵智上人、侯通海四人并排挡在山道尽头。[1]

这一过程描写，从华山南口至百尺峡，不仅线路清晰，景观名称具体，而且确为华山所独有，乃"自古华山一条路"之基本路线，与《碧血剑》中两次上华山过程描写相较，显然写出了华山地理特征。除此之外，在第三十九回和第四十回中，也有一些华山地理的零星描写，如郭靖因困惑未解不帮丘处机拒敌而"攀藤附葛，竟从别处下山"，跟随欧阳锋"来到一座青翠秀冶的峰前，只见他走到一个山洞之前"，因

---

[1] 金庸：《射雕英雄传》，广州出版社 2002 年版，第 1261—1262 页。本章同一作品引文不再详注。

黄蓉言语相激"大踏步就往崖边走去。这正是华山极险处之一，叫做'舍身崖'"，与黄蓉和好后"当下找了一个山洞，互诉别来之情"，等等。较之上山过程描写，虽然简单，也有含混之嫌，但却尽可能地写出华山的地理特点，因为华山之上确有"舍身崖"。

《神雕侠侣》第十回和第十一回写杨过因心绪烦乱、厌憎尘世，往西北，"只在荒山野岭间乱走"而至"一处高山丛中"：

> 他不知这是天下五岳之一的华山，但见山势险峻，就发狠往绝顶上爬去。……待爬到半山时，天候骤寒，铅云低压，北风渐紧，接着天空竟飘下一片片的雪花。他心中烦恼，尽力折磨自己，并不找地方避雪，风雪越大，越是在悬崖峭壁处行走，行到天色向晚，雪下得一发大了，足底滑溜，道路更是难于辨认，若是踏一个空，势必掉在万仞深谷中跌得粉身碎骨。①

在这里，杨过偶遇洪七公并与其攀上"一处人迹不到的山峰绝顶"取蜈蚣而食。为保护开玩笑装死的洪七公而避五丑，杨过往"只此一条通路"的"峰顶攀上"，"山道越行越险，杨过转过一处拐弯，见前面山道狭窄之极，一人通行也不大容易，窄道之旁便是万丈深渊，云雾缭绕，不见其底"，杨过冲过窄道，放洪七公于"一块大岩石畔"，挡在窄道路口，"是时朝阳初升，大雪已止，放眼但见琼瑶遍山，水晶匝地，阳光映照白雪，更是瑰美无伦"。后葬相拥大笑而亡的洪七公与欧阳锋于"山洞"下山。这一上华山过程描写，行进路线应当是在"自古华山一条路"，但由于没有任何华山标志性景点呈现，如《射雕英雄传》中那样，因而不无含混之处，不过，这与杨过一人上华山且心情不好的状况是比较吻合的。此番描写既突出了华山的险峻，也呈现了华山雪景之美。第四十回中，杨过与众人到华山拜祭洪七公和欧阳锋后，与小龙女携手同上玉女峰峰顶，"见有小小一所庙宇，庙旁雕有一匹石马。那庙便是玉女祠，祠中大石上有一处深陷，凹处积水清碧"，杨过

---

① 金庸：《神雕侠侣》，广州出版社 2002 年版，第 327 页。本章同一作品引文不再详注。

告诉小龙女说"这是玉女的洗头盆，碧水终年不干"，"走进殿中，只见玉女的神像容貌婉娈，风姿嫣然"，出殿"经过石梁，到了一处高冈，见冈腰有个大潭"，"这大潭望将下去深不见底"。玉女峰、玉女祠、石马、洗头盆、大潭等确是华山所有，因而如此描写显示出华山特征，行进线路也非常清晰。

《笑傲江湖》多回书中有华山地理的描写。第七回中明确说明华山派处所在玉女峰，"但见山势险峻，树木清幽，鸟鸣嘤嘤，流水淙淙，四五座粉墙大屋依着山坡或高或低的构筑"[①]。第八回至第十回中写令狐冲被罚在玉女峰绝顶一个危崖上面壁思过，"危崖上有个山洞，是华山派历代弟子犯规后囚禁受罚之所。崖上光秃秃的寸草不生，更无一株树木，除一个山洞外，一无所有。华山本来草木清华，景色极幽，这危崖却是例外，自来相传是玉女发钗上的一颗珍珠"。正是在这里，令狐冲发现了洞中之洞，也与隐居于后山山洞中的风清扬相遇。同时，主要借由岳灵珊为令狐冲的多次送饭过程，将华山派处所至思过崖山道的险峻比较清晰地描写出来。第三十八回中，令狐冲与任盈盈和蓝凤凰从后山小径上华山，"华山之险，五岳中为最，后山小径更是陡极峻壁，一大半竟无道路可走"。后又在当初所发现的洞中之洞中遇险。第三十九回中，令狐冲与任盈盈下思过崖前往东峰时，告知其"华山最高的三座山峰是东峰、南峰、西峰，尤以东西两峰为高。东峰正名叫做朝阳峰"，"转了几个弯，已到了玉女峰上，令狐冲指给她看，哪一处是玉女的洗脸盆，哪一处是玉女的梳妆台"，"再下一个坡，便是上朝阳峰的小道"，到峰顶往石楼见任我行，"那石楼是在东峰之上，巨石高耸，天然生成一座高楼一般，石楼之东便是朝阳峰顶的仙人掌。那仙人掌是五根擎天而起的大石柱，中指最高"。大到华山诸峰名称及方位，小至玉女洗脸盆、梳妆台和石楼、仙人掌以及行进路线，都确然是华山地理特征的呈现，且描写比较清晰、具体。

从《碧血剑》到《笑傲江湖》，在华山地理描写方面，《碧血剑》看似使用了诸多突显华山险峻的描绘性词汇，但其描写最为笼统、模

① 金庸：《笑傲江湖》，广州出版社 2002 年版，第 245 页。本章同一作品引文不再详注。

糊，更不具有华山特征；《射雕英雄传》和《神雕侠侣》虽然不乏笼统、模糊之处，但在一定程度上比较清晰、具体地呈现出华山的地理特征。作为并不以华山派及其人物为主要刻画对象的小说，这样描写似无不可；《笑傲江湖》虽然较少使用描绘性词汇，但其最为清晰、具体地表现了华山地理特征。由此可见金庸小说创作技巧的日臻完善。

而从金庸小说华山地理的描写内容看，主要包括自然地理和文化地理两个方面。华山首先是作为自然之山而存在的，因而描写华山地理必然描写华山自然地理。在上述引用的例证中，无论是《碧血剑》中描写的万丈深谷、高峰绝顶、古松耸立、峰西绝壁山洞、猿啼于谷、孤松怪石、流泉飞瀑、悬崖，《射雕英雄传》中描写的十二株大龙藤、桃花坪、希夷匣、莎梦坪、回心石、千尺峡、百尺峡、舍身崖、山洞，还是《神雕侠侣》中描写的山势险峻、悬崖峭壁、万仞深谷、山峰绝顶、山道狭窄、琼瑶遍地、阳光映照、玉女峰、大潭、石梁高冈，《笑傲江湖》中描写的玉女峰树木清幽、鸟鸣嘤嘤、流水淙淙、绝顶危崖及山洞、华山后山小径以及东峰、西峰、南峰、石楼、仙人掌，等等，都是华山自然地理描写。虽然在不同的小说中有笼统、模糊、泛泛而论和清晰、具体、特征鲜明之别，但总体而论，华山自然地理的构成风貌和奇险之势得到了较好的描绘和展示。华山是自然名山，也是文化名山，描写华山地理也必然描写华山文化地理。金庸小说中的华山文化地理描写包括：一是在描写华山整体及一些自然景观时对其所蕴含的文化内涵进行必要的介绍或说明，或是由作者直接介绍说明，或是由书中人物介绍说明。因为华山及其包括的诸多景观本来纯属于自然，但由于被赋予一定的文化内涵而不再只是纯粹的自然景观；二是对人文景观的描写。从前者看，在金庸小说中，对于华山整体，《射雕英雄传》中介绍说"古人以五岳比喻五经，说华山如同'春秋'，主威严肃杀"，同时也借丘处机之口说"华山是我道家灵地"；对于华山局部的一些自然景观，《射雕英雄传》中，丘处机向郭靖介绍"十二株大龙藤""相传是希夷先生陈抟老祖所植"，"陈抟老祖生于唐末，中历梁唐晋汉周五代，每闻换朝改姓，总是愀然不乐，闭门高卧。世间传他一睡经年，其实只是他忧心天下纷扰，百姓受苦，不愿出门而已"，等等，希夷匣自然也与此有关；《神雕侠侣》中，石梁高冈上有"大潭"，"这个深潭据说直通黄河，是天下八大水府之一。唐时北方大旱，唐玄宗曾书下祷雨玉版，从这水府里投下去"；《笑傲江湖》第二十七回中介绍玉女峰及有关景致，"相传春秋之时，秦穆公有女，小字弄玉，最爱吹箫。有一青年男子萧史，乘龙而至，奏箫之技精妙入神，前来教弄玉吹箫。秦穆公便将爱女许配他为妻。'乘龙快婿'这典故便由此而来。后来夫妻双双仙去，居于华山中峰。华山玉女峰有'引凤亭'，中峰有玉女祠、玉女洞、玉女洗头盆、梳妆台，皆由此传说得名"。其中的玉女峰、玉女洞、玉女洗头盆和梳妆台等都属此类。无论是对于华山整体还是华山局部的一些自然景观，金庸在描写时都在一定程度上揭示了它们的文化内涵，也就在描写华山自然地理的同时描写了华山文化地理。从后者看，金庸小说中提及或描写的华山人文景观主要包括一些人工建筑和雕塑。建筑主要有山荪亭、西玄门、赌棋亭、引凤亭和玉女祠等，其中，对赌棋亭有专门介绍，"相传宋太祖与希夷先生曾弈棋于此，将华山作为赌注，宋太祖输了，从此华山上的土地就不须缴纳钱粮"，至于玉女祠和引凤亭，也源于弄玉和萧史的传说。雕塑主要是玉女祠旁的石马和玉女祠中的玉女神像，同样与弄玉和萧史的传说有关。

金庸小说中的华山地理描写，无论是自然地理还是文化地理，都是一种文学地理。之所以说金庸小说中的华山地理是一种文学地理，首先是因为它完全出于金庸的想象。金庸在创作这些小说以前从未到过华山，对华山地理特征的了解应该主要是通过掌握的有关知识或查阅有关文献资料，但无任何直观认识和切身感受，因而对华山地理的描写都是在想象中完成的。其次，也是最重要的，是因为金庸小说中的华山地理是真实华山地理在金庸小说中的一种"重构"，而并非真实华山地理本身。这主要包括：其一，金庸小说中的华山地理是对真实华山地理"有选择"的描写。真实的华山地理，著名景观有 200 余处。在自然地理方面，有东、南、西、北、中五峰环峙危立且各具特色。东峰有仙掌崖、朝阳台、三茅洞、清虚洞、鹞子翻身、博台等，南峰有孝子峰、迎客松、仰天池、黑龙潭、避诏崖、朝元洞、全真崖、紫气台等，西峰有二十八宿潭、大将军树、青龙背、莲花石、斧劈石、摘星石、巨灵足、舍身崖等，北峰有老君挂犁处、鱼嘴石、擦耳崖、上天梯、日月岩、三元洞、御道、苍龙岭、韩愈投书处等，中峰有玉女洞、玉女崖、玉女洗头盆、云梯、萧史洞、迎阳洞等。上华山路线按"自古华山一条路"有五里关、桃林坪、希夷匣、莎萝坪、药王洞、十八盘、毛女洞、三皇台、青柯坪、千尺幢、百尺峡、惊心石、老君犁沟等。由此可上北峰，过擦耳崖、苍龙岭、金锁关，往南经中峰、东峰、南峰可达西峰。华山自然地理因此整体上呈现出奇险之势。在文化地理方面，既有各种建筑二十余处，如玉泉院、真武殿、镇岳宫、翠云宫、王母宫、赌棋亭、玉女祠、引凤亭等，又有被赋予文化内涵的自然胜迹如上述的仙掌崖、避诏崖、斧劈石、老君挂犁处、韩愈投书处、玉女崖、萧史洞等；既有陈抟、郝大通、贺元希等道教高人在此修行而使华山成为道家的"第四洞天"，并留下各种传说和遗迹，也有历代文人的吟咏诗篇或记述如李白的《西岳云台歌送丹丘子》、杜甫的《望岳》、袁宏道的《华山记》、徐霞客的《游太华山日记》等，从而更加丰富和积淀了华山的文化内涵。金庸小说中的华山地理描写内容，相对于真实华山地理存在，显然要少得多。即使如描写比较详细的华山进山路线、玉女峰和东峰，也未按照其真实情况进行完全描写。可见金庸在描写华山地理时是根据需要"有选择"的描写。其二，对真实华山地理的一些景观予以重新组合。金庸小说中描写的一些华山真实景观并非在其原本所在位置。例如《射雕英雄传》中，写"至青坪"后即见"回心石"，而且能远远望见"赌棋亭"，之后再过"千尺峡"和"百尺峡"。实际的情况是，"回心石"（即"惊心石"）是在出"百尺峡"之后而非在其之前所能见到，而"赌棋亭"是在东峰"清虚洞"前的一座孤峰上，按丘处机和郭靖所在位置，应连北峰都未登上，不可能在此处看到"赌棋亭"。此外，随后又描写郭靖欲跳"舍身崖"，"舍身崖"本在西峰之上，郭靖不帮丘处机退敌而另寻"别处下山"，当不至于登上西峰。《神雕侠侣》中描写的玉女峰石梁高冈上的"大潭"，按其描绘应是华山上的"黑龙潭"，当在南峰"仰天池"南崖下。其三，不同作品选择描写的华山地理有所不同。《碧血剑》中完全是自然地理描写，其他三部小说则自然地理描写与文化地理描写兼顾。同是自然地理，《碧血剑》泛泛表现华山之高险，《射雕英雄传》具体呈现"自古华山一条路"，《神雕侠侣》描绘雪中华山和玉女峰，《笑傲江湖》描写玉女峰、东峰和南峰、西峰；而同样写玉女峰，《神雕侠侣》极为简约，主要写石梁高冈，《笑傲江湖》则比较细致，既写美丽风景，又写绝顶危崖。同是文化地理，《射雕英雄传》主要强调华山如"春秋"、赌棋亭与陈抟和宋太祖的传说，《神雕侠侣》简述玉女祠、石马、玉女雕像和洗头盆，并介绍"大潭"，《笑傲江湖》除言及玉女祠、洗头盆外，又添玉女洞、梳妆台和玉女发钗上的珍珠，并特别言明其由来。所以，虽然同是华山地理描写，但在不同小说中却呈现出并不完全一致的风貌从而显出变化。其四，虚构自然地理。金庸小说对华山文化地理的描写基本据实而写，但在自然地理描写方面却多有虚构。这种虚构既有刻意而为又有随意之笔。刻意而为如《碧血剑》中的峰西绝壁山洞、《笑傲江湖》中的玉女峰绝顶危崖、山洞及洞中之洞，金庸虚构它们是为了叙事；随意之笔则主要是根据人物活动和需要随机描写一些山峰、山崖、山路、岩洞、草木、松林等。由于华山奇险，悬崖峭壁、绝顶险要、窄道隘口、山洞深谷常见，植被也极为繁茂，如此虚构非常合乎实际。总之，金庸小说中的华山地理是金庸根据小说创作需要而源于想象，并对真实华山地理进行"重构"的一种文学地理，它依据于真实的华山地理但又与真实的华山地理不同。

就金庸小说描写华山地理的作用而言，首先在于满足小说创作的基本需要。主要包括：其一，金庸小说多据名山设立派别，构建其虚拟的"江湖世界"，如少林派、武当派、昆仑派、崆峒派、恒山派等，以凭奇险而闻名的西岳华山设立华山派也就再正常不过了，如此可使所构建的江湖世界格局更加完整而显得复杂。因此"华山"作为整体出现于金庸小说里。其二，就《碧血剑》和《笑傲江湖》两部小说而言，它们既然是以华山派及其人物作为主要刻画对象，作为华山派及其人物赖以栖居之地的"华山"就不能不成为描写对象。只有具体描写了华山地理，华山派及其人物才能有依存的环境和活动的场所，其存在才是具体的。反之，则不仅显得抽象，而且极不合理。其三，《射雕英雄传》和《神雕侠侣》这两部小说虽然没有华山派及其人物，但前者既以"华山论剑"为主要情节线索，后者又是前者之余绪，就不能不直接描写华山，哪怕这种描写在整部小说中所占比例非常小，否则也会显得不合理。所以《射雕英雄传》第四十回以众人上华山二次"华山论剑"而结束，《神雕侠侣》第四十回以众人再上"华山之巅"排定"五绝"

而作结。其次，金庸小说中的华山地理描写还具有极强的叙事功能。陈平原认为，悬崖山洞是武侠小说的典型场景之一。"选择悬崖山洞作为武侠小说的主要场景"，一是"出于侠客学武的需要"，因为"高于常人的武功是在异于常人的环境下修炼出来的"。二是悬崖山洞"练功时是隔断人世，打斗时则是陷入绝境。……万仞悬崖与无底深洞之作为主要场景，除了一般意义上的渲染气氛外，更预示侠客已陷入绝境"，但"武侠小说中的'绝境'，往往不是'结束'，而是'转机'"。三是武侠小说的情节发展需要变化莫测，而"最能使情节发生戏剧性变化的场景，莫过于'悬崖'"，"'悬崖'往往不是作为情节的'终结'，而只是情节暂时性的'中断'"①。所以，悬崖山洞既是练武、打斗的静态空间，又具有一定的、使情节生变的叙事功能。在金庸小说中，具有这样功能的悬崖山洞描写很多。例如《倚天屠龙记》第十五六回中，张无忌和朱长龄二人自峭壁跌下万丈峡谷，朱长龄抓紧峭壁上的树枝并拉住张无忌，才没有落入谷底；在峭壁间的平台处，张无忌发现左侧山壁有一个山洞，为躲避朱长龄而急忙钻了进去，没想到尽头处"竟是个花团锦簇的翠谷，红花绿树，交相辉映"②。在翠谷中，张无忌给白猿治伤发现"九阳真经"，并历五年之久习得九阳神功，致命的"玄冰神掌"阴毒也去除干净；出山洞又遭朱长龄暗算，因而摔下悬崖，幸好摔在柴草上，虽不致命但双腿腿骨折断，静养时巧遇殷离及峨眉派众人，后被峨眉派人带至光明顶而扬威。在这一过程中，因悬崖山洞，情节几经生变，张无忌几次陷入绝境却因祸得福。不过，华山地理描写中的悬崖山洞的功能并不只是如此。《碧血剑》中，金庸精心虚构华山峰西绝壁山洞作为金蛇郎君夏雪宜的葬身之所，固然是为了让袁承志在此获得"金蛇秘笈"和金蛇剑从而在习练之后武功大进，但更是为其后情节的发展与变化进行重要的铺垫。袁承志结识夏青青并相恋，斗温氏五老并见到温仪，助焦公礼与闵子华消除误会，凭在山洞中获得的藏宝图而获得宝藏并在押运至李自成义军途中结识阿九，在皇宫遇何红药并

---

① 陈平原：《千古文人侠客梦》，北京大学出版社 2010 年版，第 136—139 页。

② 金庸：《倚天屠龙记》，广州出版社 2002 年版，第 65 页。本章同一作品引文不再详注。

遭其一再刁难，等等，其实，这些都与金蛇郎君夏雪宜有关。而在此过程中，夏雪宜如何与温氏五老结仇、如何与温仪相爱、如何与何红药有情、如何获得藏宝图和金蛇剑、如何最后藏身华山峰西山洞，等等，都有比较清晰的交代。陈墨认为，《碧血剑》的故事情节有三条线索：一是"袁承志及其师门资助闯军报仇雪恨及夺取江山的过程"；二是"袁承志闯荡江湖以及师门纠葛"；三是"'金蛇郎君'夏雪宜的故事线索"①。从书中看，这第三条线索既相对独立，又与其他两条线索关联，而这一条线索，其伏笔在袁承志于华山之上发现并进入山洞即已埋下。

《笑傲江湖》中的玉女峰绝顶危崖、山洞及洞中之洞是金庸精心虚构的又一华山自然地理景观。在此非常之地，令狐冲在风清扬指点下钻研五岳剑派前代高人所遗剑法，特别是获习"独孤剑法"，从而剑术突飞猛进，臻至一流；令狐冲面壁一年，致使与岳灵珊之间日渐生隙而发生情变；给岳灵珊新学"玉女剑十九式"试剑而将其"碧水剑"弹下悬崖深谷，在加重情变的同时，为日后嵩山绝顶封禅台比剑再将岳灵珊的剑弹出时迎身而上受伤埋下伏笔；岳不群因令狐冲用山洞石壁所刻剑招击败宁中则，责其入了邪道，给众人讲述华山派当年的气宗与剑宗之争；田伯光上思过崖，交代中承接前事，令狐冲与其激斗数次，既引出风清扬传剑令狐冲，二人也因彼此的坦荡磊落而成为朋友；洞中之洞的发现，不仅交代了五岳剑派与魔教之间历史上的一场酷烈之战，而且为日后岳灵珊在嵩山比剑打败众高手，岳不群让五岳剑派众人在洞中观看各派武功，左冷禅和林平之的杀戮作了铺垫；风清扬传授令狐冲"独孤剑法"但不许其说出其名字，致使令狐冲蒙受冤屈；因情变和蒙受冤屈，令狐冲在自暴自弃之际得遇任盈盈，等等。所有这一切都因玉女峰绝顶悬崖和山洞而发生。可见，金庸所精心设计的两处悬崖山洞具有极为强大的叙事功能，比一般悬崖山洞的功能要丰富很多。除悬崖山洞外，其他一些华山地理描写也具有一定的叙事功能。例如，杨过风雪之中登上华山绝顶，偶遇洪七公、藏边五丑和欧阳锋，从叙事上看，洪七公与藏边五丑比武说出金轮法王、达尔巴和灵智上人，这样，杨过之后不久在大胜关见到金轮法王、达尔巴也就非常自然；杨过为保护洪七公

---

① 陈墨：《金庸小说赏析》，百花洲文艺出版社1992年版，第35—36页。

而力拒五丑不顾生死，人品很得洪七公的赏识，所以洪七公与欧阳锋相斗到最后才能听从杨过建议进行"文斗"，并传杨过"打狗棒法"，而这使得杨过在随后的大胜关英雄大会上技惊四座，一战成名，并修复与郭靖和黄蓉的关系；洪七公与欧阳锋在华山绝顶一笑泯恩仇，相拥而逝，是曾经参与"华山论剑"的两大高手的最好归宿，而杨过将二人安葬于华山绝顶，也是本书最后众人齐聚华山的缘由，既祭奠二人，又排定新的"五绝"。

华山地理描写的作用除上述外，金庸的高明之处还在于，无论是塑造华山派、刻画华山人物、设计华山武功，还是将"论剑"之地选择在华山从而描绘出影响巨大的"华山论剑"武林赛事，都比较充分地考虑了华山的自然与文化特点，显现出华山特色。

二　华山派

华山派在金庸小说中是栖居于华山之上的江湖组织。金庸小说中描写华山派的作品，除《笑傲江湖》外，其余三部作品对时代背景都有明确交代，《倚天屠龙记》最早，在元末；《碧血剑》次之，在明末清初；《鹿鼎记》最晚，在康熙初年。关于《笑傲江湖》何以没有时代背景的问题，金庸的解释是："因为想写的是一些普遍性格，是生活中的常见现象，所以本书没有历史背景，这表示，类似的情景可以发生在任何朝代。"[①] 但通过书中的一些描写痕迹及与其他小说的关联互证，可以断定本书中的华山派出现在明代。其一，本书第十九回写令狐冲和向问天到杭州梅庄时说："杭州古称临安，南宋时建为都城，向来是个好去处。"表明本书故事不在南宋之前。而在《射雕英雄传》和《神雕侠侣》两部主要演绎南宋末年江湖故事的作品中，多次提到华山并描写在华山之上发生的故事却没有提到华山派，说明《笑傲江湖》的故事不在南宋。其二，《倚天屠龙记》中的华山派是在元朝末年，元朝存续仅90余年，而《笑傲江湖》第三十二回借岳不群之口说"华山创派二百余年"，说明《笑傲江湖》的故事不在元朝。其三，本书第二十二回

---

① 金庸：《笑傲江湖·后记》，广州出版社 2002 年版，第 1441 页。

写令狐冲假扮参将吴天德，"参将"是始于明代的武官官阶名称，沿用于清代，而华山派在清代的情况于《鹿鼎记》中有提，且直接承接《碧血剑》写冯难敌父子以及何惕守情况，《鹿鼎记》的故事发生于康熙年间，因而《笑傲江湖》的故事不在清康熙时代。那么，有没有可能在康熙时代之后呢？《鹿鼎记》第二十三回写澄观目睹女郎混乱的拳脚，想到"前朝有位独孤求败大侠，又有位令狐冲大侠，以无招胜有招，当世无敌"①，说明不可能在康熙时代之后。因此，《笑傲江湖》的故事不在清代。其四，本书第八回写令狐冲看到"风清扬"三个字，想到"我祖师爷是'风'字辈，这位风前辈是我的太师伯或是太师叔"，而《碧血剑》第三回写袁承志拜穆人清为师时参拜"华山派的开山祖师风祖师爷"，第八回写袁承志教训孙仲君时又提到"华山派风祖师爷传下十二大戒"，"风祖师爷"在两部书中都没有更多的交代，但同是华山派，所指应当是一个人。《碧血剑》的时代背景是明末清初，《笑傲江湖》的故事既然不在清代，就应当在此之前。总之，南宋之前及南宋时期没有华山派，元代时期的华山派在《倚天屠龙记》中已经描写，明末清初和康熙年间的华山派在《碧血剑》和《鹿鼎记》中有记，因此可以断定，《笑傲江湖》中的华山派存在于明代。孔庆东亦认为，"《笑傲江湖》的时代背景最大的可能是在明朝"，其依据主要在于：书中男子没有辫子，说明故事不是发生于清朝；第二十二回说"吸星大法"源自北宋，宋朝人不论北宋南宋都不会口称"北宋"的；第二十二回说吴天德来自"北京"，"北京"是明朝时的名字，而且，"兵部尚书""河北沧州游击"也是明朝的官名；书中"福建福州府""泉州府"也是明朝的称谓；书中的重要武林帮派"日月神教"即"明教"或"明教"前身，可能是元朝，也可能是明朝建立后明教的延续；书中弘扬的以令狐冲为代表的打破正邪、无拘无束的自由精神，合乎明朝兴起的王陆心学。② 所以，断定《笑傲江湖》的故事发生在明朝大致不差。进而，明朝自 1368 年兴至 1644 年亡，国祚 276 年，岳不群既说

① 金庸：《鹿鼎记》，广州出版社 2002 年版，第 809 页。
② 孔庆东：《江湖·侠客·情——走进金庸的〈笑傲江湖〉》，北京师范大学出版社 2007 年版，第 133—134 页。

华山派创派二百余年，那么，《笑傲江湖》中的华山派至少在明初即已存在，至岳不群、令狐冲，当在明中后期。对此，金庸于 1994 年 10 月 27 日在北京大学与学生互动交流时有过证实。当被问及"你的小说是否写明朝正德年间的事"时，金庸回答说："写作小说不见得一定要有具体的时代背景。武侠小说中所表现的尔虞我诈、互相倾轧的权力斗争，在哪个朝代都会发生，不必特指，如果特指了，反而没有普遍性。当然，大家一定要我说说写的是哪个时代背景，我想大概是明朝吧。这位同学估计是在明朝正德至崇祯年间，看来他很有些历史知识的。"①这个回答不仅证实了《笑傲江湖》的故事发生在明朝，而且具体在正德至崇祯年间，亦即明朝的中后期。

这四部描写华山派的作品，《碧血剑》创作于 1956 年，《鹿鼎记》创作于 1969—1972 年，二者虽然相隔时间较远，但却有直接而明显的承继关系，《鹿鼎记》中的华山派门人归辛树夫妇、何惕守、冯难敌父子等在《碧血剑》中都出现过。除此之外，《碧血剑》《笑傲江湖》与《倚天屠龙记》中的华山派之间则无明显的承继关系。相比较而言，如果说《碧血剑》与《笑傲江湖》中因都有"风祖师爷"的存在而暗示出承继关系，那么《笑傲江湖》与《倚天屠龙记》中的华山派则似乎完全没有任何关联。对此不妨可以这样推测：一是金庸因为要刻意隐去《笑傲江湖》的时代背景，所以没有明确建立其与《倚天屠龙记》和《碧血剑》中华山派的联系；二是元末时期的华山派自鲜于通之后逐渐衰落而亡，至明初，由风祖师爷重新创立华山派。至于《倚天屠龙记》中的华山派由何人创派，于何时创派，小说中没有明确提及，不过，《倚天屠龙记》的故事始于元顺帝至元二年，这在《倚天屠龙记》第三回有明确说明："这一年是元顺帝至元二年，宋朝之亡至此已五十余年。"至元二年即 1336 年，再至张无忌长大成为明教教主已是元朝末年，而张无忌无论是听胡青牛说鲜于通还是最后直接面对鲜于通，鲜于通都只是当时华山派的掌门人而不是创派人，同时书中也没有说鲜于通是第几代掌门人，而且他还有两位师叔即高矮两老者，因此，华山派的

---

① 《金庸答北大学生问》，见葛涛、谷红梅、苏虹《金庸其人》，社会科学文献出版社 2004 年版，第 238 页。

最初创派应在元代初中期的几十年间。无论华山派的最初创派人是谁，也无论这几部作品中的华山派是否具有明确的承继关系，可以肯定的是，金庸或有意或无意地描写、刻画了自元代初中期至清代康熙初年三百余年间华山派的存续与流变情况。

金庸小说华山派的三百余年流变过程，虽然描述并不是非常清晰、连贯，但大体经历了发生、发展、壮大、维持、强盛和衰落六个时期。

华山派究竟产生于何时，金庸小说虽然没有明确交代，但如上述所说，南宋之前至南宋末年并没有华山派的存在，华山派的发生期当在元代初中期。至《倚天屠龙记》中所描述的鲜于通时期，是华山派的发展期。本书对华山派的描写主要在第十二回、十四回、十七回、二十一回和三十八回。其中，除第十二回"排难解纷当六强"中对华山派人物有稍多描写外，其余四回中只是简要一提。而且，除鲜于通、薛公远、白垣及高矮两老者五人外，不再提到他人。但描写文字少并不说明规模小、实力差。因为在本书不多的描写文字中，华山派是作为六大门派之一出现的，而能与少林、武当、峨嵋、昆仑、崆峒等门派一起合称六大门派，且是抗衡当时武林所认为的魔教——明教的一支主要力量，说明具有一定的规模和较高的声誉。之所以描写文字显少，只因本书的主要描写对象是武当派而非华山派之故。因此，元代末期可视作华山派的发展期。至《笑傲江湖》，对岳不群时期之前的华山派情况，小说没有进行直接描写，但通过对一些过往情况的简要回顾以及对某些相关人物的简要描写，显示出华山派曾经具有的规模与声势。例如，小说第九回中岳不群、宁中则在思过崖对令狐冲、岳灵珊、陆大有等人讲述30年前华山派剑、气二宗之争时说："当年五岳剑派争夺盟主之位，说到人才之盛，武功之高，原以本派居首，只以本派内争激烈，玉女峰上大比剑，死了二十几位前辈高手，剑宗固然大败，气宗的高手却也损折不少，这才将盟主之席给嵩山派夺了去。"有曾施惠于少林高僧方生、得一代枭雄任我行佩服、因受骗而未能参与剑气之争斗、在羞愧中退隐江湖、于思过崖上传授令狐冲"独孤剑法"的天下第一剑术高手风清扬；还有在剑气之争中幸存、发奋练剑、最后欲与岳不群争夺华山掌门之位的剑宗高手成不忧、丛不弃和封不平，等等。可以想见，剑宗与气宗之争前的华山派，人数众多，人才鼎盛，武功一流。五岳剑派是为与少林、武当以及日月神教相抗衡而建立的联盟组织，除华山派外，其余四派也都非易与之流，这在岳不群时期已有充分显示，更不用说此前了，而华山派当初居然能位居其他四派之首，说明华山派虽不能与少林、武当比肩，但已规模盛大、实力强劲。所以，明中后期应是华山派的壮大期。岳不群时期的华山派，受剑宗气宗之争影响，上辈高手风清扬退隐不现，同辈三位师兄弟与其为敌，华山之上仅剩下岳不群夫妇和二十余位武功并不高强的弟子，此时的华山派虽仍在五岳剑派之列但已属末流。如果说华山派在江湖中仍有较高威望，乃上代影响所致，与此时的华山派关系不大。若非如此，岳不群也许不会觊觎辟邪剑谱且自宫练剑，最终身败名裂，并致华山派基本崩溃。在此过程中，尽管令狐冲的表现为华山派赢得一些声名，但却被岳不群逐出华山之门。因此，明后期是华山派的维持期。《碧血剑》中，明末华山派掌门人穆人清是天下第一高手，弟子黄真、归辛树、袁承志亦武功高强，江湖声名远播，门下也各有弟子，其中，黄真有弟子八名，归辛树有弟子六名，袁承志虽因年轻尚只有弟子何惕守一名，但有追随者若干。从武功之高、规模之大、江湖声望和江湖作为等方面综合而论，此时的华山派在江湖中隐然居于领袖地位。所以，明末当是华山派的强盛期。《鹿鼎记》里，康熙初年的华山派，穆人清、黄真已逝，掌门人冯难敌年事已高且不在华山居住，两个儿子冯不破、冯不摧虽有"两河大侠"之名，在书中却无更多描写，归辛树夫妇及其子最终刺杀康熙不遂而亡，袁承志隐居海外不见，只何惕守偶然现身。可以说，康熙初年的华山派已是衰落期。

金庸在创作这四部作品时，应当主要是根据当时的创作构思与需要对华山派进行了相关描写，而并非有意要为其立传，因此，过程、环节多有模糊之处，也不能相互衔接。但就是在这三百余年的流变中，金庸写出了华山派的发生、发展、壮大、维持、强盛以及衰落等各个阶段。能于有意、无意之中写出事物存在的历史逻辑，足见金庸的才情。

金庸小说中的华山派不仅有三百余年的流变，而且无论在哪个朝代、何种时期，整体上一直属于"正"派，始终是作为江湖正义力量而存在的。其一，华山派有比较全面而严格的自我约束制度，始终坚持崇尚正义的价值取向。《笑傲江湖》第七回提到华山派"七条门规"，分别是："首戒欺师灭祖，不敬尊长。二戒恃强欺弱，擅伤无辜。三戒奸淫好色，调戏妇女。四戒同门嫉妒，自相残杀。五戒见利忘义，偷窃财物。六戒骄傲自大，得罪同道。七戒滥交匪类，勾结妖邪。"《碧血剑》第九回则说华山派风祖师爷传下"十二大戒"，其中提到四条戒律，即第三条戒"滥杀无辜"、第五条戒"结交奸徒"、第六条戒"不敬尊长"、第十一条戒"不辨是非"，第十九回又提到一条门规，"不得在朝居官任职"。同是风祖师爷制定的门规，一为七条，一为十二条，这固然可看作是金庸在这两部书中没有照应好而显示出的矛盾之处，但亦可看作是华山派在门规上的不断充实与丰富。而无论怎样，都说明华山派有比较全面的自我约束制度，坚持崇尚正义的价值取向，而且，能够比较严格地得以执行。例如，孙仲君因擅伤无辜，受到穆人清责罚，被削去一指并终身不得再练剑；令狐冲被逐出华山派，固然是岳不群别有用心，但也确因他结交妖邪在先，连宁中则也无法回护。其二，华山派多有维护江湖正义以及爱民保国的作为。《倚天屠龙记》中，华山派作为六大门派之一，一直与被武林视为魔教的明教相抗衡，并参与围攻光明顶的行动。尽管金庸在这部书中是想"说明这世界上所谓正的邪的，好的坏的，这些观念，有时很难区分"[1]，而且在具体描写中也确实写出了正未必正，邪未必邪，但在小说所规定的叙事情境中，围攻光明顶至少在六大门派看来是消灭邪恶、维护江湖正义的行动。《笑傲江湖》中，华山派始终是对抗江湖上公认的魔教——日月神教的一支主要力量，而且与其抗衡达二百余年之久，并为之牺牲多人。《碧血剑》中，华山派上至掌门人穆人清，下至黄真、袁承志以及徒孙辈都自觉帮助李自成义军，甚至直接投身其中。《鹿鼎记》中，冯难敌父子召集"杀龟大会"，成立"锄奸盟"，冯难敌以华山派掌门人身份出任陕西省的"锄奸盟"盟主，欲率华山派门人并联合江湖力量杀卖国贼吴三桂，反清复明。虽然在书中金庸对狭隘的民族观念并不赞成，但在特定的时空环境里，华山派人物的行为并无不当之处。当然，华山派中也有奸邪之人，如鲜于通、岳不群、孙仲君等，但这样的人毕竟是少数，他们之所为都是个人行为而非派别行为，尽管在一定程度上对华山派的声誉有所影响，

---

① 林以亮、王敬羲、陆离：《金庸访问记》，见费勇、钟晓毅《金庸传奇》，广东人民出版社1995年版，第86页。

但改变不了华山派整体在江湖中一直是作为正派而存在的这一事实。

三 华山人物

华山派存续从元代至清初,历三百余年,人物自然不少。虽然在不同的作品中人物多寡不同,但总体而观,有名有姓的主要人物、重要人物、次要人物或无名无姓但进行了一定描写的人物有三四十人。

金庸小说中的华山人物大致有这样几个特点:其一,多侠士。金庸在多部小说里一直将华山派塑造为名门正派,因而不仅有名门正派应有的严格门规,而且多有参与维护江湖正义或民族利益的组织行动。华山派门人作为组织成员,自然多有参加门派维护江湖正义或民族利益的行动;同时,作为个体,既身属名门正派,必以名门正派自居,因而大多数人能恪守门规并以侠义道自律,在江湖上行侠仗义,袁承志、黄真、冯难敌、令狐冲等即是其中的典型代表,甚至就连归辛树夫妇这样心胸狭窄、一心护短的人,最后也因行侠刺杀康熙而身亡。其二,多隐士。华山人物中有许多隐士。最典型者莫过于令狐冲。他不仅是华山隐士人物形象的代表,而且是金庸小说隐士形象的代表。他"是天生的'隐士'","是陶潜那样追求自由和个性解放的隐士"。他对权力没有丝毫兴趣,厌倦江湖上的所有纷争,只喜欢"笑傲江湖"般地自由自在、无拘无束。本可以走向权力的巅峰,却宁愿选择在杭州梅庄归隐,与任盈盈"曲谐"。与令狐冲不同,风清扬因为受骗娶妻,没能参与华山气宗与剑宗之争,致剑宗覆没,而"心灰意懒、惭愧懊丧而退隐"①。穆人清身为华山掌门,武功天下第一,但不仅他自己绝少行走江湖,而且要求门人功成身退,不得入朝为官。袁承志年少有为,既有反明抗清、相助李自成的安国之志与行动,又在江湖上屡建奇功,但是最后"空负安邦志,遂吟去国行",带着夏青青、何惕守等众人一起隐居海外。"他之去国是由于对'江山'与'江湖'的双重失望乃至于绝望的结果。"② 无论年龄、身份,无论主动、被动,也无论最初在江湖之上如

① 金庸:《笑傲江湖·后记》,广州出版社2002年版,第1440—1441页。
② 陈墨:《金庸小说赏析》,百花洲文艺出版社1992年版,第40页。

何轰轰烈烈，获得多么巨大的成功，最后的选择都是退隐。其三，多诙谐之士。金庸在第一部描写华山派的小说《碧血剑》中就对华山人物多赋予诙谐气质。黄真即是代表人物。其形貌滑稽，"似是个生意人，左手拿着一个算盘，右手拿着一支笔，模样甚是古怪"。为人处世虽机警缜密，但张口闭口都是生意经，无论是评价武功还是体察人物，也无论是放声直言还是内心自语，都是生意人特有的语言表达，充满滑稽诙谐气。《倚天屠龙记》中的高老者胸无城府，天真可爱，他在光明顶上联手矮老者与张无忌比武，其言行表现使一场残酷的生死搏杀显得妙趣横生。金庸在本书中对他虽然着墨不多，但其形象堪比老顽童周伯通。即使像令狐冲、袁承志这样的人物，身上也时时流露出诙谐气。例如令狐冲与田伯光的坐斗、假扮参将吴天德相救恒山派的言行表现、与任盈盈相处过程中的多种玩笑话语，袁承志在群盗抢夺财宝时的装傻扮呆等。其四，多伪君子。金庸小说最典型的伪君子就是一代华山派掌门人岳不群。《笑傲江湖》第五回写其出场时，"一个青衫书生踱了出来，轻袍缓带，右手摇着折扇，神情甚是潇洒"，再通过林平之观之，"这书生颔下五绺长须，面如冠玉，一脸正气，心中敬仰之情，油然而生"，足见其一副道貌岸然、正人君子形象。在各种公开场合，其言语似乎处处是为江湖道义，其行为似乎时时是为武林安危，其神情似乎常常都是大义凛然。江湖中除任我行、方正大师、冲虚道长等人外，无人识其真面目。直至其称霸江湖的野心自我暴露，人们才认识清楚他的心机与阴险。鲜于通与岳不群相比虽有不如，但也颇有相似之处。《倚天屠龙记》第二十一回写他在张无忌连败崆峒派、少林派高手后，"折扇轻挥，缓步而出。张无忌见来者是个四十余岁的中年文士，眉目清秀，俊雅潇洒，心中先存了三分好感"。在一般江湖人及其门人眼中，他是足智多谋、侠义满怀、一身正气的华山掌门。然而，他始乱终弃、忘恩负义于胡青羊在前，为夺掌门之位杀同门师兄白垣于后，扇中暗藏蛊毒欲加害张无忌于光明顶搏斗现场。若非反受蛊毒之害而自招，无人知其行径。两代华山掌门人都是伪君子。金庸小说中的伪君子形象并不多，但基本上都是华山人物。其五，不乏奸徒。华山派多侠士但并非都是侠士。上至掌门人下到一般弟子，华山派历代都有奸徒。岳不群和鲜于通自是奸徒，不过更多呈现的是伪君子形象。除他们之外，薛公远恩将仇报欲吃杨不悔以自保，林平之自宫练剑、疯狂滥杀以复仇，后杀岳灵珊与左冷禅相勾结，劳德诺常年卧底、杀害同门、图谋不轨，孙仲君残忍狠毒、滥杀无辜、受惩戒后始终不思悔改，等等，都非名门正派中人应有之所为。包括心高气傲、没有是非观念、只知一心维护孙仲君的梅剑和也非善类。

由此观之，虽然华山派在三百余年存续中一直都是作为名门正派而存在的，虽然大多数华山人物也以此自居自律，一般江湖人士也都这样认为，但华山人物并不都是侠义之人，伪君子、奸邪之徒大有人在。对于一个延续了三百余年而又门徒众多的江湖门派而言，即使门规戒律再严格，出现这样的情况也是极其正常的。因为，无论是历时看还是共时看，正派中人不可能人人都是侠义之士。金庸这样描写华山人物，应该说写得非常符合于事物存在的逻辑，显得合理而真实。进而，无论是侠义之人还是奸邪之徒，他们也并不总是一直是侠义的或一直是奸邪的，特别是对于一些主要人物或着墨较多的人物，金庸在描写他们时，或者在整体描写人物侠义品质的同时也赋予其一定的"邪气"如令狐冲，或者在把人物作为非侠义类描写时又让其有一些侠义之举如归辛树夫妇，或者写出人物如何由侠义之人转化为奸邪之人如林平之，或者写出人物表面为侠义内在为奸邪如岳不群。这样，金庸刻画的华山人物就不再是传统武侠小说中正邪简单而绝对二元对立的格局表现，从而显得更加真实和复杂。同时，侠义之人也罢，奸邪之人也罢，他们在某些方面可能会相似，但又各有各的性格特征和表现。例如同是侠义之人，令狐冲狂放无忌只求个体自由自在，袁承志憨厚老实而怀有兼济天下之心，虽然都选择了退隐，但令狐冲是天性如此，而袁承志却是无奈之举；同是伪君子，岳不群比鲜于通藏得更深，也更阴险狡诈，而鲜于通则比岳不群更残忍歹毒。总之，金庸不仅写出了华山人物构成的复杂性，也写出了华山人物性格的丰富性，而且在一定程度上写出了华山人物形象的独特性。

金庸写出华山人物的复杂性和丰富性不是偶然的，它与金庸高超的写作才能有关，更与金庸对武侠小说的认识以及在创作上的自觉追求有着直接关系。首先，金庸认为，小说中的人物是最重要的，他写武侠小说的理想就是塑造人物形象，希望写出的人物个性鲜明、生动，能给读者留下深刻的印象。这在金庸的中后期小说创作中体现得尤为明显和充分。华山人物作为金庸小说人物谱系中的重要构成,金庸自然会加以着力刻画和塑造,从而表现出金庸在人物塑造上的创作追求。当然,从创作阶段看,相对而言,中后期《笑傲江湖》中的华山人物要比早期《碧血剑》中的华山人物丰满、生动许多,这应是金庸的创作追求与创作实践日益有机统一的结果。至于《倚天屠龙记》和《鹿鼎记》中的华山人物,由于只是作为次要人物出现而着墨不多,因此主要显示其某一方面特征而呈扁平形象。其次,正邪对立与冲突是武侠小说永恒的主题。金庸小说也不例外。但金庸对于正邪对立有自己的认识。他在谈及《倚天屠龙记》的主题时曾明确表示,创作这部小说就是"想表达一个主题,说明这世界上所谓正的邪的,好的坏的,这些观念,有时很难区分。不一定全世界都以为是好的,就一定是好的,也不一定全世界都以为是坏的,就一定是坏的。"① 这种认识其实在创作《碧血剑》时就已产生,如在第三回中借穆人清教诲袁承志之口表达说:"我也知你心地仁厚,决不会故意杀害好人。不过是非之间,有时甚难分辨,世情诡险,人心难料,好人或许是坏人,坏人说不定其实是好人。"只不过在写《倚天屠龙记》时更加明确,并以此为主题。而愈往后,金庸小说中的正邪关系愈加难辨,或正中有邪,或邪中有正,或原本为正却被视作邪,或原本为邪反被视作正,或由正走向邪,或有邪走向正,情况更加复杂。所以,华山派虽为正派,也多侠士,但在《碧血剑》中,就已既有侠士又有奸徒,至《笑傲江湖》,既有表面为正实则为邪的岳不群,又有起初为正后来为邪的林平之,也有整体为正但又不乏邪气的令狐冲等等。再次,金庸对武侠小说的娱乐性非常推崇,认为武侠小说"离开了娱乐性就不好看了,没有味道","这是一种创作的失败"。由于追求娱乐功能,注重"好看"效果,金庸在创作中自觉而充分地调动、运用了诸多可以愉悦读者的手段和元素,其中,设置戏剧性人物和赋予人物性格以幽默诙谐表现是非常重要的手段之一,例如老顽童、桃谷六仙等奇人形象的设计。黄真、矮老者的人物形象设计,包括令狐

---

① 林以亮、王敬羲、陆离:《金庸访问记》,见费勇、钟晓毅《金庸传奇》,广东人民出版社1995年版,第86页。

冲、袁承志等人物时常表现出的幽默诙谐之言行，应当同样是金庸娱乐性创作追求在华山人物身上的具体体现。他们的存在既丰富了金庸小说此类人物形象的构成，从而强化了娱乐功能，又丰富了华山人物形象类型，丰满了人物性格。最后，对于其小说中的人物尤其是主要人物的最终结局，金庸曾归纳说：

> 我在三十岁稍过后开始写武侠小说，所描写的男主角为数众多，个性和遭遇颇为繁复。但写到最后，男主角的结局通常不出于两途：或鞠躬尽瘁、死而后已；或飘然而去、遁世隐居。大概由于我从小就对范蠡、张良一类高人十分钦仰，而少年时代的颠沛流离使我一直渴望恬静安泰的生活，所以不知不觉之间，我笔下郭靖、乔峰、康熙一类的人物写得较少，多数以另一类的归宿为结局。①

在这里，金庸不仅归纳了小说主要人物的结局多为退隐的现象，而且就其中的原因进行了简要分析。即是说，有意也好，无意也罢，主要人物退隐江湖的现象并非偶然呈现，它与金庸喜爱老庄哲学思想并深受其影响以及现实人生感受和追求有着非常密切的关系。包括金庸的现实人生选择最终也是以退隐为结局，如参与香港基本法方案起草，而待其通过后，即宣布退出香港基本法起草委员会；20 世纪 90 年代始，金庸逐渐退出《明报》。"他以自己的实际行动驳斥了那些说他有政治企图的人，做到了老子说的'为而不有'，有进有退。"② 所以，袁承志在一番江湖作为之后，风清扬在心灰意冷之后，令狐冲在权力倾轧、受尽冤屈、成为天下剑术第一高手之后，或茫然，或无奈，或自觉地都以退隐为结局。总之，以写人为中心，塑造人物丰满性格，正邪并非二元对立、互不相容，追求娱乐而致诙谐人物多有设计或人物表现出一定的诙谐品质，无论人物在江湖上有过怎样的业绩，最终大多都以归隐而终，凡此种种，对金庸而言都是有意而为的创作追求。华山人物形象塑造作

---

① 金庸：《小序：男主角的两种类型》，转引自严家炎《金庸小说论稿》，北京大学出版社 2007 年版，第 106 页。

② 孔庆东：《金庸评传》，重庆出版社 2008 年版，第 84 页。

为金庸小说人物形象塑造的具体表现，显示出金庸小说人物形象塑造的一些共有特点是必然的。

金庸小说华山人物形象塑造不仅显示出金庸小说人物形象塑造的共同特点，而且与华山独有的自然特征、文化内涵具有密切关系。尽管金庸本人对此并不曾有明确的说明，但细加分析，如此推断与解释并非不能成立。

金庸在《射雕英雄传》中说："古人以五岳比喻五经，说华山如同'春秋'，主威严肃杀，天下名山之中，最是奇险无比。"其意有二：一是表明金庸知悉华山可比"春秋"的文化内涵；二是表明金庸创作武侠小说时虽未亲至华山，但了解华山之自然情状。而且在与华山或华山派相关的几部小说中，金庸对华山自然的"奇险"特点多有描写。《春秋》相传为孔子根据鲁国的编年史修订而成，目的旨在匡救时弊。司马迁对其的评价是："夫春秋，上明三王之道，下辨人事之纪，别嫌疑，明是非，定犹豫，善善恶恶，贤贤贱不肖，存亡国，续绝世，补敝起废，王道之大者也。"① 并说："春秋之义行，则天下乱臣贼子惧焉。"② 华山既"如同'春秋'，主威严肃杀"，以金庸对待传统文化的态度而论，在虚构华山派并描写华山人物时，恐怕不会不考虑华山的这一文化内涵，从而将华山派设计为名门正派，将华山人物多描写为行侠仗义之士。而就华山自然之"奇险"来说，其壁立千仞、险峻峭拔之势，以"剑"比拟毫不为过。唐代诗人张乔曾有《华山》诗一首描绘华山自然："谁将倚天剑，削出倚天峰。众水背流急，他山相向重。树黏青霭合，崖夹白云浓。一夜盆倾雨，前湫起毒龙。"③起首前两句中，"倚天剑"和"倚天峰"可以互指，既可视为华山诸峰是由"倚天剑"所削成，也可看作华山诸峰就是"倚天剑"。因为正是似长剑直插入天的华山诸峰给予诗人灵感，并在想象中有了这样的诗句，可谓"剑""峰"互喻，"倚天"而存。那么，剑是什么？剑当然是兵器，但剑又不单纯是兵器。剑在中国出现极早，可上溯至轩辕黄帝时代。在几千年

① （汉）司马迁：《史记·太史公自序第七十》，中华书局2011年版，第2856页。
② （汉）司马迁：《史记·孔子世家第十七》，中华书局2011年版，第1738页。
③ 张乔：《华山》，《全唐诗》卷六三八，中华书局1960年版，第7305页。

的发展变化中，无论是剑本身，还是关于剑的各种诗意化想象与精神寄托，都赋予剑以丰厚的文化内涵，形成独特的剑文化。其中的一个重要表现就是，剑被赋予正义、正气的道德伦理内涵。也因此，当剑文化与侠文化相融合，剑与侠也就常常同为一体，密不可分。所谓"仗剑行侠"或者"负剑行侠"，所"仗"或"负"的倒不一定真是"剑"，在这里，"剑"可实指亦可虚指，关键是，"剑"成为行侠仗义的符号或象征。对于熟悉侠文化的金庸来说，剑文化的这一内涵赋予不会不清楚。所以，华山"如同'春秋'，主威严肃杀"的文化内涵与剑文化以及侠文化的内涵交融在一起，使金庸自然会考虑将一直栖居华山的华山派自始至终都归为名门正派，华山多锄强扶弱、维护江湖正义的侠士也就顺理成章了。

华山"如同'春秋'，主威严肃杀"之于金庸塑造华山人物的作用不止于多侠士，多伪君子也应与此有关。《春秋》既为孔子所编撰，又是儒家经典，当使金庸据此想到华山与儒家之关联。《碧血剑》第三回描述袁承志拜师时写道："那老人取出一幅画，画上绘的是个中年书生，空手做个持剑姿势。那老人点了香烛，对着画像恭恭敬敬地磕了头，对袁承志道：'这是咱们华山派的开山祖师风祖师爷，你过来磕头。'"《倚天屠龙记》中的鲜于通是一个"中年文士"，《笑傲江湖》中的岳不群也是一个"青衫书生"。无论是"书生"还是"文士"，都是儒生的装扮与做派。这三部作品分属金庸的早、中、晚期作品，金庸在不同创作时期对华山派的几个掌门人一再如此描述，固然可以理解为是为了保持所设计形象的一致性，但更应看作是金庸因华山"如同'春秋'"而具有一定的儒家文化内涵的刻意而为。儒家思想以"仁学"为核心，强调个体人格的主动性和独立性，倡导自我牺牲的献身精神和积极入世、拯救世界的道德理想，所以对塑造具有历史责任感、"知其不可为而为之"的伟大理想人格具有极其重要的作用①，但是，由于过分推崇道德化的理想人格而轻视甚至无视正常的"人性""人欲"，又极易导致虚伪人格的出现。即如陈墨在分析金庸小说批判地揭示了"功利"这一传统文化精神时所说："君子喻于义，小人喻于利""存天

---

① 参见李泽厚《中国古代思想史论》，人民出版社 1985 年版。

理，灭人欲""这种偏执与狂妄、野蛮加愚昧的道德幻想，当然无足以真正改变人性、消灭人欲。只是使人性与人欲在社会生活中成了一种见不得人、人不得见的'隐私'，只能把它藏起来、掩起来、压抑着、克制着。……这只能造成两种结果：其一是道德的虚伪，以及整个以道德为核心的文化的虚伪，即'满嘴仁义道德，满肚子男盗女娼'。其二是人的私欲受到克制和压抑，只要有机会就表现为畸形的膨胀与变态的宣泄。"① 金庸对儒家文化持辩证态度，在充分肯定其优长的同时也深刻批判其弊端。所以，金庸既能精心塑造郭靖那样"为国为民"的理想人格形象，也能有意描绘岳不群这样的伪君子形象，正如他自己所说："《笑傲江湖》的君子剑本来就是伪君子，不过他掩饰得很好而已。"② 但这尚不足以解释金庸为何在批判儒家文化对虚伪人格塑造时选择的是华山人物。问题还有另外一面。华山所以"如同'春秋'"，是因其"奇险"所产生的"威严肃杀"感可比"春秋"针砭时弊功效给人产生的印象。那么，华山自然之"险"未必不会使金庸想到人心之"险"。在自然方面，"险"是险峻峭拔，人迹罕至；在人心方面，"险"是阴险狡诈，无人能及。这也许给了金庸以重要的启示。一方面，其"险"似"剑"代表和象征着正义；另一方面，其"险"似人心险恶潜伏在正义的背后。正如《碧血剑》第三回中穆人清教诲袁承志时所说："剑乃利器，以之行善，其善无穷，以之行恶，其恶亦无穷。"所以，如果说华山"如同'春秋'"的儒家文化内涵使金庸在塑造伪君子形象时想到华山人物成为可能，那么，华山"奇险"似剑的双重性则使金庸在塑造伪君子形象时想到华山人物成为必然。正是因为华山在这两方面的有机结合，使金庸在塑造伪君子形象时选择了华山人物。

华山具有悠久而丰富的道教文化内涵。这不仅是因为最早的道教组织天师道出现不久，即有北魏新天师道创始人寇谦之入华山修道，而且是因为之后还有五代末宋初陈抟在华山修行、金元时期郝大通开创全真

---

① 陈墨：《金庸小说与中国文化》，百花洲文艺出版社1995年版，第489—490页。
② 林以亮、王敬羲、陆离：《金庸访问记》，见费勇、钟晓毅《金庸传奇》，广东人民出版社1995年版，第86页。

华山派、元代贺元希创立华山派①，等等，以致在华山修行的道士不胜
枚举。至今，华山之上不仅有历代道教徒修身养性的遗址，流传着他们
的传说，而且尚存道观二十余座，其中的玉泉院、东道院和镇岳宫还是
全国重点道教宫观。金庸对此应该是了解的，而且在《射雕英雄传》
中借由丘处机之口向郭靖介绍说"华山是我道家灵地"，并讲述陈抟老
祖的事迹及其传说，如陈抟老祖一睡经年、在华山之上种植的十二株大
龙藤、与宋太祖弈棋而赢得华山的赌棋亭等。金庸偏爱道家思想，道教
教义与道家思想虽然有较大的不同，但老庄哲学思想作为其重要的思想
根源，使得二者在内在精神上也有极大的共通之处，如清静无为、无名
无功、追求个体生命价值等。同时，作为宗教而存在的道教组织亦有其
戒律清规，如不杀生、不偷盗、不淫邪等。此外，"剑"在道教文化中
具有降妖除魔的作用，也代表着正义，如陈平原所说："将宝剑与主持
正义联系在一起，并非武侠小说家的独创。道教传说宝剑能除邪，南北
朝志怪小说中也颇多此类记载……武侠小说中道士必佩宝剑，除了打斗
外，还可登坛作法除邪灭妖，确是渊源有自。"② 如此，从华山道教文
化内涵方面亦可解释金庸笔下的华山派何以始终是名门正派，华山人物
何以多侠士，也多隐士。因为，小说中的华山派虽然是作为江湖组织而
非道教组织存在的，但既然栖居华山之上，就当具有道教（抑或道家
思想）的文化内涵。这应是金庸对华山这一道教名山文化内涵的深刻
洞悉与充分尊重所致。如若将华山具有的道教文化内涵（抑或道家文
化）与因"如同'春秋'"而具有的一定的儒家文化内涵结合起来看，
又似乎可以推测这可能也给了金庸将伪君子形象设计为华山人物的启
示。因为儒道虽不同途，似乎又可互补，所谓"进"则为"儒"、
"退"则为"道"。但是要真正协调好二者的关系又并非易事。如果不
是真心为"道"而仅仅只是自我标榜为"道"，仅仅只是向世人、他人
宣称为"道"，实则内心仍然为"儒"，极易产生虚伪人格。

总之，金庸小说中的华山人物既多侠士、隐士和诙谐之士，也多伪

---

① 此处所说"华山派"是在历史上真实存在的道教派别，非金庸小说中虚构描绘的江
湖组织。

② 陈平原：《千古文人侠客梦》，北京大学出版社 2010 年版，第 79 页。

君子和奸邪之徒。这既是金庸人物形象塑造理想和追求在华山人物形象塑造上的具体体现，也是金庸充分考虑和尊重华山自然与文化内涵特点的结果。因此，金庸小说华山人物形象不仅具有金庸小说人物形象的一般特点，而且具有华山的自然与文化特点，显现出华山特色。

四　华山武功

金庸小说写到华山及华山派的小说主要有《碧血剑》《射雕英雄传》《神雕侠侣》《倚天屠龙记》《笑傲江湖》和《鹿鼎记》六部。其中，《射雕英雄传》和《神雕侠侣》虽然多次提到"华山论剑"及华山，而且包括主要人物在内的很多人物都上过华山，但在金庸小说的叙事时空中，此时并不存在华山派，因而他们都不是华山人物，他们所使用的武功不能说是华山武功。金庸小说中的华山武功描写只能以其他四部作品而论。

《碧血剑》中描写的华山武功主要包括伏虎拳、长拳十段锦、劈石拳、破玉拳、混元掌（功）以及华山剑法。其中，除劈石拳是在第十回袁承志与归辛树动手时偶提外，其余均在袁承志拜穆人清学艺时才全部交代。至于袁承志于木桑道人处学得的"千变万劫"轻功和"满天花雨"暗器功夫、于《金蛇秘笈》中学得的功夫"金蛇剑法"，不能视为华山功夫。当然，如果日后能与华山武功融合并相传，自当别论。《倚天屠龙记》中的华山武功主要包括鲜于通使出的七十二路"鹰蛇生死搏"和高矮两老者使出的"反两仪刀法"。《笑傲江湖》中描写的华山武功主要有紫霞功和华山剑法。其中，就华山剑法而言，又包括多种，单第八回"面壁"中令狐冲与岳灵珊的对话里提到的就有养吾剑、希夷剑、淑女剑、玉女剑十九式等，这还不包括因华山派气宗与剑宗之争以及与日月神教抗衡而伤亡过大所造成的某些失传的华山剑法。华山剑宗高手丛不弃于中条山中自创的"狂风快剑"、令狐冲与岳灵珊自创的所谓"冲灵剑法"也可算是华山剑法。"独孤九剑"虽是由《神雕侠侣》中首提的独孤大侠所创，并因此"求败"而不能，因而本不是华山正宗剑法，但久被风清扬掌握，又传之令狐冲，一方面，它早已与华山剑法融通，另一方面，对它的直接、正面的介绍由风清扬传剑于令狐冲始，因此将"独孤九剑"归于华山剑法亦无不可。"辟邪剑法"虽为岳不群和林平之处心积虑而获得，但它既不是华山人物所创，又自岳不群和林平之而亡，因此不能算作华山武功。《鹿鼎记》中对华山人物及其作为描写极少，主要是承接《碧血剑》之余绪，武功描写上既无多少篇幅也无新的表现，自可不论。

从《碧血剑》至《笑傲江湖》，金庸所描写的华山武功大致呈现出这样几个阶段。其一，由"实"至"虚"。《碧血剑》是金庸的第二部小说，作为初期之作，对华山武功的描写过于依赖某些武术书籍，因而偏于写实，如伏虎拳、十段锦等在中国传统武术中都是实际存在的。在该书中当然也有想象化的武功，如"金蛇剑法""千变万劫"轻功和"满天花雨"暗器功夫，但它们都不是华山功夫。至后两部小说，华山武功描写才逐渐真正想象化。其二，由"杂"至"纯"。《碧血剑》中，穆人清传剑于袁承志时，是在他上华山三年且混元掌（功）、破玉拳等功夫学成之后。书中第三回是这样描写的：

> 这一年端午节，吃过雄黄酒，穆人清又请出祖师爷的画像，自己磕了头，又命袁承志磕头。说道："今天叫你拜祖师，你知为了什么？"袁承志道："请师父示知。"
>
> 穆人清从室内捧出一只长木盒，放在案上，木盒盖一揭开，只见精光耀眼，匣中横放着一柄明晃晃的三尺长剑。
>
> 袁承志惊喜交集，心中突突乱跳，颤声道："师父，你教我学剑。"穆人清点点头，从匣中提起长剑，脸色一沉，说道："你跪下，听我说话。"袁承志依言下跪。
>
> 穆人清道："剑为百兵之祖，最是难学。本派剑法更是博大精深，加之自历代祖师以降，每一代都有增益。别派武功，师父常留一手看家本领，以致一代不如一代，越传到后来精妙之着越少。本派却非如此，选弟子之时极为严格，选中之后，却倾囊相授。你聪明勤奋，要学好剑术，不算难事，所期望于你的，是日后更要发扬光大。更须牢记：剑乃利器，以之行善，其善无穷，以之行恶，其恶亦无穷。今日我要你发个重誓，一生之中，决不可妄杀一个无辜之人。"

　　袁承志道："师父教了我剑法，要是以后我剑下伤了一个好人，一定也给人杀死。"穆人清道："好，起来吧。"袁承志站起。

　　穆人清道："我也知你心地仁厚，决不会故意杀害好人。不过是非之间，有时甚难分辨，世情诡险，人心难料，好人或许是坏人，坏人说不定其实是好人。但只要你长存忠恕宽容之心，就不易误伤了。"袁承志点头答应。……

　　在这段描写中，无论是穆人清"请"出祖师爷画像与袁承志先后"磕头"，"捧"出木剑盒，还是"脸色一沉"地说华山派剑法博大精深，选徒严格，并叮嘱袁承志"剑乃利器"不可妄杀或误伤好人，都显得极其慎重而严肃。在袁承志其他武功学成之后才传授剑法，而且态度如此慎重而严肃，可见华山剑法应是华山派主要也是最高的武功。但在该书中，华山武功拳法、掌法、剑法皆有，于华山剑法的描写并不很多，因而未见华山剑法如何突出，而且华山门人自黄真以下似乎也不以华山剑法见长或知名。所以该书中的华山武功广博的同时显得有些驳杂。《倚天屠龙记》中，金庸对华山剑法只字不提，反为华山派新创了融合鹰爪功和蛇拳为一体的"鹰蛇生死搏"以及"反两仪刀法"。这或许是因为金庸想求新求变，也或许是因为金庸还尚未明确确立以"剑"为核心的华山武功构成体系。如此一来，在丰富了华山武功的同时，也使华山武功构成显得更杂。至《笑傲江湖》，除内功"紫霞功"外，就只有华山剑法了，但华山剑法绝非只是一种剑法，而是由多种剑法构成的一个体系，真正体现出华山派武功以"剑法"为主的特点，既变化多端又博大精深。其三，由"生"至"熟"。《碧血剑》中的华山武功虽多，但每一种武功主要是给个名称、偶尔说几个招式名称或概括说某人因有什么武功而名满江湖，缺乏具体生动的描绘，显得机械呆滞。甚至于极为推崇的华山剑法连具体的剑法名称都没有，更无剑理的描绘，也少有剑招，处理较为粗糙，表现出金庸早期描写华山武功的简单生硬。如穆人清传剑于袁承志时的示范表演：

　　穆人清左手捏个剑诀，右手长剑挺出，剑走龙蛇，白光如虹，一套天下无双的剑法展了开来。

日光下长剑闪烁生辉，舞到后来，但见一团白光滚来滚去。袁承志跟着师父练了三年拳法，眼光与以前已大不相同，饶是如此，师父的剑法、身法还是瞧不清楚。只觉重处如山岳巍峙，轻灵处若清风无迹，变幻莫测，迅捷无伦。舞到急处，穆人清大喝一声，长剑忽地飞出，嗤的一声，插入了山峰边一株大松树中，剑刃直没剑柄。

这一段文字并不长，但已是该书中难得一见关于华山派剑法的描绘。而在这样的描绘中，无论如何也看不出剑法何以能够"天下无双"。即便这一段描绘主要是由袁承志"观"而显示，而袁承志因未学过剑法而看不出其玄妙、深奥所在，但一套"天下无双的剑法"只是如此未免显得一般而含混。至《倚天屠龙记》，在具体打斗过程中，紧密配合人物表现描写"鹰蛇生死搏"和"反两仪刀法"，则非常生动，可惜因篇幅有限而未能尽意。《笑傲江湖》中的华山剑法因为与令狐冲的性格、人生、情感相融合而显得无比生动神奇，令人印象深刻。可以说，至《笑傲江湖》，金庸关于华山武功的描写才既细致充分，又灵活多变，真正趋于完美。由"实"至"虚"、由"杂"至"纯"、由"生"至"熟"这几个阶段，符合创作规律，反映出金庸在华山武功描写上思路的日渐清晰和技巧的日益成熟。

金庸小说武功描写有诸多显著特点。华山武功描写作为金庸小说武功描写的具体体现，虽然没有显示出所有特点，但显示出大部分特点。

从武功产生看，华山武功描写显示出想象化、形象化和丰富化的特点。其一，想象化。自古至今，华山之上从无江湖组织华山派的存在，更不存在华山武功。即使是早期小说中偏重于写实的华山武功，也非华山所有。因此，华山武功的产生在根本上是出于金庸的想象。其二，形象化。金庸追求武功招式命名的形象化，使武功动作能借由形象化的命名被大致想象出来，而且以四字句格式为主，并多从成语、诗词和四书五经中寻找，如果找不到合适的，就自己作四个字配上去。所以，无论是《碧血剑》中华山剑法的"白云出岫""傍花扶柳"，还是"反两仪刀法"的"混沌一破""日月晦明"，以及《笑傲江湖》中华山剑法的"苍松迎客""有凤来仪"等招式，都比较形象，也都是四字句格式。

其三，丰富化。金庸小说的武功设计非常丰富，不仅不同的江湖派别具有不同的武功，而且同一江湖派别自身的武功也不是单一的构成。从华山武功设计看，华山武功有内功、外功之分，有剑法、拳法、掌法之别，有剑、刀、折扇等兵器之不同，而且在不同小说中，华山武功的设计和表现是不一样的。即使都是华山剑法，在具体剑法的命名和表现上也是不一样的。

从武功内涵看，华山武功描写显示出人物化、文化化的特点。其一，人物化。塑造人物形象是金庸的创作理想。为塑造好人物形象，金庸可谓不遗余力，其中非常重要的手段之一就是武功人物化。因人而设计武功，武功不仅成为塑造人物的重要辅助手段，而且也更加富有表现力。在华山武功描写中，风清扬传授给令狐冲的华山剑法以及"独孤剑法"，强调"无招胜有招"，完全与令狐冲飞扬跳脱、任意而为的性格特征相吻合，正如小说第十回所说："这正投其所好，使剑时心中畅美难言，只觉比之痛饮数十年的美酒还要滋味无穷"，典型地体现出华山武功描写的人物化特点。此外，以内藏蛊毒的蛇形折扇为兵器的"鹰蛇生死搏"和运功必然变脸的"紫霞功"与歹毒狡诈的鲜于通和虚伪阴险的岳不群这两个人物形象也是比较吻合的。其二，文化化。将武功描写与易经和道家思想密切结合是金庸小说的一贯做法，而且通常将这样的武功定位为至高的武功。在华山武功描写中，《倚天屠龙记》第二十一回所写的"反两仪刀法"，明确说"是从中国固有的河图洛书，以及伏羲文王的八卦方位中推演而得"，"独孤九剑"的"总诀式""归妹趋无妄，无妄趋同人，同人趋大有。甲转丙，丙转庚，庚转癸。……"书中虽未说齐全，但交代说共计三千余字，从描述内容看，是直接将易经文化思想作为武功原理。而在风清扬传剑时，无论是华山剑法还是独孤九剑，都强调"无招胜有招"，这正是道家哲学思想的充分体现。

从武功获得过程看，华山武功描写显示出人性化、集大成化的特点。其一，人性化。金庸小说男主人公武功的获得虽然不乏机缘巧合甚至一些极为奇特的遭遇如郭靖吸食蛇血、杨过吃蛇胆而增加功力等，但主要是由人物勤学苦练而成。因而，武功本身可以很奇幻，但修习获得却依赖于人物的悟性、方法、用功程度以及江湖历练，显示出人性的力量而非神力，显得合情合理。华山人物袁承志、令狐冲的武功也是在不断学习、钻研、运用、历练中获得并臻至一流的。其二，集大成化。金庸小说男主人公的武功构成都必然是博采众家之长而非单一的某一种武功。华山主要人物的武功也绝非一种，而且并非只是华山武功。例如袁承志先学华山本门功夫，再学铁剑门木桑道长的"千变万劫"轻功和"满天花雨"暗器功夫，又习"金蛇秘笈"所载武功特别是"金蛇剑法"；令狐冲不仅掌握华山剑法，也在山洞中研习过五岳剑派中其他门派的剑法，更得风清扬传授"独孤剑法"，后在地牢中无意学得任我行的"吸星大法"，最后又修习少林派的"易筋经"内功心法。

从武打场面看，华山武功描写显示出诙谐化、立体化、多变化的特点。其一，诙谐化。金庸擅长将激烈残酷的武打进行诙谐化处理，使武打既凶险紧张又充满乐趣。华山人物的武功打斗描写亦多诙谐化。例如袁承志斗吕七时倒转烟袋烧其胡子、装呆卖傻斗直鲁群盗；华山高矮两老者耍赖撒泼般斗张无忌，合何太冲夫妇之力用正反两仪刀法狼狈纠缠张无忌；令狐冲"坐斗"田伯光，假扮参将吴天德于装傻卖乖中斗蒙面嵩山派诸人而帮恒山众尼姑，等等。其二，立体化。金庸小说中的武功"打斗"既描写打斗人物的武功、招式、智计较量以及情绪、心理变化，也描写围观者的各种反应及影响，显得极为具体生动。华山人物的多场武功打斗也是如此。例如《笑傲江湖》第二十七回描写令狐冲与岳不群在少林寺的打斗过程，不仅有招式的比拼与变化，而且令狐冲的相让与矛盾心理，岳不群的焦躁与使诈心理，任我行与任盈盈的担忧以及想法，任我行和向问天的对话讥刺，包括宁中则、方证、冲虚等人的各种反应，描写都极为细腻。其三，多变化。金庸小说中的武功打斗极富变化性，人物无论是在一次打斗还是在多次打斗中，少有雷同或重复。例如袁承志与温氏五老的打斗过程，就包含了武功变化、兵器变化、人数变化、阵法变化、环境变化等种种变化，可谓变化多端；令狐冲与"梅庄四友"比武，前三场令狐冲虽然都是用剑，但丹青生、秃笔翁和黑白子则分别用的是剑、判官笔和棋枰，且各自武功不同，至第四场，令狐冲则以玉箫为剑与黄钟公以琴为兵器的"七弦无形剑"相斗，所以，四场连续进行的武功打斗并不相同。

华山武功描写是金庸小说武功描写的一个重要构成部分，体现出金庸小说在武功描写上的一些整体特点，实属正常。但除此之外，金庸小说华山武功描写还体现出自觉与华山自然和文化内涵相结合的特点，显示出华山特色。

华山派的主要武功和最高武功是"剑法"，使用的兵器主要是"剑"。这在两部主要描写华山派的小说中多有描述。《碧血剑》中，袁承志跪拜的"风祖师爷"画像"空手做个持剑姿势"，穆人清人称"神剑仙猿"，传袁承志剑法时说"本派剑法更是博大精深，加之自历代祖师以降，每一代都有增益"，最后赠与袁承志的兵器也是一柄长剑，而惩罚孙仲君时也是削其手指，责令其终身不得用剑。尽管在该书中就华山剑法本身描写而言未见深奥神奇，也未见黄真以下华山门人在华山剑法上有很深的造诣和表现，但这只能归因于金庸创作伊始未在该书中将华山剑法描写好，剑法是华山派的主要和最高武功却是无疑的。在《笑傲江湖》第七回中，林平之在"以气御剑"大堂参拜华山列代祖师时，只见"堂上布置肃穆，两壁悬着一柄柄长剑，剑鞘黝黑，剑穗陈旧，料想是华山派前代各宗师的佩剑，寻思：'华山派今日在武林中有这么大的声誉，不知道曾有多少奸邪恶贼，丧生在这些前代宗师的长剑之下。'"同时，该书中描写的华山武功除岳不群的内功"紫霞功"外，就是由各种具体剑法构成的华山剑法体系，所使用的兵器自岳不群始均为"剑"。该书中尽管也有华山派气宗与剑宗之争的描写，但这只是两者在认识论上出现的矛盾，而不是对华山剑法的否定。所以，金庸在该书中更加明确、更加纯粹地确定了华山剑法是华山派最主要和最高的武功。那么，金庸何以将剑法设计为华山派最主要和最高的武功？这应与华山的自然特点有关。华山在中国名山中海拔虽然不是最高，甚至在五岳中也只位列第二，但由于其山势峭拔，壁立千仞，自古以来一直就有"华山天下险""奇险天下第一山"的说法。因此，单以"险峻"而论，少有能出其右者，以"剑"形容华山最是恰当不过了。剑与剑法本是江湖常见的兵器和武功，同时，作为江湖组织存在的华山派和华山武功也都是金庸的想象，设计什么武功其实并无太大关系，但金庸将二者密切联系在一起，并始终将剑法作为华山派的主要和最高武功，不能不说是金庸充分考虑了华山自然特点之后的自觉选择。也因此，以剑法为主要和最高武功的华山武功描写就具有了华山特色。

华山武功描写与华山文化内涵亦有联系。华山武功以剑法为最主要和最高武功，而在《碧血剑》和《笑傲江湖》这两部确定剑法为华山派最主要和最高武功的小说中，就剑理、剑意的具体描绘及其生动、神奇呈现而言，唯有《笑傲江湖》。这不仅表现在风清扬对令狐冲的具体传剑过程中，而且更表现在令狐冲于江湖中多次不同凡响的具体运用中。第十回"传剑"中，风清扬在传令狐冲"独孤剑法"之前，先告知其"学招时要活学，使招时要活使"，因为"招数是死的，发招之人却是活的"，但这还不是最高境界。最高的境界是什么？小说中描写道：

> 风清扬道："活学活使，只是第一步。要做到出手无招，那才真是踏入了高手的境界。你说'各招浑成，敌人便无法可破'，这句话还只说对了一小半。不是'浑成'，而是根本无招。你的剑招使得再浑成，只要有迹可循，敌人便有隙可乘。但如你根本并无招式，敌人如何来破你的招式？"

> 令狐冲一颗心怦怦乱跳，手心发热，喃喃地道："根本无招，如何可破？根本无招，如何可破？"陡然之间，眼前出现了一个生平从所未见、连做梦也想不到的新天地。

> 风清扬道："要切肉，总得有肉可切；要斩柴，总得有柴可斩；敌人要破你剑招，你须得有剑招给人家来破才成。一个从未学过武功的常人，拿了剑乱挥乱舞，你见闻再博，也猜不到他下一剑要刺向哪里，砍向何处。就算是剑术至精之人，也破不了他的招式，只因并无招式，'破招'二字，便谈不上了。只是不曾学过武功之人，虽无招式，却会给人轻而易举地打倒。真正上乘的剑术，则是能制人而决不能为人所制。……"

> ……

> 风清扬微笑道："……你将这华山派的三四十招融会贯通，设想如何一气呵成，然后全部将它忘了，忘得干干净净，一招也不可留在心中。待会便以什么招数也没有的华山剑法，去跟田伯光打。"

> 令狐冲又惊又喜，应道："是！"凝神观看石壁上的图形。

　　……风清扬道："一切须当顺其自然。行乎其不得不行，止乎其不得不止，倘若串不成一起，也就罢了，总之不可有半点勉强。"

　　在这一具体的传剑过程描写中，可知剑法的最高境界乃是"无招胜有招"。而在其后风清扬传令狐冲"独孤剑法"的过程描写中，虽然没有再明确说"无招胜有招"，但"独孤剑法"的要旨也在于此。因为，"独孤剑法"只有"九剑"，除第一剑"总诀式"外，其他八剑分别是"破剑式""破刀式""破枪式""破鞭式""破索式""破掌式""破箭式"和"破气式"，其中，除"破气式"外，其他七剑单凭一剑一招可破天下所有的剑、刀、枪、鞭、索、掌、箭及与其类似的所有兵器和招式。"至于第九剑'破气式'，风清扬只是传以口诀和修习之法，说道：'此式是为对付身具上乘内功的敌人而用，神而明之，存乎一心。'"八剑何以能破几乎包括天下的所有武功？只因每一剑虽变化繁复，但只此一剑而无具体剑招，且各种变化依对手武功招式变化而变化，并专寻敌手武功招式的破绽。而最后风清扬又叮嘱令狐冲，修习"独孤剑法"，"要旨是在一个'悟'字，决不在死记硬背。等到通晓了这九剑的剑意，则无所施而无不可，便是将全部变化尽数忘记，也不相干，临敌之际，更是忘记得越干净彻底，越不受原来剑法的拘束"。所以，"独孤剑法"的要旨同样在于"无招胜有招"。或者可以这样说，风清扬正是因为通晓了"独孤剑法"而知"无招胜有招"的剑理，并在传"独孤剑法"前告知令狐冲，而在真正传"独孤剑法"时，金庸为求变化而未再重复明确地说"无招胜有招"。无论是对"无招胜有招"剑理的描述，还是对修习之法的"悟"而非死记硬背的强调，以及临敌之际将剑法忘记得干净彻底而不受拘束的要求，从而"无所施而无不可"，都充分体现了《老子》《庄子》特别是《老子》的哲学思想。而从"独孤剑法"的第一剑"总诀式"并不完全的内容看，演绎的是《易经》思想。《易经》即《周易》，儒道两家都非常推崇，易经既是儒家"四书五经"中的"五经"之一，也是道家"三玄"即《易经》《老子》和《庄子》之一，且被视为"玄学之源"。从"独孤剑法"的整体描述看，金庸显然是从道家角度演绎《易经》的。金庸小说中，源于《易经》或充分体现道家哲学思想的武功描写不在少数，如陈家洛的"庖丁解牛掌"、胡斐的"四象步"、张无忌的太极拳剑等。所以包括源出《易经》的"独孤剑法"在内的华山剑法的最高境界是"无招胜有招"的武功描写体现了金庸小说武功描写的一般特点，而与华山本身似乎并无直接关系。但这只是问题的一个方面。问题的另一方面是，华山不仅是自然名山，而且是道教名山，道教文化内涵非常丰富。道教与道家虽不相同，但源出一脉。因而金庸在描写华山武功特别是描写华山剑法的最高境界时，应该是充分考虑了华山所具有的道教文化内涵的，而并非只是出于他对道家追求境界的偏爱或随意设计。陈墨认为，在《笑傲江湖》中，"独孤剑法"和"辟邪剑法"是具有象征意义的两种剑法，"辟邪剑法"是"邪门剑法""太监剑法""宫廷剑法"，象征着"一统江湖"的权力，"独孤剑法"是"隐士剑法"，象征着"笑傲江湖"的自在。所以说"独孤剑法"是"隐士剑法"，不仅因为其神妙无比在江湖中少有人见更少有人得其真传，而且因为从创此剑法者独孤求败到修习者杨过、风清扬都最终选择了归隐，更是因为令狐冲这一具有"行云流水，任意所之"性格而追求"笑傲江湖"人生境界的"天生的隐士"被风清扬视为传剑的最佳人选。[1] 既然华山武功因华山奇险似剑而以剑法为主要和最高，而华山又是道教名山，作为"隐士剑法"的"独孤剑法"最终在华山相传并名扬天下自是合理而恰当不过的。不仅如此。《笑傲江湖》第八回"面壁"中，令狐冲在猜岳灵珊新学的剑法时还提到"希夷剑"。"希夷剑"虽然仅仅只是一种剑法名称而缺乏具体描写，但同样体现出华山的道教文化内涵。希夷，即五代宋初道教著名人物陈抟，宋太祖赐号"希夷先生"，最初隐于武当山九室岩，约后周或稍前时期，移居于华山云台观。金庸在《射雕英雄传》第三十九回"是非善恶"中借丘处机之口曾对陈抟有简要介绍和评价。"希夷剑"的提出不仅说明金庸对华山道教文化的了解，而且其本身就蕴含着道教文化内涵，同时也是金庸小说华山武功描写自觉与华山道教文化内涵相结合的一个直接证明。另外，在道教文化中，"剑"具有降妖、伏魔、驱邪的功能，金庸小说华山武功描写以剑为主

---

[1] 陈墨：《金庸小说赏析》，百花洲文艺出版社1992年版，第252—269页。

要兵器、以剑法为主要和最高武功，与此亦有莫大关系。

金庸小说华山武功描写不仅与华山道教文化内涵有联系，而且与华山之上弄玉与萧史的传说相关联。因为弄玉与萧史的传说，华山中峰又名玉女峰，玉女峰上又有引凤亭、玉女祠、玉女洞、玉女洗头盆和梳妆台等。金庸在《笑傲江湖》第二十七回"三战"和第三十九回"拒盟"中对此有专门描述或提及。岳不群之妻宁中则所擅长并传给岳灵珊的剑法"玉女剑十九式"，在小说虽然描写不多，只出现在第八回"面壁"和第三十三回"比剑"中，也无具体的招式名称，但玉女剑的剑法命名显然与弄玉有关。小说还描述说，此剑法"主旨在于变幻奇妙"，适宜于女子，而且"专为克制别派剑招之用"。根据弄玉萧史隐于华山中峰的传说设计并专门克制别派剑法的"玉女剑十九式"因而具有了华山特色。与弄玉萧史传说相关的还有"冲灵剑法"。"冲灵剑法"虽是令狐冲和岳灵珊的嬉戏之作，并不具有临阵对敌的实际功用，但亦可视为华山剑法之构成。《笑傲江湖》第二十七回中，岳不群与令狐冲打斗时，几次使出"冲灵剑法"中的"弄玉吹箫"和"萧史乘龙"两招，意欲引诱令狐冲。这两招直接将弄玉萧史传说化入剑法。第三十三回中，令狐冲与岳灵珊在嵩山绝顶封禅台比剑时，又使出"冲灵剑法"的其他剑招如"青梅如豆""柳叶似眉""雾中初见""雨后乍逢""同生共死"等。小说描写道：

> 二人在华山创制这套剑法时，师兄妹情投意合，互相依恋，因之剑招之中，也是好玩的成分多，而凶杀的意味少。此刻二人对剑，不知不觉间，都回想到从前的情景，出剑转慢，眉梢眼角，渐渐流露出昔日青梅竹马的柔情。这与其说是"比剑"，不如说是"舞剑"，而"舞剑"两字，又不如"剑舞"之妥帖，这"剑舞"却又不是娱宾，而是为了自娱。

从表面上看，这些剑招以及二人比剑时的情景只是二人情感的表现，但"弄玉吹箫"和"萧史乘龙"两招既在其中，其他剑招的寓意也与弄玉萧史传说的内涵仿佛，二人创制此剑法时的情感与心理更与弄玉萧史的传说暗合，因此，"冲灵剑法"应该是金庸根据弄玉萧史的传说而为令狐冲和岳灵珊二人量身定制的。

金庸小说华山武功描写当然并不是都体现出了华山特色，但愈往后，愈加表现出与华山自然和文化内涵相结合的特点，反映出金庸对华山自然和文化内涵的日益了解和充分尊重的态度，以及为此所做出的自觉努力。如此富于匠心的描写，于华山武功而言，显示出地域性、特色性，于整个金庸小说而言，则显示出创新性、丰富性。

五 华山论剑

"华山论剑"是《射雕英雄传》中描写的一项极为重要同时也是影响最大的江湖顶级赛事，也是该小说的主要情节线索。后在《神雕侠侣》中承其余绪再次写到"华山论剑"。

《射雕英雄传》明确说明并描写的"华山论剑"共有两次。第一次"华山论剑"是在《射雕英雄传》第十一回全真教王处一测试穆念慈武功后说到洪七公时而首次提及。此后，当年参加第一次"华山论剑"的当事人和知情者如洪七公、周伯通、黄药师等陆续出场，并无数次提及或回忆第一次"华山论剑"的情景及其后情况。其中，要数第十六回周伯通在桃花岛山洞中对郭靖所述最为详细。通过众人所述，第一次"华山论剑"的起因、过程、结果、各当事人的人品及其后的表现基本叙述清楚。第二次"华山论剑"于25年之后，具体描写是在《射雕英雄传》第四十回"华山论剑"中。而在此前，较为详尽地描写了众高手为备战二次"华山论剑"而潜心修炼的情况，特别是对欧阳锋千方百计抢夺"九阴真经"、削弱甚至除掉对手的险恶用心和作为进行了更具体的刻画。不过，所有这一切都不及对主人公郭靖成长、成才直至其参与二次"华山论剑"而走向成功的描写与刻画。同是"华山论剑"，两次有相同也有不同。相同之处在于：其一，都以争夺武功天下第一为目的；其二，以比武打斗为方式定输赢；其三，参与者必须是江湖一流高手；其四，各凭实力单打独斗以示公正；其五，时间、地点、规则等事先安排、议定；其六，各路高手云集具有较大规模。不同之处在于：其一，第一次"华山论剑"采用间接描写，第二次"华山论剑"采用直接描写。其二，第一次"华山论剑"既是为争夺武功天下第一，也是为获得"九阴真经",最终不仅两项结果都有所属,而且还根据个人的身份和品行排定了东邪、西毒、南帝、北丐、中神通的名分。第二次"华山论剑"虽然也是为争夺天下武功第一的名号,但更主要的是为了表现郭靖的成功。所以,似乎是逆练"九阴真经"的欧阳锋天下武功第一,但他却以发疯为结局,而郭靖只是稍逊于欧阳锋、洪七公和黄药师,从而奠定其江湖一流高手地位外,再无其他明确结果。其三,第二次"华山论剑"时,除王重阳已逝外,当年参加第一次"华山论剑"的众高手包括受邀而未参加的裘千仞都来到华山,以及周伯通和郭靖,规模应比第一次还大。但一灯、周伯通和裘千仞虽上华山却并未真正参与"论剑",参与"论剑"的只有欧阳锋、黄药师、洪七公和郭靖四人。其四,四人中除欧阳锋一心为天下武功第一外,郭靖并不存此想,黄药师和洪七公原想争胜但当此之际也不再有此念头,所以不仅约定分别与郭靖相斗三百招论输赢,而且相继容让于郭靖。其五,第一次"华山论剑"时各人单打独斗,全力施为,激战七天七夜方有结果。二次"华山论剑"却很快即见分晓。两次"华山论剑"的描写方式不同,而且第一次是第二次之因,所以不能简单说其优劣。一个基本判断是,若以表现人物论,当是第二次为胜,但单以"论剑"而论,当以第一次为优。

《神雕侠侣》中描写的发生在华山之上与"华山论剑"相联系的事件有三。一是第十一回"风尘困顿"中描写的洪七公与欧阳锋在华山绝顶的相斗;二是第四十回"华山之巅"中众人在华山之巅祭奠洪七公以及欧阳锋后,议定新的五绝,即东邪、西狂、南僧、北侠、中顽童;三是同一回书中描写的众人所见的一批江湖妄人自命的所谓"华山论剑"。洪七公与欧阳锋在华山绝顶的相斗不能称之是"华山论剑"。尽管二人都曾参加两次"华山论剑",但这一次只是二人的邂逅相斗,观众只有杨过一人,既非事先约定也更加没有规模,其作用主要在于既为最后众人前来拜谒并"论剑"排定新五绝种下前因,又为杨过在此获习"打狗棒法"招式并于其后在大胜关扬名、修补与郭靖和黄蓉关系进行铺垫。众人齐聚华山之巅议定新五绝,虽然金庸没有明确说这是"华山论剑",但将其视为第三次"华山论剑"亦无不可。因为除逝去的洪七公和欧阳锋及新增加的杨过外,其余人等没有发生改变,而且仿效的也是第一次"华山论剑"的做法，同时也算是为第二次"华山论剑"没有明确的结果做一个了结。与前两次不同的是，这一次"华山论剑"真正是"论"，无任何武功招式的比拼，完全是依据各人过去的江湖声望、现实的江湖作为以及人品和武功排定座次。至于一批江湖妄人在华山之上进行的所谓"华山论剑"，可看作"华山论剑"在江湖上的影响，而不是"华山论剑"本身。以他们的武功修为根本没有资格参与"华山论剑"。

三次"华山论剑"相互联系，描写却各不相同，足见金庸才力之高超，但并非没有问题。洪七公在《射雕英雄传》第十二回"亢龙有悔"中出场时，书中说是一个"中年乞丐"，而黄药师和欧阳锋与之相仿，应都在四五十岁，照此推算，三人参加第一次"华山论剑"时当是二十余岁。能参加"华山论剑"者必是当世绝顶高手。问题是，即便在传奇的江湖世界中可以塑造江湖奇才以使江湖故事更加传奇，但在五位参加者中有三位都如此年轻，不能不使人质疑其合理性。洪七公第一次参加"华山论剑"时已是丐帮帮主，竟然没有使用"打狗棒法"而要留待第二次"华山论剑"时再施以争胜，同样不合情理。裘千仞伤刘贵妃之子以耗南帝功力在前，苦练"铁砂掌功"以期二次论剑时夺魁在后，同时勾结金人图谋南宋江山，为人阴险狠毒，这样的一个人物居然于二次"华山论剑"时在洪七公的质问下瞬间羞愧难当而欲自尽，并最终皈依佛门，这样的转变太快而不合逻辑。问题虽然存在，但总体而论，金庸以"华山论剑"为线索，成功设计江湖故事，编织人物关系，表现矛盾冲突，刻画人物形象，却是无疑的。

既然命名为"华山论剑"，"论剑"之地自然在华山，而且三次"论剑"都在华山之巅，甚至一批江湖妄人所谓的"华山论剑"也在华山之巅。中国名山众多，"论剑"之地的选择范围极为广泛，何以要选择在华山之上？金庸对此虽未有过说明，但细加分析，应与华山的地理位置、自然特点有极大关联。

通过"论剑"产生东、西、南、北、中五绝应是金庸设计这一江湖赛事时的事先之虑，而且要以中为高，以东西南北次之。如此，"论剑"选择在中部某地举行自是再好不过了。而且，在中部某地"论剑"，也可保证与所邀前来参加"论剑"的东西南北方向的众高手所居之地的距离大体相当，以免有的长途奔波，有的以逸待劳，有失公正性。华山与终南山距离很近，从所处地理位置看，大致在中国版图的中央，自然都在入选范围之列。按说，金庸将"论剑"地点放在终南山并无不可，因为这样可使全真教掌教王重阳尽到地主之谊，有效保障"论剑"的组织与进行，但如此一来，王重阳就有地利、人和之嫌，这对应邀前来参加"论剑"的众高手来说，未免失之不公。何况在第一次"论剑"结果的设计中，就是要让王重阳取胜，如若"论剑"之地在终南山，就会授人话柄，众人必定心生不服。这样，华山就成为"论剑"之地的当然之选，既可避免王重阳占地利、人和的嫌疑，又能保证与众高手所居之地的距离大体相当，确是非常合适。当然，较之其他高手，王重阳距离华山最近，似乎仍有不公，但因为他年纪最长，而且毕竟不在终南山，各人自不会再生异议。此外，就华山自然特点看，华山有五峰环峙耸立，即东、南、西、北、中五峰，与"华山论剑"所产生的五绝完全对应。小说中虽未明确说明五绝的命名与华山五峰有什么直接关系，甚至也未提到华山五峰之名，似乎五绝的命名完全是因为个人原来所处地方的方位，但这绝不应是巧合。以金庸之学识，他尽管在进行小说创作时从未到过华山，但对华山的自然情状该是清楚的，或者之前可能不知，但写小说时通过查阅资料进行了一番了解，这从《射雕英雄传》和《神雕侠侣》两部小说有关华山地理的描写中可以清楚地看出。所以，华山五峰与"论剑"五绝结果产生之间在金庸的构思中一定有关联。至于在金庸的构思中是因华山有五峰然后有五绝设计并将其放在不同的方位，还是先有五绝设计然后将其放在不同的方位并最终与华山五峰暗合，不好妄断。但无论怎样，华山大体处在中国版图中央的地理位置及其五峰环峙而立的地形特点是金庸将"论剑"之地选择在华山的一个重要原因。

"论剑"一般而言可有三解：一是真正以"剑"为兵器，用剑术较量；二是以"剑"为武功的代名词，"'剑'代表着'武'，'武'等同于'剑'"①，"论剑"即"论武"，将所有的比武过招，无论其是否用

---

① 洪振快：《讲武论剑——金庸小说武功的历史真相》，新星出版社2006年版，第184页。

剑，都统一用"论剑"命名；三是真正体现"论"，无论"剑"是指剑术较量还是指涉更大范围的武功比试，都不用动手过招，而是通过讨论完成。但无论何解，都离不开一个"剑"字。"论剑"本无所谓场地，只要能够展开"论剑"并为"论剑"双方或各方认可即可。但如若"论剑"场地的选择与"论剑"的内涵、氛围、格调更协调一致，无论对参与者还是对观者，都会提供更大的想象空间。如此，华山也就成为当然之选。因为华山的险峻、壁立千仞之势在中国名山中少有能与之比肩者，因而常被以"剑"喻之。金庸对此自然了解，并在《射雕英雄传》中明确说华山在"天下名山之中，最是奇险无比"。所以金庸不仅分别在《射雕英雄传》和《神雕侠侣》之前的《碧血剑》和之后的《笑傲江湖》中将华山派最主要、最高深的武功设计为剑法，而且在《射雕英雄传》和《神雕侠侣》这两部小说中将"论剑"地点选择在华山之上。选择在华山"论剑"，目的主要有三：其一，"论剑"之"剑"与华山其形似"剑"之间，就"剑"之实指而言在形式上是完全一致的，也因此，在华山之巅"论剑"，让"剑"与华山互涉，才最具合理性。其二，"论剑"是真正江湖高手间的"论剑"，属于巅峰对决，既需要超强的武功也需要过人的胆识，包括稳定的心理、坚韧的毅力等，只有在华山这样似"剑"的"奇险"之地，才能得到充分的考验和展现，从而真正显示高手的风范。所以，在华山"论剑"最具象征性。其三，"剑"是兵器但又不只是兵器。"剑"在中国传统文化里特别是在传统文人心目中同时是一个极为重要的审美意象。陈平原认为："中国文人写诗作文的时候，很大程度上是着迷于或者说欣赏的是剑这个意象。至于剑用来杀人这一实际功能，是不太考虑的。"[1] 而华山其形似"剑"的自然风貌呈现出奇险之美。这样，将极富飘逸、潇洒、灵动之美的"剑意象"与具有峭拔、高耸、奇险之美的"华山意象"有机融合，二者相互辉映，所生成的"华山论剑"意象就能够产生更为广阔的审美想象空间。因此，选择在华山"论剑"具有审美性。从效果看，金庸的目的应是完全达到了，"华山论剑"因被称为"武侠

---

[1]　陈平原：《千古文人侠客梦》，北京大学出版社 2010 年版，第 200 页。

小说中最著名的‘论剑’"① 而影响极为深远。

选择在华山“论剑”，还因为华山所具有的文化意蕴或内涵与金庸借由“华山论剑”想要表达与宣扬的文化精神相一致。

“论剑”这一说法并非金庸完全原创，它在历史上应始于《庄子》杂篇中的“说剑”②。“说”就是“论”，“说剑”即为“论剑”。以金庸对老庄思想的熟悉与喜爱程度，其“论剑”与庄子“说剑”之间应有借鉴关系。而从“华山论剑”的起因看，是为了争夺武林秘笈“九阴真经”的所属权，约定武功最高者拥有“九阴真经”。“九阴真经”是一本怎样的武林秘笈？《射雕英雄传》第十六回《九阴真经》中，老顽童周伯通在桃花岛山洞中对郭靖介绍说："徽宗皇帝于政和年间，遍搜普天下道家之书，雕版印行，一共有五千四百八十一卷，称为‘万寿道藏’"，徽宗委派黄裳负责此事。黄裳生怕刻错了字而遭祸，"因此上一卷一卷地细心校读。不料想这么读得几年，他居然便精通道学，更因此而悟得了武功中的高深道理。他无师自通，修习内功外功，竟成为一代武功大高手。"明教出现后，黄裳被派带兵前往剿灭，因寡不敌众，受伤逃走，"逃到了一处穷荒绝地，躲了起来。那数十名敌手的武功招数，他一招一式都记在心里，于是苦苦思索如何才能破解"。待到想通了所有破解之法，已是四十余年之后，好不容易找到一个当年的仇人，这个仇人已是一个"六十来岁的老婆婆"。黄裳由此感到自己也老了，"于是他将所想到的法门写成了上下两卷书"，即是"九阴真经"。金庸在《射雕英雄传》附录二中对黄裳一事曾作简要说明，主要强调黄裳"真有其人"，确曾"役工镂板"徽宗下诏访求的众多"道教仙经"，"所刊道藏称为《政和万寿道藏》，共五百四十函，五千四百八十一卷"③。黄裳印行"万寿道藏"是真，悟得高深武功并写成"九阴真经"是假，不过，既然黄裳的武功是因细心校读"万寿道藏"而得，穷四十余年而想出的种种破解敌手的法门也是因此而成，因而据此说

① 洪振快：《讲武论剑——金庸小说武功的历史真相》，新星出版社 2006 年版，第 180 页。

② 参见曹础基《庄子浅注》，中华书局 1982 年版，第 464—466 页。“说剑”一篇述庄子以"天子之剑""诸侯之剑"和"庶人之剑"之喻，说服赵文王停止斗剑取乐。

③ 金庸：《射雕英雄传·附录二》，广州出版社 2002 年版，第 1349 页。

"九阴真经"是一部道家武学秘笈确是无疑。同时，争夺"九阴真经"是为争名，因为要堂而皇之地获得"九阴真经"须是江湖公认的"武功天下第一"，而如若获得"九阴真经"，又能继续保持或争得"武功天下第一"。即便不能争得"武功天下第一"，也可通过"论剑"而在江湖上获得极为重要的地位和极高的名誉。所以，光明磊落如洪七公、自命清高如黄药师、狡诈狠毒如欧阳锋、雍容华贵如段智兴等都参加了第一次"华山论剑"；而为参加第二次"华山论剑"并争胜，除已逝的王重阳和出家的段智兴外，其余众人仍然不遗余力，有的秘藏杀手锏以期出奇制胜如洪七公和黄药师，有的不择手段以获取"九阴真经"如欧阳锋，有的苦练绝技并设法在"论剑"前削弱或消除对手如裘千仞；甚至包括一群江湖宵小也举行所谓的"华山论剑"以争"武功天下第一"的地位与名号。可以说，金庸借由"华山论剑"这一江湖赛事及其影响，对"争名逐利"这一传统文化心理进行了极为深刻的揭示。问题在于，金庸对"争名"所持的态度是否定的，而这则与金庸偏爱的道家思想相一致。凡此种种，一方面，"华山论剑"所争"九阴真经"是一部道家武学秘笈，另一方面，金庸借由众人"华山论剑"争夺"九阴真经"这一过程意在揭示和批判"争名逐利"的文化心理，加之"论剑"一说又借鉴于《庄子》，因而在选择论剑地点时，考虑一个具有道教或道家丰厚文化内涵之所是非常正常的。既然为避嫌而不能选择全真教所在地终南山，那么选择同为道教名山的华山作为论剑之地应该最为合乎情理。

更重要的还在于，正如前述已提及的，《射雕英雄传》中丘处机带郭靖上华山介绍沿途风物时曾告诉其有关陈抟老祖的传说：一是陈抟表面隐居长睡，"其实只是他忧心天下纷扰，百姓受苦，不愿出门而已。及闻宋太祖登基，却哈哈大笑，喜欢得从驴子背上掉了下来，说道天下从此太平了"；二是陈抟和宋太祖以华山为赌注弈棋，宋太祖输了，"从此华山上的土地就不须缴纳钱粮"。如此描述出现在上山沿途过程中，看到什么就介绍什么，极为自然而平常，然而看似随意之笔，实则并非闲笔。陈墨据此认为："这华山，原是心忧天下纷扰，百姓不得太平者之所居，而天下英雄来此'论剑'，有此背景，自不应该有污有愧这一道家圣地。"① 此论颇有见地。第一次"华山论剑",王重阳争得"武功天下第一"并获"九阴真经",但这并非他的真实意图。只因当年黄裳所撰并"藏于一处极秘密的所在"的"九阴真经""忽在世间出现",出现之后的情况,《射雕英雄传》第十六回中周伯通告诉郭靖说:

> 天下学武之人自然个个都想得到,大家你抢我夺,一塌糊涂。我师哥说,为了争夺这部经文而丧命的英雄好汉,前前后后已有一百多人。凡是到了手的,都想依着经中所载修习武功,但练不到一年半载,总是给人发觉,追踪而来劫夺。抢来抢去,也不知死了多少人。得了书的千方百计躲避,但追夺的人有这么许许多多,总是放不过他。那阴谋诡计,硬抢软骗的花招,也不知为这部经书使了多少。
> ……
> 后来事情越闹越大,连全真教教主、桃花岛岛主黄老邪、丐帮的洪帮主这些大高手也插上手了。他们五人约定在华山论剑,谁的武功天下第一,经书就归谁所有。

王重阳凭借武功夺得"九阴真经"后,"却不练其中功夫,把经书放入了一只石盒,压在他打坐的蒲团下面的石板之下"。金庸借郭靖之口道出其动机:

> 他到华山论剑,倒不是为了争天下第一的名头,而是要得这部《九阴真经》。他要得到经书,也不是为了要练其中的功夫,却是相救普天下的英雄豪杰,叫他们免得互相斫杀,大家不得好死。

而且,王重阳在自知不久于人世后,以求学"一阳指"为名传"先天功"为实与段智兴切磋武功,目的是要在自己仙逝后留下克制西毒欧阳锋之人以保江湖太平。而据《神雕侠侣》中的追述,王重阳年轻时是一个英雄豪杰,曾举义旗与入侵金兵对抗,做下一番轰轰烈烈的事业,后兵败才愤而出家。但无论出家与否,济世救人的胸怀与品格并

---

① 陈墨:《金庸小说赏析》,百花洲文艺出版社 1992 年版,第 96 页。

未发生改变。所以，在金庸的构思中，王重阳固然是胜在高强的武功，但更胜在伟大的人格。如果说，因为对王重阳的描写是间接描写而在这一点上的表现还不是非常明显的话，那么第二次"华山论剑"对于人品和胸怀的强调就更加直接与明确。第二次"华山论剑"，王重阳已逝，谁将是"天下第一"？金庸借丘处机之口对众人有一番品评：

> 黄药师行为乖僻，虽然出自愤世嫉俗，心中实有难言之痛，但自行其是，从来不为旁人着想，我所不取。欧阳锋作恶多端，那是不必说了。段皇爷慈和宽厚，若是君临一方，原可造福百姓，可是他为了一己小小恩怨，就此遁世隐居，亦算不得大仁大勇之人。只有洪七公洪帮主行侠仗义，扶危济困，我对他才佩服得五体投地。华山二次论剑之期转瞬即至，即令有人在武功上胜过洪帮主，可是天下豪杰之士，必奉洪帮主为当今武林中的第一人。

至于裘千仞，金庸则让洪七公质问道："你上得华山来，妄想争那武功天下第一的荣号，莫说你武功未必能独魁群雄，纵然是当世无敌，天下英雄能服你这卖国奸徒吗？"那么，洪七公就是当然人选吗？若仅以老一代参与者论，确只有洪七公最为合适。但他过于贪图口腹之欲，疏于对丐帮的管理，其实也并非最佳人选。在金庸心目中，只有坚毅仁厚、心系国家百姓、能够猜中王重阳动机并体察其良苦用心的郭靖才当得"天下第一"的称号。第二次"华山论剑"就是金庸为主人公郭靖专门所设。不过，因其还年轻，为求真实，金庸不能让其成为"武功天下第一"，但也因此，二次"华山论剑"并没有明确结果，似乎是欧阳锋武功最强，但金庸让他以发疯作为结局，郭靖没有成为"武功天下第一"，但金庸让他从此走上保卫襄阳之路，并在《神雕侠侣》中始终坚守"为国为民，侠之大者"的信仰与追求，以"知其不可为而为之"的精神死守襄阳几十年直至身亡。因此，两次"华山论剑"争夺"天下第一"，表面上是武功比试，实则是人格较量。它"是'华山论剑'的另一种形式，更本质的形式"①。第三次"华山论剑"只是因循

---

① 陈墨：《金庸小说赏析》，百花洲文艺出版社1992年版，第97页。

第一次"华山论剑"旧例再定五绝名分,又不再争武功是否"天下第一"。此次"论剑",郭靖因死守襄阳、为国为民而以"北侠"之名位列五绝,其余四人在郭靖的影响下都参与了襄阳保卫战,也都有为国为民之举。因此,此五绝既是延续旧例排定的江湖名分,又是对众人为国为民之行为的充分肯定,与前五绝已不可同日而语。可见,"华山论剑"并不只是单纯地争夺"九阴真经"和"武功天下第一"的江湖赛事,借由"华山论剑",金庸要通过王重阳等一系列人物形象特别是郭靖这一理想人格的塑造,充分肯定和宣扬济世救人、为国为民的文化精神。尽管金庸借丘处机评论陈抟老祖只是"忧世而袖手高卧,却大非仁人侠士的行径",但有此文化背景,华山作为"论剑"之地自是上选。

此外,金庸在《射雕英雄传》中所概说的"古人以五岳比喻五经,说华山如同'春秋',主威严肃杀"一语,亦非闲笔。《春秋》写人叙事用字虽简却深寓褒贬,风格典雅庄重,威严肃杀。以华山喻《春秋》,应是其"奇险"似"剑"的形貌特征所产生的冷峻、尖锐、锋利、肃杀之气与《春秋》的威严肃杀感在内在神韵上相一致。如此一来,华山又因其"奇险"似"剑"而增添了"如同春秋"的文化内涵。而从"剑"来说,陈平原认为:"在中国,所谓游侠,往往用另外一个概念来代表,那就是剑。侠和剑,二者在诗文中几乎总是互相指涉。……一般来说,可以把剑作为侠的代名词。"① 此说甚是。在中国传统文化特别是侠文化中,"剑"既是兵器或武功,也是"侠"或正义的象征。所以,说"论剑",亦可说是"论侠"。金庸设计"华山论剑",目的本不在究竟谁是武功天下第一,而在于宣扬济世救人、为国为民的文化精神和侠义情怀,既然如此,选择在华山之上既"论剑"又"论侠",臧否人物,褒贬是非,彰显追求正义的价值取向,当是再合适不过了。

总之,综合华山独特的地理位置、自然特点以及文化内涵而观,"论剑"在华山进行,最具合理性、象征性和审美性,也更有利于宣扬济世救人、为国为民的文化精神,因此华山成为金庸心中最为理想的

---

① 陈平原:《千古文人侠客梦》,北京大学出版社 2010 年版,第 199—200 页。

"论剑"之地。就其效果和影响而言，"华山论剑"不仅是《射雕英雄传》中所描述的顶级江湖赛事，并影响至《神雕侠侣》，而且也是金庸小说乃至古今武侠小说中最著名的一场江湖赛事，尤为重要的是，"华山论剑"以其高度的概括力和深邃的内蕴使之超越了小说描述本身，成为具有巨大想象空间和张力的审美意象，被作为指代诸多高端、公正的思想交锋或学术争鸣的一个名词或成语，而广泛运用于现实生活之中。

六　笑傲江湖

《笑傲江湖》是金庸后期创作的一部重要作品，始于 1967 年，完成于 1969 年。其内容主要描述了江湖门派之间的权力争斗以及主人公华山派首徒令狐冲身陷其中的无奈、挣扎与超越，旨在揭示中国古代的政治生活。"笑傲江湖"一语既是作品名，亦是作品中的乐曲名。作为乐曲，"笑傲江湖"是实指，指"笑傲江湖曲"，分琴谱和箫谱；作为作品名，"笑傲江湖"是虚指，它是对作品所宣扬的人生价值与追求的高度概括。无论是作为乐曲名还是作为作品名，"笑傲江湖"都蕴含着丰厚的文化意蕴。

"笑傲江湖"作为乐曲，在小说中为曲洋和刘正风"两个既通音律，又精内功之人，志趣相投，修为相若，一同创制"。此曲虽集二人数年之功，是"二人毕生心血之所寄"，却并非由二人完全原创，如刘正风所说："这《笑傲江湖曲》中间的一大段琴曲，是曲大哥依据晋人嵇康的《广陵散》而改编的。"可见，"笑傲江湖曲"与《广陵散》关系密切。不过，嵇康也不是《广陵散》的原创者。《广陵散》又名《广陵止息》，其作者、年代、内容等说法不一，比较普遍的看法是，它是流行于古代广陵地区的民间琴曲，至少在汉代就已出现，其旋律激昂慷慨，充满强烈的戈矛杀伐之声。嵇康音乐造诣极高，因酷爱此曲而常加演奏，对此曲应有一定的加工改造，直至慷慨赴死前还曾演奏。嵇康虽不是《广陵散》的原创者，但《广陵散》却因嵇康而名闻天下。金庸在《笑傲江湖》中也认为《广陵散》非嵇康所创，借曲洋之口说："嵇康临刑时抚琴一曲，的确很有气度，但他说'《广陵散》从此绝矣'，这句话却未免把后世之人都看得小了。这曲子又不是他作的。他是西晋时人，此曲就算西晋之后失传，难道在西晋之前也没有了吗？"并让曲洋"去挖掘西汉、东汉两朝皇帝和大臣的坟墓，一连掘二十九座古墓，终于在蔡邕的墓中，觅到了《广陵散》的曲谱"。问题的关键当然不在《广陵散》是否是嵇康所原创，而在于《广陵散》的内在精神以及它与"笑傲江湖曲"的联系。按蔡邕在《琴操》中的记述，《广陵散》的曲情表现的是"聂政刺韩王"：聂政父为韩王铸剑延期而被杀，聂政自毁容颜入深山苦练琴艺，后假扮琴师入宫，杀韩王后而自杀身亡。① 不过这与司马迁在《史记》中的记述并不相同。《史记》中记述的是：韩国大臣严遂与韩相韩傀有仇隙，花重金请聂政刺杀韩傀。聂政感其礼遇，待母亡后，以"政将为知己者用"之心，"仗剑至韩，韩相侠累方坐府上，持兵戟而卫侍者甚众。聂政直入，上阶刺杀侠累，左右大乱。聂政大呼，所击杀者数十人，因自皮面决眼，自屠出肠，遂以死"②。依蔡邕说，《广陵散》中的聂政故事表现的是聂政反抗暴政、宁死不屈的抗争精神；按司马迁说，聂政事迹表现的是聂政"士为知己者死"的侠义精神。尽管两说并不相同，但既然都与聂政有关，因此不仅聂政的故事在后世广为传颂，而且其中所赋予的反抗暴政、宁死不屈的抗争精神和"士为知己者死"的侠义精神也为后世所敬仰。嵇康乃三国曹魏时期奇才，"竹林七贤"的代表人物，"好言老庄而尚奇任侠"，宁可逃身山林，在洛阳城外做自由自在的打铁匠，也不愿与司马昭政权合作。"竹林七贤"中唯有他一人能够坚守自我意志。甚至当同为"竹林七贤"的山涛举荐他入朝为官时，他写下了著名的《与山巨源绝交书》，提出"必不堪者七，甚不可者二"以明心志。"这篇人生宣言式的长文痛痛快快陈述了他不愿做官的原因，可谓有自知之明。不管嵇康怎样解说，在司马昭看来无非是声明不跟他合作，宣布与山巨源绝交就是宣布与司马昭集团绝交。而且越说自己清高，就越是显示官吏的庸俗卑污，无异于讽刺司马昭集团，祸根就埋藏在这篇《绝交书》中。"③ 这种与

---

① （汉）蔡邕：《琴操·聂政刺韩王曲》，中华书局 1985 年版。
② （汉）司马迁：《史记·刺客列传第二十六》，中华书局 2011 年版，第 2217—2220 页。
③ 谢苍霖、万芳珍：《三千年文祸》，江西高校出版社 2002 年版，第 106 页。

司马昭政权不合作的态度，使其终因为好友吕安仗义执言而涉吕安案被司马昭政权借机杀害。嵇康蔑视权贵，主张摆脱束缚，要求回归自然、释放人性本真。他临刑前从容弹奏一生酷爱的琴曲《广陵散》，不仅使他得以抒发蔑视强权的情怀，显现出傲然独立的伟大人格，而且使《广陵散》从此与嵇康紧密联系在一起，并赋予《广陵散》蔑视权贵、追求个性解放与人格独立的精神内涵而成为千古绝唱。在《笑傲江湖》中，刘正风和曲洋本属于正、邪两大阵营，但由于二人都精于且醉心于音律，厌倦江湖权力纷争，于是以乐相知、相交，成为知音。二人所以能创制"笑傲江湖曲"并分琴谱和箫谱，是因为二人一长于琴，一擅于箫，而且"志趣相投，修为相若"。面对嵩山派威逼、众叛亲离危局，刘正风宁死不屈，曲洋冒死施救。后二人因均受重伤，合奏一曲"笑傲江湖曲"而亡。金庸在《笑傲江湖》中设计此二人并叙述他们的故事，一方面，通过他们的故事直接诠释士为知己者死、不畏强权、追求个性自由与人格独立的精神；另一方面，让他们创制"笑傲江湖曲"并宣称改编自《广陵散》，且比较详细地告知令狐冲有关嵇康和《广陵散》的故事，既明确昭示了《广陵散》的文化精神，又直接确立了"笑傲江湖曲"的旋律基调和境界品格。所以，一曲"笑傲江湖曲"，与其说是金庸在《笑傲江湖》中的虚构，不如说是《广陵散》这曲千古绝唱在《笑傲江湖》中的唱响。而无论是"笑傲江湖曲"还是《广陵散》，都是对反抗暴政、蔑视强权、追求个性自由与人格独立的文化精神的宣扬。

"笑傲江湖曲"与令狐冲和任盈盈的爱情也有密切关系。首先，"笑傲江湖曲"是令狐冲与任盈盈相识的线索。令狐冲受曲洋、刘正风二人临终相托，承担起传承"笑傲江湖曲"的重任。不想在洛阳被众人疑为"辟邪剑谱"，为辨真伪而至东城绿竹翁处。适逢偶然在此逗留的任盈盈，她以箫吹出"笑傲江湖曲"的神妙，使令狐冲得还清白。令狐冲心慕其技，更感其关怀，不仅将"笑傲江湖曲"相赠，而且将自己的遭际、冤屈包括对岳灵珊的恋情和盘托出。任盈盈深感令狐冲的至情至性而不禁情愫暗生。之后故事皆因此而起。所以，没有"笑傲江湖曲"就没有令狐冲与任盈盈的相识。其次，"笑傲江湖曲"是令狐冲与任盈盈爱情的象征。令狐冲与任盈盈的爱情并非同步共生。任盈盈倾心令狐冲始于二人洛阳东城绿竹翁处相识之时，为令狐冲痴恋岳灵珊的深情、痛苦所打动，可谓一见钟情。令狐冲对于任盈盈，最初则如书中"三战"一章中所说：

> 他和盈盈初遇，一直当她是个年老婆婆，心中对她有七分尊敬，三分感激；其后见她举手杀人，指挥群豪，尊敬之中不免搀杂了几分惧怕，直至得知她对自己颇有情意，这几分厌憎之心才渐渐淡了，及后得悉她为自己舍身少林，那更是深深感激。然而感激之意虽深，却并无亲近之念，只盼能报答她的恩情；听到任我行说自己是他女婿，心底竟然颇感为难。这时见到她的丽色，只觉和她相去极远极远。

直到从少林寺下山于洞中养伤之时，令狐冲才第一次向任盈盈表明心迹说："自今而后，我要死心塌地地对你好。"如果说此时令狐冲对任盈盈的爱还主要是出于感激，也尚存隔阂，并不时受到对岳灵珊感情的困扰，那么在之后，随着相互陪伴、相知加深以及多次历经生死，这种爱才逐渐纯粹、深厚起来。令狐冲对任盈盈的爱情经历了一个由无到有、由浅至深而两情相悦的艰难转变过程，而这一过程也正是令狐冲于抚琴之道由陌生而娴熟，内力修为不断加深，并最终能与任盈盈琴箫合奏"笑傲江湖曲"的过程。"笑傲江湖曲"分琴曲和箫曲，非修为相当、志趣相投、心意相通的两个人不能合奏或不能尽得其妙。此中关节在"授谱"一章中由曲洋说出："今后纵然世上再有曲洋，不见得又有刘正风，有刘正风，不见得又有曲洋。就算又有曲洋、刘正风一般的人物，二人又未必生于同时，相遇相交，要两个既精音律，又精内功之人，志趣相投，修为相若，一同创制此曲，实是千难万难了。"所不同的是，"笑傲江湖曲"在曲洋、刘正风二人表现的是朋友间的"志趣相投"，在令狐冲和任盈盈则表现的是情人间的相知相爱。因此，当二人终于"曲谐"而合奏"笑傲江湖曲"时，正是二人于杭州西湖梅庄喜结良缘之际。所以，琴箫合奏的"笑傲江湖曲"是令狐冲与任盈盈爱情的象征。最后，令狐冲与任盈盈的爱情充分体现了"笑傲江湖曲"的精神内涵。令狐冲是华山派首徒，任盈盈是日月神教圣姑，分属

"正""邪"两大阵营，他们之间横亘着小说中所设立的正邪之间相互仇视、相互争斗而绝难相容的巨大鸿沟。于令狐冲而言，一方面，从与任盈盈相识相交开始就遭到师门及各方"正"派人士的强烈反对，甚至因此被逐出华山派。令狐冲对被逐出师门尽管痛苦至极，也时常引以为耻，但当得知任盈盈为己而身陷少林寺时，因感念其情义，遂率领江湖群豪浩浩荡荡前往营救；当路遇武当冲虚道长并劝其"少侠如此人品武功，岂无名门淑女为配？何必抛舍不下这个魔教妖女，以致坏了声名，自毁前程？"还说"你若依我所劝，老朽与少林方丈一同拍胸口担保，叫你重回华山派中"之时，却坚定地表示说"受人之恩，必当以报。前辈美意，晚辈衷心感谢，却不敢奉命"。而在少林寺与岳不群比剑时，当岳不群在剑法中暗示令狐冲"弃邪归正，浪子回头，便可重入华山门下"，并得娶岳灵珊为妻时，令狐冲于瞬间喜悦之后想的是："盈盈甘心为我而死，我竟可舍之不顾，天下负心薄幸之人，还有更比得上我令狐冲吗？无论如何，我可不能负了盈盈对我的情意。"在此，令狐冲抵御住来自师门和位高望重人物的重压和利诱，做出了重情义而轻声名甚至无视声名的选择。另一方面，明知接受任我行日月神教副教主一职的邀约必然促成其与任盈盈的婚事，而拒绝则必将导致婚事的破灭，他仍然选择不接受副教主的职位，同时向任我行请求将任盈盈许配其为妻；面对任我行不传授疗救"吸星大法"治伤之法的威胁以及杀光恒山派所有人的恐吓，令狐冲依然坚持自己的选择，并向任盈盈表达要在华山朝阳峰上"拜堂成亲"的愿望，因为在令狐冲想来，"倘若此刻她能破除世俗之见，肯与自己在这朝阳峰上结成夫妻，同归恒山，得享数日燕尔新婚之乐，然后携手同死，更无余恨"。尽管令狐冲在做出这一选择时有过犹豫，但最终在两难选择中选择了蔑视权力、不畏强权而追求简单、纯粹的爱情。相对于令狐冲，尽管因少女的羞涩与矜持而使任盈盈对爱情的追求不像令狐冲那么直露狂放，也没有在令狐冲提出于朝阳峰上拜堂成亲时表示同意，如令狐冲所理解、体谅的，"此举太过惊世骇俗，我浪子令狐冲固可行之不疑，却绝非这位拘谨腼腆的任大小姐所肯为，何况这么一来，更令她负了不孝之名"，但不计日月神教圣姑身份而钟情于华山无名小辈且身负重伤的令狐冲并守护身旁，为换得"易筋经"救令狐冲而甘愿困居少林寺，不顾危险乔装打扮在嵩山相助令狐冲，虽没有答应令狐冲在朝阳峰上的请求却表明绝不独活的态度，放弃日月神教教主之位而与令狐冲"曲谐"于杭州西湖，等等，昭彰了任盈盈无视正邪、无所谓权力地位、不计个人生死而只服从本心的爱情追求。正如金庸所说：任盈盈"是'隐士'，她对江湖豪士有生杀大权，却宁可在洛阳隐居陋巷，琴箫自娱。她生命中只重视个人的自由，个性的舒展。唯一重要的只是爱情。这个姑娘非常怕羞腼腆，但在爱情中，她是主动者"①。在正邪之争、权力之争异常激烈而残酷的江湖，令狐冲和任盈盈却尽可能保有独立人格，坚持个性自由，超越正邪、权力之争，冲破各种阻力和障碍，两情相悦并终成眷属，无论是过程还是结果，都足以"笑傲"江湖，正体现了"笑傲江湖曲"的精神内涵，或者说，"笑傲江湖曲"的精神内涵在令狐冲和任盈盈爱情故事中也得到了充分体现。

"笑傲江湖"作为作品名，高度概括了金庸借此书所要肯定和宣扬的价值观。金庸在《笑傲江湖·后记》中自陈："这部小说通过书中一些人物，企图刻画中国三千多年来政治生活中的若干普遍现象。……不顾一切地夺取权力，是古今中外政治生活的基本情况，过去几千年是这样，今后几千年恐怕仍会是这样。任我行、东方不败、岳不群、左冷禅这些人，在我设想时主要不是武林高手，而是政治人物。林平之、向问天、方证大师、冲虚道人、定闲师太、莫大先生、余沧海等人也是政治人物。"因此，该书表面上是纯粹而精彩的武侠传奇故事，实则是对中国三千年政治生活的深刻揭示。书中江湖各派与日月神教的正邪之争、五岳剑派内部的并派之争、日月神教内部的夺权之争、华山派内部的气剑之争等，其实都是权力之争。书中的大多数人物或主动或被动地身陷其中，或为称霸江湖而不择手段，或为保有现实利益而处心积虑，或为获取一定地位而韬光养晦，或为求得生存而虚与委蛇，无所不用其极，无人能远离权力斗争的漩涡。激烈而残酷的政治权力争斗，使众多人物为之疯狂、为之变态、为之扭曲、为之压抑、为之牺牲。《笑傲江湖》

---

① 金庸：《笑傲江湖·后记》，广州出版社2002年版，第1440页。此节引用有关金庸本人言论，非专门说明者，均出于"后记"，不再详注。

确然称得上"是一部更加纯粹的政治历史或历史政治的寓言"①，对中国三千多年的政治文化进行了非常深刻的揭示。不过，在中国三千多年的政治生活中，参与其中的人并不完全都是争夺权力之人。金庸的基本判断是："政治上大多数时期是坏人当权，于是不断有人想取而代之；有人想进行改革；另有一种人对改革不存希望，也不想和当权派同流合污，他们的抉择是退出斗争漩涡，独善其身。所以一向有当权派、造反派、改革派，以及隐士"。如果说当权派、造反派、改革派主要是权力争夺之人，那么隐士则与权力争夺无关。熟悉中国历史和文化的金庸的判断没有错。隐士在中国古代出现得很早，尧舜时代即有不受帝位而逃到箕山隐居的许由和同样不受帝位而在树上筑巢而居的巢父，商末则有著名的叔齐、伯夷，及至儒、道学说产生、思想兴盛，并渐成文化主流，历朝历代的隐士更是层出不穷，不胜枚举，因为道家主张无为、无名、无功，追求超然物外、齐物逍遥，儒家强调"达则兼济天下，穷则独善其身"，所以无论是信奉道家思想还是崇尚儒家思想，抑或儒道合流、兼而有之，都可以在其中找到思想支持或理论依据。可以说，道家思想和儒家思想是隐士文化得以产生并不断丰厚的直接而极其重要的思想资源。而所谓"隐士"，"隐"的必须是"士"，也就是有一定文化、才学、能力以及较高知名度的人。"士"所以要"隐"，是为了保全个体尊严，追求个性自由、人格独立。由于"士"在中国古代多与政治生活相关联，因此"隐士"与现实政治社会也具有不可分割的深刻联系。金庸"企图刻画中国三千多年来政治生活中的若干普遍现象"，自然会关注其中的重要组成部分——隐士。更为重要的是，金庸认为，"那些热衷于权力的人，受到心中权力欲的驱策，身不由己，去做许许多多违背自己良心的事，其实都是很可怜的"；而对于隐士，金庸则认为："隐士对社会并无积极意义，然而他们的行为和争权夺利之徒截然不同，提供了另一种范例。"不难看出，金庸否定前者而肯定后者。也因此，金庸在小说中通过刻画东方不败、岳不群、左冷禅等人物，生动、深刻地描绘残酷而血腥的权力斗争，同时也塑造了刘正风、曲洋、令狐冲、任盈盈、风清扬以及梅庄四友等隐士形象，其中尤以男

---

① 陈墨：《金庸小说赏析》，百花洲文艺出版社 1992 年版，第 250 页。

主人公令狐冲为典型。

隐士之"隐"的方式有很多，或隐于朝，或隐于市，或隐于野，或隐于书，或隐于乐，等等，而无论选择何种方式归隐，隐士在类别上大体可分两种，即天生的隐士和后天的隐士，前者是因为向往自由人生而自觉自愿地选择隐居并由衷感到快乐；后者则是因为理想、抱负限于现实阻力不能实现，为了保全人格独立而无奈选择隐居。《笑傲江湖》中，如果说刘正风、曲洋、任盈盈、风清扬等人曾经热衷于权力追逐而最终厌倦，并试图退出斗争漩涡而意欲独善其身，因而是属于后天的隐士，那么主人公令狐冲则如金庸所说，"是天生的'隐士'"，"是天生的不受羁勒"。金庸显然更推崇后者，并在小说中以多种方式和手段丰满、生动地刻画了令狐冲这一人物形象。其一，借他人之口或印象描述。如方证大师和冲虚道长均觉令狐冲"是直性子人，随随便便，无可无不可"；宁中则在与岳不群的争辩中说，"冲儿任性胡闹，不听你我的教训，那是有的。但他自小光明磊落，决不做偷偷摸摸的事"；任盈盈说令狐冲，"其实你这个人，也不见得真的是浮滑无礼，只不过爱油嘴滑舌，以致大家说你是个浪荡子弟"。这些人或为武林领袖，或为与令狐冲关系密切之人，他们的评价间接揭示出令狐冲任性放浪、随意而为的性格特征。其二，心理透视。对令狐冲的心理世界，小说中有多处细腻而真切的内心独白和心理分析。如当方证大师告知欲收他为徒以使其托庇于少林时，令狐冲心道："大丈夫不能自立于天地之间，腆颜向别派托庇求生，算什么英雄好汉？江湖上千千万万人要杀我，就让他们来杀好了。师父不要我，将我逐出了华山派，我便独来独往，却又怎的？"当他在华山顶峰见日月神教数千人一起跪倒高呼"圣教主千秋万载，一统江湖"时，心想"我辈学武之人，向以英雄豪杰自居，如此见辱于人，还算是什么顶天立地的好男儿、大丈夫？""倘若我入教之后，也须过这等奴隶般的日子，当真枉自为人，大丈夫生死有命，偷生乞怜之事，令狐冲可决计不干"。通过特定情境中心理的剖析，令狐冲傲然独立的大丈夫品格得到昭示。其三，人剑合一。令狐冲的武功主要是风清扬所授的"独孤剑法"。习练"独孤剑法"的"要旨是在一个'悟'字，决不在死记硬背。等到通晓了这九剑的剑意，则无所施而不可，便是将全部变化尽数忘记，也不相干，临敌之际，更是忘记得越干净彻底，越不受原来的剑法的拘束"，从而达到"无招胜有招"的至境。令狐冲"生性飞扬跳脱"，风清扬传授剑法时，"要他越随便越好，这正投其所好，使剑时心中畅美难言，只觉比之痛饮数十年的美酒还要美味无穷。"可见"独孤剑法"与令狐冲已是人剑合一，你中有我，我中有你，非令狐冲不能使"独孤剑法"重现江湖，非"独孤剑法"不能使令狐冲充分调动和施展其潜力和生命力。其四，行动显示。令狐冲的行事方式在小说中一出现就显得与众不同，这一点在仪琳绘声绘色地叙述令狐冲如何与田伯光斗智斗勇中体现得很充分。在此后的情节推进中，令狐冲的行事更让习惯于按规矩行事的正派人士大感不妥而难以接受，也让魔教及三教九流中人既难以理解又心怀敬意，如和为江湖所不齿的"采花大盗"田伯光结为朋友；与素不相识的三教九流人物聚会于五霸岗；轻生死而拒绝方证让他改入少林门下的提议；不问事由而打抱不平援助向问天；率群豪大肆张扬地前往少林迎接任盈盈，不顾众人反对与任盈盈相交、相知、相爱；装扮军官游戏于嵩山派与恒山派之间的阴谋与反阴谋的对抗中，并入主恒山做掌门；助任我行复夺日月神教教主之位，却不惧威胁坚辞副教主之位，等等。身处名门正派却不见容于名门正派，与魔教中人结交却又信守一定原则，做任何重大决定常常只在一念之间，而这种"'一念之间'的决定，有时真大胆得令人吃惊，有时又荒诞不经"①，这样的行事方式唯令狐冲所独有。其五，结局归隐。令狐冲率恒山派意欲与任我行相抗并得少林、武当相助后，在其江湖声誉正隆、隐然已是江湖领袖、完全可以走向权力巅峰之际，选择归隐于杭州梅庄。而在此前，令狐冲也曾受定闲师太重托出任恒山派掌门人，被方证和冲虚嘱托争夺五岳剑派盟主之位，而且以他当时的武功要在擂台之上夺得五岳剑派盟主之位不是不可能，也被任我行委以日月神教副教主之位，假以时日自可成为日月神教教主，但都被令狐冲主动放弃了。也就是说，令狐冲曾获得或有机会获得各种大大小小的权力，甚至有机会获得左冷禅、岳不群等众多人士梦寐以求的五岳剑派盟主或武林霸主之位，但令狐冲选择的是放弃。总之，金庸在小说中成功地塑造了令狐冲无正邪之辨、无权力之欲、无规范之束、光明磊落而任

---

① 温瑞安：《谈笑傲江湖》，重庆大学出版社 2009 年版，第 62 页。

性随意、放浪不羁而自由独立的天生隐士形象。

何谓"笑傲江湖"？金庸说，"'笑傲江湖'的自由自在，是令狐冲这类人物所追求的目标"，所以"笑傲江湖"就是"自由自在"，就是蔑视权力、不受束缚，追求人格独立、个性自由。不过，金庸也深知，"人生在世，充分圆满的自由根本是不能的。……'人在江湖，身不由己'，要退隐也不是容易的事"，因此，意欲逃避权力斗争的刘正风、曲洋和梅庄四友最终仍然成为权力斗争的牺牲品，令狐冲多数时候也只能被裹挟在权力斗争的漩涡中，并在其中挣扎。一方面，令狐冲不自觉地参加了岳不群的权力斗争行动，尤其是因机缘巧合而获得"笑傲江湖"曲谱，习得"独孤剑法""吸星大法"后，更是自觉不自觉地卷入权力斗争，如助任我行夺权、执掌恒山派、帮岳不群夺得五岳剑派盟主之位、为保恒山派而与日月神教抗衡等；另一方面，令狐冲也是权力斗争的受害者，如为击退欲夺华山掌门之位的成不忧而受伤并致此后多难，因被岳不群栽赃陷害蒙受不白之冤而成为华山派弃徒，失去刻骨铭心的初恋之爱，等等。但难能可贵的是，无论是伤重、失爱还是蒙冤、遭弃，无论是威胁恐吓还是生死考验，无论是权力迫害还是权力诱惑，令狐冲都是权力斗争的超越者，始终不改初衷地坚持自我，追求"自由自在"。令狐冲之所以没有落得个与刘正风、曲洋以及梅庄四友一样的结局，并最终能按照自己的意志"退隐"，独善其身于西湖梅庄，是因为金庸在小说中让令狐冲从风清扬处获传"独孤剑法"。因为掌握、融通了"独孤剑法"，令狐冲不仅得以一再在险境中求生，在危局中自保，而且能够抗衡、挫败江湖一众一流高手，"独孤剑法"最初拥有者独孤求败的"求败"名号，既体现了独孤求败傲视群雄的过去，也展现了令狐冲傲视群雄的现在。也正因为此，令狐冲从无籍籍名之辈而最终名满天下，从人人不屑的华山弃徒成为各方势力争相争取的对象，更重要的是，令狐冲拥有了江湖话语权，拥有了能够蔑视强权、坚守人格独立、追求个性解放、保持自由自在而不被倾轧的能力，从而使其"笑傲江湖"成为可能。也就是说，金庸尽管深知"退隐"的不易，深知获得"'笑傲江湖'的自由自在"的艰难，也因此描绘了追求"'笑傲江湖'的自由自在"者的种种努力与抗争、无奈与牺牲，但并不愿让人格独立、个性自由这一终极价值追求被毁灭。因此，当令狐冲凭借象征着"隐士之剑"的"独孤剑法"叱咤江湖、与象征着"权力之剑"的"辟邪剑法"相对抗并最终在生存上、精神上、人格上真正能够"笑傲江湖"时，不仅使习惯于看到武侠小说的主人公最终一定会获得成功的读者产生巨大的愉悦感、满足感，而且使金庸对"笑傲江湖"精神价值的肯定表现得更饱满，也更充满希望，同时使传统隐士文化所内含的人格独立、个性自由价值观得到更充分地彰显和宣扬。从这个意义上说，要想"笑傲"于"江湖"，单凭对"自由自在"的向往与追求是不够的，只有傲然于世的胸襟和气度也是不够的，它还需要能够"笑傲"的"实力"。

无论"笑傲江湖"是作为乐曲名还是作品名，无论"笑傲江湖"是刘正风与曲洋的内心向往还是令狐冲与任盈盈的爱情象征，无论"笑傲江湖"是主人公令狐冲的人生追求还是最终现实，其"自由自在"这一既深深植根于中国传统隐士文化又完全符合人类终极价值追求的核心精神内涵正是金庸所要极力高扬的。金庸之于"自由"的宣扬当然不只是在《笑傲江湖》这部小说之中，正如徐岱所说："金庸小说将趣味美学推进到了一个形而上的高度，借艺术的游戏性表现了一种崇高的激情：呼唤自由。所谓'侠士道'也就是摆脱名缰利锁之道，和超越荣誉与权力之道。这种声音主要借助于金庸世界中的那些人物性格来体现，贯通在整个金庸小说的那种'游戏精神'之中。"[1] 但《笑傲江湖》无疑应该是金庸最自觉地以表现"自由"为主题的作品，而令狐冲无疑也应该是最能充分体现"笑傲江湖"之"自由"精神内涵的人物形象，也因此，金庸极为看重令狐冲这一形象。对此，徐岱曾有一段描述："1997 年 4 月 4 日傍晚，我陪同作为原浙江大学名誉教授的金庸先生，在杭州金沙巷文化村用餐。席间我向他请教：在那么多大侠中，有无可能只选出一位代表性角色？答案可以是'无法选'，但如果可以选，那是谁？金庸先生想了想后表示可以做这个选择，此人物非令狐冲莫属。我明白，金庸先生此说并不是认为《笑傲江湖》是他最好的作品，而是指这部小说在他的创作中有着特殊的意义。这个意义就是

---

[1]　徐岱：《侠士道——金庸小说与中国精神》，北京大学出版社 2009 年版，第 423 页。

一种对自由精神的弘扬。"① 将令狐冲作为唯一代表性角色，足见金庸对这一人物形象的珍视。

毋庸置疑，金庸塑造的令狐冲形象具有典型性，是从更普遍的意义上高扬隐士文化以及"自由"的价值的，而与地域无涉，不过，若从地域文化角度看，金庸将令狐冲这一形象设计为华山人物，倒也不是无心之举，而应是金庸在充分考虑华山文化与自然特征的基础上做出的自觉选择。对此，尽管同样没有金庸的任何明确说明作依据，但这样的判断并非没有道理。关于令狐冲形象与华山的关系，在前文分析华山人物、华山武功所呈现的华山特色时已有所涉及，这里再专门作一说明。

首先，令狐冲形象的精神内涵与华山文化内涵具有趋近性。华山文化虽然内涵丰富，但其主要内涵是道教文化。道教的核心信仰是神仙信仰，认为人可以通过"修道"而"羽化"为长生不死、逍遥自在的神仙。而要"修道"，就要摒弃各种现世欲望，恪守生命本真，避居"洞天"之地潜心修行，最终得"道"升天。道教所说的"洞天"之地，即地上的仙山，山中有洞室可通于上天。道教共有十大洞天和三十六小洞天，囊括中国名山胜地无数。华山奇险而风景秀丽，正是"修道"的"洞天"之地，而且是"第四洞天"。因此，寇谦之、陈抟之后，道教在华山兴盛，"修道"之人趋之若鹜。与道教神仙信仰相适应，各种得"道"成仙的故事也被道教典籍记载、传诵，其中，在华山之上遇仙、成仙或仙居的故事不少。如《神仙传·卷二·卫叔卿》中说：汉武帝时，中山人卫叔卿服用云母而成仙。一日，卫叔卿"乘云车，驾白鹿，自天而下"，"欲诫帝以大灾之期，及救危厄之法"，因汉武帝傲慢无礼而离去。帝悔，召卫叔卿之子度世问询得知，卫叔卿在四十多年前已离家在华山修行，遂遣使者和度世前往华山寻找卫叔卿。在华山之上，度世"于绝岩之下，望见其父，与数人博戏于石上。紫云蔚蔚于其上，白玉为床，又有数仙童执幢节，立其后"。所见数人，卫叔卿告知其是洪崖先生、许由、巢父、王子晋、薛容耳等仙人。② 汉代刘向

---

① 徐岱：《侠士道——金庸小说与中国精神》，北京大学出版社 2009 年版，第 421 页。

② （晋）葛洪：《神仙传》，胡守为校释，中华书局 2010 年版。葛洪（284—364 年），东晋道教学者，继承并改造了早期道教的神仙理论。对《神仙传》作者是否为葛洪，学界有争论。

《列仙传》① 记述的众多仙人中有许多如赤斧、毛女玉姜等也都是在华山遇仙、成仙的，等等。最初源自于民间的道教所以能迅速发展，与其神仙信仰密不可分，"神仙世界跟现实的污浊和丑陋形成了鲜明对比，它寄托了美好的理想，也得到了各阶层人民的欢迎"②。而无论是避居"洞天"之地的潜心修行还是得"道"升天后的逍遥自在，都是与现实世界的隔离，超脱于各种现实束缚之上，得保生命意志之自由。对于华山的道教文化内涵以及神仙传说，金庸当然很清楚，而这也正是金庸小说华山派人物所以多隐士的重要原因之所在。将追求人格独立、个性解放的天生隐士形象令狐冲设计为华山人物，以华山文化为深刻背景，以令狐冲形象为生动显示，让令狐冲形象与"华山"相得益彰，自然也是金庸在充分考虑华山文化内涵以后的刻意选择。追求"自由自在"的令狐冲因之成为华山隐士群体的代表人物，具有鲜明的华山特色。当然，隐士不是道士。说以令狐冲为代表的华山隐士人物具有华山道教文化特色，主要是就保持生命本真、追求个体独立与自由而言的。正如陈墨在将包括令狐冲在内的一些金庸小说人物归为"道之侠"类型时所说："道之侠中多'隐士'。这些人的'出世'并不等于是'出家'——若是出家就等于做了道士。——他们并不是禁绝人间情欲，而是恰恰相反。他们之'归隐'，正是不愿与人世间的黑暗势力同流合污，当然也不'知其不可为而为之'。他们不想白白地牺牲自己，而是要保全自己。保全自己的真性情，至情至性，保全自己的独立的人格意志、保全自己的健全的个性及其生活方式。他们的归隐，正是要'独善其身'。"③

其次，"独孤剑法"与华山地理和文化内涵相吻合。令狐冲所以能够"笑傲江湖"，内在固然是因为对"自由自在"的不懈追求，外在则是因为掌握了"独孤剑法"这一利器。而这一剑法，无论使用兵器、剑理还是象征义，正与华山地理和文化内涵相吻合。其一，正如前述，

---

① 王叔岷：《列仙传校笺》，中华书局 2007 年版。《列仙传》旧题为汉代刘向所作，今人疑是汉魏文人所作而托刘向之名。该书是中国最早叙述古代汉族神仙事迹的著作，原非道书，后被纳入道教典籍。

② 田伯元：《神话与中国社会》，上海人民出版社 1998 年版，第 294 页。

③ 陈墨：《金庸小说之谜》，百花洲文艺出版社 1999 年版，第 294 页。

金庸在《碧血剑》和《笑傲江湖》这两部主要描写华山派的小说中，将剑法作为华山派的主要也是最高武功，应是考虑了华山其"形"似"剑"的自然地理特征。让令狐冲从风清扬处获授以"剑"为兵器的"独孤剑法"而非其他什么武功，应当也是出于同样的考虑。其二，就"独孤剑法"的"剑理"而言，亦如前述，按书中风清扬传剑时的解说，是"无招胜有招"，破解任何武功只有"一剑"，而这"一剑"却可随对手招式变化而变化，无穷无尽，因而一切顺其自然，"无所施而无不可"。这正体现了道家之"道"的核心意涵，即"道，可道，非常道；名，可名，非常名"①。道家与道教自然不同，但道教以道家思想为根本思想资源。"独孤剑法"的"剑理"因而与华山的文化内涵是吻合的。其三，《笑傲江湖》中主要有两种剑法，即"辟邪剑法"和"独孤剑法"。就其象征义而言，如果说"辟邪剑法"是"权力之剑"，意味着欲望、野心、王霸雄图以及因此产生的对人的束缚、扭曲、残害，那么"独孤剑法"就是"隐士之剑"，意味着自由、独立、超然物外以及因此获得的个性解放、生命本真。两种文化、两种人生追求、两种生命形态在江湖世界里借由两种武功在一定程度上得以直观呈现。而且，在小说中它们是相对抗的，即追逐权力，意欲雄霸天下的东方不败、左冷禅、岳不群等人以"辟邪剑法"与无视权力、只想"自由自在"存在的令狐冲以"独孤剑法"之间的对抗。而当以自由独立、个性解放为生命价值追求的令狐冲形象与"无招胜有招"的"独孤剑法"人剑合一，令狐冲因"独孤剑法"而获得自由独立，"独孤剑法"因令狐冲而施展得更加淋漓尽致，"独孤剑法"既可说是"隐士之剑"也可说是"令狐冲之剑"时，最能体现"笑傲江湖"精神内涵的令狐冲形象的华山特色也就更加浓厚而鲜明了。

或许，将令狐冲设计为栖居于其他同样具有深厚道教文化的名山的江湖门派人物也不是不可以，但若综合名山的自然地理特征以及文化内涵特色而论，同时再考虑金庸在几部小说中对"华山"描绘的整体情况，金庸将令狐冲设计为华山人物，将"笑傲江湖"的精神内涵通过

---

① 朱谦之：《老子校释》，中华书局 1984 年版，第 3 页。案曰："盖'道'者，变化之总名。与时迁移，应物变化，虽有变易，而有不易者在，此之谓常。"

塑造华山人物令狐冲而予以表现，应该更为合理而匠心独具。可以说，"华山"使令狐冲形象塑造得更加深刻而丰厚，令狐冲形象使"华山"彰显得更加生动而充满魅力，"笑傲江湖"的"自由自在"因之而影响巨大。

第五章

金庸小说的影视化

    金庸小说的影视化改编，自金庸小说出现之后至今，一直没有终止过。最早出现的根据金庸小说改编的电影，是 1958 年由香港峨嵋电影公司出品的《射雕英雄传》和《碧血剑》。从那时起至 20 世纪 90 年代，香港电影公司如峨嵋、邵氏、永盛等据金庸小说改编拍摄的电影共计约 50 部以上。自 70 年代起，随着电视的普及与发展，金庸小说开始陆续被改编拍摄为电视剧。在香港，1976 年佳视版《射雕英雄传》《碧血剑》《神雕侠侣》，无线版《书剑恩仇录》出现；在台湾，1982 年台湾华视首拍《白马啸西风》；在大陆，1994 年即有中国录影录像出版总社和北京智通国际市场开发有限公司联合制作的《书剑恩仇录》出品，2001 年央视版《笑傲江湖》首播。中国台湾、香港和大陆虽然在将金庸小说电视剧化的时间上并不一致，但各自在之后，各种版本的金庸武侠剧不断推出。包括新加坡也曾拍摄金庸武侠剧，即 1998 年新加坡新传媒制作私人有限公司出品的《神雕侠侣》和 2000 年新视（TCS）制作的《笑傲江湖》。金庸武侠剧至今总计约 60 部以上，最近的一次改编是 2014 年的韩栋版《鹿鼎记》、陈妍希版《神雕侠侣》等。从 20 世纪 50 年代末到现在，根据金庸小说改编拍摄的电影和电视剧合计 100余部。金庸小说只有 15 部，中国台湾、香港和大陆包括新加坡在 50 余年时间里将其呈现为 100 余部电影或电视剧版本，足见金庸小说魅力之巨大。其中，有的作品如《射雕英雄传》《神雕侠侣》《书剑恩仇录》《倚天屠龙记》《笑傲江湖》《鹿鼎记》《天龙八部》等都有 10 余个或近 10 个的影视剧版本，《白马啸西风》《鸳鸯刀》《越女剑》虽然改编少，但也有一二个电影或电视剧版本。然而，金庸小说影视剧版本虽然很多，能够让金庸本人以及广大金庸迷非常满意的佳作却几乎没有，甚至相对比较满意的作品也比较少。作为以文字为表现形式并以文字为存在形式的小说和以声画为表现形式并以声画为存在形式的影视剧，是两种不同的艺术形式。从小说到影视剧，从文字到声画，艺术形式的转换并不容易，特别是对于金庸小说这样的已为广大读者非常熟悉的作品而言就更是如此，其间存在太多的问题。金庸小说的影视化作为金庸文化现象的重要构成部分，需要进行深入的研究。

一　金庸小说影视化的原因

港台的影视制作机制从其出现就是市场化的。20 世纪 90 年代以来的大陆影视制作机制，随着市场经济的发展，也逐步完成市场化运作机制的转型。市场化意味着，制作影视剧的目的不仅在于发展影视业本身，丰富社会文化生活，而且更在于获得商业利润。"电视剧生产是一个商业生产过程，盈利是投资电视剧生产的最终目的。投资电视剧的生产制作是一个投入大、风险高的商业行为，成功会赚得盆钵满贯；一旦失败，可能就会血本无归。因此，在电视剧投资之前，做好科学周密的市场分析就显得十分必要。"① 投资电视剧生产是如此，投资电影生产亦然。所以，对于制片人、导演和音像公司或制作机构来说，拷贝的发行量或版权的被购买是第一位的，因而拍什么、怎么拍，在前期策划时都要进行市场分析；对于电视台、电影院线来说，收视率或票房收入同样是第一位的，因而播放什么样的电视剧、放映什么样的电影，同样要进行市场分析。而且，目前在电视剧领域，作品的购销或买卖流行"以点论价"的方式，"'以点论价'是指电视剧买卖双方——主要是指制片方和电视台，根据收视率，即'点'的高低，最终决定价格的一种购销方式"②，它使买卖双方成为一个利益共同体。这样，特别从制片方来说，要获得收视率的高"点"而非低"点"，从而获得更高利益回报而避免利益受损，就更要进行市场分析。而无论进行怎样的市场分

---

① 王伟国、周里欣、张阿利：《电视剧策划艺术论》，中国传媒大学出版社 2006 年版，第 267 页。

② 同上书，第 92 页。

析，作为市场接受终端而存在的观众的接受度，无疑是最终也是唯一的尺度。因为收视率与票房的高低，完全是由观众决定的。因此市场分析最为重要的方面就是受众分析。金庸小说自 20 世纪 50 年代中期在香港出现，就立刻产生了极其广泛而强烈的影响，继而迅速流布至海外，致有林以亮的"凡是有华人、有唐人街的地方，就有金庸的武侠小说"①之说，且至今不衰。严家炎认为，金庸小说的广泛阅读是一种奇异的阅读现象，其奇异之处不仅在于它的读者之众，而且更在于它具有这样几个突出特点：一是持续时间长；二是覆盖地域广，"不但在台湾海峡两岸和东亚地区，而且延伸到了北美、欧洲、大洋洲的华人社会，可以说全世界有华人处就有金庸小说的流传"；三是读者文化跨度大，"不但广大市民、青年学生和有点文化的农民喜欢读，而且连许多文化程度很高的专业人员、政府官员、大学教授、科学院院士都爱读"；四是超越政治思想的分野，"金庸迷中有各种政治观点的人物，既有思想激进的，也有思想保守的；既有左派、中间派，也有右派。甚至海峡两岸政治上对立得很厉害的人，国共两党人士，平时谈不拢，对金庸小说却很一致，都爱读"。② 可以说，在近 60 年的绵延中，金庸小说已作为武侠小说的一个最为著名的品牌深深地植根于广大读者心中。如果说金庸小说的早期广泛阅读还主要是作为匿名经典的阅读，那么 20 世纪八九十年代以后，随着中国台湾、香港和大陆学界对金庸小说的经典化命名，金庸小说进入 20 世纪中国文学史，金庸小说是古往今来武侠小说巅峰之作的地位已无可撼动，从而更加强化了金庸小说在读者心中的地位，甚至形成强大的"排挤效应"。林保淳认为："金庸小说的优质质素，在学者专家的极力阐发、推展下，普遍深入读者，几乎形成了武侠小说的'典范'，就读者而言，能在通俗文学读物中尽情领略、欣赏到如此高水平的作品，无疑是令人神思飞跃、意兴激昂的。然而，'典范'的形成，往往是霸气十足的，不霸，不能树立权威；不霸，不能自成典型。读者在'曾经沧海难为水'的情况下，又得到学者专家强而有力

---

① 林以亮、王敬羲、陆离：《金庸访问记》，见费勇、钟晓毅《金庸传奇》，广东人民出版社 1995 年版，第 81 页。
② 严家炎：《金庸小说论稿》，北京大学出版社 2007 年版，第 2—3 页。

的权威引导，极易先入为主，以金庸为'唯一'，因此刊落众家，独尊金庸。……因而造成强大的'排挤效应'，武侠小说变成了金庸的专称。在金庸，也许是实至名归的；在读者，自然也不能不说是正确的选择；然而，就有心投身武侠创作事业的作家而言，却也形成了最大的障碍。"① 在此种情况下，从广大金庸迷来说，他们既经常倾心阅读金庸小说，也经常向他人推荐或与人谈论金庸小说，同时，更不满于有人诋毁金庸小说；由于极度喜爱金庸小说，与金庸小说乃至金庸本人相关的活动、事件，他们也给予密切的关注，充满浓厚的兴趣，愿意为此消耗时间，投入精力。所以对广大金庸迷而言，"金庸小说"或"金庸"本身就具有巨大的号召力。从影视制作角度来看，这种巨大的号召力无疑意味着巨大而深厚的商业资源。因为在两种不同艺术形式转换中的金庸小说会是什么样子？银屏上的人物、场面、武功展示与自己在阅读小说时的感受是否相同？不同的影视创作者对金庸小说有怎样不同的把握和处理等？这些都是喜爱金庸小说的读者所必然关注的，这就使根据金庸小说改编而拍摄的影视剧作具有了极为广阔的市场前景。也就是说，"金庸小说"使根据金庸小说改编而拍摄的影视剧作具有了肯定性的市场预期。事实也是如此。从目前情况看，似乎无论采取什么样的改编方式，无论是港台版还是央视版，无论是电影还是电视剧，只要是根据金庸小说改编的同名或异名影视剧作，就不乏观众，甚至即使观众不满意影视剧作中的表现，对众多影视剧作的改编充满非议之声，但丝毫不影响他们对影视剧作的收视与观看。例如央视版《笑傲江湖》播出时，虽然骂声一片，但"在中央电视台 8 套播出，收视率达到了 12%—19%，第一轮播出就给电视剧中心赚了 7500 万"②。2014 年湖南卫视播出陈妍希版《神雕侠侣》时骂声更为普遍而强烈，但收视率却不断攀升，"该剧自 2014 年 12 月开播以来，收视接连冲高，各项网络指数更是高开高走，昨晚，该剧以收视率 1.11，份额 8.62，夺得全国网同时段收视第一，连续十次摘得全国收视桂冠！此外，该剧也以近 48 亿人

---

① 林保淳：《解构金庸》，中国致公出版社 2008 年版，第 19 页。
② 张英：《你修改，我也修改》，《南方周末》2008 年 10 月 2 日第 C16 版。此文是《南方周末》记者张英对张纪中的采访。

次的同名主话题阅读量继续霸居热门话题榜电视剧榜列"①。对金庸小说的奇异阅读现象以及"排挤效应"的存在在影视制作方面所产生的商业价值或票房、收视率号召力，港台与大陆的影视创作者应该是非常清楚的，尤其是当影视创作者本人也同样是金庸迷时就更是如此。他们知道，市场是有的，他们需要做的，就是如何更好地通过影视所特有的技巧和手段，把金庸小说搬上银（屏）幕。所以，金庸小说一再被改编拍摄。

影视剧作市场的好坏与否，与影视剧作本身质量高低的关系非常密切。而影视剧作质量的高低，剧本所起的作用又是非常关键的。虽然剧本还只是文字的，还不是真正的影视作品，但它是影视剧的基础，是一剧之"本"，"可以这样说：影视剧本决定了未来影视剧反映生活的深刻程度和艺术造诣的高下"②。没有高质量的剧本，要拍摄高质量的影视剧作，几乎是不可能的。武侠影视剧作当然更需要好的剧本。因为，尽管科学技术的发展和越来越丰富的拍摄、剪辑、特效技巧使武侠剧的画面尤其是武打场面极具视觉效果，但是若不与生动的人物形象、合理的故事情节、细腻的情感表现以及深刻的思想内涵有机融合，则只能给人以暴力和血腥之感。这样的武侠影视剧作也许能给观众带来暂时的视觉冲击力，但从艺术上说，只能是流于一般而非上乘之作，要产生较高的票房收入几乎是不可能的。拍摄武侠影视剧的导演们大多应当是深谙此理的，但在过去几十年间，他们不得不面对这样一个问题：在港台，虽然自50年代新派武侠小说出现后，写武侠小说的人不少，但写武侠剧本的人却不算多，而能写出高质量武侠剧本的人就更少。而至90年代，武侠小说的创作已式微；在大陆，虽然从90年代后期开始涌现了一批专事武侠小说创作的作者以及一批有一定艺术水准的作品，致有"大陆新武侠"的命名，但真正能进行武侠剧本创作的作者很少，更不用说创作高质量的武侠剧本了。因此，要拍摄武侠影视剧作，解决剧本问题的一个非常重要的途径就是改编。改编，是影视创作非常重要而普

---

① 《〈神雕侠侣〉收视十连冠"龙止组合"赛原配》，搜狐娱乐（http://yule.sohu.com/20150108/n407646704.shtml，2015-08-06）。

② 汪流：《电影编剧学》，北京广播学院出版社2000年版，第1—2页。

遍使用的一种创作方式，即是把一种文学样式或文学作品（主要是小说和戏剧）以影视表现方式改编成能够在银幕或屏幕上放映或播放的作品。自电影、电视出现以来，中外影视人通过改编而创作的影视作品非常多，而在众多的改编中，一般都选择改编名著，如《红与黑》《茶花女》《复活》《战争与和平》《双城记》《哈姆莱特》《飘》《老人与海》《乞力马扎罗的雪》《水浒传》《红楼梦》《三国演义》《西游记》《阿Q正传》《骆驼祥子》《子夜》等都被改编成电影或电视剧，有的既有电影版本也有电视剧版本，或者不止一次地被改编。改编之所以一般选择名著，除名著之"名"而通常必然具有票房号召力外，是因为名著本身就意味着思想深刻、个性独特、艺术水准上乘、因表达了人类共有的情感而经得起时间和空间的检验，由改编名著而成的影视作品的质量一般也就有了保证。武侠小说的改编也是如此。武侠影视创作者一般也会将人们耳熟能详的、在读者中比较流行的、在武侠小说史上比较有名或有一定地位的作家作品作为改编的对象。如向恺然、李寿民、王度庐、梁羽生、古龙、温瑞安等人的作品，都是争相被改编的对象。金庸小说与传统武侠小说相比，由于全面提升了武侠小说的品格而成为武侠小说的集大成者；与新派武侠小说其他作家相比，金庸又以其严肃的创作态度、饱满的文学自由精神、不断创新的艺术追求以及高超的叙事技巧，成为新派武侠小说作家第一人。具体来说，金庸小说中的人物形象，尤其是主要及重要人物形象，无论侠魔都有其鲜明而丰富的性格特征，有的甚至可以说就是典型化的人物形象，如郭靖、萧峰、令狐冲、韦小宝等。在叙事上，金庸小说的结构不仅宏大严谨，而且构思巧妙，开创了如陈墨所认为的人生主线、历史视野、江湖传奇三位一体的立体结构模式，这种模式"固然超越了一般的武侠小说及俗文学的疆域，同时也扩大了一般雅文学的表现领域和方法。他把国家大事、江湖奇事、人生故事纳入同一叙事整体之中，把历史真实、虚构传奇和人物个性结构在一起，把写实、虚构、象征等通常被认为是属于不同的文学规范的技法灵活地结合在一起，这无疑具有极重要的意义"①。在情节安排上，金庸小说不拘于武侠小说中常见的单一的故事模式，而常常是把

---

① 陈墨：《金庸小说艺术论》，百花洲文艺出版社1995年版，第62页。

诸如复仇故事、爱情故事、夺宝故事等有机地融合在一起，同时，在情节的具体展开中，巧妙地运用悬念、巧合、误会、意外等手法以及大量的细节描写，从而不仅显示出情节的丰富性、多变性，而且显示出情节的生动性、曲折性。另外，金庸小说中的情节又总是和人物的性格紧密联系在一起，或者是有什么样的性格才产生什么样的情节，或者是性格在情节中得以形成、发展，更增添了情节的合理性；在武功描写上，金庸小说主要以其人物化、艺术化和文化化的表现，显示了它的神妙与超绝；就思想内涵而言，每一部金庸小说都不仅是一个江湖传奇故事，对人性、人情的剖析与揭示，对历史本质的探索与审视，对文化精神的批判与弘扬，对现实问题的思考与抨击等，是金庸小说引人入胜的故事背后的深刻蕴藏。金庸小说确是武侠小说有史以来的上乘之作。既然武侠影视剧剧本的改编一般是改编于武侠小说中的优秀、有名、流行之作，那么作为武侠小说经典之作的金庸小说被不同地域、不同时期的影视创作者所一再青睐，自在情理之中。

金庸小说拥有庞大的读者群体。同一时期或不同时期、同一空间或不同空间下的读者个体，基于不同的审美经验、认知角度，对金庸小说必然会有不同的理解。于大多数读者而言，对金庸小说的理解一般止于文本本身的阅读或研究，但对于既是"金庸迷"又是影视创作人员的读者而言，则可以通过影视改编的方式将自己的理解予以阐释和表现；或者，于某些读者来说，曾经只是一般读者，但后来以影视创作为业如制片人、导演等，于是有能力将喜爱的金庸小说改编为影视剧。进而，对于根据金庸小说改编的影视剧作，一般观众（读者）观看后即使再不满意，也只能以口头或文章的方式进行批评，表达不满，而作为"金庸迷"的影视创作者则能以重新改编、重新拍摄的方式，阐释自己所理解的金庸小说，对他人在改编拍摄金庸小说过程中的失误、不当，或者只是因为理解的差异而造成的不满，有能力予以纠正、改变或完善。例如，大陆著名制片人张纪中就是其中非常典型的一位。张纪中是"金庸迷"，但是在 20 世纪 80 年代以前，作为一般读者和普通演员，对金庸小说和据金庸小说改编的影视剧的态度表达与一般读者一样。1987 年，作为制片主任与张绍林导演合作拍摄第一部电视剧《百年忧患》并获中宣部"五个一工程"奖后，又合作拍摄了《有这样一个民警》《刑警队长》《好人燕居谦》等并获"飞天奖"。这使他在获得一定声名的同时积累了比较丰富的经验。特别是 1992 年作为制片主任和张绍林拿下央视《三国演义》全剧拍摄难度最大的第四部分"南征北战"十三集的制作权，以及 1995 年作为总制片主任改编拍摄《水浒传》并获巨大成功之后，张纪中成为内地著名制片人，拥有了更大的影视制作话语权。因此，当 1999 年央视决定拍摄《笑傲江湖》时，张纪中成为制片人，而且从此一发不可收，陆续将《射雕英雄传》《天龙八部》《神雕侠侣》《碧血剑》《倚天屠龙记》《鹿鼎记》等金庸小说改编拍摄。此外，即便是当初改编拍摄过金庸小说的影视创作者，限于当时的拍摄条件而难免留下遗憾，一旦有机会、有可能，他们也非常热衷于重新拍摄以弥补遗憾，同时将日益丰富的人生经验、审美经验以及因此带来的对原著的再理解予以表现。例如央视版《射雕英雄传》导演鞠觉亮，他是香港导演，是 1983 年香港无线版《射雕英雄传》的副导演，他说："大陆版《射雕》比 83 香港版《射雕》要好得多。18 年后重拍，弥补了当年因为条件局限造成的众多遗憾。其实 1983 年版的《射雕》是非常粗糙的，当时我们也没有什么实景，为了省钱，所有的王府皇宫的戏都是假的，在房间里搭大棚拍的，而现在我们拍戏都是实景地拍，这在香港办不到的。当时因为没有资源和条件，只好在情感上下功夫。那也是83 版《射雕》唯一的亮点。而且我现在拍大陆版《射雕》比拍 83 版《射雕》多了许多人生体验，在情感方面也比以前丰富。"同时强调："每一代人的价值观念都不一样，感情的表达方式不一样，无论是导演还是演员、观众，都要跟上时代的变化。"① 不同影视创作者对金庸小说的不同理解以及金庸影视剧改编本身一直存在不足只是问题的一个方面。另一方面，从影视艺术本身看，影视艺术与传统艺术如文学、舞蹈、音乐、绘画等相区别的最根本特征是它的技术性。技术不仅决定了影视艺术的产生，是影视创作的工具和手段，具有艺术表现的功能，而且决定了影视艺术的美学特性。可以说，没有技术就没有影视艺术。"电影从无声到有声，从黑白到彩色，从普通银幕到宽银幕，从单声道

---

① 张英：《〈射雕〉：香港导演 内地制造》，《南方周末》2003 年 1 月 29 日第 C17 版。此文是《南方周末》记者张英对鞠觉亮的采访。

到数字多声道环绕立体声，从传统制作技术到数字化制作技术，电影技术的每一次改进都体现了当时科技进步的水平，同时也给观众带来更新的视听感受。同样，电视从机械到电子，从模拟到数字化、网络化、多媒体化，电视技术的发展都最快、最直接地反映了当时科学技术发展应用的状况。"① 影视技术的不断革新和发展丰富和改变着影视艺术的表现手段、技巧和观念。如果说早期的影视艺术因为技术的落后而显得简单、粗糙，而且许多出于艺术考虑而需要的视觉形象无法得以完成和呈现，或者即使呈现也显得幼稚、虚假，那么随着技术的进步，这一切都不断得以改变。这样，以当下所掌握的影视技术以及因此产生的拍摄观念、剪接技巧、特技运用等去观看、审视过去的影视剧作，无论是影视作品制作者自己还是他人，都更容易发现很多不足因而产生不满意感，从而试图重新拍摄以改变之。金庸小说的不断翻拍与此具有莫大的关系。因为金庸小说影视剧化的 50 年，也正是影视技术不断发展并取得重大进步的时期，其中最为重大的技术革命就是数字技术的产生与发展。数字技术运用于影视剧制作，颠覆了传统影视剧制作的观念，超越了传统影视剧制作的想象和思维，使影视剧的表现手法更加先进和完美，也使传统影视制作手段无法完成的视觉形象得以充分实现。金庸小说作为极富传奇色彩的武侠小说，其凭借想象所描绘的神奇而瑰丽的超验性江湖世界，若要呈现为非常完美的视觉形象，传统影视制作手段并不容易完成，而数字技术则使其完美呈现成为可能。比较一下 20 世纪 80 年代以前和 90 年代以后的金庸影视剧，这种差异显而易见。例如在电影方面，徐克 90 年代重拍的《笑傲江湖》和《东方不败》，且不论其在改编方面成功与否，单就技术运用而言，因为运用了当时最先进的影视技术，不仅因获得了焕然一新、更富表现力的视觉效果而迥异于此前所拍的金庸武侠片，而且带来了新派武侠电影的出现并掀起香港电影新浪潮。正如有研究者所说："从动作导演的技术发展看，20 世纪八九十年代是武打动作与电影特技（剪接、摄影、特技、特效）逐渐融合的时期，可谓新时期的武术'神话'。影片中，无论会不会武术的演员都能一跃数丈、一剑开石、一掌断树、飞针杀人，甚至有时火光四起、

---

① 杨光平：《影视技术概论》，西南师范大学出版社 2008 年版，第 2 页。

烟雾腾腾。20 世纪 30 年代的'神话武功'似乎重现银幕，只不过这次
更'科学'，先进的电脑特技在形式上真正实现了动作的'神话'。"①
在电视剧方面，数字化技术更是得到了大面积运用，例如央视版《射
雕英雄传》，动作导演马玉成说："技术很重要，现在的观众已经不喜
欢以前的武打戏，几个人来来去去动不动就打上半小时，而且是身体与
身体在直接接触，观众看这样的打斗几十年了，没有什么意思。……所
以从武打上我们是从以前注重写实性到现在的务虚"，"演员好的表现
加上好的电脑特技，才能够成功"。例如，"降龙十八掌在以往的香港
片中，最爱用各种招数来表现，这次我想体现掌法的威力。降龙十八掌
我们先按照十八罗汉的造型取其精髓，仿照他们抬手出腿的姿态，把掌
法的走势勾勒出来，然后加以电脑特技制作出掌法。郭靖每次出掌，两
掌飞旋 360 度，降龙十八掌每一次使出，都有上下游动的两条金龙吐出
火球，向敌人击去。……这套掌法因为有十八掌，所以还将根据不同的
地方有不同的变化，例如在水中呈现的就是水龙，在雪中呈现的就是雪
龙，视觉上非常精彩。"再如九阴白骨爪，"九阴白骨爪一出，对方身
体的骨头会节节粉碎，像烟一样散开，非常直观，惊心动魄。拍摄时，
灯光在现场营造出简单的电闪雷鸣的光电效果，并在后期制作中加入特
殊的光电效果，突出阴森逼人的恐怖气氛。"另外，"蛤蟆功，还有打
狗棒的设计上我们也非常有特点，加入高科技的电脑手段，非常漂亮好
看。"② 且不说这样的武功设计是否符合小说的描写以及读者的想象，
单从设计本身而言，若无电脑特技的技术支持，恐怕连这样的想法都不
会产生，更不要说最终完成了。因此可以说，不断发展的影视技术不仅
使此前拍摄的金庸影视剧作显示出种种不足，而且因为这种种不足而不
断刺激、激发着影视创作者翻拍金庸小说的创作欲望。所以，影视创作
者对金庸小说的不同理解以及限于某一时期内的技术手段的运用，使得
金庸影视剧在此一时期或在彼一时期并不能够得到其他影视创作者的认
可，甚至包括曾拍摄金庸影视剧的制作者自己也可能不满意，因而伴随

---

① 张力：《功夫片的秘密——动作导演艺术》，青岛出版社 2009 年版，第 36 页。
② 张英：《我们的武戏比〈笑傲江湖〉强》，《南方周末》2003 年 1 月 29 日第 C19 版。
此文是《南方周末》记者张英对马玉成的采访。

着影视技术的进步以及因此产生的影视观念的变化和表现手段的丰富，有话语权和有实力的影视创作者总是试图重新拍摄出他们所理解、所意欲表现的金庸小说。

金庸小说影视化的更深层原因在于源远流长且无比深厚的侠文化本身。① 尽管"侠"在中国最早出现究竟是什么时候，学术界还有争论，但自司马迁在《史记·游侠列传》中为"侠"正名之后，"侠"就没有淡出古代专制社会下中国人的视野和心理。虽然自班固《汉书》之《游侠传》后，后世史家不再为游侠专门立传，因而难以在史书中再看到曾经真实存在的"侠"，但并不表明"侠"作为现实实体的不存在。更重要的是，史家不再记录"侠"之后，历代文人开始了在创作中对"侠"的表现。"千古文人的侠客梦，实际上可分为两大类：一以侠客许人，一以侠客自许。前者多出现在注重叙事的小说里，而后者多出现在着重抒情的诗歌中。"② 从魏晋至清末，"侠"主要在诗词和小说中得以呈现，在戏曲中也有一定表现。可以说，在以文字、书籍为主要媒介的时代，源于先秦、明确于汉代的国人的"侠"情结，借由诗文的创作和阅读得到了充分的体现和满足，反过来，国人的"侠"情结借由诗文创作和阅读又进一步不断得到强化，积淀为集体无意识。进入20世纪后，一方面，武侠小说得到空前发展，如向恺然、顾明道、王度庐、李寿民等人掀起的民国武侠小说狂潮，金庸、梁羽生、古龙、温瑞安等人在港台创造并产生巨大影响的新派武侠小说，以及出现于新世纪的以步非烟、沧月、小椴、凤歌等人为代表的"大陆新武侠"；另一方面，科学技术的进步催生了电影、电视媒体并迅速普及，革命性地带来人类娱乐方式、审美方式、认知方式甚至生存方式的转变。于是，"侠"在小说中出现的同时，也进入了电影和电视。从电影方面看，电影于20世纪初被引入中国不久，以"侠"为题材的影片就开始出现，"对中国武侠电影的初创的早期形态，其上限应该以1920年，商务印书馆活动影戏部拍摄《车中盗》为始，其下限则大致可推至1927年中华

---

① 关于"侠文化"问题，在第六章探讨武侠小说的文化正生态时，有较为详细的说明。无论是武侠小说的生存与发展还是武侠影视剧的创作与繁荣，都与深厚的"侠文化"有关。此处略述，且主要从武侠影视化方面说明。

② 陈平原：《千古文人侠客梦》，北京大学出版社2010年版，第10页。

百合影片公司出品的《王氏四侠》。《火烧红莲寺》则是这个历史时期后武侠电影日渐成熟、日渐规范的代表性作品，它是中国武侠电影走向定型化、标准化的标志"①。《火烧红莲寺》改编自平江不肖生向恺然的《江湖奇侠传》，上映于1928年，轰动一时，其后三年共拍摄18集。学者贾磊磊认为，中国武侠电影创作有五次浪潮，《火烧红莲寺》的轰动效应，使"武侠影片开始席卷中国影坛。据不完全统计，在1929年至1931年间上海的50多家影片公司，就拍摄了250多部武侠神怪片，占其全部影片出品的60%以上，形成了中国电影史上第一次武侠片的创作浪潮。"50年代开始至六七十年代，在港台涌现出一批代表这个时期武侠电影最高水平的名家名作，如张彻的《独臂刀》，李小龙的《猛龙过江》，胡金铨的《大醉侠》《龙门客栈》《侠女》，袁和平的《蛇形刁手》《醉拳》等，"这一系列武侠影片的相继问世，形成了中国电影史上武侠电影的第二次创作浪潮"。80年代，在大陆"以《神秘的大佛》（1980）为先声；以《少林寺》（1982）、《少林寺弟子》（1983）、《武当》（1983）、《武林志》（1983）为代表性作品；加上《自古英雄出少年》、《木棉袈裟》（1984）、（大刀王五）（1984）、《南拳王》（1984）、《黄河大侠》（1986）等影片，汇成了中国电影史上武侠电影的第三次创作浪潮"。90年代，新派武侠电影兴起，如《新龙门客栈》《新少林五祖》《新冷血十三鹰》《新火烧红莲寺》等，多在过去武侠电影的片名前加一个"新"字，"这些武侠影片继承传统武侠电影泾渭分明的人物谱系和贯穿始终的动作轴线，并在此基础上将喜剧性的表演风格和大量的电影特技'加入'影片的叙事情境之中，使这些武侠电影成为本世纪90年代中国银幕上的一道奇异景观，进而形成了中国电影史上武侠电影的第四次创作浪潮（1992—1995）"。进入新世纪，"随着经济全球化的历史进程，中国武侠电影开始在'融资模式'上改变过去那种单向渠道的投资方式，除了整合海峡两岸三地的人力和财力之外，也开始采用国际上通行的'融资模式'为中国武侠电影注入更多的资金，以期在未来的电影市场上与好莱坞电影一争天下。其中成龙主演的《龙旋风》、李安导演的《卧虎藏龙》、张艺谋导演的《英雄》、徐克导演的

---

① 贾磊磊：《中国武侠电影史》，文化艺术出版社2005年版，第48页。

《蜀山传》、何平导演的《天地英雄》成为这个历史时期受人关注的划时代作品,进而形成了中国武侠电影史上第五次创作浪潮"①。武侠电影五次创作浪潮的划分在学界虽然未必能获得一致认同,但从基本的描述与勾勒中不难看出"侠"在电影中的历时而广泛的表现。从电视方面看,港台的电视业都基本起步、发展于六七十年代,而在发展中,电视剧的制作与播放是其非常重要的支柱。香港武侠电视剧于 70 年代即开始出现,如 TVB(无线)的《书剑恩仇录》(1976)、《陆小凤》(1977)、《小李飞刀》(1978)、《名剑风流》(1979),佳视的《射雕英雄传》(1976)、《神雕侠侣》(1976)、《武林外史》(1977),丽的(后更名为ATV)的《天蚕变》(1979)等。进入 80 年代以后,虽然佳视倒闭了,但 TVB 和 ATV 版的武侠剧却依然层出不穷。台湾武侠电视剧拍摄稍晚于香港,主要始于 80 年代,台视、中视和华视从那时起都拍过很多武侠剧,如台视的《笑傲江湖》(1985)、《冷月孤星剑》(1986)、《新绝代双骄》(1986)、《金剑雕翎》(1986)、《雪山飞狐》(1991)、《倚天屠龙记》(1994)、《神雕侠侣》(1998),中视的《神雕侠侣》(1984)、《武林外史》(1984)、《射雕英雄传》(1988)、《天龙八部》(1991)、《笑傲江湖》(2000),华视的《玉女神笛》(1983)、《侠客行》(1985)、《七侠五义》(1994)、《鹿鼎记》(2000)等。大陆武侠剧的制作开始于 90 年代,较早的作品如李建导演的《多情剑客》(1990)、毛玉勤导演的《江湖恩仇录》(1991)、王文杰导演的《白眉大侠》(1995)和《甘十九妹》(1996)等,但无论是数量还是质量,大陆武侠剧的拍摄真正繁荣于 21 世纪初,其标志就是以央视版《笑傲江湖》为开端的金庸系列武侠剧制作及其引发的大范围武侠剧拍摄,大有取代港台武侠电视剧的声势。概而言之,武侠小说和武侠片(剧)在 20 世纪及 21 世纪初获得了重大发展,在更加充分表达和释放国人关于"侠"的想象的同时,也更加丰富了侠文化的内涵。但必须看到,无论武侠小说这一小说类型自身具有怎样的文体运行规律,无论它在不同时期、不同作家笔下呈现出怎样的变化和面貌,其内在强劲的驱动力是源远流长且深厚无比的侠文化。若无源远流长且深厚无比的侠文化,断不会有武

---

① 贾磊磊:《中国武侠电影史》,文化艺术出版社 2005 年版,第 50—199 页。

侠小说这一本土小说类型的形成与发展。同样，若无源远流长且深厚无比的侠文化，若无对代表着自由、正义、平等、公正的侠义精神的渴望的文化心理，也不会有"侠"自然而快速地进入影视并产生武侠片（剧）的影视类型。影视只是手段和工具，只是"侠"在新的历史时期且随着影视技术的出现而及时寻找到的又一更加大众化、平民化的表现方式，它以其影像化而比小说更直观逼真，因而也更具吸引力和影响力，导演、编剧、演员、观众借由武侠片（剧）的创作与观看而获得关于"侠"的表现欲望和快感满足。金庸小说作为武侠小说的集大成者，不仅继承了传统的侠义精神，而且创新性地赋予了侠义精神以新的内涵。严家炎认为，金庸小说的核心思想之一是写"侠"之"义"，"这些笔墨体现了作者的传统文化观、道德价值观和人生理想精神，艺术上也取得了高度的成就，成为金庸小说中最精彩、最富有浪漫主义激情因而也值得仔细品味的部分"。它主要有三个重要内涵：一是江湖豪杰间的"肝胆相照，惺惺相惜，一诺千金，不负于人"；二是拯救受难贫民与弱者的"路见不平，舍身相助，扶困济厄，不畏强暴"；三是赋予"义"以新的内涵，"把'义'提到了为群体、为民族、为大多数这一新的高度"[1]。所言大致不差。虽然不能说金庸小说的侠形象个个都丰满鲜活、光彩照人，但整体而言，他们都既义薄云天又个性鲜明，如刚毅纯朴而"为国为民，侠之大者"郭靖，机智诙谐、冲动至性而最终成为"为国为民"者杨过，宽容仁爱而同样"为国为民"者张无忌，豪迈机警而追求民族平等、百姓安康者萧峰，感性随意、执着于自由潇洒人生而又好打抱不平者令狐冲，等等。而且，他们又都各有各的不幸、苦难、冤屈，各有各的不屈、顽强、抗争。可以毫不夸张地说，金庸小说之"侠"，既是古今之"侠"中最具侠肝义胆之"侠"，也是描写最丰富、最复杂、最动人心魄之"侠"。惟其如此，他们作为小说之"侠"存在时，就已经深入人心，负载着人们关于"侠"的全部想象，成为"侠"的代名词，"侠"就是他们，他们就是"侠"。既然武侠片（剧）不过是在新的时代运用影视技术表现"侠"的一种方式，那么，将"侠"表现得最饱满、最充分、最令人荡气回肠而心潮澎湃的金庸

---

① 严家炎：《金庸小说论稿·金庸答问录》，北京大学出版社2007年版，第18—26页。

小说，自然是影视创作者的首选。

总之，金庸小说影视化的原因是多方面的。市场化追求与金庸小说的巨大号召力，一剧之"本"的重要性和金庸小说作为武侠小说的典范性，不同影视人对金庸小说的不同理解和阐释与影视技术手段的不断发展与进步，源远流长的侠文化所积淀而成的国人关于"侠"的集体无意识以及金庸小说塑造的诸多典型而光彩照人的侠形象，等等，它们交互作用，共同推动了金庸小说影视改编现象的出现。

二　毁多誉少的金庸影视剧

金庸在接受采访被问及"你喜不喜欢你的作品视像化地出现于银幕和荧幕"的问题时回答说："基本上，我不反对把我的书拍成电影电视。观众看完戏，反而有兴趣再看书，会有更多人去看书。"① 而在回答"你不喜欢看自己的小说改编成的电视剧，那为什么还卖版权"的问题时则说："没办法。就像我生了15个小孩，自己照顾不到，只好交给托儿所、幼儿园一样。他们虐待我的孩子，我很生气，也只好与校长交涉。他们把我的小说改得不好，我以后再不卖了，就像知道这家托儿所不好下次再不送孩子进去了。"② 言下之意，出卖版权是肯定的，关键是买家要选择好。可见，在自己小说影视化的问题上，金庸的态度是积极的。因为，一方面，影视化改编拍摄需要购买版权，从而能够获得经济利益；另一方面，作为一个深谙媒体强大功能的资深媒体人，他很清楚小说和影视剧在发行、发展上的互动关系，其小说的影视化无疑会在更大的空间、更久的时间里提升小说的传播、存留效果；还有一点是，尽管影视化版本已经很多，但改编成功者寥寥，金庸希望他的小说能够被成功改编。也因此，当央视版《笑傲江湖》准备拍摄时，鉴于央视在中国的权威性和影响力，以及此前在改编拍摄《三国演义》《水浒传》等经典名著方面所取得的巨大成功，金庸不惜牺牲暂时的版权

① 卢玉莹：《访问金庸》，费勇、钟晓毅《金庸传奇》，广东人民出版社1995年版，第145—146页。

② 谢晓：《金庸畅谈人生：真爱是一生一世的》，见葛涛、谷红梅、苏虹《金庸其人》，社会科学文献出版社2004年版，第212页。

利益而仅以象征性的 1 元人民币将《笑傲江湖》的版权送给央视。金庸看重的是央视版对其小说所能产生的巨大辐射效应，并对央视版金庸小说同名电视剧寄予厚望。当然此举也产生了极大的广告效应，使得央视版《笑傲江湖》在未拍摄前就已声名远播，让观众充满期待。其后，央视又接连改编拍摄了《射雕英雄传》《天龙八部》《神雕侠侣》等作品。金庸的这一想法从他对导演李安的态度中也可看出。金庸说："我觉得《卧》片拍得很好，导演编导处理都很好，但原小说并不好看。……前不久我在台北见到他，他说他很喜欢我的小说，叫我'老师'，我说叫'先生'就好了。如果他要拍我的小说，我会送给他拍。"① 金庸愿意将他的小说送给李安拍电影而不收版费，无非是因为看中了李安在武侠片拍摄方面的才华，希望看到李安能将其小说在电影中予以完美呈现，这和将《笑傲江湖》送给中央电视台拍电视剧的愿望是一致的。

然而，无论是央视版还是央视版出现之前的港台版，金庸对根据自己的小说改编拍摄而成的影视剧作真正满意得很少。对于港台版，"到现在为止，我喜欢刘德华和陈玉莲演的《神雕侠侣》，这一版的杨过和小龙女非常符合我小说的味道。还有郑少秋演的《书剑恩仇录》，他那个时候年轻，演乾隆皇帝，也演得十分到位。这两部电视剧可以说是我到目前为止最满意的。"对于央视版，"在目前的电视剧改编当中，中央电视台还算是不错的。本来《笑傲江湖》的版权我只要了他们一块钱，完全是象征性卖，等于就是赠送的，结果电视剧令我不满意，所以《射雕英雄传》就不送了，按市价卖了 80 万元，因为是央视打了九折，就是 72 万元，后来看他们还算重视原作，我就拿出 10 万元送给了编剧和导演，我自己拿了 62 万元。"② "新的《天龙八部》还是非常好看的，《射雕》也不错，《笑傲》就不好了。"③ 郑少秋演的《书剑恩仇录》与刘德华和陈玉莲演的《神雕侠侣》都是香港无线改编拍摄，前者拍摄

---

① 谢晓：《金庸畅谈人生：真爱是一生一世的》，见葛涛、谷红梅、苏虹《金庸其人》，第 213—214 页。

② 张英：《学问不够是我的一大缺陷》，《南方周末》2003 年 7 月 31 日第 C21 版。

③ 花开有声：《金庸答杭州金庸茶馆网友问》，见葛涛、谷红梅、苏虹：《金庸其人》，社会科学文献出版社 2004 年版，第 262 页。

于 1976 年，也是无线拍的第一部金庸武侠剧，后者拍摄于 1984 年。在已有 100 余部金庸小说影视剧作中，金庸"最满意"的是这两部剧作，而对给予厚望的央视版则评价为"还算是不错的"，可见并不真正满意。所以，虽然金庸乐于他的小说被影视化，也有感到较为满意的作品，但对截至目前的绝大多数影视剧版本并不满意。

对根据金庸小说改编拍摄而成的影视剧作品，持不满意态度的并非仅金庸本人。熟悉、痴迷于金庸小说的读者，同样表现出了极大的不满。央视版《笑傲江湖》《射雕英雄传》等电视剧播出时的贬语如潮，就很能说明问题。在此过程中，也有很多观众将央视版《射雕英雄传》与香港 1983 年无线版《射雕英雄传》作比较，认为 1983 版是经典之作，而央视版则远不如之。不过，金庸对此并不同意，他说："我对央视版的比较满意，因为改动得少。1983 版的大家都说好，我特地买了一套来看，没觉得好啊。这里面有回忆的问题。我以前在上海吃过冰激凌，后来到了美国、澳大利亚，吃了很多冰激凌，但回忆总觉得上海的特别好吃。自己的回忆总是美化事情的，大家喜欢翁美玲，是因为回忆特别美。……这就像段誉喜欢王语嫣，是因为自我美化了，所以喜欢。过了几十年，你再看看 1983 版，比较一下，确实不好。"① 1983 版对内地观众而言，出现于比较特殊的历史时期，适逢改革开放之初，因为新鲜而印象深刻，回忆中难免美化，所以金庸所言有一定的道理。但反过来也一样，金庸感到满意的作品，观众又不觉得满意。实际的情况是，影视改编者可能觉得满意的作品，金庸和广大观众不满意；金庸能够满意的影视作品，广大观众未必满意；广大观众比较满意的影视作品，金庸不一定满意；此一部分观众比较满意的影视作品，彼一部分观众又不满意。所以，总体而论，在目前所有的金庸小说影视剧版本中，能够让金庸和绝大多数观众都比较满意的版本极为罕见，即便有，如央视版《天龙八部》，也只是相对而言的。

金庸小说的影视化，时间历经 50 余年，空间涉及中国台湾、香港和大陆，影视创作人员无数，各种版本 100 余部，何以没有产生能够让

① 黄莺：《金庸：当大侠走下神坛》，见葛涛《金庸评说五十年》，文化艺术出版社 2007 年版，第 124—125 页。

金庸和绝大多数观众都满意的影视剧作？

小说和影视是两种不同的艺术形式。小说的物质媒介是语言文字，影视的物质媒介是影像画面。从创作上看，小说作者用文字描绘自己的想象，在天马行空、自由驰骋的同时，又无需把一切都纤毫毕现地描绘出来，其间可以有大量的省略和含蓄之处，也可以有诸多比喻性、议论性、抒情性文字；影视创作者则必须通过逼真的镜头和画面将环境、场景、人物包括服装、化妆、道具以及光线、色彩等一切要素进行直观而确定地呈现。从文本看，小说因为是语言呈现，加之小说家各种表达技巧与手段的运用，使其既确定又模糊，既具体又抽象，既有所指又富含能指，从而具有极为广阔的想象空间；影视剧作因为是画面呈现，一切都是确定、具体的，难以产生广阔的想象空间。从接受看，读者阅读小说是通过文字描写并经由自我想象才能完成对小说形象的感知与理解；观众观看影视剧作则是直接通过影像和画面看到形象本身。所以，对作者和读者而言，作者所想象并描绘的形象是一种，不同读者借由文字所想象的形象则因人而异，千差万别，进而，作者和读者在人生的不同阶段、在不同的境遇之下通过文字所能想象的形象也可能出现不同。对观众而言，由于影像和画面的确定性，观众看到什么就是什么，没有因人而异的可能性。如果影视剧作是完全独立的，由影视编剧直接创作剧本并完成拍摄，而并非改编于小说，那么就既没有作者的想象存在，更没有读者阅读因人而异的想象存在，对影视剧作的评价只针对其本身。而如果影视剧作是改编于小说，则必然存在小说与影视剧作比较的问题。由于影视创作者对小说描绘形象的影像确定只是影视创作者的想象呈现，既难以与作者的创作想象相吻合，更难以与其他众多读者的阅读想象相吻合；同时，为了影像性，影视创作者必然要删减原作中众多的非造型因素，如关于人物心理活动的文字描写，作者或人物的一些抒情、议论性的话语，以及一些修辞技巧等，而这些内容在刻画人物形象、形成作品内在趣味与张力、强化读者感受与理解等方面所起的作用甚大。即使影视剧作对其能有所转换，如通过闪回、画外音的方式，但也是非常有限度的。这样，影视剧作即便能最大限度地忠实于原作，但只要和原作相比较，一般而言，都会觉得与原作不同并得出影视剧作不如原作的结论。而且，越是经典名著，越是深入人心、耳熟能详的作品就越是如此。这也是中外改编于文学原著的影视剧作虽然很多，但绝大多数都不能让作者和读者满意的最根本的原因。

根据金庸小说改编的影视剧不能让金庸和观众满意的根本原因也在于此。金庸对其创作的小说有他自己的想象，广大金庸小说迷也有其各自基于人生经验、情感经验、文化经验、审美经验基础上的自我想象，当影视创作者将其想象以确定的画面呈现出来，金庸以及广大金庸迷必然会感到这与他们的想象并不一样，不满意也就在所难免了。以演员为例。人物是小说的核心，亦是影视剧作的核心，因而改编小说为影视剧作的首要任务就是根据小说人物刻画塑造选择、确定演员。然而，这存在几个问题：一是能否找到在形象、气质、神韵方面都与小说人物描写非常相似的演员？尤其是金庸小说中那些刻画独特、描写生动并给人留下深刻印象的人物，如杨过、小龙女、段誉、萧峰、周伯通等；二是即使能找到被认为是扮演某个人物的最合适的演员，其实也是影视创作者特别是导演根据其审美想象而认为的合适，而不可能与金庸和广大金庸迷的想象一致；三是为了票房和收视率，选择演员多以明星为首选。虽然明星的身价常常很高，"这样的没有限制的要价给电视剧创作的成本带来了不必要的负担，演员的开支通常要拿走剧组的大半资金，这本身就与当下的国情和艺术创作的规律不相符。但，即使是这样，制片人、投资方在选择演员上还是很看重明星效应，这是一个战略性决策的问题"①。电视剧如此，电影也是如此。明星确实能吸引观众，很多观众的确是冲着某个或某几个明星演绎的角色而观看金庸武侠剧的，想看到某某版的人物究竟是怎样的，如李亚鹏版令狐冲、周迅版黄蓉、胡军版萧峰、邓超版张无忌、霍建华版郭靖，等等。然而，由于明星之于观众太过熟悉，虽然很多明星尽己所能地创造角色，自身表现也不乏可圈可点之处，但观众总会觉得"似曾相识"，无法真正将明星与所塑造人物融为一体。尤其是当一个明星在短时间内一再出演金庸武侠剧的角色，如李亚鹏出演令狐冲之后很快又扮演郭靖、孙海英饰演田伯光后不久即塑造洪七公这一角色，情况就更为严重；四是一部影视剧需要的演员众

① 王伟国、周里欣、张阿利：《电视剧策划艺术论》，中国传媒大学出版社2006年版，第55页。

多，并非所有演员的演技都是出色的、一流的，限于演技，有时候也限于导演的要求，很多演员并不能拿捏好表演的分寸，准确地演绎角色。当这些问题纠缠在一起，由特定演员塑造的具有逼真性同时也具有限制性的"这一个"人物形象，并不能符合金庸和广大金庸迷的活跃丰富而情态各异的人物想象。从金庸来说，金庸因为50年代初期做影评人时曾阅读了大量电影剧作方面的理论著作，后来又做过一段时间的电影导演，也写过一些电影剧本，因而清楚小说和影视是两种不同的艺术形式。例如，他说："小说是文字符号，要经过脑子再转成画面，电影本来就是画面，所以，小说不能像电影的形象明确"①，创作上，"我了解到导演有着一定的限制，这是与才能无关的。既然有着一定的困难，才能好当然会较好，才能稍差拍出来会较差。导演亦是通过我的书去找演员，譬如杨过，找不着一个更好的演员是没办法，又譬如小龙女，根本很难找到如仙女一般的人去演这样的角色。用文字可以天花龙凤，任作者用文字描写、刻画出来，譬如千军万马，好似蒙古人攻打襄阳城，拍电影便需要费很多财力物力，我只需要用笔写出来，容易得多。就我自己去拍，亦不可能拍得理想的"②，所以"电影和电视的表现形式和小说根本不同，很难拿来比较"③。然而，说"很难拿来比较"不等于真的不比较。毕竟，金庸小说中的人物形象渗透着金庸的人生体验，反映着金庸的现实感受，体现着金庸的文化思考，寄寓着金庸的审美理想，因而金庸对笔下人物充满情感，对很多人物如郭靖、杨过、萧峰等极为喜爱。所以金庸尽管理解导演的困难和限制，明白要找到符合人物形象的演员的不易，但对各种版本中的演员选择及其表演，金庸的态度是："大多数演员我都不满意。送我的录像带经常是看几集就看不下去了，觉得他们真是演得够傻的，然后放在一边，不要看了。"④从观众来说，金庸小说拥有数以亿计的金庸迷，他们既是金庸小说的虔诚读者，也是金庸小说影视剧的忠实观众，甚至可以说，正是因为他们喜爱金庸小说

---

① 林清玄：《大侠金庸炉边谈影》，见费勇、钟晓毅《金庸传奇》，广东人民出版社1995年版，第163页。

② 卢玉莹：《访问金庸》，见费勇、钟晓毅《金庸传奇》，第146页。

③ 金庸：《书剑恩仇录·新序》，广州出版社2002年版，第5页。

④ 张英：《学问不够是我的一大缺陷》，《南方周末》2003年7月31日第C21版。

才观看金庸影视剧的。对于这样的观众而言，因为对金庸小说非常熟悉，对于人物特别是他们喜爱的人物必然有只属于他们的想象，必然会根据他们的审美经验和心理需要赋予人物这样或那样的形象，因而在观看影视剧时，他们总会自觉或不自觉地将影视剧所呈现的人物形象与他们想象的人物形象进行比较。只要比较，差异就存在。无论是白彪、黄日华、黄文豪、李亚鹏、胡歌饰演的郭靖还是孟飞、刘德华、古天乐、任贤齐、黄晓明饰演的杨过，无论是米雪、翁美玲、陈玉莲、周迅、林依晨饰演的黄蓉还是潘迎紫、梅艳芳、李若彤、吴倩莲、刘亦菲饰演的小龙女，等等，都是固定人物形象，他们（她们）各有不同，也必然与观众的想象不同。正因为观众要用自己的想象去衡量演员呈现的形象，所以不满就会产生。对观众金庸武侠影视剧接受过程中的这种强烈不满，金庸也有基于小说与影视不同的清醒认识基础上的评价："阅读小说有一个作者和读者共同使人物形象化的过程，许多人读同一部小说，脑中所出现的男女主角却未必相同，因为在书中的文字之外，又加入了读者自己的经历、个性、情感和喜憎。……电影和电视却把人物的形象固定了，观众没有自由想象的余地"[1]，读者"通过文字，自己建立了一定的形象，他们是信自己的，这是很自然的，他们只信自己心中的形象，看电影电视时，他们只会否定眼见的形象，他们会发现这又不像，那又不像。读者看书，自己有机会去想象去创造"[2]。如此评价应该说是非常客观的。再以武功为例。金庸小说之"武"常与某种文化思想、哲理内涵、艺术形式以及人物的性格、情感、心理相结合，特别是主要人物的武功设计，如郭靖的"降龙十八掌"、杨过的"黯然销魂掌"、令狐冲的"独孤九剑"等；同时，除简要解说武功原理及少数招式的运用法门外，在多数情况下，无论是练功还是打斗，主要是招式名称的运用，而并非琐细描摹每一招式的具体动作是怎样做出的。那么，这到底是怎样一种武功？怎样一种招式？似乎很具体，其实很抽象。对于这样的各种各样的武功，读者在阅读想象中，它们是具体生动、独特

---

① 金庸：《书剑恩仇录·新序》，广州出版社 2002 年版，第 6 页。
② 卢玉莹：《访问金庸》，见费勇、钟晓毅《金庸传奇》，广东人民出版社 1995 年版，第 146 页。

玄妙、瑰丽神奇的，而且因读者而异，千变万化。但是，若要在影视剧的逼真画面中用具体的动作变化将其具象地呈现出来，则比较困难。困难之处就在于：因为少有具体动作是怎样做出的提示，那么根据什么设计、表现动作？如果设计、完成为身体接触式的打斗动作，就像早期港台版金庸影视剧中的武打设计那样，那么如何体现金庸小说之"武"超人力的神奇？如果运用威亚、电脑特技等当代技术，让人物动辄持剑凌空飞行、出掌飞沙走石、打斗裂石惊涛等，那么在威亚、电脑特技等已广泛运用于武侠片（剧）、观众对此也已司空见惯的今天，是否能体现出金庸小说各种武功描写的独特与奇妙？即使武打设计者充分发挥想象力在身体动作和电脑特技运用之间寻找到不乏新意的结合点，那么这样设计、完成的武打动作是否能表现出金庸小说武功描写的内在神韵？更重要的是，无论武打设计者如何设计，又是否能吻合于读者基于文字描写基础上的丰富想象？例如在央视版《笑傲江湖》中，令狐冲在很多场合使用的"独孤九剑"，基本上就是身体翻滚或旋转、持剑自空而下而剑尖触地，再加上大喊一声"独孤九剑"或"破剑式"（或其他），然后是对打者的被打败，外加旁观者几句惊讶、赞叹的话。这样的动作设计在武侠影视剧中极为普通而常见，这又何以能体现专寻对方破绽、一剑尽破天下兵器及掌法的"独孤九剑"之"只可意会不可言传"的神妙？又怎能符合观众在文字阅读中对其产生的无尽遐想？央视版《射雕英雄传》中通过电脑特技使"降龙十八掌"每一掌使出都有双龙吐出火球、游走升腾并且随地方不同而有水龙、雪龙呈现的设计，客观地说，相对于以往注重动作招数变化的港台版本，既有新意也极富视觉冲击力，不失为一个好的设计。但是，它因为"务虚"而主要是造势、渲染气氛，既不能表现"亢龙有悔""飞龙在天""龙战于野""神龙摆尾"等招式间的差异，也因缺少具体动作设计的"不实"而使观众产生不了痛快淋漓之感，更重要的是，降龙十八掌就是这样的吗？就是郭靖双手比画、挥舞，聚集树叶、水汽、雪花，然后是两条金龙或水龙、雪龙在呼啸中盘旋、飞腾、攻击？这恐怕不能与读者的丰富想象相符。由于武功的画面呈现既不能显现金庸小说武功描写之妙，又不可能符合于观众的想象，不满的产生就是自然而然的了。而如果呈现得粗糙、简单，不满就会加剧；如果呈现得较好，满意也只可能是相对的。不仅人物、武功如此，其他如各种战争场面、各种奇景奇物等，也是如此。作为文字存在的金庸小说作用于读者的是想象，作为画面存在的金庸影视剧作用于观众的是视觉，只要这种审美方式的差异存在，根据金庸小说改编的影视剧就不可能让金庸和广大观众都感到满意。

影视改编过程是一个再创造过程。这不仅表现在将文字内容进行影像化表现本身需要影视创作人员的创造力，而且表现在影视创作人员在改编原著过程中，总是基于自己的理解、审美趣味、艺术追求以及对影视制作规律的遵循、对作品市场前景的考虑等因素，而对原著通过删减、调整、改变、增加等方式进行一定程度的改动。金庸小说的影视剧改编也是如此。以央视版《笑傲江湖》和《射雕英雄传》改编为例。对于《笑傲江湖》，制片人张纪中在接受采访时说："一个国家电视台，主流意识形态非常强的地方，它刚开始拍武侠剧，必须得按照它的艺术尺度来拍。所以，剧本必须修改。当时是第一次拍，从导演到制作，没有什么经验，就连剧本的通过，都得开会来解决。当时，领导也担心，改动太大，是不是要告诉金庸？因为是一元钱买的版权，万一金庸不高兴，不同意改动，怎么办？如果不改，人家会不会觉得你没有创造力？所以当时我们怎么改并没有告诉金庸。"① 中国电视剧制作中心王宁则撰文细述了结构上的改动策略："《笑傲江湖》原著中人物繁多，情节线索多，且结构十分复杂。它在开篇即用了很长的篇幅写林家的灭门，制造了异常紧张的场面、神秘而恐怖的悬念，非常精彩。……但在电视剧中却形成了一个很大的问题，即一号主人公在很长的时间内游离于戏剧冲突之外，他的行为不在剧情发展的主线上。怎么办？我们在把握小说精神实质的基础上，遵循电视剧的结构原则进行了大胆的改动。我们确定了一种符合观众审美心理的叙事结构，即以主人公令狐冲的人生故事为叙事主线，以此为情节结构的核心和统领，把各派人物放在这条主线的矛盾冲突漩涡中刻画，随着各派势力的消长，设置曲折多变的情节，构成了强烈的故事性。我们不仅在第一集中就让令狐冲取代了劳德

---

① 张英：《张纪中版金庸剧：小结还是终结?》，《南方周末》2008 年 10 月 2 日第 C16 版。此文是《南方周末》记者张英对张纪中的采访。

诺与小师妹一起参与并目睹了林家的惨祸，而且本来在小说中比较靠后且隐蔽的魔教，我们把它提到前面来写。这样不仅为后面的'金盆洗手'这一惨烈的高潮做了有力的铺垫，而且也把一号女主人公魔教公主任盈盈及早推到前台，为令狐冲设置了一个对手。……这种电视剧改编中结构的变动，不仅使庞杂的故事线索脉络清晰，而且既放得开又收得拢，使整部戏的情节既集中紧凑又峰回路转，给人一种整体的美感。"①《笑傲江湖》的改动让金庸很生气，以致"张纪中在此后6部电视剧签合同的时候，都会和金庸进行长时间的沟通和交流，征询金庸对电视剧剧本的改编意见，在故事和情节设置上，完全忠实于小说原著，极少有大的改动"②。但这并不意味着不再改动。如《射雕英雄传》，在整体构想上，张纪中说："我们走的是主旋律的路子，说它是主旋律，主要是因为我们的意图在于弘扬一种精神，一种英雄主义的情怀。要表现的是以郭靖为代表的一系列人物疾恶如仇、为国为民的侠义之心。"③而在局部，张纪中也试图作一些改动，如他认为："郭靖在草原长大的戏份有很多，而杨康在金国王府里的成长却只有几笔，包括丘处机怎么能够容忍完颜洪烈霸占好友杨铁心妻子包惜弱，还能够进入王府成为杨康的武术师父，从人物性格来看不可能。"④ 所以要增加杨康的戏份。虽然这一想法被金庸得知后而遭到强烈反对，但在妥协之余仍然有所保留。《射雕英雄传》编剧之一的张挺说得更加明确："我觉得不应该迷信金庸，现在我们把他抬得太高了，当作了神在崇拜，而且他的作品也不是宝典，改一点就那么多人骂"，"在改编剧本的时候，我特别强调逻辑性与合理性，并把它落到实处。当然，忠实于原著是原则问题，基本上骨架上没有动，主要在关节上下功夫，补其不足……在剧本上我们几个编剧统一过思想，有戏的地方我们会尽量展开，充分描写，但像一些过场、交代的段落我们也会毫不犹豫地删除。在小说的基础上我们想

---

① 王宁：《〈笑傲江湖〉：从小说到电视剧》，见孔庆东《江湖·侠客·情——走进金庸的〈笑傲江湖〉》，北京师范大学出版社2007年版，第159—161页。

② 张英：《你修改，我也修改》，《南方周末》2008年10月2日第C16版。

③ 杨瑞春、张英：《被主旋律化的金庸》，《南方周末》2003年1月29日第C18版。

④ 张英：《张纪中版金庸剧：小结还是终结?》，《南方周末》2008年10月2日第C16版。

丰富人物情感的内涵、深度，加强说服力，把具体人与人之间的丰富性、复杂性，在细节上呈现出来，情感的表达走向是当下的，让任何事情都有迹可循。"例如杨康与穆念慈，"我个人喜欢杨康，这是一个悲剧人物，他比郭靖有个性有意思。……杨康对穆念慈一往情深，但是作为一个花花公子，在到处都是女人的王府里，怎么会爱上穆念慈这么一个江湖女子呢？这有一个过程，需要合理的解释。另外，穆念慈对杨康痴情，怎么会一次次受杨康的欺骗呢？还是那么相信他？我在这一点上做了一些文章。"再如梅超风，"我觉得这个人物挺有意思的，所以也下了大功夫。……她变得那么凶残，也是有原因的。在剧本里我想强调她的悲剧性，所以有一个镜头：梅超风一边练功，一边伸手去摸索什么，实际上她脑海里想的是她的丈夫就在身旁，陈玄风死了，她自己一个人承受江湖风雨，其实也很苦的"①。本想演郭靖却最终饰演了杨康的周杰也说："我理解的杨康不是一个坏人，他是一个悲情英雄，他无法选择自己的出身……他不仅要面对个人身世的冲突，还要面对当时两个国家的冲突，他真的是很无奈，他应该怎么办呢？我觉得应该把这一点演出来。我觉得应该重新理解杨康这个人物。"② 可见，无论是整体构想还是局部设计，从制片人到演员，央视版主创人员对原著都有基于自己理解和创作要求之下的一定的改动。央视版金庸武侠剧在尽可能忠实于原著的情况下尚且有改动，更不要说港台版以及内地其他版本的金庸武侠剧了。例如，于正工作室与华夏视听环球传媒集团有限公司、完美世界影视、湖南广电等单位在 2013 年改编拍摄的《笑傲江湖》，人物身份、人物关系、故事情节等都有很大的改动。如在该剧中，东方不败完全是女儿身，是仪琳的亲姐姐，师承独孤求败，与令狐冲相爱，为换易筋经给令狐冲而甘愿自囚于灵鹫寺中，最后让平一指将己之心换给任盈盈以救之，带着对所爱之人的祝福沉于湖底。这样的改动相对于原著来说几乎是颠覆性的。改动不仅是在电视剧中，电影中的改动同样存在，甚至比电视剧中的改动还要大。例如，1990 年胡金铨导演、徐克

---

① 张英：《张挺：我是典型的"金庸迷"》，《南方周末》2003 年 1 月 29 日第 C19 版。此文是《南方周末》记者张英对张挺的采访。

② 张英：《周杰：我本来想演郭靖》，《南方周末》2003 年 1 月 29 日第 C20 版。此文是《南方周末》记者张英对周杰的采访。

监制的《笑傲江湖》，将原著揭示"权力斗争"政治寓言故事简化为争夺"葵花宝典"的夺宝故事，将林震南改为大内侍卫而偷盗"葵花宝典"，增加东厂督主及属下欧阳全等人物并围攻林家染坊，左冷禅变为东厂督主的参随，日月神教和五毒教合并为日月神教，任盈盈变成日月神教的坛主，岳灵珊始终和令狐冲在一起。1993年，程小东导演、徐克编剧并监制的《笑傲江湖（二）东方不败》中，东方不败既绣花又想统一江湖，而且企图夺取明朝江山，并与日本浪人勾结，令狐冲以为东方不败是"姑娘"，东方不败将错就错地让其侍女与令狐冲有一夜情缘，东方不败与令狐冲之间也产生了莫名的复杂情感。1992年，王晶导演的《鹿鼎记》，只选取原著中韦小宝进皇宫、入天地会、杀鳌拜等情节加以发展，将韦小宝的出生地丽春院由扬州搬至北京，其母韦春芳改为其姐姐，韦小宝进宫是受天地会派遣，康熙在丽春院与八旗旗主开会秘议除鳌拜一事，陈近南出场就涂石灰并钻狗洞，假太后是神龙教公主而非属下。而在同年的《鹿鼎记之神龙教主》中，神龙教主则变成女性并与韦小宝产生情欲纠缠。1993年，张海靖导演的《新碧血剑》，将原著中明、清、李自成三大政治势力冲突的历史背景完全取消，袁承志的身份改变为通州捕快，归辛树的身份变为锦衣卫教头兼阿九的师傅，金蛇郎君夏雪宜直接出现最终被温仪所杀，温家是"天下第一堡"，整个故事主要发生在温家堡附近。此外，如1993年程小东导演的《东方不败——风云再起》、刘镇伟导演的《射雕英雄传之东成西就》、潘文杰导演的《飞狐外传》、王晶导演的《倚天屠龙记之魔教教主》，1994年王家卫导演的《东邪西毒》、钱永强导演的《新天龙八部之天山童姥》，等等，都对原著有极大的改动，甚至有的影片说是改编自金庸小说，但实际上已面目全非得与原著几无关系，如《东方不败——风云再起》《射雕英雄传之东成西就》《东邪西毒》等。所以，在50余年的金庸小说影视化过程中，无论是电影还是电视剧，对原著的改动始终存在，区别只在改动幅度的大小与多少。

对于小说原著在影视改编中的改动问题，金庸的态度是：最好不要改动，但由于小说和影视不同，所以并不坚决反对。例如他说："拍电影电视实在很多困难，我是谅解的，所以要改便改好了，我不会反对。有些导演很客气，会来征求我的意见，我实在为难。如果我提出意见，他们不接受又不好意思，接受却又增加制作上不少困难。当然不改较好，但我不会坚持。"① 同时，金庸还对电影改编提出建议："拍电影比较困难，我的作品通常很长，要缩作两个多钟头，根本没可能，我通常建议他们选其中一段加以发展，那样比较容易处理，但是他们多数不接受我的意见。要拍整个故事，电视比较容易，可以很长，几十集，甚至百多集，便可以跟足书的发展。"② 言下之意，相较于电视剧，电影的改动可以大一些。然而，金庸不反对在影视化改编时改动小说原著是有前提的，即是否忠实于原著。他说，在目前所有根据他的小说原著改编拍摄的影视剧作品中，"我不能说哪一部最好，但可以说：把原作改得面目全非的最坏、最蔑视作者和读者"③。以电视剧而论，"两岸三地拍电视剧我不关心，他们追求什么样的风格，和他们的市场有关，跟我没有关系，人家喜欢拍就拍，我只关注电视剧是否忠实于小说原著，这一点我比较在乎。"④ 例如对于央视版，金庸最不满意《笑傲江湖》，因为影视创作人员引以为豪的对原著结构及人物关系的调整恰是金庸所不认同的，他说："这部戏拍之前他们说绝不改动，我就送给了他们，不要版权费。但他们没遵守诺言，我有点生气……他们认为令狐冲出场太晚不好，我认为这是不成立的。他们也拍过《三国演义》，诸葛亮什么时候出场的？他也没参加桃园三结义嘛。《水浒传》里的宋江何时出场的？还有外国优秀电影《乱世佳人》，盖博不也是很晚才出场吗？所以我说他们这个观点不成立。"⑤ 对于《射雕英雄传》，金庸说："《射雕》我基本上满意，因为改动不多，相信金庸爱好者大致可以接受。我不十分满意《射雕》的编剧加了杨康和完颜洪烈很多戏。我同意人家删节我的小说来拍戏，但绝不能接受增添，因为迄今为止，所有增添在艺术上、文学上、戏剧上都不及格。"⑥ 甚至在新修版《射雕英雄传·后记》

---

① 卢玉莹：《访问金庸》，见费勇、钟晓毅《金庸传奇》，广东人民出版社1995年版，第146页。

② 同上书，第145页。

③ 金庸：《书剑恩仇录·新序》，广州出版社2002年版，第6页。

④ 张英：《学问不够是我的一大缺陷》，《南方周末》2003年7月31日第C21版。

⑤ 谢晓：《金庸畅谈人生：真爱是一生一世的》，见葛涛、谷红梅、苏虹《金庸其人》，社会科学文献出版社2004年版，第212页。

⑥ 《金庸答"金迷"八问》，见葛涛、谷红梅、苏虹《金庸其人》，第257—258页。

中对此还有更加严厉的批评："《射雕》的编剧之一认为原作写得不完备，他增加了一幕又一幕丘处机教杨康的场景，认为这样一来就将原作发展丰富了，在艺术上提高了。这位先生如果真的这样会写武侠小说，不知为什么这样惜墨如金不显一下身手绝艺？"言辞中充满讥诮之意的同时表达了强烈的不满。对于《天龙八部》，金庸说："《天龙八部》电视整体很好，马夫人部分却很令我失望"，"将马夫人写成潘金莲，将乔峰写成武松，那便是很大的败笔。将本来相当精彩的马夫人（我自以为，马夫人是《天龙八部》中最成功的人物之一，仅次于乔峰，在文学上品位算是高的）全然庸俗化了，编剧与导演根本不懂书中的马夫人。女演员演坏了，但不是演员的责任，钟丽缇小姐的扮相和演技都很好，编导要她这样演，她没有法子。"① 可见，虽然金庸在整体上对央视版评价为"还算是不错的"，但具体到每一部剧作，评价并不一样，评价的尺度即在于改动的多少。即使就整体而言，之所以评价为"还算是不错的"，是因为"改动的少"，但改动的少不等于没有改动，因此也只能"还算是不错的"，而不是"最满意"的。至于在电影中将原作改得面目全非的表现，金庸更是完全否定。例如对于《笑傲江湖（二）东方不败》，金庸对徐克在此片中的改动评价说："我不喜欢他，他不懂武侠……把我的小说《笑傲江湖》瞎改，把东方不败由男人改成女人，并用一个女人来演，而一个男人的变性，在性格上是会有变化的，这个过程是缓慢的、复杂的，有变化的、有过程的，是不自愿的，并不像电影里表现得那么简单。他后来还要买我的小说拍电影，我说朋友还是做，但是小说不卖给你了，合作的事情不做了。"总体而论，金庸对于其小说影视剧改编中的改动问题，基本评价是："我的小说并不很好，打个七十分吧，但是经过电影、电视编导先生们的改动以后，多数只能打三四十分，他们删减我的小说可以，但是不要自作聪明增加一些故事情节进去，结果不和谐，露马脚，'献丑'。"② 作为原著作者，对于其曾经的呕心沥血之作，金庸自然而然地怀有一种自珍心理，而且金庸对他在武侠小说创作方面的才华也颇为自诩，因而虽然允许改动，

---

① 《金庸答台湾金庸茶馆网友问》，见葛涛、谷红梅、苏虹《金庸其人》，第245页。
② 张英：《学问不够是我的一大缺陷》，《南方周末》2003年7月31日第C21版。

并强调"只要改得有才气、有情调是可以的"①，但问题是他人的改动很难入金庸之眼。因为改动问题而不满意金庸小说影视剧作的绝非只是金庸本人。作为"金庸迷"而存在的广大观众（读者）对金庸小说耳熟能详，其中的人物、故事、情节乃至细节等早已深谙于心且津津乐道，而影视剧作中的改动则有违读者在无数次阅读金庸小说之后所形成的牢固而深刻的印象。在这种情况下，即使影视剧作的再创造可能是在基本忠实于原作的前提下进行的，即使影视剧作的某些再创造可能是必要的、合理的，但由于与金庸本人的想法和心理以及与广大"金庸迷"所形成的金庸小说印象相冲突，因而无法得到认可了。至于那些将金庸小说完全面目全非化的改动，当然也就更无法得到认同了。如此一来，因小说和影视本身的不同所必然产生的差异已经使金庸影视剧即便完全忠实于原著都难以被认可，那么影视创作者在改编再创作过程中对原著的不同程度的改动，无疑更加重了这种不认可。

对金庸小说进行影视改编，有其"易"，亦有其"难"。就"易"而言，金庸小说注重将写人与叙事有机结合，其鲜明生动的人物形象刻画、传奇曲折的故事情节展开、丰富强烈的矛盾冲突设计、充实活泼的生活情趣描绘等，都是易于影视化改编的。同时，由于金庸在电影理论方面有比较深的造诣，在电影实践方面也有较为丰富的经验，以致在小说创作中，无论是场面描写、心理描写还是矛盾组织、故事结构安排等，都有意无意地运用了电影技巧，体现了电影语言要求，如他所说："我在电影公司做过编剧、导演，拍过一些电影，也研究过戏剧，这对我的小说创作或许自觉不自觉地有影响。小说笔墨的质感和动感，就是时时注意施展想象并形成画面的结果。……我喜欢通过人物的眼睛去看，不喜欢由作家自己平面地介绍。中国人喜欢具体思维，较少抽象思考，我注意到这种特点，尽量用在小说笔墨上。这些或许都促成了我的小说具有电影化的效果。我在小说中也确实运用了一些电影手法。像《射雕英雄传》里梅超风的回想，就是电影式的。《书剑恩仇录》里场面跳跃式的展开，这也受了电影的影响。一些场面、镜头的连接方法，

---

① 谢晓：《金庸畅谈人生：真爱是一生一世的》，见葛涛、谷红梅、苏虹《金庸其人》，社会科学文献出版社2004年版，第213页。

大概都与电影有关。"① 对此，严家炎也分析认为："金庸不仅用具象性很强的电影语言来刻画人物、烘托气氛、表现心理、营造气氛，而且经常用组合得极好的成套镜头（包括远景、中景、近景、特写以及长短镜头的搭配）来描写相当宏大、复杂的场面。金庸的一支笔，就是一部甚至多部摄像机，对准着各种不同的场景，调整着各种不同的距离和角度，变换着各种不同的拍摄手法，使小说中复杂场面的描写显得层次井然，而又毫不单调。"同时，"金庸在小说中还有意无意地借用了电影的某些特技，以突破小说的叙事模式并丰富小说的表现手法"，例如"蒙太奇""定格""慢镜头""淡入"与"淡出"等。② 这使得金庸小说的影视改编更加易行，甚至于很多场面描写本身就已经是分镜头脚本，编剧和导演几乎不用做任何调整就可以进行画面呈现。然而，金庸小说影视化改编固然有"易"，但更有其"难"。难就难在金庸小说所达到的前所未有的艺术高度。

陈墨认为，金庸小说改编的"高难度"主要表现在三个方面：一是"武功的三重性"，即"百花纷呈，错综复杂的艺术性；'百花易敌、错字难当'的学术性；百人百艺，一人一拳的人格化"；二是"侠的三要素"，即金庸将"侠的概念拓展为一定的价值模式、人性特征、个体性格的结合"；三是"传奇的三维世界"，"金庸小说的宏大气势与严密结构无人能比，是因为他将历史视野——江湖传奇——人生故事三者组成一个宏大而精致的'三维世界'"③。这既是金庸小说达到的艺术高度，同时也是金庸小说影视改编所面临的难度。"必须经过艰苦的改编和再创作，才能够找到恰当的形式将金庸小说的形象和灵魂充分地表现出来"④。陈墨是大陆较早研究金庸小说的学者之一，自 20 世纪 90 年代始即致力于金庸小说研究，成果颇丰，并在央视版《笑傲江湖》之后，受张纪中邀请成为其金庸小说影视剧改编的文学顾问，实际上参与了《射雕英雄传》《神雕侠侣》《碧血剑》《鹿鼎记》等剧作的改编策划、剧本统筹和剧本编审等多项工作。他在多年研究和参与多部剧作改编基

① 严家炎：《金庸小说论稿·金庸答问录》，北京大学出版社 2007 年版，第 117 页。
② 同上书，第 93—99 页。
③ 陈墨：《影像金庸》，东方出版社 2008 年版，第 2—20 页。
④ 陈墨：《影像金庸·自序》，东方出版社 2008 年版，第 4 页。

础上的认识应该是可信的。不过，金庸小说达到的艺术高度以及因此带来的改编的难度并不止于陈墨上述所说。实际上，金庸小说达到的艺术高度或者说取得的艺术成就表现在很多方面，在金庸小说经典化过程中及其以后，有很多研究者如冯其庸、严家炎、刘再复、王一川、徐岱、孔庆东等从不同角度或整体性或局部性，或高屋建瓴或微观透视地进行研究并指出，其中有很多已经基本达成共识的方面，从影视改编来说都是有难度的。例如，金庸小说既坚持了传统白话小说的形式和语言，又有较大的改造和创新，不仅"语言雅洁""行文流畅婉转"，而且"更重要的是作品中时时展现出一种诗的境界，一种特别美好的境界"①。那么，这样的一种语言在影视改编中如何呈现？恐怕是极其难以呈现的，因为它只能存在于文字形式的小说中，而很难或者说不能存在于画面形式的影视中。再如，金庸小说弥漫着强烈而又迷人的文化气息，不仅有儒、释、道等诸子百家、三教九流的传统文化思想，而且有诗、词、歌、赋、对联、谜语、小曲、琴、棋、书、画等应有尽有的传统艺术形式，更难能可贵的是，它们在小说中的运用"都十分妥帖得体，毫无勉强做作或捉襟见肘之感，相反却使人感到游刃有余，长才未尽"②。这样一种在小说中无处不在、阅读小说时扑面而来的文化气息，在影视改编中又当如何呈现？同样是极为困难的。即使能够有所呈现，也是有限度的、难以充分的。金庸小说还善于描绘阔大场面，特别是战争场面，如蒙古灭金的花剌子模之战、蒙古与宋之间的襄阳之战、六大门派围剿明教的光明顶之战，等等。它们或是将历史上真实发生的战争与武侠人物相结合进行描写，或是纯粹的武林门派间的战争，无论何种，由于有武林人物参与或是全部由武林人物完成，所以不仅场面波澜壮阔、气势恢宏，而且充斥着各种奇技、奇阵、奇功。在进行影视改编时，影视创作者是否有足够的人力、财力、技术支持能力、场面调度能力等对其进行逼真而充分的呈现？这也是很困难的。从现实情况看，众多影视剧作都进行了简化处理，即使如张纪中版的金庸武侠剧对其有较

---

① 冯其庸：《读金庸》，见葛涛《金庸评说五十年》，文化艺术出版社2007年版，第183页。

② 同上书，第182页。

为充分的呈现，也是打了折扣的，并未能真正全面呈现。此外，金庸小说不仅有天马行空般的丰富想象，而且有深厚广阔的历史、社会内容。影视创作者在影视改编时又能否在尽显前者的同时表现出后者？难度自然也不小。因为充满丰富想象的江湖世界是一个浪漫而神奇的"超验世界"，其中有太多的奇人、奇事、奇情、奇功、奇境、奇趣。它生成于金庸的丰富想象，活跃于读者的自由想象。而且也只有借助于读者的想象，这个"超验世界"中的一切方能得到最具活力与张力的无尽显示。而影视画面的具象性与确定性，以及受限于拍摄条件、技术条件、个人才情等因素，难以充分显现出这个"超验世界"的"奇"味。同时，金庸小说又不只是丰富想象之"奇"，在"奇"之中，还包含着金庸对于历史、社会、文化、现实、国家、民族、人生、人性的深刻认识。它需要影视创作者具有相应的深刻理解。充分显现"超验世界"之"奇"已然不易，还要表现出金庸小说关于历史、社会等方面的深刻认识，谈何容易？金庸小说相对于同类作家作品而达到的艺术高度是其经典化的根本原因，也因此吸引着众多的影视创作者对其进行不厌其烦的改编。但艺术高度也是难度。当金庸影视剧作并不能相应地呈现出金庸小说所达到的艺术高度时，当观众在观看金庸影视剧作并不能获得阅读金庸小说的感受时，就会产生不满。金庸小说因艺术高度而产生的影视改编难度，正是金庸影视剧不能令人满意的又一重要原因。

如果说小说与影视作为两种艺术形式，在改编过程中的改动以及金庸小说的艺术高度所造成的改编难度是金庸影视剧令人不能满意的必然原因，那么，影视创作者因为创作态度不严肃、得过且过、不精益求精、粗心大意等原因而在有意或无意间出现的一些本来完全可以避免的低级错误，则加剧了这种不满。比较普遍而严重的一种情况是，无论是过去的港台版还是后来的央视版，抑或是之后出现的各种内地版，在背景、服装、道具、化妆、台词、武打替身、群众演员、后期制作、特效等方面出现的各种各样的"穿帮"镜头总是不同程度地存在着。如《射雕英雄传》。据何仙姑夫工作室"麦兜找穿帮系列"第 59 期，TVB1983 年黄日华、翁美玲版中，黄蓉与欧阳锋说话时穿黄色衣服，生气后跑掉，郭靖去追时，黄蓉穿的却是白色衣服；黄蓉与郭靖遇丐帮彭长老及弟子欺负穆念慈，打斗时，一弟子假头套掉落，赶紧抱着假头套跑出画面；郭靖在客栈遇杨铁心，从散落包袱里拿出父亲的牌位时，露出手腕上的手表；三位丐帮长老找郭靖协助其杀敌，鲁长老所拿竹竿上有英文字母"LOVE"，等等。央视李亚鹏、周迅版中，郭靖随黄蓉初上桃花岛，在船上穿的是一件暗色的粗布衣服，登上桃花岛后穿的却是一件短款、貌似带拉链的皮外套；黄药师赶郭靖和周伯通离开桃花岛时，黄蓉穿的是一件黄色衣服，而当黄药师生气将黄蓉拉回屋时，黄蓉却换了一件白底红花的衣服。① 如《神雕侠侣》。据"麦兜找穿帮系列"第 90 期，TVB1995 年古天乐、李若彤版中，李莫愁抢走小郭襄，小郭襄大哭时，镜头中小郭襄的头发又短又少，当杨过、小龙女找到豹子奶喂饱小郭襄后，她的头发变得又长又多了，明显不是同一个婴儿；绝情谷中，黄蓉安慰杨过，骗其说小龙女是被南海神尼带走时，手中抱的小郭襄是一个玩具娃娃。央视黄晓明、刘亦菲版中，杨过右臂被郭芙砍断后，神雕帮助杨过练剑，杨过的剑一会儿在左手，一会儿在右手；杨过与小龙女在重阳真人画像前拜堂时，大殿外围观的人群中出现穿彩色衣服的现代人；绝情谷中，雌雕为雄雕殉情而死，郭襄难过，众人劝慰时，众人身后出现一个身穿白色衣服的游客在爬山；郭襄过生日，杨过送来贺礼，郭襄高兴地跑向史家四兄弟时，镜头中出现一个戴鸭舌帽的工作人员。② 不只是不同版本的《射雕英雄传》和《神雕侠侣》，《倚天屠龙记》《天龙八部》《鹿鼎记》等各种版本电视剧中的穿帮镜头，"麦兜找穿帮"也找出了很多。也不只是"麦兜找穿帮"找了很多穿帮镜头，实际上，很多观众在发现新近拍摄的金庸影视剧中的穿帮镜头后也在网上晾晒"吐槽"，而创办于 2007 年、主要致力于寻找时下影视剧中所有穿帮镜头的中国"穿帮网"，也找出了诸多新近金庸影视剧中的穿帮镜头。例如，它找出《倚天屠龙记》（邓超版）穿帮镜头 20 处、《笑傲江湖》（霍建华版）穿帮镜头 21 处、《天龙八部》（钟汉良版）穿

---

① 何仙姑夫工作室：《金庸经典武侠剧穿帮大起底》，http：//www. iqiyi. com/v_ 19rr mot9u0. html，2015－08－02。何仙姑夫，原名刘飞，网络恶搞达人，2013 年成立何仙姑夫工作室，"麦兜找穿帮"是其代表作品，以"视频＋主持人搞笑点评＋网友互动"模式吐槽时下热播影视剧的穿帮镜头。

② 何仙姑夫工作室：《〈神雕侠侣〉系列穿帮镜头 经典 PK 新版》，ttp：//www. 56. com/u62/v_ MTMyNDYyMDUx. html，2015－08－02。

帮镜头 37 处、《神雕侠侣》(陈晓、陈妍希版)穿帮镜头 44 处、《鹿鼎记》(韩栋版)穿帮镜头 26 处①,等等。穿帮网找出的这些版本中的穿帮镜头,并不是说这些版本只有这些穿帮镜头,如果综合"麦兜找穿帮"以及其他观众所找的穿帮镜头,包括目前可能尚未发现的,这些版本中的穿帮镜头其实更多。无论是"麦兜找穿帮"还是穿帮网或者是一般观众所找出的穿帮镜头,基本上都有视频或截图为证,不容否认。客观地说,在目前已找出的各个版本中的所有穿帮镜头里,有些穿帮镜头并不明显,多数观众在当时观看时也没有发现,这样的穿帮镜头或许可以忽略不计;但也有太多的穿帮镜头非常明显、严重,它们的出现使得画面显得虚假、荒唐、可笑。例如,邓超版《倚天屠龙记》中,谢逊在冰火岛冰天雪地中苦练屠龙刀时,背景出现一大块儿绿布,还有台阶。冰火岛的情境再现必然需要特技制作,而绿布是为了后期制作时便于抠像。但在播出的剧作中出现绿布,显然是后期制作时没有处理。是因技术水平达不到而无法处理,还是制作人员忘了处理?同样是在冰火岛上,张无忌玩耍时的抠像边缘也清晰可见。这样的画面显得非常虚假。蝴蝶谷中,胡青牛夫妇之墓竟然是在水边木屋的地板上用两个既小又矮的草堆加以表现。这样的草堆何以能葬下胡青牛夫妇?真不知导演是怎么想的!荒唐而可笑。而几次出现的表现蝴蝶谷之蝴蝶飞舞景象的空镜头,都是一样的,显得十分机械,明显就是电脑制作的,同样非常虚假。韩栋版《鹿鼎记》中,沐剑屏在街上为躲避风逸飞而跑开时,画面左侧出现一个穿着格子大裤衩的光头现代人(应该是群众演员)在其所在的摊位前双手举着摄像机在拍摄;天地会人进宫刺杀康熙被发现而与侍卫打斗时,全景中,画面左侧出现两个工作人员;韦小宝与索额图商议结拜为兄弟,在说话时,韦小宝腰巾兜里居然装着一个黑色的"iphone",等等。如此低级而明显的错误,固然表现出演员自身的不专业,但摄影师、导演以及相关工作人员怎能没有发现?而"穿越"色彩如此强烈的镜头出现,对观众而言,只能觉得滑稽可笑。钟汉良版《天龙八部》中,南海鳄神岳老三脸上的鳞片一会儿在左,一会儿在右。化妆师岂能如此粗心,不牢记演员造型究竟是怎样的?乔峰与慕容

---

① 穿帮网:http://www.bug.cn/h/c3/default.html,2015 – 08 – 02。

复对话时，背景中多次出现汽车一晃而过的画面。对此，摄影师拍摄时不可能没有发现，导演在监视器前也不可能没有发现。何以不重拍？或者换个地方拍？难道寄希望于观众不会发现吗？问题是它太明显了。乔峰在杏子林刀插己身以血赎命，插刀时鲜血四溅，但在全景中，乔峰身上有四把刀却没有任何血迹，这让观众如何相信？刺杀木婉清的本是两个中年妇女，但打斗时却明显换成了两个男性替身。在演员与替身之间转换得如此笨拙，岂不可笑？陈妍希版《神雕侠侣》中，杨过将程英卖给飘香院，老鸨给的是一串铜钱，而在随后的镜头里，杨过拿的却是一锭银元宝。在如此短的时间里，道具发生这样的改变，不知为何？是道具师忘了此前是一串铜钱还是找不到那一串铜钱了？结果只能是让观众看到前后的矛盾。杨过与郭靖初见，郭靖高兴地抱住杨过，杨过挣脱后跳入河中不见，但在接下来的全景画面中，河水清澈而可见石，水深至多能及膝盖以上，不知杨过何以能够跳入这样的水中而消失。杨过与小龙女无意发现刻有九阴真经的秘密石室，进入后，里面竟有已经点亮的小灯和蜡烛。且不说这些"小灯"如何"穿越"而来，单说小灯和蜡烛在杨过和小龙女进入石室时何以就是亮着的？难道是王重阳或者林朝英当年点亮至今的吗？当然，可以理解的是，这样做应该是为了画面的拍摄效果，但至少应该有起码可信的逻辑。小龙女和杨过为救郭芙与金轮法王打斗时，小龙女踹了金轮法王一脚，但在特写镜头中，小龙女穿的竟然是一双现代运动鞋，而且在之后的打斗场景中，背景里出现了几个现代装束的人躲在墙边偷偷围观。如此的"穿越"，如此的虚假，同样荒唐可笑。诸如此类的明显而比较严重的穿帮镜头在各种版本的金庸影视剧中很多，毋庸一一赘述。影视制作是一项综合、复杂而琐碎的工作，需要导演、演员、摄影、场记、道具、服装、化妆、剪辑、特效等人员认真地各司其职、相互紧密配合，其间稍有差池或考虑不周，就可能出现问题。从这个意义上说，影视制作中出现一些"穿帮"失误或许是不可避免的。但这绝不应该成为允许穿帮镜头存在的理由。因为容易出现失误不等于必然出现失误，只要所有影视创作人员都能具有严肃而审慎的创作态度，力求精细地完成每一个镜头，不要心存侥幸以为观众不会发现，穿帮镜头应该是可以避免的。而从影视剧作本身来说，只要穿帮镜头存在，就会给影视剧作带来瑕疵，就会对影视剧作的质量产生影响，尤其是当穿帮镜头非常明显、非常严重时，产生的影响就会更大，观众就会不认可。各种版本的金庸影视剧创作者因为缺乏足够的细心、敬业精神而使剧作出现各种各样的穿帮镜头，尤其是明显、严重的穿帮镜头，让观众在观看时不断地看到它们的虚假荒唐，不断地感到滑稽可笑，加剧了观众对金庸影视剧作的不满意度。

三　金庸小说影视改编应注意的几个问题

金庸小说的影视改编，在时间上，始于 1958 年，止于 2014 年。在 56 年的改编历程中，虽然每一部小说的改编次数并不相同，但金庸的 15 部小说均已影视化。地域上，先香港，再台湾，然后大陆，并最终走向联合拍摄之路。改编历时之久、涉及地域之广、参与人员之众、作品数量之多都可谓奇迹。但在目前的 100 多个影视剧版本中，能够让多数人满意的作品很少，即使相对满意的剧作也不多见。面对众多影视版本却乏善可陈的改编现状，人们不禁会产生疑问，金庸小说影视改编是否还有必要进行下去？金庸小说影视剧作究竟能不能出现高质量的、让人满意的作品？

金庸小说影视剧改编是否还有必要进行下去，决定的因素比较多。基本判断是，只要国人关于"侠"的想象还在心中涌动，只要武侠剧（片）这一影视类型一直存在，只要影视制作者拍摄武侠剧（片）并希望获得较高的市场回报，只要金庸愿意出卖版权，金庸小说凭借其武侠小说巅峰之作的至高地位和巨大影响力，不仅在过去不断被改编，在今后相当长一段时间内，还将不断被改编。而且，正是因为截至目前少有令人满意的金庸影视剧，所以拍摄出高质量的金庸影视剧恰恰成为金庸的希冀、观众的愿望、影视创作者的追求。不过，着眼于拍摄出高质量的、能够与金庸小说相辉映的金庸影视剧这一目标，影视创作者有几个问题不能不注意。

据 15 部金庸小说改编的影视剧作在 56 年间累计达 100 多部，平均每年有近 2 部金庸影视剧作问世；80 年代以后的改编明显增多，若按 80 年代以后改编计，那么每年则有近 3 部金庸影视剧作与观众见面。可见改编密度之大。如此密集的改编，对扩大金庸小说声名以及金庸本人的影响力产生了重大作用，对金庸小说的经典化也有极大的助推作用，其本身也构成金庸文化现象的重要内容；从改编本身看，改编者在获得一定经济效益的同时，客观上在一定时期内对影视业的发展具有推动作用，而且进一步弘扬了侠文化，发展了武侠剧（片）类型，满足了国人关于"侠"的想象。但改编过于密集也容易出现问题。从改编者看，首先是重复。金庸小说只有 15 部，而金庸影视剧作却多达 100 余部，是因为有多部小说被多次改编。而在一部小说的多次改编中，或者是同一影视制作者时隔几年后的重拍，如香港 TVB 分别于 1983 年、1995 年两次拍摄电视剧《神雕侠侣》，于 1978 年、1986 年、2001 年三次拍摄电视剧《倚天屠龙记》；或者是中国香港、台湾和大陆以及新加坡的影视制作者的不同拍摄，其中，有相隔时间较长的，也有相隔只有三四年或一两年的，甚至是在同一年拍摄，例如 1984 年台湾中视版《神雕侠侣》与 1983 年香港 TVB 版《神雕侠侣》相隔仅 1 年，1985 年中国台湾台视版《笑傲江湖》与 1984 年香港地区 TVB 版《笑傲江湖》也仅隔 1 年，而新加坡新传媒制作私人有限公司拍摄的《神雕侠侣》与中国台湾台视拍摄的《神雕侠侣》都在 1998 年，新加坡新视版《笑傲江湖》与中国台湾中视版《笑傲江湖》也同在 2000 年。不可否认，无论是同一影视制作者的多次重拍还是中国台湾、香港和大陆以及新加坡的影视制作者的不同拍摄，因为时代不同、文化不同、理解不同、技术运用不同等因素，不同版本之间必然存在差异，而且时间相隔越久差异也就越大，如大陆版与港台版之间的差异；但在一定时间内，影视观念、技术并无根本性变化的情况下，一再改编同一部小说只能是重复拍摄，而且时间相隔越短重复性就越大，所不同者往往只表现在制作者不同、出演演员不同、武打设计不同、场景安排不同以及某些细节处理不同上。其次是过分改动。改编必然改动，因为改编的过程是一种再创造过程，体现着改编者的创造力。同一部小说的再次改编更需要改动，因为只有改动才能尽可能避免重复。但是，对于一些再次改编者而言，其改动是为"改动"而"改动"，是为了能够与此前版本不同，更为了能够让观众对其的再次改编产生兴趣而赢得市场，而不在于改编出高质量的金庸影视剧，因此，改编时肆意、随意改动，想怎么改就怎么改，怎么样能出"奇"吸引观众就怎么改，甚至刻意颠覆原著以制造"噱头"

"卖点"吸引观众。例如，2014 年重拍的电视剧《神雕侠侣》，小龙女这一人物形象不仅性格与小说描写完全不同，而且还让形象、气质完全与超凡脱俗、冷艳孤傲的小龙女不符的陈妍希出演，并大幅增加与杨过谈情说爱的热烈场面，从而与观众心目中的小龙女形象形成巨大的反差，同时，加重杨过与程英、公孙绿萼、李莫愁、郭襄等一众女子的情感纠葛戏份；2013 年重拍的电视剧《笑傲江湖》，不仅改变人物关系让东方不败成为仪琳的亲姐并师承独孤求败，而且还直接将其性别改变为女性并与令狐冲相爱。两部剧的主创人员何尝不知这样的改动是对原著的背叛，何尝不知这样的改动会招致观众的批评，但面对此前已经存在的 6 个版本的《神雕侠侣》（1983 年 TVB 版、1984 年中视版、1995 年 TVB 版、1998 年新加坡版、1998 年台视版、2006 年大陆版）、6 个版本的《笑傲江湖》（1984 年 TVB 版、1985 年台视版、1996 年 TVB 版、2000 年中视版、2000 年新加坡版、2001 年央视版），似乎只有这样才会有"新意"，才会有"卖点"引发观众的关注。再次是粗制。在对金庸小说的密集改编中，普遍存在同一改编者连续改编的情况，即改编完一部立刻着手改编下一部，也存在抢先改编的情况，即抢先改编其他制作者尚未改编的小说。如此一来，不仅可能出现前期准备工作尚不充分就投入拍摄的情况，而且会更加注重拍摄进度的加快，再加之资金可能严重不足，就不可能做到精益求精。在密集改编中，重复只是徒然增加了金庸小说改编的数量，而与提高金庸小说改编质量无益；过分改动产生的"标新立异"虽然可能在当时引起观众的关注而观看，但它招致的是观众的质疑和批评，并不说明改编本身的成功；而在粗制之下，佳作也自然难成，甚至更加可能产生烂作。从观众来说，尽管因为喜爱金庸小说而对金庸影视剧情有独钟，但一再看到改编自金庸小说的影视剧，特别是不出几年甚至在一年内就看到根据同一部小说改编的不同版本的金庸影视剧，而满怀着希望去观看的金庸影视剧因为重复、过分改动、粗制而不能让其满意，不仅必然会产生审美疲劳，而且还会出现接受上的抵触心理。其结果是，要么不看，要么匆匆而观，要么实在闲得无聊时才观看一下打发时间，要么一边看一边发泄不满。如此一来，不仅影视制作者希望借助金庸小说声名而获得市场的想法在一定程度上会落空，也影响观众对金庸影视剧质量的整体判断。

所以，鉴于目前金庸小说影视剧改编已经过度密集而佳作乏陈的现状，从改编高质量的金庸影视剧目标出发，影视制作者不妨抑制一下改编金庸小说的冲动，暂时停止对金庸小说的改编。一方面，如果仍然要拍武侠题材的影视剧，可以考虑与当代武侠小说家合作，创作全新的武侠剧（片）剧本以供拍摄，或者改编尚未被改编或极少被改编的武侠小说佳作，这样的作品自古而今极其丰富，可选择余地很大，而且，这一过程也是不断积累、丰富武侠剧（片）拍摄经验的过程；另一方面，如果还要改编金庸小说，那么就在一个相对较长的"暂停"期内，潜心领悟金庸小说原著精神，研判此前金庸小说改编版本的得失，不断积累武侠剧（片）拍摄经验，关注影视技术的最新发展并能娴熟、最高水平地掌握和运用，随时代变化不断更新影视拍摄观念，审慎而深入地思考金庸小说究竟应当怎样改编，在此基础上，再筹措足够的资金，组织一流的制作团队，选择最佳演员阵容，寻找、建立最合适的外景或拍摄基地，并要有锱铢必较的认真态度。如果这一切都确实真正地准备充分、妥当，或许可以考虑再次改编金庸小说。当然，这可能只是一个良好的愿望，对于众多只知追求商业利益的影视制作者来说，未必愿意这样做。

如果细分金庸小说的影视剧改编，会发现电影改编和电视剧改编二者之间其实是不对等的。这主要表现在：其一，改编时间不对等。电影改编始于 1958 年香港峨嵋公司出品、胡鹏导演的《射雕英雄传》，止于 1994 年。期间，50 年代有 4 部，60 年代有 15 部，70 年代有 6 部，80 年代有 10 部，90 年代有 14 部。[①] 电视剧改编始于 1976 年香港佳视的《射雕英雄传》《神雕侠侣》《碧血剑》以及 TVB 的《书剑恩仇录》，目前延续于 2014 年内地浙江华策影视和海宁长宏影视共同出品的《鹿鼎记》和华夏视听环球传媒集团有限公司出品的《神雕侠侣》。期间，70 年代约 7 部，80 年代约 16 部，90 年代约 14 部，新世纪以来约 20 余部。电影改编虽早于电视剧改编，但早已停止，电视剧改编虽晚于电影改编，但至今仍在继续。其二，改编数量不对等。从总数看，电影改编约 50 部，电视剧改编约 60 部，差距虽然不是很大，但起步晚于电影改编的电视剧改编还是明显要比电影改编多，而且目前势头未减。从具体

---

① 林保淳：《解构金庸》，中国致公出版社 2008 年版，第 28—29 页。

作品改编情况看，金庸多部小说的电视剧改编要多于电影改编，如《书剑恩仇录》电影版本 4 个、电视剧版本 7 个，《神雕侠侣》电影版本 5 个、电视剧版本 8 个，《倚天屠龙记》电影版本 4 个、电视剧版本 7 个，《笑傲江湖》电影版本 4 个、电视剧版本 7 个，等等，另外如《神雕英雄传》《天龙八部》《侠客行》《鹿鼎记》等也是如此，也有少量作品或是电影改编与电视剧改编基本持平，如《碧血剑》两种版本各自大致有 4 个，或是只有电视剧改编而无电影改编，如《白马啸西风》有电视剧版本 2 个、《越女剑》有电视剧版本 1 个而无电影版本，或是只有电影版本而无电视剧版本，如《鸳鸯刀》只有 2 个电影版本，或是电影改编多于电视剧改编，如《飞狐外传》有电影版本 3 个，电视剧版本只有 1 个，而且还是和《雪山飞狐》合在一起改编的，即 2006 年王晶导演、聂远主演的《雪山飞狐》。其三，改编地域不对等。电影改编最早由香港峨嵋电影公司开始，之后则有豪华、扬子江、邵氏、龙翔、天幕、永盛、学者等电影公司加入，全部是香港的电影公司，其中，峨嵋和邵氏两家电影公司改编得最多。电视剧改编最早由香港 TVB、佳视开始，之后则有台湾台视、华视、中视加入，再有新加坡新视以及大陆央视、部分省级电视台和影视制作公司的积极参与。虽然香港的改编仍然是最多的，特别是 TVB 的改编，但改编者所处地域涉及中国台湾、香港和大陆以及新加坡，比电影改编只涉及香港要复杂许多。其四，质量不对等。虽然金庸小说影视剧改编在整体上并不令人满意，但相较而言，电影改编质量要低于电视剧改编质量。对于金庸小说电影改编的质量，台湾学者林保淳有一个基本评价："综观这些影片，早期还颇忠实于金庸原著，自 1990 年《笑傲江湖》起，擅改原作，因而面目全非之作，大量出现，卖点只在'金庸'二字。"[①] 言下之意，以是否忠实于金庸小说原著为标准，对早期电影改编给予一定的认可，而对 1990 年以后的电影版本则给予完全否定。的确，90 年代出现的金庸小说电影版本如 1990 年胡金铨导演的《笑傲江湖》，1992 年程小东导演的《笑傲江湖（二）东方不败》，1993 年程小东导演的《东方不败——风云再起》、刘镇伟导演的《射雕英雄传之东成西就》、1994 年

---

① 林保淳：《解构金庸》，中国致公出版社 2008 年版，第 16—17 页。

王家卫导演的《东邪西毒》，等等，虽然在当时也产生了一定的影响，但是从改编角度看，因其完全不尊重原著而将原著改得面目全非，自不能称其为质量上乘。早期忠实于原著的改编当然是值得肯定的，不过，其质量是否就较高呢？未必。一方面，金庸小说多为鸿篇巨制，人物众多，情节复杂，在电影版本的有限时间里，若照实改编，单是情节就发展不过来，更不要说人物形象的刻画与塑造了，而若要加以取舍重新组织，则需极其巧妙的构思，但这并不容易；另一方面，早期改编时的电影观念、摄影水平、后期制作等相对都比较落后，而且因为在香港没有更多外景地可以选择而只能主要在摄影棚内拍摄，所以也许能拍出在当时看来比较好的作品，但以今天的审美标准视之，则未免显得比较幼稚、粗糙，缺乏表现力和视觉冲击力。陈墨亦认为，"从1959年胡鹏导演的《射雕英雄传》到1970年代末1980年代初电影大师张彻导演的《射雕英雄传》、《侠客行》、《飞狐外传》、《碧血剑》、《神雕侠侣》等多部影片，再到1990年代初期另一个电影大师胡金铨和新一代武侠电影的领军人物徐克联合编导的影片《笑傲江湖》等，却也同样难以让观众，尤其是金庸迷满意，也没有成为中国武侠电影史的真正经典。王家卫的《东邪西毒》虽然算得上是一部武侠电影的经典之作，但却又离金庸小说较远，只是一部典型的王家卫电影。"[1] 总体而论，如果说在电视剧改编中还有金庸和大多数观众相对满意的作品，如TVB 1983版《射雕英雄传》、央视2003版《天龙八部》、2006版《神雕侠侣》等，那么，在电影改编中则几乎没有这样的作品。

　　基于上述金庸小说电影改编和电视剧改编的简要比较，如果影视制作者不愿"暂停"而要继续改编金庸小说，不妨考虑进行电影改编。因为，从时间上说，金庸小说的电影改编止于1994年，距今已20余年之久。而在这20余年间，新出现的电视剧版本近30部。在观众已日益淡忘电影改编而越来越熟悉电视剧改编的情况下，进行电影改编或许可以让观众产生一丝新鲜感。从地域上说，此前所有的电影改编都只有香港版本而与大陆、台湾无关。既然台湾与大陆影视制作者在电视剧改编方面已广泛加入并有众多台湾版本和大陆版本，那么在目前电视剧版本

① 陈墨：《影像金庸》，东方出版社2008年版，第163页。

已近乎泛滥的情况下，台湾与大陆的影视制作者应当在电影改编方面有所作为。如此，既能改变电影改编只有香港版本的现状，又能因地域、文化、资源的不同而拍摄出具有新意的电影版本。从技术、观念上说，影视技术与影视观念在金庸小说电影改编停止的 20 余年间已发生重大变化，特别是数字化技术的出现、成熟以及随之而产生的影视观念的变化，以前想不到也不敢想的，或者能想到但做不到的，现在已经可以想也基本可以做到，这些变化在新世纪以来的金庸小说电视剧改编中已多有运用和体现，在其他武侠片拍摄中也得到广泛而充分的运用，但金庸小说电影改编却因为停止而未能加以运用和体现。若将新的影视技术、影视观念运用于金庸小说电影改编，应该能更有新意、更富有表现力地表现金庸小说。而从电影和电视剧这两种艺术形式本身看，虽然二者都是视觉艺术，但无论是制作流程、拍摄方式、技术运用还是叙事安排、表现技巧、视听效果、传播手段以及带给观众的审美感受等，也有很大的不同。金庸小说在 20 余年间只有电视剧改编而无电影改编，无疑也是一种缺失，这种缺失使金庸小说在 20 余年间失去以电影方式表现的可能。所以，倘若影视制作者特别是大陆的影视制作者要继续改编金庸小说，在当前情况下，电影改编不失为一种比较好的选择。

当然，面对多为鸿篇巨制而存在的金庸小说以及目前的改编现状，进行电影改编时或许还有这样几个具体问题需要考虑：一是先改编中短篇小说。金庸的 15 部小说并非全是长篇，其中，《白马啸西风》是中篇，《鸳鸯刀》和《越女剑》是短篇，以电影的时间长度，改编中短篇特别是短篇更为合适。而且，相对而言，这三部小说较之其他小说，并不为更多的人所熟悉。同时，从改编情况看，《白马啸西风》只有 1979 年香港亚洲电视和 1982 年台湾华视拍的 2 个电视剧版本，《越女剑》只有 1986 年香港亚洲电视拍的 1 个电视剧版本，不仅都没有电影版本，而且拍摄时间都比较早，前者距今已 30 余年，后者距今也已近 30 年；《鸳鸯刀》倒是只有电影版本而无电视剧版本，即 1961 年峨嵋电影公司拍摄的《鸳鸯刀》（上、下）和 1982 年邵氏公司拍摄的《阴阳双刀侠》，但距今时间太久，前者已 50 余年，后者已 30 余年。所以，先改编这三部小说，既恰当，也更易出新，同时为改编长篇小说积累经验。二是多集改编。金庸的长篇小说更适于电视剧改编而非电影改编，因为电视剧有足够的时间展开情节、刻画人物，而电影在一二个小时里根本不可能做到，因此，电影改编不妨采取多集改编的方式进行。事实上，早期金庸小说电影改编的很多版本采取的就是多集改编的方式，如1960—1961 年李化和胡鹏导演、峨嵋公司出品的《神雕侠侣》分四集，1977—1981 年张彻导演、邵氏公司出品的《射雕英雄传》分三集，分两集改编的就更多，如 1958—1959 年李晨风导演、峨嵋电影公司出品的《碧血剑》，1964 年李化导演、峨嵋电影公司出品的《雪山飞狐》，1965 年杨工良导演、扬子江公司出品的《倚天屠龙记》，等等。而陈墨在谈及《神雕侠侣》电影改编的未来设想时也认为，可以将《神雕侠侣》改编为 6 小时的电影，并有三种分集方式："第一种方式是二部四集，即总共分为上下两部，每部又分为上下两集。第二种方式是并列四集，即不分部，每集一个半小时。第三种方式是并列三集，每集二小时。"不同的分集方式又有不同的结构要求："第一种方式与第二种方式即二部四集的方式与并列四集的方式的分集方式的差异，是前者必须考虑同一部的整体结构，即同一部作品的上下集之间必须有情节上的继承关系和结构整体性；而并列四集的分法则不用考虑各集之间的直接联系，每一集都是相对独立的，一共有四个故事单元；第三种方式更为简单，每二小时是一个故事单元，其间可以有连接，但也可以没有连接，可以各自独立，只不过都是以杨过和小龙女为主人公。"① 多集改编的目的是获得更充裕的时间长度以更充分、忠实地改编原著，不过，电影毕竟不是电视剧，不可能像电视剧那样可以在几十个小时中分几十集地对原著进行改编，所谓多集改编也只是相对而言，只是获得相对充裕的时间长度，因此，一方面，仍然需要改编者在忠实于原著基础上对原著进行尽量可能的删减；另一方面，既然是分部、分集，那么，无论是分部之后再分集，还是不分部而直接分集，改编者都必须进行整体构思，合理分部、分集，同时，应保持主创人员的同一性，并在一定时间内全部完成。三是选取一段，独立发展。如前所述，对于改编者试图在电影中再现小说"整个故事"的做法，金庸并不赞同，反而"建议他们选

---

① 陈墨：《影像金庸》，东方出版社 2008 年版，第 187 页。对于三种方式的不同分集，陈墨对每一集所应包含的剧情按其设想也进行了概要描述，见该书第 187—195 页。

其中一段加以发展"，因为"那样比较容易处理"。金庸的建议无疑是
比较合理的，也是可取的，因为电影的长度使它绝无可能将金庸长篇小
说的整个故事搬上银幕，即使是多集改编也不可能。因此，多集改编固
然是一种极其重要的改编方式，而选取一段、独立发展也不失为一种好
的选择。比之多集改编，选取一段、独立发展的改编方式可以不用考虑
完整性、连续性，而更具有单一性、灵活性，原著中的主要人物、重要
人物以及门派的故事都可以被单独截取、抽离出来予以发展，独立成
片。例如1994年钱永强导演、永盛电影公司出品的《新天龙八部之天
山童姥》，相对于当时的众多擅改金庸原著之作，它虽也有改动，但大
致忠实于原著，其采取的改编方式即是将《天龙八部》原著中有关逍
遥派、灵鹫宫及其人物的描写分离出来，简化后再重新组织，完成一部
独立的电影，而原著中其他的人物故事、矛盾冲突等全然无涉。采取这
种方式改编，改编者可以就一部小说改编成一部电影，更可以改编成多
部电影，而且能够改编出新意。

影视改编是忠实于原著前提下的再创造。从原著来说，原著是作者
在特定历史时期里的审美创造，有其特定的主题指向、风格表现、意蕴
内涵、情调氛围、人物形象、故事情节等。既然是根据原著改编的，那
么无论是电影改编还是电视剧改编，也无论具体采取何种改编方式，尊
重原著、忠实原著就是必需的，而不能既称是改编自某一原著又完全无
视这一原著的基本精神或风貌。特别是对名著的改编更需要如此，因为
名著不仅已经达到当时历史条件下的最高艺术成就，而且已被读者所熟
悉并在心中形成比较固定的印象，如果不忠实于原著，既是对原著艺术
世界的破坏，也是对读者已形成印象的破坏。但是，改编的过程又必然
是改编者的再创造过程。这不仅是因为文字艺术与影视艺术是两种不同
的艺术，因而需要改编者在由文字转向影视的过程中必须按照影视方式
如声画结合、时空综合等重新构思，加以逼真表现，从而充分体现出改
编者的创造性，而且是因为改编者之于原著总会有其基于当下观念、审
美经验的理解，并根据这种理解以影视方式予以阐释和表现。正如伽达
默尔所指出的："对于一个本文或一部艺术作品里真正意义的汲舀
（Ausschoprung）是永无止境的，它实际上是一种无限的过程。这不仅
是指新的错误源泉不断被消除，以致真正的意义从一切混杂的东西中被

过滤出来，而且也指新的理解源泉不断产生，使得意想不到的意义关系展现出来。促成这种过滤过程的时间距离，本身并没有一种封闭的界限，而是在一种不断运动和扩展的过程中被把握。"① 同一部文学作品，不同时代的读者会有不同的理解；同一个读者，在不同的时间里也会有不同的理解，所以，文学作品的意义世界是一个无穷生成过程，随时间延续而不断累积。也因此，根据原著改编的影视作品与作为文字存在的原著不仅在呈现方式上全然不同，而且改编者必然会通过增加、删减、调整、改变等方式对原著进行一定程度的改动以表现他对作品的理解。所以，忠实于原著与再创造在影视改编中是不能分离而有机统一的两个方面，任何一个方面都不能单纯、过分强调。如果只强调完全忠实于原著，要求分毫不差地再现原著，且不说在由文字转为画面的过程中是否可能，即使可能，也必然束缚改编者的创造力，并使改编而成的影视作品显得机械、死板；如果只强调发挥改编者的创造性，任由改编者随意改动甚至肆意变化，而极少考虑甚至完全不顾原著本身，则无疑是对原著的亵渎。因此，忠实于原著与再创造之间必须寻找到最佳契合点，既最大限度地再现原著的风貌与精神，又充分发挥改编者的创造力。这应是影视改编的基本原则，同时也是最高原则。

忠实于原著和再创造有机结合的改编原则，理论上并不深奥，也为广大影视工作者所熟悉，但总是不能在改编实践中得到充分体现。即使是同一个改编者，有时会遵循这一原则，有时又会违背这一原则，遵循还是不遵循全在改编者如何选择上。问题在于，遵循这一原则进行改编，才能使改编的成功成为可能；反之，即使改编而成的影视作品单纯看也许还不错，而一旦与原著相较，则很难令人满意，至少是充满了争议。以徐克为例。在改编方面，徐克 2014 年执导的、改编自小说《林海雪原》的最新影片《智取威虎山》公映后，在网上虽然也有一些负面评价，但绝大多数观众是认可的，而且，在 2015 年"金鸡奖"评奖中，获最佳故事片、最佳导演、最佳男主角、最佳编剧（改编）、最佳摄影、最佳录音、最佳美术、最佳音乐和最佳剪辑九个奖项提名，并最终获得最佳导演、最佳男主角和最佳剪辑三项大奖，无论是提名还是最

---

① ［德］伽达默尔：《真理与方法》，洪汉鼎译，上海译文出版社 1992 年版，第 383 页。

终获得奖项都是最多的。"金鸡奖"是中国内地电影界最权威和最专业的电影奖，也被称为"专家奖"，既得观众好评又获"专家奖"，不能不说这部影片是比较成功的。但反观其 20 世纪 90 年代或执导，或监制的"笑傲江湖三部曲"，即《笑傲江湖》《笑傲江湖(二)东方不败》《东方不败——风云再起》，有高度评价者，更有激烈批评者，争议很大。金庸甚至认为，他不懂侠而拒绝与其再合作。何以如此？徐克接受采访时曾说："我们拍电影的人就是跟着时代的脚步，记录时代里的一些视角和标准。……所以如果我们老是重复过去的东西的话，就不会给电影工业带来一股有生命力的能量。你要用现在的语言诠释老故事，这样就会有新的意义产生。……我觉得我们当代的电影人还是要对当代电影的创新有一定的责任心和使命感。"《智取威虎山》监制黄建新在接受采访时对徐克的评价是："徐导是一个特别天马行空的人"，"我最佩服徐导的地方就是他的电影语言是最现代的，他是一个最不保守的人，宁可冒着失败的危险也得试，这是一种年轻人的心态，特别好，他永远敢闯"①。学者贾磊磊也认为："徐克最擅长的是用新瓶装旧酒。无论是传统的文学题材还是经典的影片样式，在徐克的'笔下'都会浮现出异样的色彩。"② 可见，徐克在电影创作中是特别注重创新的，这种创新不仅在于能以最现代的电影语言讲述故事，而且在于能以现代观念重新诠释故事。"笑傲江湖三部曲"和《智取威虎山》的改编应该说比较典型地体现了徐克的创作风格。不同的是，"笑傲江湖三部曲"除第一部作品还多少有些原著的影子外，其他两部作品已基本上与原著无关，纯属再创造之作；《智取威虎山》虽然也有改动，例如采用当代一青年回忆方式、杨子荣不是 203 部队原有人员、增加人物青莲和栓子、去说教而增强娱乐性等，但其故事整体构架和主要人物基本上是忠实于原著的。《智取威虎山》虽然没有最终获得"金鸡奖"最佳编剧（改编）奖项，但能获得最佳编剧（改编）提名，足以说明问题。也就是说，从改编角度讲，"笑傲江湖三部曲"的再创造充分有余，而忠实于原著

---

① 苑苏文、张正富：《徐克：我为什么要拍〈智取威虎山〉》，http：//news. hexun. com/
2015 - 01 - 06/172111020. html，2015 - 09 - 25。本文是新华社"我报道"记者对该片导演徐克、监制黄建新的专访。

② 贾磊磊：《中国武侠电影史》，文化艺术出版社 2005 年版，第 145 页。

却严重不足,没有将再创造和忠实于原著的关系平衡好;《智取威虎山》则将再创造与忠实于原著两者间的关系处理得比较好。而这正是《智取威虎山》能获得各方好评、"笑傲江湖三部曲"却争议极大的根本原因。

徐克的电影改编如此,中外影视改编作品的成功与否都是如此。而在金庸小说长达近 60 年的影视改编历程中,如前所述,包括徐克改编作品在内的绝大多数影视作品版本都不能让金庸和观众满意,原因固然是多方面的,但没有处理好再创造与忠实于原著之间的关系,无疑是其中极为重要的原因,而能让金庸和观众相对满意的作品恰是将再创造与忠实于原著结合较好的作品。所以,如果仍要改编金庸小说,而且要改编成高质量的影视作品,必须以严肃、严谨的创作态度,在充分尊重、忠实于原著的前提下,最大限度地发挥改编者的创造性,否则,就只是浪费了人力、财力,徒增金庸小说影视改编版本数量而已。这样的改编不要也罢。

第六章

武侠小说的文化生态

武侠小说在中国古代有过比较辉煌的时期，如唐代、明清之际的武侠小说，在中国现当代也有过狂潮时期，如20世纪二三十年代民国时期的武侠小说，五六十年代出现于港台的"新派武侠小说"。然而，武侠小说创作在港台继金庸、梁羽生、古龙之后，虽有温瑞安、黄易的不俗表现，但总体渐趋式微，所以金庸说："现在的困难是没有人愿意写武侠小说了，而且因为年代久远，今天的年轻人很难鲜活表现那个年代。如果有好的武侠小说，我的出版社是愿意出版这样的作品的。突破点我自己也在找，但是没有找到。"[1] 而在大陆，新世纪初，虽然已有一批专事武侠小说创作的作家及作品出现，也有专门刊发武侠小说的刊物诞生，但由于从事武侠小说创作的人毕竟还不够多，而且都还显年轻，所以尚未有重大价值的作品出现。一方面，对大陆武侠小说的创作现状，陈平原的基本判断是："目前的武侠小说写作处于低潮。"[2] 另一方面，金庸小说在20世纪90年代末至新世纪初的经典化过程中，也曾遭到极为严厉、酷烈的批判，被认为是精神鸦片和粗制滥造之作而应与其所代表的武侠小说一道被抛弃。于是，武侠小说在当代社会的生存与发展前景问题备受学界、作家及读者的关注。那么，武侠小说的生存与发展前景究竟如何？从武侠小说的文化生态看，既有有利于武侠小说存在、创作与发展的文化生态，可称之为"文化正生态"，也有不利于武侠小说存在、创作与发展的文化生态，可称之为"文化负生态"。着眼于武侠小说的文化正生态，似乎不必过于担心武侠小

---

① 张英：《学问不够是我的一大缺陷》，《南方周末》2003年7月31日第C21版。
② 杨瑞春：《金庸反省"道义"》，《南方周末》2003年1月29日第C18版。

说的生存与发展问题，但同时必须正视武侠小说文化负生态的存在，或改变之，或超越之，如此，武侠小说方能更好地生存、发展并走向繁荣。

一　武侠小说的文化正生态

武侠小说的文化正生态首先体现在国人所具有的牢固的"侠"崇拜情结上。"侠"一词语最早见于韩非的"儒以文乱法，侠以武犯禁"（《五蠹》）之句，比较明确，而"侠"的起源在学界却有很多说法，如时代上的产生于春秋战国说，社会出身上的出于儒说、出于墨说、出于士说、出于游民说等，当代学者则大多主张"气质说"。如刘若愚认为："游侠为人大多是气质问题，而不是社会出身使然，游侠是一种习性，不是一种职业。"① 徐斯年认为："'侠'作为一种具有特别气质的人，起源甚早，见诸典籍，至少春秋时即已不乏典型。……游侠蜂起于战国，考察'侠义观'时确实应该注意诸子百家对游侠精神的影响以及它们之间的联系，然而'儒墨自儒墨，任侠自任侠'，并非侠者遵诸子百家的'侠义观'去行侠，而是'原侠'的实践为诸子百家'侠义观'的建构提供了'素材'和'毛坯'；就此而言，前者为'源'，后者为'流'。"② 龚鹏程对于"气质说"的评价是："侠不属于某个特定的阶层，而只是指具有某种气质特色、某些理想的人，基本上是非常合理的。"③ 无论"侠"的起源是有明确的时代及社会出身，还是没有明确的时代和社会出身而归于个人气质因而可以追溯得更早，都说明"侠"在中国的存在久已有之，至少在春秋战国时期已非常普遍。在先秦史册如《左传》《国语》《战国策》中，即记述了众多具有"侠气"的人物如季札、鲁仲连、唐雎等，而在《史记》中则以"游侠列传""刺客列传"形式记述了朱家、剧孟、郭解、专诸、豫让、聂政、荆轲等游侠或刺客，在《汉书》"游侠传"中除仍记述了朱家、剧

---

① 刘若愚：《中国之侠》，三联书店 1991 年版，第 3 页。
② 徐斯年：《侠的踪迹——中国武侠小说史论》，人民文学出版社 1995 年版，第 4—5 页。
③ 龚鹏程：《侠的精神文化史论》，山东画报出版社 2008 年版，第 21 页。

孟、郭解等人外，又增加了萬章、楼护、陈遵、原涉等人。史书记述之"侠"当然已是散文之"侠"，因必然渗透史家个人的阐释与评价而与"侠"之真实存在情况有一定出入，但实录成分更大，确凿地证明了"侠"作为历史人物在春秋战国及秦汉时期真实而具体地存在过。由于后世史家不再为游侠立传，因而难以在《后汉书》以后的正统史书中再找到"侠"之真实存在的实迹。然而，一方面，正统史书中没有记述，不等于"侠"在现实生活中就不存在，也不等于"侠"在野史传闻中就没有记述，更不等于某些历史学家所说的因为汉代文、景、武三代都对游侠有过直接或间接的打击而致使其没落或消亡，如陈平原所说："东汉以后游侠未必就真的魂飞魄散，只不过不再进入正统史家的视野而已。"① 因为"侠"既然是气质问题而非职业、阶层问题，那么在中国历代实际上并不缺乏具有"侠"气质的人，轻财轻生、重交受诺、打抱不平、同情弱者的人在历代现实生活中都大有人在。另一方面，也是更重要的，"侠"在正统史书中亦即作为散文之"侠"消失的同时却在后世作为诗歌之"侠"、小说之"侠"、戏曲之"侠"得到表现和描写。魏晋六朝诗歌中即有不少咏侠的诗篇如曹植的《白马篇》、张华的《游侠篇》、陶渊明的《咏荆轲诗》、鲍照的《代结客少年场行》、王筠的《侠客篇》等，而在魏晋六朝志怪小说中也有一些侠义色彩浓厚的作品，如《搜神记》中的《三王墓》《李寄》，《搜神后记》中的《比丘尼》《放伯袭》，《世说新语》中的《周处》等。在唐代，不仅出现了数百首一流文人创作的咏侠诗，如骆宾王的《从军行》《咏怀》，卢照邻的《刘生》《结客少年行》《长安古意》，崔颢的《游侠篇》《渭城少年行》，王昌龄的《少年行》《塞下曲》，王维的《少年行》《陇头吟》，李白的《侠客行》《少年行》《悲歌行》《白马篇》，高适的《邯郸少年行》《古大梁行》，杜甫的《壮游》《少年行》，孟郊的《游侠行》《灞上轻薄行》，韩愈的《刘生诗》《利剑》，柳宗元的《古东门行》《咏荆轲》，元稹的《侠客行》《说剑》，温庭筠的《侠客行》《赠少年》，等等，而且产生了真正作为武侠小说文体而存在

① 陈平原：《千古文人侠客梦》，北京大学出版社 2010 年版，第 5 页。

的唐传奇。① 唐传奇中与"侠"有关的作品包括《昆仑奴》《无双传》
《柳氏传》《京西店老人》《僧侠》《聂隐娘》《红线》《谢小娥传》《盗
跖冢》《虬髯客传》等数十篇,刻画了一批凭神秘剑术、法术而扶危济
困、报恩复仇的侠士形象,并对后世产生重要影响。"侠"在宋元时期
主要表现于文言短篇武侠小说和话本小说里。文言短篇武侠小说主要见
于宋人《江淮异人录》和《太平广记》中的数十篇作品如《李胜》《洪州书
生》《张训妻》等;话本小说在宋元时代比较繁荣,其中有不少是武侠
小说,虽因说话的"底本"无存而没有直接流传下来,但在明人编辑加
工的白话小说集中可见其风貌与神韵。明代是白话小说的高度发展期和
繁荣期,白话武侠小说也随之得以发展和繁荣,无论是白话短篇武侠小
说还是白话长篇武侠小说都有长足进步。其中,白话短篇武侠小说主要
见于《清平山堂话本》《京本通俗小说》以及"三言""二拍"等白话小
说集中,如《赵太祖千里送京娘》《杨谦之客舫遇侠僧》《万秀娘仇报山
亭儿》《宋四公大闹禁魂张》《神偷寄兴一枝梅 侠盗惯行三昧戏》等;
长篇白话武侠小说则主要是划时代巨著并对后世产生巨大深刻影响的
《水浒传》。② 此外,"侠"在明代还出现在文言短篇武侠小说集《剑侠

① 徐斯年:《侠的踪迹——中国武侠小说史论》,人民文学出版社 1995 年版,第 17—19
页。在归纳学界关于武侠小说的发端共有四说即始于先秦说、始于两汉说、始于六朝说、始
于唐人传奇说的基础上,认为"第四种是最为准确的。'小说'从'史'中分离出来,并获
得作为文学创作独立体裁之一的本体内涵,始于唐人传奇"。唐以前与侠有关的文献"基本上
不应作为'武侠小说'加以定位,而应定位为'各种形式的纪武侠之文'。它们的主要价值
不在于展现了'武侠小说'的某种历史形态,而在于构成武侠小说的'前史',对后来诞生
的武侠小说产生着各种影响"。陈平原也基本上持相同观点,认为"不妨把唐传奇作为中国小
说的真正开端(至于六朝时的志怪与志人,尽可作为唐传奇的渊源来考察)。若如是,侠客在
中国小说史上的第一个投影,自然只能到唐传奇中来寻找"(见《千古文人侠客梦》第 20
页)。关于此,鲁迅先生当年在《中国小说史略》中即认为,"小说亦如诗,至唐代而一变,
虽尚不离于搜奇记逸,然叙述宛转,文辞华艳,与六朝之粗陈梗概者较,演进之迹甚明,而
尤显者乃是时则始有意为小说。"徐斯年和陈平原认同鲁迅先生的断语,亦是其持上述观点的
重要论据。

② 范伯群、汤哲声、孔庆东:《20 世纪中国通俗文学史》,高等教育出版社 2010 年版,
第 158 页。认为"到了明朝初年的时候,产生了古代最杰出的武侠小说——《水浒传》。当时
把它看作或是讲史,或是公案,后来的文学史也把它叫做英雄传奇。其实按照现在武侠小说
的概念来看,《水浒传》是古代最优秀的武侠小说的代表。"徐斯年认为:《水浒》和《七侠
五义》,则是由明至清长篇武侠小说创作的两个范本",《水浒》之精华,亦即《水浒》在武
侠小说史上的价值和地位,主要体现在前七十回特别是前四十六回"(见《侠的踪迹——中国
武侠小说史论》第 84—86 页)。《水浒传》是武侠小说这一认识目前在学界基本上成为共识。

传》《续剑侠传》《女侠传》等以及戏曲之中。"侠"出现于戏曲在元杂剧中已有之，如《李逵负荆》《黄花峪》等，但无论是曲目还是对侠客的刻画，都不及明代戏曲，如《宝剑记》《义侠记》《南柯记》《邯郸记》《紫钗记》《双红记》《黑白卫》等，不仅曲目众多，而且对侠客的描写更加充分。"侠"在明末至清晚期主要出现在长篇武侠小说中，如受《水浒传》影响而产生的《水浒后传》《后水浒传》《荡寇志》等，以及《禅真逸史》《世无匹》《包公案》《施公案》《彭公案》《三侠五义》《七侠五义》《儿女英雄传》《济公全传》《七剑十三侠》《小五义》《续小五义》等。同时，文言短篇武侠小说也非常盛行，许多著名文人如王士禛、袁枚、纪昀等都曾致力于此，而最高成就自是蒲松龄的《聊斋志异》，其中有大量篇目涉及行侠仗义的故事。此外，"侠"在戏曲中也有表现，如《锦衣归》《万寿观》《人中龙》《鱼篮记》《琥珀匙》《女昆仑》《西楼记》等传奇中的侠客形象。进入现代，民国时期的武侠小说空前繁荣。20世纪初期即有林纾的《侠客谈》，孙玉生的《仙剑五花侠》《嵩山拳叟》《金钟罩》，范烟桥的《忠义大侠传》《侠女奇男传》《孤掌惊鸣记》《江南豪杰》，李定夷的《僧道奇侠传》《尘海英雄传》《武侠异闻》等；20年代，则有平江不肖生向恺然的《江湖奇侠传》《近代侠义英雄传》《江湖大侠传》，赵焕亭的《奇侠精忠传》《英雄走国记》《剑底箫声》，姚民哀的《山东响马传》《四海群龙记》《江湖豪侠传》，顾明道的《荒江女侠》《草莽奇人传》《国难家仇》，文公直的《碧血丹心大侠传》《碧血丹心于公传》《碧血丹心平藩传》三部曲等；三四十年代，又有还珠楼主李寿民的《蜀山剑侠传》《青城十九侠》《云海争奇记》，王度庐的《鹤惊昆仑》《卧虎藏龙》《铁骑银瓶》，白羽的《十二金钱镖》《武林争雄记》《偷拳》，郑证因的《鹰爪王》《边城侠侣》《塞外豪侠》，朱贞木的《七杀碑》《虎啸龙吟》《罗刹夫人》等，可谓一波接着一波，一浪高过一浪。民国时期的武侠小说无论是创作者人数之多还是作品数量之丰都是前所未有的。同时，由于现代报纸、电影形式在以上海为中心的中国都市的出现和发展，一方面，上述武侠小说作品多是先在报纸上连载然后再结集出版；另一方面，这些作品大多被改编、拍摄成电影，如根据向恺然《江湖奇侠传》拍摄的《火烧红莲寺》，拍了18集，这就使得武侠小说这一原本平民化的文体不仅因为大众媒体——报纸和电影而更加平民化、大众化，而且催生了中国本土电影类型"武侠片"，使"侠"成为电影之"侠"而存在。50 年代，在大陆因为意识形态原因而对"侠"的表现全面沉寂的时候，在港台却因为两个拳师的打擂比武而引发了以金庸、梁羽生、古龙作品为代表的"新派武侠小说"的出现，并在六七十年代达到顶峰，之后则有温瑞安的"平民武侠"、黄易的"玄幻武侠"为继。这一时期的作品不仅数量巨大，而且也多是在报纸上连载后再出版，并被改编、拍摄成电影。同时，由于电视媒体的发展，很多作品又被拍摄成电视连续剧，电视之"侠"从此出现。而就武侠片和武侠电视剧看，分别从六七十年代始在港台得到了极大的发展。随着电子游戏技术的成熟和引进，90 年代以后，武侠游戏在中国台湾开始出现，并在欧、美、日、韩游戏的冲击下始终具有一席之地而拥有众多的玩家。据台湾学者龚鹏程统计，"现有电子游戏版武侠小说可考者，计有七十五款"，如金山软件的《剑侠奇缘》，华义国际的《侠客列传》《再战江湖》《江湖》，智冠科技的《武林盟主》《武林群侠传》《中华英雄》《金庸群侠传》《神雕侠侣》①，等等。而在大陆，因为观念的解放和意识形态的相对弱化，从 80 年代始特别是 90 年代以来，"侠"重新进入人们的视野。如在学界，金庸小说受到关注且被以经典命名，并由此带来对武侠小说的重新定位，对20 世纪中国文学史的反省以及文学艺术观念的转变，关于"侠"的著书立说不断；在出版界、创作界，不仅陆续有正版金庸小说及新派武侠小说其他作家作品的出现，而且有大陆作者创作的武侠小说作品在一些刊物上发表。尤其是专门刊发武侠小说的刊物《今古传奇·武侠版》于新世纪之初创刊，并以此为核心阵地，形成了一支以凤歌、小椴、时未寒、步非烟、沧月、沈璎璎等人为代表的年轻化、知识化、专业化的作家队伍，发表了一批不俗的武侠小说作品，"大陆新武侠"② 概念因此被提出。同时需要注意的是，当网络文学在 20 世纪 90 年代开始兴起之时，网络武侠小说随之出现，并有发表武侠小说相对集中的网站如

---

① 龚鹏程：《侠的精神文化史论》，山东画报出版社 2008 年版，第 297—300 页。
② "大陆新武侠"全名为"21 世纪大陆新武侠"，主要指世纪之交发端的大陆武侠小说创作潮，以区分于此前港台的"新派武侠小说"，由韩云波和《今古传奇·武侠版》2004 年共同提出。学界对此虽有不同看法，但这一概念目前已得到比较广泛的运用。

"榕树下""清韵书院"等，而"在这批新的武侠作家中，很多原本就是网络写手，他们往往先将自己的作品发表于网络，在网络中获得了一定的影响力，从而被期刊关注，因此列入新武侠作家群"①，这就意味着"侠"又进入网络而成为网络之"侠"的存在；在影视界，武侠影视剧的制作也成为大陆影视创作者越来越热衷的一个选择，很多名导演、名演员开始涉足武侠题材，或改编或创作的武侠影视剧作不断被推出，而据金庸小说改编的同名影视剧作更是一再出现在银屏上，并创造了极高的收视率；在教育界，王度庐的《卧虎藏龙》和金庸的《天龙八部》（第四十一回"燕云十八飞骑，奔腾如虎风烟举"）于2004年进入高中《语文读本》，成为中学生可以在课外毫无顾忌地进行阅读的对象。大陆作者、影视创作者、读者和观众对"侠"的记忆被重新唤醒，对"侠"的热情被极大地调动和激发起来且空前高涨。

从上述粗略描述中可知，在中国古代社会，"侠"既是历史真实存在，也是文学想象存在。作为历史真实存在，东汉之前有正统史书记述可证；作为文学想象存在，则既见于散文、诗歌也见于小说、戏曲，在小说中既见于长篇、短篇也见于文言和白话。如果说散文之"侠"主要是证明了"侠"的历史真实存在，诗歌之"侠"主要是文人抒发个人的侠义情怀，那么小说之"侠"、戏曲之"侠"则主要是通过侠客形象的刻画"塑造"表达了对"侠"的认可和宣扬，并得以在更大空间、更广泛群体中传播。文学想象之"侠"当然不是凭空产生的，它依赖于缺乏平等、公正、正义而多强权、暴力、欺压的专制社会现实和"侠"的历史真实存在，以及在此基础上形成的对"侠"的需要的广泛而深刻的社会心理。进入现代，小说之"侠"依然表现蓬勃，而随着新媒体的不断出现，"侠"又进入报纸、电影、电视、游戏、网络，成为报纸之"侠"、影视之"侠"、游戏之"侠"、网络之"侠"的存在，因为这些媒体更具大众性，所以对"侠"的传播影响更大。从现实之"侠"到文学之"侠"，从散文之"侠"到诗歌、小说、戏曲之"侠"，从小说之"侠"到报纸之"侠"、影视之"侠"，再到网络之"侠"、游戏之"侠"，"侠"在千年演变中非但不曾有消退迹象，反而更显愈

---

① 汤哲声：《中国当代通俗小说史论》，北京大学出版社2007年版，第230页。

演愈烈之势。陈平原认为，只有"从司马迁的《史记·游侠列传》说起"，才能明白"到底是哪些文化传统以及大众心理，推动着千百年来中国人的游侠想象。今天谈论侠客如何从小说转移到影视及电子游戏，如果了解当初游侠如何从列传转移到诗文，再转移到戏曲与小说，当有更加通达的见解。不同时代的中国人，任由侠客在不同媒介及文体中自由游走，可见其趣味所在"①。这种趣味即主要在于，"侠客形象代表了平民百姓要求社会公正平等的强烈愿望，才不会因为朝代的更替或社会形态的转变而失去魅力"②。正因为侠客形象是社会公正平等的象征，是勇敢、独立、自由的符号，是平民百姓源于困厄现实的内心向往，所以产生于中国古代专制社会现实的"侠"如此自由而又频繁地出入于各种文体、媒体，既充分体现和满足了国人关于"侠"的需要心理，又不断激发和强化了"侠"崇拜的民族心理，并积淀成集体无意识而深刻影响至今。单从武侠小说来说，这种深刻影响至今并表现强烈的"侠"崇拜心理，既是武侠小说产生并在各个时代盛行的接受基础，又是武侠小说在当代存在、发展的根本性前提。若以大陆而论，压抑已久的"侠"崇拜心理复苏时间并不算长，当下又面临比较宽松的文化语境，应该正是大陆武侠小说创作、发展的一个良好时机，大陆作家的智慧和才能在武侠小说创作领域完全可以也应当能自由、尽情展示，大陆有理由成为"后金庸"时代武侠小说创作的重镇。温瑞安在论及武侠小说于香港已式微，而于大陆则将繁荣时说："中国大陆市场，随经济开放后也开放了的文化市场，其中武侠是拥有极大的号召力和支持力的。……武侠小说其实方兴未艾。"③此断语是有道理的。

当代现实文化需要是武侠小说文化正生态的又一表现。严家炎在论述"文化生态平衡和武侠小说命运"而言及大陆从 20 世纪 50 年代至 70 年代末因取缔以武侠小说为代表的侠文化而造成文化生态失衡的危害时，曾列举数个报纸上报道的新闻事实加以说明，如公共汽车上歹徒抢劫而无人反抗，列车上坏人劫掠侮辱妇女而人们视若无睹，儿童

① 杨瑞春：《金庸反省"道义"》，《南方周末》2003 年 1 月 29 日第 C18 版。
② 陈平原：《千古文人侠客梦》，北京大学出版社 2010 年版，第 7 页。
③ 温瑞安：《寻找有射灯的舞台》，《今古传奇·武侠版》2005 年第 6 期，第 61 页。

落水围观者上百却无人救援，记者安珂与偷盗者搏斗致伤而无一人相助，等等，而这又绝非个案，"据粗略统计，从1979年到1983年，报刊上报道的这类触目惊心的事实就有一百七十多起。一个多么突出的社会现象！"① 这还仅仅只是70年代末至80年代初的情形。若从当下社会现实看，助人慎行、诚信缺失、道德沦陷、价值观混乱的现象更加严重，上述情形的发生更加普遍，只要翻开报纸、打开电视或点击网页，类似的新闻报道不绝于目。例如，2011年10月13日在广东佛山发生的"小悦悦事件"，2岁女童王悦遭两车碾压，7分钟内有18人从车祸地点经过却都视而不见，直至拾荒者陈贤妹施以援手，但为时已晚，王悦最终因抢救无效而死亡。2013年7月，陕西西安一位老人因车祸被卷入车底。很多路过此地的行人都停下来驻足观看，还有人不断拿手机拍照发微博，但就是没人打120求救。② 2014年6月15日，湖北仙桃一老人在超市门口遭一中年男子当街殴打，围观群众很多却无人上前阻止，也无人报警。③ 2014年12月5日，在南阳市通往社旗县的一辆长途大巴车上，22岁女孩刘某在车上遭一男子猥亵。在女孩反抗并向大巴车司机求救要求报警时，该司机没有及时施救，车内多数乘客也处观望状态，女孩最终被犯罪嫌疑人拖下车，遭到殴打。④ 2014年12月6日，广西藤县一女子站在桥梁栏杆外欲跳桥，距该女子约30米处挤满了围观的群众却无人伸出援手，该女子最后跳桥失踪。⑤ 2015年2月1日，浙江玉环县1名老人在公路中间摔倒，根据录像监控，在8分钟内有4辆车和23人经过，却无人搀扶，致老人再次遭碾压拖行⑥，等等。所有事件发生时，无一例外的都是冷漠围观

---

① 严家炎：《金庸小说论稿》，北京大学出版社2007年版，第9—10页。

② 《冷漠围观》，《法制日报》，http：//www. fawan. com. cn/html/2013 – 07/10/content_444050. htm，2014 – 12 – 14。

③ 刘志月、周佳：《仙桃男子酒后殴打老人并自称城管临时工》，http：//news. sina. com cn/o/2014 – 06 – 17/162930377601. shtml，2014 – 12 – 14。

④ 张兴军：《女孩乘车遭猥亵无人制止 涉事客车司机及管理者受处分》，http：// news. xinhuanet. com/legal/2014 – 12/11/ c_ 1113607657. htm，2014 – 12 – 14。

⑤ 《广西一女子跳桥失踪 众人冷漠围观拍照》，中国网（http：//legal. people. com. cn/n/2014/1208/c 188502 – 26170358 – 3. html，2014 – 12 – 14）。

⑥ 《老人路边摔倒8分钟内无人扶 遭碾压拖行》，浙江卫视（http：//news. qq. com/a/20150204/015911. htm，2015 – 02 – 10）。

者众而热心伸出援手者寡。再如，始于 2006 年的"彭宇案"又因近年来同类事件频发而导致全国范围内热议的"老人摔倒扶不扶"问题，一个原本很简单、不该成为问题的问题却成为全国范围内热议的问题，无论是其产生还是讨论中很多人的"不扶"或"看情况"的选择都值得深思。造成这一普遍社会现象的原因肯定是多方面的，但遭受抢劫不能反抗、目睹恶行置若罔闻、眼见危困不能救助等行为，无论如何都是见义勇为精神丧失的一种表现。当然，见"义"而勇为者亦有人在。例如上述的安珂、陈贤妹，再如，2009 年 10 月 24 日下午，长江大学文理学院的 40 多名同学在荆州宝塔河江段的江堤上野炊时，英勇救助落水的 2 名少年，陈及时、何东旭、方招 3 名大学生献出宝贵生命①；2014 年 5 月 31 日下午，江西宜春市三中高三学生柳艳兵在公共汽车上遇歹徒挥舞菜刀砍人，遂上前夺刀，因此受伤而耽误高考②，等等。客观地说，近年来，见义勇为者人数较之以前有大幅提升，但相对于默默忍受者、冷漠围观者、看热闹起哄者，见义勇为者仍然显得太少。问题是，天灾人祸总会发生，暴力恶行总会出现，为一己利益而滥用权力者、欺压良善者总会存在。倘若关键时刻没有人挺身而出，危难之际没有人奋不顾身，需要有人见"义"勇为时而没有人敢于担当，那么社会和谐、人心向善、正义昭彰将难以实现。因此，社会需要弘扬正气。而要弘扬正气，一方面，需要全社会范围内涌现出更多凡见"义"必勇为者并蔚然成风，另一方面，需要政府大力提倡见义勇为。事实上，从政府层面来说，早在 1993 年 6 月，由公安部、中宣部、中央政法委等部委联合发起成立的带有官方性质的全国性公益社会团体"中华见义勇为基金会"即已成立，其宗旨是"发扬中华民族传统美德，弘扬社会正气，倡导见义勇为，促进社会主义精神文明建设，加强社会治安综合治理和构建和谐社会"，该基金会由公安部主管；之后，各省乃至市县由公安部门主管的"见义勇为基金会"也于 20 世纪 90 年代或 21 世纪陆续成立，其宗旨与中华见义勇为基金会的宗旨大同小异，如江苏

---

① 《2009 荆州 1024 英雄群体》，中华见义勇为基金会官方网站（http：//www. cjyyw. com/hero. aspx？childid＝425&parentid＝70，2014－12－14）。

② 《江西宜春三中高考生柳艳兵在客运班车上与持刀歹徒搏斗》，齐鲁晚报综合治理（http：//edu. qlwb. com cn/0703/159895. shtml，2014－12－14）。

省见义勇为基金会的宗旨是"弘扬中华民族见义勇为传统美德，匡扶社会正义，维护社会稳定，促进社会和谐和社会主义精神文明建设"；山东省见义勇为基金会的宗旨是"倡导见义勇为，弘扬社会正气，宣传先进事迹，提供资助援助，奖励见义勇为人员，促进社会治安综合治理、精神文明建设与和谐社会构建"。各基金会也都有自己的《章程》和《见义勇为人员奖励和保护条例》，其职能主要是表彰并奖励见义勇为者、宣传见义勇为英勇事迹、保护见义勇为者权益等。具有官方性质的"见义勇为基金会"在全国"遍地开花"式地广泛存在，既说明官方对于"见义勇为"充分认可的态度，也表明"见义勇为"在当下之于和谐社会构建何等珍贵和重要。应该说，无论是全国性的中华见义勇为基金会还是各省乃至市县的见义勇为基金会，在倡导见义勇为、弘扬社会正气方面发挥了极其重要的作用，近年来，见义勇为者人数呈现出上升趋势与此有关。

无论是社会现实需要还是政府大力倡导，"见义勇为"这一中华传统美德都应在当下得到继承和光大，这就意味着侠义精神的彰显与宣扬具有了极大的释放空间。因为侠义精神的核心内涵正是见义勇为。司马迁在《史记》中对"侠"有两段著名的阐述——"救人于厄，振人不赡，仁者有采；不既信，不倍言，义者有取焉"[①]；"今游侠，其行虽不轨于正义，然其言必信，其行必果，已诺必诚，不爱其躯，赴士之阨困，既已存亡死生矣，而不矜其能，羞伐其德"[②]——充分肯定了"侠"的重诺守信、舍生取义、救人于困厄而不自夸本领和功德的美德，其核心正在于见义勇为而不惧自我生死。司马迁此论与此前"侠"的历史真实存在虽然有一定的出入，如龚鹏程所言："司马迁写的，根本不是什么客观的历史，里面充满了意义的选择、判断与对历史的诠释。而这种诠释，当然又跟诠释者司马迁本人的意义取向、价值观有密切的关联。"[③]但后世论"侠"多以此为据。因为人们希望"侠"就是这样的，能够见义勇为而济危扶困、除暴安良、锄强扶弱，能够伸张正

---

① （汉）司马迁：《史记·太史公自序第七十》，中华书局2011年版，第2873页。

② （汉）司马迁：《史记·游侠列传第六十四》，第2757页。

③ 龚鹏程：《侠的精神文化史论》，山东画报出版社2008年版，第7页。

义而成为社会公平、平等的守护者。可以说，侠义精神即等同于见义勇为。也因此，尽管在后世的文学想象中"侠"被赋予了更多的品质，但大都是在"见义勇为"这一核心内涵基础上的延伸与拓展，"见义勇为"始终是文学想象之"侠"所着力刻画与表现的，所不同者只在于所为之"义"的区别。例如在金庸小说中，既有《飞狐外传》中胡斐为钟阿四一家打抱不平诛杀凤天南而显示的济危扶困、除暴安良之"义"，也有《神雕侠侣》中郭靖舍身卫国而显示的抵抗侵略、为国为民之"义"，更有《天龙八部》中萧峰不惜自杀身死而显示的消弭战争、追求和平与民族友好相处之"义"，"义"虽不同，但都是见"义"而勇为。而从侠义角度看，现实生活中的各种见义勇为行为都是侠义行为，所有见义勇为者都是"侠"者，他们虽然没有文学之"侠"所具有的超凡武功，但能够济厄扶困、救助弱小，敢于打抱不平、伸张正义，如金庸举例所说："我写的武侠只是一种精神。这种'侠'指的是见义勇为，遇到不平的事能够挺身而出，甚至不惜牺牲个人的一切。中央电视台评选'2002年度感动中国的人物'，我是评委之一。我选那位女财会学者。她发现有家上市公司年报作假，就站出来揭露，那家公司就与她打官司，她被那家公司搞得很惨。她不是女侠，也不会'降龙十八掌'，但她的精神与'侠'一脉相传。"① 既然侠义精神因其核心内涵是"见义勇为"而应得到彰显和宣扬，作为"侠"之主要载体的武侠小说自当承担大任，如此，武侠小说在当代社会也就有了广大的施展空间。小说之"侠"见义勇为于幻想的江湖世界，作为审美对象既丰富了现实读者的精神世界又对其正义感的树立产生着影响；现实之"侠"见义勇为于真实的社会人生，既是武侠小说生存发展的文化土壤又能弘扬社会正气，两者交相辉映并相互激发、影响，当能使武侠小说在当代勃然而兴。

武侠小说的文化正生态于现实文化需要方面还体现在，当代社会是一个文化既相互融合又多元存在的社会。随着全球经济一体化和文化交流活动的日益频繁和密切，文化融合是不可避免的，但文化融合不应该

---

① 万润龙、韩宏：《衣要尺度米须斗量——"华山论剑"说金庸》，见葛涛、谷红梅、苏虹《金庸其人》，社会科学文献出版社2004年版，第84—85页。

是某一文化对另一文化的完全侵蚀和同化，也不应是某一文化对另一文化的完全接受而放弃其自身，而应是在保留各自特点前提下的融合并在融合中不断更新、发展。因此，面对外来文化特别是西方强势文化，认同与坚守中国文化传统显得非常重要，如此方能既融合又不失本土文化特色。"侠"文化作为中国传统文化的子文化，其本身不仅是中国传统文化的重要组成部分，而且与儒、道、墨等中国主流文化传统亦有非常密切的关系，所以，对文化的坚守与认同，"侠"文化自在其列。只要"侠"文化不灭，武侠小说就不会灭。同时，武侠小说所承载、宣扬的固然是"侠"文化，但又不止于此，因为武侠小说的包容性极强，它既可兼具英雄、侠客、言情、历史、传奇、战争等于一体，又可融侠、儒、道、法、墨、佛、医等文化知识与精神为一炉，它既可完全立足于中国本土，又可广泛吸收外来文化中的一些优秀元素。在这一方面，金庸小说体现得非常充分。如严家炎所说："金庸武侠小说包含着迷人的文化气息、丰厚的历史知识和深刻的民族精神。作者以写'义'为核心，寓文化于技击，借武技较量写出中华文化的内在精神，又借传统文化学理来阐释武功修养乃至人生哲理，做到互为启发，相得益彰。这里涉及儒、释、道、墨、诸子百家，涉及千百年来中华民族众多的文史科技典籍，涉及传统文学艺术的各个门类如诗、词、曲、赋、绘画、音乐、雕塑、书法、棋艺等等。作者调动自己在这些方面的深广学养，使武侠小说上升到一个很高的文化层次。……我们还从来不曾看到过有哪种通俗文学能像金庸小说那样蕴藏着如此丰富的传统文化内容，具有如此高超的文化学术品位。"① 金庸小说所以能雅俗共赏而影响巨大，是与金庸小说强烈而浓厚的文化传统信息具有密切关系的。从这个意义上说，武侠小说在文化的坚守与认同方面所能产生的作用是不能忽视的。而且，就武侠小说而言，它本身就是中国化、本土化的小说形式。因此，在当今这样一个既重文化交流与融合，又重本土文化继承与宣扬的时代，武侠小说这一能够蕴涵并展现中国传统文化特色和精神的民族文学形式，理应可以生存并发展。

武侠小说的文化正生态还表现在它自身所具有的良好传统上。这主

---

① 严家炎：《金庸小说论稿》，北京大学出版社 2007 年版，第 172 页。

要包括两个方面：一是对宣扬侠义精神的固守；二是根据时代特征，不仅在写作技巧、创作手法上不断有所突破和创新，而且在侠义精神内涵上乃至整个作品思想意蕴上不断有所增添、丰富或提升，从而既承继了武侠小说一以贯之的文化血脉，又适应了不同时代的需要和读者的阅读心理。例如，魏晋六朝时期社会动荡，政治黑暗，生命没有保障，致佛老思想弥漫，巫风盛行，作为武侠小说"前史"的魏晋志怪小说中表现侠义精神的作品因而多带有神怪色彩。如《三王墓》中干将、莫邪之子赤为报仇而自斩头颅并将头颅和剑交与在山中所遇侠客，侠客携赤头颅见楚王"于汤镬煮之"而"三日三夕不烂。头踔出汤中，瞋目大怒"，侠客邀楚王观之而斩其头入汤镬，又斩己头入汤镬，"三头俱烂，不可识别"。此作品既宣扬了赤的反抗精神，更描写了一个为民申冤、拔刀相助而不惜牺牲自己的侠客形象，而其过程则显得非常怪诞诡异。唐代崇尚事功，尚武好勇，观念开放，任侠风气浓郁，佛道宗教意识强烈。作为武侠小说真正开始的唐传奇中的作品，所塑造的侠形象或因路见不平而行侠如《义侠》中之剑客，或为报主恩而行侠如《昆仑奴》中之磨勒、《红线》中之红线，或为报知遇之恩而行侠如《聂隐娘》中之聂隐娘、《无双传》中之古押衙，或为复仇而行侠如《崔慎思》中之崔慎思妾、《谢小娥》中之谢小娥等。济危扶困、不畏强暴固然仍是侠之本色，但"侠客为'报恩'而行侠，这基本上是唐代小说家的发明，与古侠的行为风貌大有距离"①，因为，在司马迁的区分中，"刺客"是报恩者，而"游侠"则是施恩者，即是说，"刺客"与"游侠"在唐传奇中已合流；唐传奇中的侠客既有男侠也有女侠，如红线、聂隐娘等，这也是此前所没有的，而无论是男侠还是女侠，平日里皆隐藏形迹于世，一旦行侠即刻遁去，既神秘又与现实有距离感；在行侠手段上，侠客多凭剑术、法术且二者往往混杂，另有少量作品辅有药物如《无双传》中的还魂丹、《聂隐娘》中的化尸药，"以武行侠"的观念基本形成；因为已经是真正的小说，所以故事情节安排较为曲折离奇。明代的城市化带来了市民经济的日益繁荣，也随之产生了市井细民的思想情趣和审美需求，源于宋代的"话本"小说至明代亦更加成熟兴盛，因

---

① 陈平原：《千古文人侠客梦》，北京大学出版社 2010 年版，第 24 页。

此在形式上，不仅产生了白话短篇武侠小说如"三言二拍"中的很多作品，而且出现了长篇武侠小说如划时代巨著《水浒传》；侠形象塑造在表现济危扶困、报恩复仇传统侠义精神的同时，又反映出新兴市民的趣味，如《赵太祖千里送京娘》(《警世通言》)中的赵匡胤、《宋四公大闹禁魂张》(《喻世明言》)中的宋四公、《杨温拦路虎传》(《清平山堂话本》)中的杨温等侠客，较之唐传奇中隐迹神秘而飘逸超脱的侠客，他们就存在于现实社会之中，有普通人的各种感情欲望，而且往往因行侠而发迹显达。"施恩必然得报，行侠一定得利，而且这种回报和利益都兑现得很快。这不仅仅是外加的因果报应公式，而且往往成为小说中侠义人物选择义举的内在动机，权衡得失的精心盘算"①，所以明代侠客形象具有浓厚的世俗功利色彩；武功描写既有超自然的剑术、法术，也有徒手相搏术、刀术、棍棒术以及轻功等较为真实的功夫，并以后者为主；作为"话本"小说需要吸引读者和观众，所以小说情节更加曲折跌宕，侠客行侠过程渲染得更加细致逼真。武侠小说在清代较之以往的不同之处主要在两个方面：一是受清统治者"剿抚兼施"政策影响而产生的侠义公案小说；二是风月传奇与武侠小说合流而产生的儿女英雄小说。前者以《施公案》《彭公案》《三侠五义》为代表，表现的是侠客在清官的率领下为民申冤、为国锄奸。因为有清官这面旗帜相护，侠客的行侠仗义之举显得名正言顺而具有存在的合理性，但也因此失去了为"侠"的独立性；后者以《侠义风月传》《绿牡丹全传》《儿女英雄传》为代表，表现的是侠客兼具"英雄至性"和"儿女心肠"，将行侠仗义与男女情爱融为一体。虽然此类小说因充满浓厚的封建名教色彩而使侠客的爱情拘囿于忠孝节义里，但此前"侠不近女色"的形象塑造就此被打破。如此塑造侠形象带来的不仅是侠形象的改变，而且产生了叙事结构的改变。前者以同一个清官连接所有断狱故事以及侠客从而获得长篇小说的整体感，不同于以往主要是描述一人一事的短篇小说结构；后者则将侠客的行侠与爱情共同作为小说的叙事线索。武功描写上，不仅有剑术刀术，而且有各种拳掌之术以及暗器，同时极力渲染打斗场面和过程且招式清楚，这与清代武术的发展和普及如太极拳、八卦

---

① 徐斯年：《侠的踪迹——中国武侠小说史论》，人民文学出版社 1995 年版，第 77 页。

掌、螳螂拳、形意拳等著名拳种已形成并盛行有极大关系。近现代，官府腐败，政治黑暗，国家衰落，丧权失地，更有长达十余年的日本对华的觊觎和入侵。在此社会背景下，民国时期的武侠小说不仅盛况空前，而且"表现出爱国主义的情怀，讽世刺俗的议论，豪迈刚健的风格"①。如平江不肖生向恺然"在他的小说中把'家国之忧'，把近代以来的民族忧患意识加进去"，"把'侠义'和'民族尊严'结合起来"②，于《近代侠义英雄传》中塑造了大刀王五和霍元甲人物形象；文公直的"碧血丹心"系列"针对民族危亡的现实，抒发侠烈的民族大义，沉痛慷慨，充满阳刚之气"③；即如还珠楼主李寿民也在其充满奇幻色彩的《蜀山剑侠传》中借由正邪两道之争而邪不胜正地表达了他对时代的关注和"匹夫之责"。在武功描写上，向恺然首分"内家"和"外家"即"内功"和"外功"，并充分肯定"内家"，从此开启了武功描写的一个新时代；在人物塑造上，受五四新文学影响，更加注重人物性格刻画与表现，如此不仅将"侠"从清代朝廷附庸的状态下解放出来从而恢复"侠"的独立性、自由性，而且"侠"成为小说中的主要人物并因坚实的性格依据而更显真实丰满；在叙事结构上，不仅有顾明道、王度庐将"侠"与"情"更加深入、细致、有机的结合，从而开创男女二侠双双闯荡江湖的模式，而且有文公直、朱贞木将"历史"引进武侠小说从而开启"江山"与"江湖"相结合的结构格局；在叙事技巧上，亦采用了诸多现代小说技巧，如顾明道《荒江女侠》采用"限制叙事"的方法，开此法在武侠小说中运用未有之先河，等等。汤哲声认为，民国时期武侠小说的繁荣主要源于两次大规模的创新运动："第一次创新运动是由向恺然的《江湖奇侠传》引发的。这部创作于1923年的作品使得中国武侠小说的创作从'江山'转向了'江湖'。……从'江山'转向'江湖'给武侠小说带来的最大好处是拓展了小说的传奇空间。"其实质"实际上是一次'文体的融合'"，"基本思路是以中国传统的神魔、奇幻小说架构武侠小说"。"第二次创新运动是由朱贞木

---

① 罗立群：《中国武侠小说史》，辽宁人民出版社1990年版，第195页。
② 范伯群、汤哲声、孔庆东：《20世纪中国通俗文学史》，高等教育出版社2010年版，第159—160页。
③ 同上书，第195页。

的《七杀碑》完成的。《七杀碑》的最大贡献是将武侠故事与历史故事结合了起来，使得武侠小说历史化。"它"是一次'学科的融合'。朱贞木实际上是把历史学科引入武侠小说创作中来。历史学科的介入给予武侠小说美学构成的最大贡献是'真实性'，似乎历史就是这么构成的。对武侠人物来说，打斗之中多了几分历史兴亡的内涵，豪杰之气中有了更多的英雄气概"①。此说甚是，也很有高度。兴起于 20 世纪 50 年代的以金庸、梁羽生为代表的"新派武侠小说"，既直接承继于民国武侠小说又有超越性的创新。一方面，助人为乐、伸张正义的传统侠义精神和爱国主义、民族主义的伟大情怀得到更充分的宣扬，人物形象得到更丰满鲜活的塑造，人性、人情得到更深刻的揭示，武功得到更加充满想象力的出神入化的描写，侠与情、历史与武侠叙事结构得到更加娴熟自如的运用，叙事技巧得到更加多样而灵活的施展；另一方面，也是更重要的，金庸等人将武侠小说带入了文化的境界。金庸小说无疑是最具代表性的。"金庸的小说博大精深，无体不备。金庸写武打，有'赤手屠熊搏虎'之气概；写情爱，有'直教人生死相许'之深婉；写风景，有'江山如此多娇'之手笔；写历史，有'一时多少豪杰'之胸怀。更难能可贵的是，金庸在这一切之上，写出了丰富的文化和高深的人生境界。他打通儒释道、驱遣琴棋书画、星相医卜，将中华文化的博大精深和光辉灿烂以最立体最艺术的方式，展现在世人面前"②。汤哲声认为，金庸等人把武侠小说带到文化境界是 20 世纪中国武侠小说的第三次大规模创新运动，这次创新运动是"文化的融合"③。从作为武侠小说"前史"的魏晋志怪小说到新派武侠小说，其演变发展过程及其在各个历史时期的具体呈现当然非常复杂，非上述简略勾勒所能尽显，但从中已可看出，武侠小说正是在既保持侠义精神的固有文化血脉而又不断创新中不断发展的。

武侠小说自身发展的这一良好传统，使武侠小说在各个时代既不失本色，又充满活力。以此观之，武侠小说在当代社会应当有进一步的发

① 汤哲声：《中国现代通俗小说思辨录》，北京大学出版社 2008 年版，第 70—73 页。
② 范伯群、汤哲声、孔庆东：《20 世纪中国通俗文学史》，高等教育出版社 2010 年版，第 270 页。
③ 汤哲声：《中国现代通俗小说思辨录》，第 73 页。

展。而事实上，当前"大陆新武侠"的大多数作者也的确承继了武侠小说这一良好传统，具有超越前人武侠小说文本的意识与自觉。例如凤歌在谈及《昆仑》创作情况时说："初衷是写个侠客，写着写着就变成了数学家，再写着写着就成了将军了，有时候纯属是为了躲避前人的套路，但仍然没有完全避开。"① "《昆仑》的小说技法可能比较传统，但庆幸的是：梁萧这个人物并不太传统。比如他的血性和进取心，尤其是他对科学的执著追求，按照自己的意志，尽量挑战作为一个宋时人的局限性。这在传统的人物中是比较少见的。"② 韩云波对《昆仑》评价甚高，认为《昆仑》是在"改良"基础上的"革命"，既继承传统，同时又以科学主义、理想主义与和平主义对立于港台新武侠小说的哲学主义、现实主义和民族主义，从而极富创新性、飞跃性，它的连载和出版，"无疑是包含着观念与技巧巨大创新的武侠新高潮的标志性事件"，"若干年后，当我们回顾21世纪大陆新武侠时，也许会将《昆仑》和1958年金庸《射雕英雄传》的出现相比"③。小非谈创作《宋昱外史》时也说："我坚持认为《宋昱外史》的写法决不同于任何一部传统武侠小说，甚至带着明目张胆的颠覆企图——从江湖格局的古怪设定，到正邪之间的另类互动，再到武功作用的推翻重建，处处都躲避着常规的局限——而这里边最大的反叛，很可能就是作者在推进小说的同时，将写作时的私人愉悦不加节制地暴露在读者的面前，把武侠小说当成先锋文学来写。……事实上，这么做无非是在尝试着有所突破。"④ 沧月则试图在武侠与动漫、游戏的结合中有所创新，她说："武侠的时代是否已经过去，如今是动漫游戏的时代么？有些茫然若失。虽然我同样喜爱看动漫、打游戏，但也依然留恋影响了我少年时期、令我心灵震撼的武侠。……在读了无数遍今古旧作之后，某日，我在电脑前画着图纸直到深夜，心中忽然冒出一个念头：为什么不把那些杂七杂八的东西消化一二，变成别样形式的武侠呢？如果这样一种风格的武侠，能够同时获得

---

① 凤歌：《凤舞昆仑》，《今古传奇·武侠版》2005年第7期，第147页。

② 同上书，第150页。

③ 韩云波：《而今迈步从头越——评〈昆仑〉》，《今古传奇·武侠版》2006年3月上半月版，第152页。

④ 小非：《写作是快乐的学习过程》，《今古传奇·武侠版》2005年第17期，第8页。

动漫和游戏读者的认同和支持，是不是可以把一些人从日本动漫那边拉回来呢？……《夜船吹笛雨潇潇》，《碧城》，《剑歌》，《东风破》……以及去年开始倾力写作的长篇《镜》，便是我试探着迈出的一个个脚印——毕竟这样的路，之前无有前例可循，之后也不知会否有同道之人。"①温瑞安在评价小椴的作品时认为："光是他的《弓箫缘》，一个侠女独劫法场，然后一刀杀了她所救的人，已是'高手一出手，便知有没有'。他的《长安古意》，一个老人顶住一家镖局，敢接一宗长安无人敢接之镖，气派已够'请从绝处读侠气'。《屠刀》更进一步，写一个悍妇丑女，在行侠时美丽不可方物。这些题材，不仅前辈没有写过，没有写成，甚至还没想过；或不敢写，或者能写、敢写、写了，不过，没有写得那么动人、动心、动情，以及，没有小椴那一支能短能长、各有妙境之笔。"② 其他如燕歌、步非烟、沈璎璎等也都有各自立足于创新的创作追求与尝试。虽然不能说所有的创新努力与追求都一定能带来创作的成功，但正因为有了超越前人武侠小说文本的意识与自觉，而今大陆武侠小说的创作已初显蓬勃之势，致有"大陆新武侠"的界定。

总之，中国人牢固的"侠"崇拜情结以及当代大陆宽松的文化语境是前提；当代对"见义勇为"的大力倡导和对文化的认同与坚守是现实需要；武侠小说自身在恪守传统侠义精神的同时而又在不断创新中发展的良好传统是根本。它们共同构成了武侠小说在当代社会仍将继续存在并发展的文化正生态。

二　武侠小说的文化负生态

以武侠小说的文化正生态而论，有理由相信武侠小说在当代可以继续生存并发展。但武侠小说的文化生态并不只是正生态的存在，不利于武侠小说生存与发展的文化负生态同样存在。只有正视这种文化负生态的存在，或改变之，或超越之，武侠小说才能更好地生存、发展。

---

① 沧月：《动风漫影新武侠　沧海明月共潮生》，《今古传奇·武侠版》2004 年第 7 期，第 8—9 页。

② 温瑞安：《有才有志能破能立——椴派小说我见》，《今古传奇·武侠版》2005 年第 22 期，第 99 页。

20 世纪 90 年代以来，对于金庸小说的经典化，反对和否定的认识与言论始终存在着。例如 1994 年，当严家炎在金庸受聘为北京大学名誉教授的典礼上发表《一场静悄悄的文学革命》的讲话，王一川在其主编的《二十世纪中国文学大师文库·小说卷》中把金庸排在鲁迅、沈从文和巴金之后，老舍、王蒙、贾平凹等人之前时，就曾遭到来自各方的议论和批评。如鄢烈山针对北京大学的做法和严家炎的讲话而发表文章说："我固执地认为，武侠先天就是一种头足倒置的怪物，无论什么文学天才用生花妙笔把一个用头走路的英雄或圣人写得活灵活现，我都根本无法接受。然而，令我尴尬的是，我一向崇敬的北大却崇敬金庸！"并讥讽道："莫非崇拜武侠小说，正是北大从善如流、追求真知、唯真理马首是瞻的新表现？"① 而最激烈的一次表现，则在 1999 年前后，尤以王朔于《中国青年报》上发表《我看金庸》一文引发的所谓"王金大战"及其随后在全国范围内展开的关于金庸小说和武侠小说的争论为突出。王朔在该文中称：金庸小说的"情节重复，行文啰嗦，永远是见面就打架，一句话能说清楚的偏不说清楚，而且谁也干不掉谁，一到要出人命的时候，就从天上掉下来一个挡横儿的，全部人物都有一些胡乱的深仇大恨，整个故事情节就靠这个推动着"。在主题方面，"中国旧小说大都有一个鲜明的主题，那就是以道德的名义杀人，在弘法的幌子下诲淫诲盗，这在金庸的小说中也看得很明显。金庸笔下的侠与其说是武术家不如说是罪犯，每一门派即为一伙匪帮。他们为私人恩怨互相仇杀倒也罢了，最不能忍受的是给他们暴行戴上大帽子，好像私刑杀人这种事也有正义非正义之分，为了正义哪怕血流成河"。在人物塑造方面，"我不相信金庸笔下的那些人物在人类中真实存在过，我指的是这些人物身上的人性那一部分。……在金庸小说中我确实看到了一些跟我们不一样的人，那么狭隘，粗野，视听能力和表达能力都有严重障碍，差不多都不可理喻，无法无天，精神世界几乎没有容量，只能认知眼前的一丁点儿人和事，所有行动近乎简单的条件反射，一句

---

① 鄢烈山：《拒绝金庸》，见葛涛《金庸评说五十年》，文化艺术出版社 2007 年版，第 100—101 页。

话，我认不出他们是谁"①。王朔全盘否定了金庸小说。王朔对金庸小说的否定，可看作是对整个武侠小说的否定，因为金庸小说被视作武侠小说的集大成者，是武侠小说有史以来的登峰造极之作，金庸小说已然如此，其他的武侠小说问题当然更多。在随后展开的大规模争论中，与王朔持相同观点的人并不在少数。例如，袁良骏在其《再说雅俗——以金庸为例》一文中，首先从"脱离现实生活，不食人间烟火"，"伪造矛盾冲突，以争强斗狠、打打杀杀为能"，"'千人一腔，千人一面'，陈陈相因，辗转传抄"等五个方面对旧武侠小说进行了否定；其次认为，"金庸的武侠小说的出现，既是旧武侠小说的脱胎换骨，也开辟了武侠小说的一个新时代"，但是"武侠小说这种陈旧、落后的小说模式本身，极大程度地限制了金庸文学才能的发挥，使他的小说仍然无法全部摆脱旧武侠小说的痼疾，仍然无法不留下许多粗俗、低劣的败笔"，并主要从"总体构思的概念化、模式化、公式化"，"仍然是脱离现实，仍然是不食人间烟火，仍然是天马行空，云山雾罩"，"仍然是刀光剑影，打打杀杀，血流成河，惨不忍睹"，"将武侠置于历史背景之上，也有以假乱真的副作用"，"拉杂，啰嗦，重复"，"旧武侠小说固有的打斗、血腥、杀人、拉帮结派等毛病，社会影响是很坏的"六个方面进行了说明，其结论是，"像武侠小说这种陈腐、落后的文艺形式，是早该退出新的文学历史舞台了！"②何满子在《破"新武侠小说"之新》一文中认为，"武侠小说的立足点和基本精神，和宣扬好皇帝和清官一样，是制造一种抚慰旧时代无告的苦难庶民的幻想，希望有本领超凡的侠士来除暴安良，打尽天下不平，纾解处于奴隶地位的人民的冤屈和愤懑"，金庸等人的武侠小说虽然是"新"武侠小说，但是"武侠小说这一文体，它的叙述范围和路数，它所传承的艺术经验，规定了这种小说的性能和腾挪天地"，"无非是写几个不食人间烟火的侠士，有超凡的武功和神奇的特异功能（令人想起吹嘘得荒唐透顶的气功大师和李洪

---

① 王朔：《我看金庸》，《中国青年报》1999年11月1日第7版。
② 袁良骏：《再说雅俗——以金庸为例》，见廖可斌《金庸小说论争集》，浙江大学出版社2000年版，第70—74页。另有《〈铸剑〉〈断魂枪〉都是武侠小说吗——向严家炎先生请教》《为〈铸剑〉一哭》《学术不是诡辩术——致严家炎先生的公开信》等文，与严家炎展开了激烈交锋。

志之类），炼成人无法想象（他爱怎么胡编就怎么胡编，反正牛皮捡大的吹）的绝技和高精尖武器；侠男侠女们又都是些多情种子，三角四角要死要活；天生有深仇大恨要报，追到天涯海角也要寻衅打斗；这宗派那山头的侠士们也因国恨家仇乃至因互不服气都要比试比试，各逞祖传的或新修炼成的绝技和奇器克敌制胜；如此等等。变来化去，情节不论如何翻新，都遁不出这些祖传老招数。又因为这些奇谈怪论是现实社会生活中无法想象的，因此只得找点某朝某代的历史故事来依附，缘饰些历史掌故，生发些人生议论以示其渊博和高明"，所以，"武侠小说的文体及其创作机制决定了它变不出新质"①。黎鸣认为："金庸的小说内容，几乎全都是教人如何做白日梦，而决不是启发人们面对真自然、面对真社会，总之面对人类所处真实的环境如何做真正有文化意义和人性价值的思维和想象。""在中国广大的青少年儿童中盛行金庸先生的武侠小说，无异于毫无防范地任他们染上做白日梦的恶习，而实际上是任他们自行折断自己理性力量的翅膀。在这个意义上，我可以说，武侠小说其实是青少年儿童的'朽话'，是他们的精神'白面'。""当代中国流行的武侠小说，包括金庸的武侠小说，既非真，又非善，其'美丽的情感'空洞无物，亦非美，更与 20 世纪科学与民主两大世界人性主潮断然无干，这种作品有什么资格被称作上等的文学呢？难道中国人真是没有作家没有文学了么？"② 上述言论都以激烈的言辞和极端的态度，对金庸小说和武侠小说进行了全盘否定。

反对金庸小说经典化，对武侠小说持否定态度，如果只是出于对文学价值与功能的理解不同并在研读作家作品基础上而产生，作为学术争论，原本极为正常。但上述持论者在表达否定观点的同时，又明确表态说很少阅读，或没有阅读多少甚至根本不读金庸小说或其他任何武侠小说家的作品。如鄢烈山说："我的理智和学养顽固地拒斥金庸（以及梁羽生古龙之辈），一向无惑又无惭。有几位欣赏新武侠小说的文友曾极

① 何满子：《破"新武侠小说"之新》，见廖可斌《金庸小说论争集》，浙江大学出版社 2000 年版，第 171—172 页。另有《为武侠小说亮底》《为旧文化续命的言情小说与武侠小说》《就言情、武侠小说再向社会进言》等文对武侠小说进行全盘否定。
② 黎鸣：《垂暮者的"童话"，青春者的精神"白面"——也谈"金庸热"》，见葛涛《金庸评说五十年》，文化艺术出版社 2007 年版，第 117—121 页。

力向我推荐金庸梁羽生，我也曾怀着'一无不知，君子所耻'的心理借来《鹿鼎记》、《射雕英雄传》，最终却只是帮儿子跑了一趟腿。"王朔亦言："第一次读金庸的书，书名字还真给忘记了，很厚的一本书读了一天实在读不下去，不到一半就撂下了。"读《天龙八部》时，"这套书是7本，捏着鼻子看完了第一本，第二本怎么努力也看不动了，一道菜的好坏不必全吃完才能说吧？"黎鸣则说："笔者本人也曾很有兴趣地阅读过金庸先生的少部分作品，但也很快就感到扫兴了。"何满子在说"无非是写几个不食人间烟火的侠士"那一段话之前还有一句话"看没看过都一样"。没有阅读作品即对作品进行批评而下断语加以否定之举，不免令人觉得奇怪，因为它不符合批评的逻辑。而这也正是上述持论者在争论中被严厉质疑的。对此，何满子在《为武侠小说亮底》一文中辩称说："没有读过，怎么能批评？这道理似乎很过硬。但也未必置之四海而皆准。打个比方，没有吸过毒贩过毒的人就不能批评贩毒吸毒？没有卖过淫嫖过娼的人就不能批评卖淫嫖娼？除非谁能对这样的问题做否定的答复，那么我就服他。"①如此比方，暗含着何满子将武侠小说与贩毒吸毒和卖淫嫖娼性质视若等同的价值判断，如黎鸣将武侠小说看作是精神"白面"一样。众所周知，贩毒吸毒和卖淫嫖娼是公认的违背人类道德观和价值观的行为，是人类付出惨痛的代价后予以证实的社会公害，无论是医学鉴定还是对人的实际伤害，无论是法律规定还是道德约束，都是不被允许的，因此对其进行批评自然无须体验。按何满子的逻辑，既然武侠小说与贩毒吸毒和卖淫嫖娼一样是社会的公害，当然无需阅读就可进行批评并加以否定。问题是，武侠小说真得与吸毒贩毒、卖淫嫖娼性质一样，是毋庸证实的社会公害吗？答案当然是否定的。当代众多学者研究表明，武侠小说作为一种小说类型，其自身虽然存在一定的问题，不同武侠小说家的创作水平也参差不齐，但它所具有的独特的审美价值如丰富的想象世界、对正义感和同情心的唤醒和激发、对公正平等的追求和向往、对传统文化的继承和宣扬等，无论如何都不应将其视为社会公害。那么，何满子等人将武侠小说视为社会公害

①　何满子：《为武侠小说亮底》，见廖可斌《金庸小说论争集》，浙江大学出版社2000年版，第41—42页。

而断然否定的认识从何而来？很简单，源自于五四新文学运动以来对武侠小说的否定。中国 20 世纪初期至中后期，"启蒙""救亡""革命""斗争"始终是时代的主旋律。与此相适应，文学强调"为人生""为现实""为社会""为革命""为政治""为斗争"的教化功能和战斗功能，现实主义取得一元化的绝对统治地位，文学史的撰写和对作家作品的评判也主要是据此而为，所谓"严肃文学""雅文学""纯文学""精英文学"即指此类文学。[1] 以虚构想象为主要特征的武侠小说因不符合这样的文学选择标准而遭到贬斥。如早在 20 世纪 30 年代，面对当时盛行的武侠小说潮，以瞿秋白的《吉诃德的时代》、郑振铎的《论武侠小说》、茅盾的《封建的小市民文艺》为代表，就对武侠小说及其传播的"侠"观念进行过严厉的批判和否定；新中国成立后，因意识形态化现象更加严重，武侠小说作为封建的、落后的、腐朽的甚至是反动的文学形式在大陆遭到清理达 30 年之久。出于特殊时期的社会现实需要而强调现实主义文学，注重文学的教化功能和战斗功能，本无可厚非，这样的文学当然也有其重大价值，但由于"重写实而轻想象，重科学而轻幻想，重思想功利而轻审美特质"[2]，从而否定包含武侠小说、言情小说、侦探小说等小说类型在内的文学形式，却显出文学观念的偏执与狭窄。"其实，文学的功能是很宽泛的，例如有审美功能、认识功能、娱乐功能、教化功能与战斗功能等等。过去的主流意识蔑视娱乐功能而过分强调战斗功能，对注重娱乐性和趣味性的通俗文学就严厉排斥。"[3] 何满子等人对武侠小说和金庸小说秉持不用阅读就加以批评和否定的做法，正是这一褊狭文学观念的深刻影响所致。在他们的认识中，武侠小说这一小说类型就是低级、庸俗、荒诞、不切实际的代名词，是一种应该消除的文学形式，根本不需要对具体作家、具体作品进行具体分析。汤哲声在批评当代众多批评家对待通俗小说的态度时说："这些批评家们只要一论及通俗小说马上就与'庸俗'联系了起来。为什么会形成这样的状态？我看原因是两个，一是以既有的概念和原则出

---

① 参见温儒敏、陈晓明等《现代文学新传统及其当代阐释》，北京大学出版社 2010 年版。

② 严家炎：《金庸小说论稿》，北京大学出版社 2007 年版，第 199 页。

③ 范伯群、汤哲声、孔庆东：《20 世纪中国通俗文学史》，高等教育出版社 2010 年版，第 8 页。

发看待通俗小说，特别是以'五四'新文化批评'鸳鸯蝴蝶派'的理论评论中国所有的通俗小说，并以'五四'新文化的捍卫者自居；二是他们根本就没有看过通俗小说，并摆出不屑一看的姿态。这两种态度有着一个共同的缺憾，那就是脱离实际。他们对'五四'新文化对'鸳鸯蝴蝶派'的批评缺少科学的态度，并没有看到'五四'新文学为夺取中国文学正宗地位时所采用的那些矫枉过正做法的偏差。他们对中国通俗小说也缺乏发展的眼光和变动的思维，并不了解通俗小说的性质，不了解当今中国通俗小说的实际状态。"① 何满子等人对武侠小说的批评亦如是。

对金庸小说和武侠小说持否定态度的当然不止王朔、何满子、袁良骏、黎鸣等人。他们只不过在表达否定态度时表现得更为激烈一些，而支持他们的则大有人在。不独学界、作家界如此，民间也依然存在着这样的现象：一方面，人们在闲暇时间阅读着武侠小说，另一方面，却又不能理直气壮地承认自己的阅读行为，似乎阅读武侠小说就意味着品位低下；一方面，成人可以阅读武侠小说，另一方面，却又不认同自己的孩子阅读武侠小说，认为那是在浪费时间，对孩子的身心成长不利，因而想方设法加以阻挠、干涉。这说明，自20世纪90年代以来的当代大陆，关于"侠"及武侠小说的观念虽然已有极大的转变，但曾经的否定性观念依然存在，"低级""庸俗""消遣""打打杀杀"等一些有关武侠小说的负面价值评判依然根深蒂固。

依然存在的观念偏颇，是武侠小说文化负生态的一个重要体现。面对这样的文化负生态，武侠小说如何生存与发展？陈平原认为："或许……武侠小说的出路，取决于'新文学家'的介入（取其创作态度的认真与标新立异的主动），以及传统游侠诗文境界的吸取（注重精神与气质，而不只是打斗厮杀）。"② 此说极有道理，但问题在于，新文学作家如何才会介入武侠小说的创作？这就需要新文学作家进一步改变观念。具体表现为：摈弃长期以来存在的"雅""俗"观念，以"类型"

① 汤哲声：《中国当代通俗小说史论》，北京大学出版社2007年版，第22—23页。
② 陈平原：《超越"雅俗"——金庸的成功及武侠小说的出路》，《当代作家评论》1998年第5期。

之分取代"雅俗"之分，或者即使坚持"雅俗"之分也不以高低之别视之，因为"雅俗之分并不是指内在品味的高低，而是一个形态上的区别，它是由作品的题材选择、结构方式和语言表达等方面所表现出来的，相对的精巧与朴拙、复杂与单纯、陌生与熟练等不同所构成的差异。正是由于这个原因，虽然导致这种不同的起因在于发生时的社会活动，其功能也在于满足人们不同的生命需求，但随着受众的文化习惯的变迁，会出现由俗到雅的转换"①。真正认识到武侠小说作为一种文学类型，与其他文学类型特别是所谓精英文学之间，并无高低、贵贱之分，同样可以产生伟大的、经典性的作品，从而可以再无顾虑、堂而皇之地进行创作；进而认识到武侠小说作为一种大众文学，在传播与接受方面，较之其他文学形式，有其独特之处，也有其优势所在，从而在自觉地深入研究和领悟中将武侠小说和新文学的各自优势进行整合、融化；在此基础上，再以其不同于一般武侠小说作家的认真的创作态度和主动的标新立异进行武侠小说的创作。观念的改变不单指作家界，学界和民间也须改变。因为作家界的观念改变只涉及创作实践的坚定性，决定的只是新文学作家能否真正介入武侠小说的创作，而学界的观念改变则涉及武侠小说理论前提的真理性，民间的观念改变涉及武侠小说生存土壤的厚实性。三者的关系是互动的。理论前提的真理性决定着创作实践的坚定性，创作实践的坚定性及其最终成功显示并证明着理论前提的真理性，它们共同培育并强化着武侠小说生存土壤的厚实性，而武侠小说生存土壤厚实性的培育和强化，又支撑着武侠小说理论前提的真理性和创作实践的坚定性。如此，或许能够完成武侠小说在当代的进一步改造，并超越金庸所创造的巅峰。

改变观念，充分肯定武侠小说的价值，不等于无视武侠小说存在的问题。特别是着眼于武侠小说在当代的生存与发展，更应正视它自身存在的问题。从这个意义上说，在上述否定武侠小说的言论中，有些批评者的言论并非一无是处，因为他们确然指出了武侠小说特别是旧武侠小说存在的一些问题，如类型化问题、为私人恩怨动辄杀戮问题。他们的错误主要在于，因旧武侠小说存在什么问题就臆测并认定新武侠小说也存在什么问

---

① 徐岱：《侠士道——金庸小说与中国精神》，北京大学出版社 2009 年版，第 38 页。

题，因武侠小说存在一些问题就否定其形式本身，因执着于写实文学而以写实文学的标准断然否定具有丰富想象性的武侠小说，从而不能以理性、科学的态度面对武侠小说并辩证地批评武侠小说存在的问题。

从文体角度看，不可否认，尽管武侠小说在不同发展阶段有不同程度的创新并呈现出不同的特点，但总体而言，武侠小说的确是高度类型化的。这种类型化在武侠小说发展至清代时已基本形成。其主要表现是：其一，侠、武、情、奇是武侠小说必然的四大构成要素。无"侠"，武侠小说就会失去其存在的根本；无"武"，"侠"就不能在江湖世界打抱不平、伸张正义；无"情"，"侠"就少了儿女情长的缠绵悱恻；无"奇"，则构不成供"侠"驰骋的传奇江湖世界，也表现不出"侠"的传奇人生。其二，正邪对立，善恶分明。"侠"因锄强扶弱、除暴安良而存在，所以有"侠"必然有"魔"，从而形成"侠""魔"相抗、正邪对立的江湖格局。而无论正邪对立多么激烈残酷，也无论"侠"经历了多少曲折坎坷，最终"侠"一定会战胜"魔"，正义必然战胜邪恶。其三，行侠故事模式化。侠客行侠或为报恩，或为复仇，或为夺宝，或为路见不平，或为江湖正道，因此形成了报恩故事、复仇故事、夺宝故事、伏魔故事、争霸故事等基本固定的模式。这在传统武侠小说作品中极为常见。其四，情节追求曲折生动，波澜起伏。武侠小说的情节力求戏剧性、传奇性，也因此，诸如悬念、意外、巧合、离奇、误会等手段在武侠小说中被大量运用。对于武侠小说的类型化，首先应该明确的是，类型化使武侠小说具有了自身的文体特点，使其能够作为一种独立的小说类型而存在；其次，武侠小说因为类型化而具有了强烈的观赏性、娱乐性和消遣性。因为，一方面，在阅读习惯上，"中国绝大多数中下层读者都有追奇猎艳的心理，喜欢看玩赏性、娱乐性、消遣性强的小说，喜欢看立意明确、布局完整、节奏明快、线条粗犷的小说，而不喜读干巴巴的哲理小说，或大段大段地阐述对人生思考的小说"[①]；另一方面，在人性欲望上，这种类型化"与人的好奇心（几乎每一个人都对身外的事情产生兴趣）、隐私欲（几乎每一个人都想了解别人那些隐秘的事情）、破坏欲（几乎每一个人都想有一个情绪发泄的

---

① 罗立群：《中国武侠小说史》，辽宁人民出版社 1990 年版，第 30 页。

对象)、占有欲(几乎每一个人都想获取更多精神和物质财富)、情欲(几乎每一个人都具有的自然欲望)等人性的基本欲望紧密相连"①，包括成功欲(几乎每一个人都渴望在社会上获得名声与地位)、公平欲(几乎每一个人特别是平民百姓都希望没有压迫剥削)、自由欲(几乎每个人都希望获得超越现实束缚的自由)等。读者在这样的阅读中可以获得审美快感，缓解现实压力，平衡焦虑心理，松弛紧张情绪，释放苦闷内心。武侠小说能对读者产生强烈的吸引力并在千百年间一直盛行不衰，应与武侠小说的类型化密切相关。

然而，类型化既是武侠小说成功的法宝，也是限制其发展的自我桎梏。类型化要求凡武侠小说作品就应具有武侠小说的文体特点，否则算不上是武侠小说，但如果真的只是按照类型要求简单组合侠、武、情、奇等要素，简单地按照某种故事模式组织激烈矛盾和曲折情节，并在正邪对立中最终让正义战胜邪恶，那么这样的武侠小说作品也算不上是好的武侠小说，艺术价值肯定不高。这样的武侠小说作品往往因简单彰显善恶分明而不注重人物形象塑造，造成人物的单薄、脸谱化；因一味追求曲折离奇而不注重情节的合理性、逻辑性，造成情节的不可信甚至破绽百出；因只考虑迎合读者趣味而不注重作品的思想内涵，造成思想呈现的简单、肤浅甚至谈不上有什么思想内涵，等等。遗憾的是，过去的很多二三流甚至不入流的武侠小说作家正是这样做的，艺术价值不高或者低下的武侠小说作品也是大量存在的。而这也正是武侠小说长期以来被指责和诟病的重要原因。出现这样的问题，应该说，既与作家的创作才能有关，也与武侠小说的类型化有关。因此，金庸才会说，对于武侠小说创作而言，"事实上能否超越它形式本身的限制，这真是个问题"。

武侠小说因类型化可能出现的问题在客观上也就成为其在当代社会生存与发展的一种文化负生态表现。那么如何突破呢？金庸的武侠小说创作及其成功具有很大的启示性。金庸小说作为武侠小说，不仅由"侠""武""情""奇"四要素构成，而且比传统武侠小说还要充分；故事模式也主要包括复仇、寻宝、伏魔、争霸、情变等；同样追求情节的曲折生动，并大量运用悬念、巧合、离奇、意外等手段。这都是与传

---

① 汤哲声：《中国当代通俗小说史论》，北京大学出版社 2007 年版，第 14 页。

统武侠小说相同或相似的地方。然而，金庸凭借严谨认真的创作态度，以创新求变为创作追求，以塑造人物形象和表现情感为创作理想，以主人公的"成长"为叙事框架，以演绎传统文化为内在根基，以反映人生思考为创作思想，又使其创作的武侠小说极大地突破了类型限制。如既重叙事更重写人，与传统武侠小说只重叙事而不重写人完全不同；在写人上，既重理想人格塑造又重个体人格特征刻画，既写正邪对立又写正邪之间并不那么容易区分，这使得人物形象显出了丰富性、复杂性，避免了平面化、简单化；在叙事上，在主人公"成长模式"框架下，融各种故事模式为一体，形成多种矛盾、多条线索纵横交织而又相互制约的网状结构，从而得以揭示更为深广的社会人生内容；注重情节的曲折跌宕与人物性格之间的相互关系，所以用悬念而不玩悬念，用巧合而又显真实，用离奇而又显可信，用意外而又显合理；将传统文化演绎于人物刻画、情感表达、武功描写、情节发展、价值判断等各个方面，使小说既有丰富的传统文化知识又有深厚的文化精神，既有对优秀传统文化的充分肯定与宣扬又有对传统文化弊端的审视与剖析，从而显示出文化的丰厚性和深刻性等等。金庸小说既继承传统又突破传统并因此超越雅俗而成为武侠小说之集大成者。金庸小说创作及其成功的启示性即在于：类型认同与类型开放并重。所谓类型认同，即认可并坚守武侠小说的文类基本特征，认可并坚守武侠小说对观赏性、娱乐性的追求。所谓类型开放，即在类型认同的基础上，要能吸纳、融合、创造一切可以运用于武侠小说的新元素、新技巧、新思想，突破因类型化而可能产生的局限。因为"武侠小说最大的优点，就是能包罗万象，兼收并蓄"①，武侠小说正是在不断的兼容并蓄中不断发展的。20 世纪武侠小说的三次大规模创新运动所带来的武侠小说的繁荣充分证明了这一点。从目前来看，类型开放有两个方向值得注意：一是继续向其他文学形式开放。这既包括其他通俗文学类型也包括"精英文学"，既包括传统小说也包括现当代小说，既包括中国小说也包括外国小说，既包括小说也包括传统游侠诗词，可以最大限度地融和这些文学形式的创作理念、创作技巧和

---

① 古龙：《谈我看过的武侠小说》，见葛涛《金庸评说五十年》，文化艺术出版社 2007年版，第 177 页。

表现手段。其中，应特别注意向"精英文学"开放。"精英文学"和"通俗文学"或"大众文学"确有诸多不同："知识精英文学重探索性、先锋性，重视发展性感情。……而市民大众文学则往往站在市民的立场上'平视'芸芸众生中的民间民俗生活的更序变迁。""知识精英文学重自我表现，主体性强；而市民大众文学则是一种贴近读者——消费者的期待视野的文学。""知识精英文学作家期望作品常有一种前所未有的创新，文体和语言的实验性是他们要攀登的制高点。……市民大众文学则是模式化的。""知识精英文学崇尚永恒，而市民大众文学期盼流通。因为重永恒，所以知识精英文学中的现实主义作家特别以塑造典型作为自己不倦的追求，期望在文学史的画廊中有着自己塑造的'不朽'。市民大众文学作家则希冀在报上连载的小说有众多的'天天读'的读者，一天不读，就会产生无穷的失落感。"① 但二者之间并非决然对立而不能融通。从民国武侠小说到新派武侠小说，其实已经向"精英文学"开放并获益良多，如注重刻画人物甚至塑造典型而一改此前只重叙事的写法就是受"精英文学"影响的结果，也因此极大地提升了武侠小说的艺术品格。武侠小说在当代可以向"精英文学"更加开放。二是向文化开放。一方面，融合各种文化，使武侠小说不仅是"侠"文化的载体，而且更是中国历史文化、政治文化、思想文化、宗教文化、民俗文化等各种主流及非主流传统文化以及当代文化的重要载体；另一方面，立足当代文化需要反思、审视中国文化的合理性、适应性和现代性，更重要的是，写出文化的力量，写出文化之于人的巨大作用力和深刻影响力。亦如汤哲声所言，寻找武侠小说突破口，"文化应该是最佳的选择。写文化不仅仅能表现复杂的人性和人情，而且能揭示出形成如此复杂的人性和人情背后的力量；写文化不仅仅能展示故事情节的传奇和曲折，而且能揭示出故事情节传奇曲折的必然性。……大陆的青年作家要想超越金庸等人，就应该在保持金庸等人演绎中国传统文化的特点的同时，多角度、多层次地演绎各类文化，不但是阐释中国文

---

① 范伯群、汤哲声、孔庆东：《20 世纪中国通俗文学史》，高等教育出版社 2010 年版，第 15—16 页。

化，还应该反思中国文化的合理性和适应性，这样，小说创作才会有深度。"① 需要注意的是，类型认同与类型开放应是不可分割的有机体。类型认同是前提，舍此，武侠小说将失去其文体特点，失去其独特性，也失去其存在的价值；类型开放是发展，舍此，武侠小说将固步自封，因没有变化而失去活力，从而成为僵死的类型。如果说类型认同是"正"，那么类型开放就是"新"，在守"正"中创"新"，是当代武侠小说作家创作时所应奉行的原则。事实上，如前所述，当代大陆新武侠作家并不缺乏创新的意识和努力，以寻求武侠小说在当代的突破，在文体实验、人物塑造、文化融入等方面也已取得实绩，但限于多方面的原因，如因时间尚短，种种致力于创新的追求和努力还不能通过创作得到自如、充分的体现，种种致力于创新的追求和努力尚处在探索与尝试阶段，其方向是否合理、正确，是否能够开辟出新天地，还有待验证；有些创作者因一味求新而忽视了对传统的继承，如"侠"的淡化或消失、过多的静态文字描述而情节性弱化、语言的唯美追求、过于先锋化的技巧运用；有融文化于武侠小说的自觉但缺乏相关的深厚学养，如大陆新武侠作家杨叛所说，"武侠对作者的传统文化知识有一定要求，年轻写手们接受这方面的教育太少了，即使是职业作家也没几个有金庸那种传统文化的根底"②，等等，"大陆新武侠"尚未有更大的作为。因此，如何在既保持武侠小说特色又超越武侠小说类型化限制之间寻找到最佳契合点，并带来整体性、结构性的改变，"大陆新武侠"可能还有很长一段路要走。

从"侠"的角度看，"侠"当然也是有负面性的。对此，历代学者都有论述。大致有三：其一，侠盗本一体。按许慎《说文解字》的解释及清段玉裁注，"侠"即"轻财""轻生"者③，亦有其特定的行为规范如"重交""报恩""独行"等。此"轻财""轻生"者，韩非视其是"行剑攻杀，暴憿之民也，而世尊之曰磏勇之士。活贼匿奸，当死之民也，而世尊之曰任誉之士"（《韩非子·六反》）。司马迁则认为，

---

① 汤哲声：《中国现代通俗小说思辨录》，北京大学出版社 2008 年版，第 75 页。

② 杨叛：《想要再出金庸实在太难》，《今古传奇·武侠版》2005 年第 11 期，第 148 页。

③ 参见徐斯年《侠的踪迹——中国武侠小说史论》，人民文学出版社 1995 年版，第 1—4 页。

"其言必信，其行必果，已诺必诚，不爱其躯，赴士之阸困，既已存亡死生矣，而不矜其能，羞伐其德"（《游侠列传》）。同一个历史对象，两种截然不同的界定，既反映出界定者两种不同的诠释和意义判断，也表现出"侠"的两面性或复杂性。龚鹏程在研读司马迁《游侠列传》后认为，司马迁"认为无论在朱家郭解同时或后代，为侠者虽然有许多确实只是盗匪，只是鱼肉民间的暴豪；但朱家郭解等人在不轨于正义的同时，另外显示了某一些值得称道的美德，足以为世劝励，比一般的游侠高明些。因此他写《游侠列传》，并不客观描述记录当时北道姚氏、西道诸杜等游侠，而只介绍朱家郭解等人。这就是说司马迁对于游侠，基本上已经有了一种意义判断，采取了一个批判的观点，认为侠是不对不好的；然后再在这些不对不好的人物中，选择朱家郭解等例子，作为价值的表率，而对这些人物的行为，作了某些诠释（如千里颂义、为死不顾之类）"①。司马迁之后，当"侠"进入文学而成为文学的表现对象时，多表现司马迁之于"侠"的诠释，并因时代变化和社会心理需要而不断增添新的内涵。因此陈平原认为："武侠小说中的'侠'的观念，不是一个历史上客观存在的、可用三言两语描述的实体，而是一种历史记载与文学想象的融合、社会规定与心理需求的融合，以及当代视界与文类特征的融合。"② 也就是说，从历史真实之"侠"到文学想象之"侠"的过程，即是"侠"形象不断改造、不断美化的过程。因为改造和美化，文学想象之"侠"与历史真实之"侠"的距离越来越大，并形成"侠是一个急公好义、勇于牺牲、有原则、有正义感，能替天行道，纾解人间不平的人"的观念，以致人们很难相信"侠"在历史真实中可能"只是一些喜欢飞鹰走狗的恶少年，只是一些手头阔绰、排场惊人的土豪恶霸，只是一些剽劫杀掠的盗匪，只是一些沉溺于性与力，而欺凌善良百姓的市井无赖。"③ 文学想象之"侠"对历史真实之"侠"的不断改造与美化使"侠"越来越符合人们对"侠"的心理需要只是一个方面；另一方面是，改造与美化的过

---

① 龚鹏程：《侠的精神文化史论》，山东画报出版社 2008 年版，第 7 页。
② 陈平原：《千古文人侠客梦》，北京大学出版社 2010 年版，第 2 页。
③ 龚鹏程：《侠的精神文化史论》，山东画报出版社 2008 年版，第 2 页。

程并非那么容易、简单，因为它既需要时间的沉淀，也需要历代文人具有出于特定时代和心理需求而产生的对"侠"的新的诠释，更需要历代文人对"侠"的内涵尤其是其双重性有清醒而准确的认识。因此，文学想象之"侠"相对于历史真实之"侠"虽然已经美化、净化了许多，但历史真实之"侠"所固有的另一面依旧有相当程度的存留而难以抹去，如在历代武侠小说中，扶危济困、除暴安良、伸张正义之"侠"固然十分普遍，但为私仇而滥杀者、为报恩而不问是非者、为财富而打家劫舍者、为声名而争强斗狠者、为权力而不择手段者亦不少见，进而，除暴安良者同时可能是恃强凌弱者，伸张正义者同时可能是滥杀无辜者。在这一方面，旧武侠小说比现代武侠小说表现尤甚。可以这样说，侠与盗本为一体，是同一对象所显示出的两个不同方面，无论是历史真实之"侠"还是文学想象之"侠"，无论是古代武侠小说还是现代武侠小说，都有表现，只是程度不同而已。其二，目无法纪。除暴安良、锄强扶弱、诛杀奸邪、复仇惩恶等"侠"之常见且必然行为，是人们赋予理想之"侠"并津津乐道的伸张正义之举，由"侠"自主、独立完成，"侠"为此可以奋不顾身，自我牺牲。然而，从法律角度讲，个人不能代表法律，这是法治文化与侠文化的不相容。"侠"之个人自掌正义之举、全凭个人判断决定生杀予夺的行为，即使再"正义"，都属于私刑，是对社会现实法律、既定社会秩序的一种破坏和冲击。因此，"侠"通常并不为主流社会所容，这也是"侠"何以在汉代遭诛杀、在清代需要庇护于清官旗帜下的主要原因。何况，"侠"并不能保证所作所为的正义性，因为完全依靠"侠"之个人完成的伸张正义之举，与"侠"之个人的侠德、品性、主观好恶紧密联系在一起，取决于"侠"之个人的侠义观、善恶观、价值观。在此前提下，极易出现以伸张正义之名而行非正义之事的情况。例如金庸在《倚天屠龙记》中所刻意描绘并加以否定的灭绝师太形象：自居侠义道，笃定她对明教教众的心狠手辣、斩尽杀绝是伸张正义、维护江湖安宁，岂不知其自身已堕入邪魔之道，其行为更令人发指；更不要说《笑傲江湖》中的左冷禅、岳不群之流，以对抗魔教、匡扶江湖正义为名而行权力争夺之实，排除异己，滥杀无辜，无所不用其极。其三，滋生对"侠"的依附心理。"侠"产生于古代不公正、不公平的社会现实，是古代人基于现实感受而在历史记载基础上的想象，体现了人们对公正、公平的强烈渴望，也表达了人们希望能够将产生不公平、不公正的邪恶之源铲除的心理诉求。但是，若仅仅只是将对现实的不满通过想象之"侠"予以表达，仅仅只是将内心愿望完全交由想象之"侠"去实现，甚至在现实中真的面临不平、不公之事时只是幻想"侠"的出现或沉湎于"侠"的世界以逃避，就会形成一种对"侠"的过分依附心理。这种依附心理，无论是对于一个个体还是一个群体，甚至一个民族，都是有危害的。应该承认，这种依附心理在国人心中有相当程度的存在。对此，瞿秋白当年曾批评说："中国人的脑筋里是剑仙在统治着"，"相信武侠的他们是各不相同、各不相顾的。虽然他们是很多，可是多得像沙尘一样，每一粒都是分离的，这不仅是一盘的散沙，而且是一片戈壁沙漠似的散沙。他们各自等待着英雄，他们各自坐着，垂下了一双手。为什么？因为：'济贫自有飞仙剑，尔且安心做奴才。'"[1] 当代学者也多认可这种依附心理的存在。如陈墨认为，侠客之梦是古代下层民众"神仙之梦""明君之梦""清官之梦"和"侠客之梦"四大梦想之一，"当神仙不来，明君没有，清官也难得的时候，只有寄希望于侠客"[2]。罗立群认为，"侠"的存在造成了人们的一种依附心理，"这种依附心理使人毁灭自我，甘愿沉沦，不求进取，缺乏开拓精神。它形成了一种浑浑噩噩、依附潮流的心理定势，成为中国民族国民性的劣根性"[3]。陈平原也认为："一个民族过于沉溺于'侠客梦'，不是什么好兆头。要不就是时代过于混乱，秩序没有真正建立；要不就是个人愿望无法得到实现，只能靠心理补偿；要不就是公众的独立人格没有很好健全，存在着过多的依赖心理。"[4]

"侠"本身的负面性存在，成为武侠小说于当代生存、发展文化负生态的又一种表现。因为"侠""盗"一体的构成本质，目无法纪、私刑滥杀的行为表现，冲击秩序、反抗规范、无视他人人权的破坏结果，

---

① 瞿秋白：《吉诃德的时代》，见《瞿秋白文集》第2卷，人民文学出版社1953年版，第273—274页。

② 陈墨：《金庸小说与中国文化》，百花洲文艺出版社1995年版，第439页。

③ 罗立群：《中国武侠小说史》，辽宁人民出版社1990年版，第33页。

④ 陈平原：《千古文人侠客梦》，北京大学出版社2010年版，第8页。

使"侠"相对于其所游离的主流社会来说，是一种具有黑社会性质的存在。如果说，在古代社会因为专制而无民主、人治大于法治、压迫剥削横行、不公平不公正肆虐，因而"侠"有其存在的合理性、必要性，那么，在越来越趋于民主化、法制化，越来越尊重人权、强调和谐，越来越追求公平公正的当代社会，"侠"存在的现实合理性、必要性似乎已经失去。同时，因"侠"的存在而滋生的对"侠"的依附心理，与当代注重个体价值实现、培养健全独立人格、追求个性解放、勇于捍卫自我权益的文化精神不相符合，也与重塑民族精神的时代意志不相符合。因此，"侠"似乎也再无存在的必要。"侠"之不存，作为"侠"之重要载体的武侠小说自当失去其存在的根据。

但事情没有这么简单。"侠""盗"虽为一体，但经过千百年的传承、改造，"侠"的一面已远甚于"盗"的一面，"侠"被赋予的诸多优良品质如重诺守信、独立自主、忠诚勇敢、助人为乐、同情弱小、仁爱和睦、为国为民等，这些品质均具有普世价值，"侠"所体现的对公平公正、平等自由的追求亦是人类社会的共同目标而绝非哪一个民族、哪一个社会所独有，"侠"之"见义勇为"而不惜牺牲自我的精神品质也是任何一个社会所应肯定和提倡的。从这个意义上说，"侠"只是一个符号，只是人类社会追求公正公平、平等自由、和谐友好梦想的一种表达方式。即使从当代社会所弘扬的社会主义核心价值观看，侠义精神在很多方面也与之并不相违。社会主义核心价值观从国家、社会、个人三个层面分别明确了具体内容，即国家层面的富强、民主、文明、和谐，社会层面的自由、平等、公正、法治，个人层面的爱国、敬业、诚信、友善。侠义精神的重诺守信、助人为乐、为国为民等品质其实就体现着个人层面的诚信、友善、爱国的价值观，侠义精神的独立自主、锄强扶弱、济危救困、铲除人间不平不公之事的行为在根本上其实就体现着社会层面的自由、平等、公正的价值观。正因为如此，"侠"在当代社会有充分的存在理由。而从"侠"与法律的关系看，一般来说，法制健全的社会的确是不需要"侠"的，这不仅因为在理论上法律能够伸张正义，能够主持公道而保护每一个人，而且也因为"侠"之自掌正义行为本身与法律相冲突。但问题在于，一方面，各种"恶"在当代社会中依然普遍存在，各种天灾人祸必然不断发生而不可避免，而法

"侠"的活动空间主要设定在乱世，如宋末元初、明末清初。在乱世中，战争、冲突不断，社会秩序混乱，需要英雄，也需要侠客。这就为"侠"寻找到了更加合理而广阔的存在空间，既能让其尽情施展，又无冲击正常社会秩序之嫌。更重要的是，金庸小说之"侠"少有"快意恩仇""任意杀戮"的行为，相反，他们大多是为国家、为民族、为大多数人利益而不惜牺牲自我之"侠"，如郭靖身体力行"为国为民，侠之大者"并最终为之捐躯，萧峰追求辽宋两国间和平相处、百姓安居乐业并最终为之身亡。即使"侠"在某一时间段内耽于报私仇，也或者是被复仇对象精神所感召而放弃复仇，如杨过几次欲杀郭靖而放弃，他最终也成为"为国为民"之"大侠"；或者是因复仇而滥杀无辜后深陷困惑、悔恨与反思之中，如郭靖在花剌子模对完颜洪烈完成复仇后，屠城的惨状使他一度消沉、迷惘，陷入思想危机。而张无忌则根本放弃报父母之仇，只求人与人之间的宽容与仁爱。可以说，金庸小说之"侠"充满了现代精神，众多侠形象不仅精神境界高，而且人格独立、个性鲜活，而这也正是金庸小说提升武侠小说品格的根本原因。① 所以，"后金庸"时代的"大陆新武侠"作家能否以当代视界理解、诠释、表现"侠"，使之既承继"侠"的文化血脉，又符合当代审美需要，是武侠小说在当代社会继续生存和发展的一个非常关键的问题。或者说，武侠小说在当代社会能否继续生存和发展，既取决于"后金庸"时代的"大陆新武侠"作家能在多大程度上固守并宣扬"侠"的诸多优秀品质，同时也取决于能在多大程度上以当代视界改造传统之"侠"本身的种种不足，并赋予"侠"更多的当代所需要的品质。当然，要真正成功改造，并非易事。因为去"盗"扬"侠"，让"侠"在不冲

---

① 参见严家炎《金庸小说论稿》，北京大学出版社 2007 年版，第 48—63 页。认为金庸小说中的现代精神主要表现在六个方面：一是从根本上批评和否定了旧式武侠小说"快意恩仇"、任性杀戮的观念；二是承认并写出中国少数民族及其领袖的地位和作用，用平等开放的态度处理各民族关系；三是纠正黑白分明的正邪二分法，提出以大多数群众的利益为尺度考察各派斗争的主张，使正邪的鉴别有了客观标准；四是从根本上告别了"威福、子女、玉帛"的封建性价值观念，渗透着个性解放与人格独立的精神；五是锐利地针对现实的批判锋芒；六是用现代心理学眼光分析人物，解剖人物。最后认为："金庸小说的现代性，从根本上说，还在于将侠义精神由单纯的哥儿们义气提高到'为国为民，侠之大者'的高度，从而突破旧武侠小说思想内容上的种种局限，做到了与'五四'以来新文学一脉相承、异曲同工，成为现代中国文化的一个组成部分。"严家炎的此番分析评价是比较中肯的。

击社会秩序、不触犯法律前提下伸张正义，极易出现概念化、脸谱化的理想之"侠"，也容易使"侠"失去"侠"之为"侠"的自由性、独立性，而"侠"之最大价值、最具魅力、最能吸引人之处，正在于"侠"的特立独行，能够自由、独立而不受束缚地行走于天地间，抑恶扬善，伸张正义。这的确是一个很难处理好的内在而深刻的矛盾。但无论如何，值得一试。

附录一

走向创新的模仿：《雪山飞狐》
与《罗生门》之比较

　　金庸早年在接受采访时曾对其小说创作做出评价说："我并不以为我写得很成功……如果问哪一部小说是我自己最喜欢的，这真的很难答复。其中也许只有《雪山飞狐》一部，是在结构上比较花了点心思的。大概因为短的关系，还有点一气呵成的味道。其他的，都拉得太长了。"① 金庸回答得很谦虚，不过在谦虚之中，对《雪山飞狐》还是颇为自诩的，至少在叙事结构上，自认比较满意。

　　《雪山飞狐》创作于1959年，是金庸的第三部小说。与金庸此前及之后创作的一些小说相比，它算不上鸿篇巨制。对于这部小说，不仅金庸自己颇为看重它的叙事结构，而且一些作家、研究者对它也比较关注，并认为它的叙事结构模仿了日本电影导演黑泽明1950年拍摄的电影《罗生门》。如梁羽生说："《雪山飞狐》的手法显然是受日本电影《罗生门》的影响，《罗生门》里，一个大盗杀死一个女子的丈夫，大盗、女子、丈夫的鬼魂，三个人的说法各各不同。《雪山飞狐》里苗人凤和胡斐的父亲，以及与此案有关诸人，也是各有各的不同说法，迷雾重重，引人入胜。"② 罗立群讲："《雪山飞狐》里，作者用了倒叙，一件往事通过各个人物的口中说出来，由于角度、观点不同，各有各的说法，在极度扑朔迷离中，将历史事件一步步地揭示出来。这是模仿了日

<hr>

① 林以亮、王敬羲、陆离：《金庸访问记》，见费勇、钟晓毅《金庸传奇》，广东人民出版社1995年版，第90页。

② 佟硕之：《金庸、梁羽生合论》，见葛涛《金庸评说五十年》，文化艺术出版社2007年版，第203页。

本电影《罗生门》。"① 古龙也认为，"在《雪山飞狐》这部小说里，金庸用了'罗生门'式以及其他方式的推理小说技巧"②，尽管没有明确说《雪上飞狐》是模仿了《罗生门》，但说明二者具有相似性却是无疑的。不过，金庸对此并不承认。他说："《雪山飞狐》中，胡一刀、苗人凤的故事出自众人之口，有人说这是学日本电影《罗生门》（据芥川龙之介原作改编）三个人讲故事，讲同一件事但讲法不同。不过，在我其实是从《天方夜谭》讲故事的方式受到了启发。不同之人对同一件事讲不同的故事，起源于《天方夜谭》。"③ 按金庸自己的说法，《雪山飞狐》与《罗生门》在叙事结构上的相似，并非源于模仿，而是因为巧合。那么，究竟是模仿还是巧合？说是模仿，这样的判断不能说没有道理。因为《罗生门》以简洁凝练的叙述、鲜明生动的视觉形象、明快的节奏、大量特写镜头和光效的运用以及深刻的思想为其在当时的世界范围内赢得广泛赞誉，导演黑泽明以及日本电影从此走向世界。而金庸在1951年做《新晚报》副刊编辑时就开始写影评文章，后来曾一度直接进入长城电影公司，编过剧本，做过导演，对电影非常热衷。从时间和金庸的兴趣与经历看，他应当看过《罗生门》，所以《雪山飞狐》有可能模仿于《罗生门》，《雪山飞狐》的倒装叙述以及多角度的限制叙事的方式的确与《罗生门》极为相似。说是巧合，亦说得通，因为金庸在否认模仿《罗生门》的同时又承认是来自另外的一种启发，以此可推知，金庸应无掩饰的必要，否则，何必否认于此而承认于彼？而且金庸在谈及其早期小说中的模仿情况时也从来不避讳，如"在写《书剑恩仇录》之前，我的确从未写过任何小说，短篇的也没有写过。那时不但会受《水浒传》的影响，事实上也必然受到了许多外国小说、中国小说的影响。有时不知怎样写好，不知不觉，就会模仿人家。模仿《红楼梦》的地方也有，模仿《水浒传》的地方也有"④。何况，从艺

---

① 罗立群：《中国武侠小说史》，辽宁人民出版社1990年版，第316页。

② 黄里仁、王力行、陈雨航：《掩映多姿，跌宕风流的金庸世界》，见费勇、钟晓毅《金庸传奇》，广东人民出版社1995年版，第139页。

③ 严家炎：《金庸答问录》，见严家炎《金庸小说论稿》，北京大学出版社2007年版，第177页。

④ 林以亮等：《金庸访问记》，见费勇、钟晓毅《金庸传奇》，广东人民出版社1995年版，第91页。

术创作本身看，巧合的情况也确实是经常发生的。看来，是模仿还是巧合，一时倒也不好分辨。其实，辨析究竟是模仿还是巧合本身并无意义。关键是，模仿也好，巧合也好，要看其中究竟体现了作者多大的创造性。即如很多人所论，《雪山飞狐》是模仿了《罗生门》，但这并不能说明金庸创造性的缺失。

就以二者最具相似性的倒装叙述和多角度限制叙事而论。《罗生门》在行脚僧、卖柴的和打杂的三人对话中，让行脚僧和卖柴的回忆他们对事件的亲历与目击，并带出事件的真正当事人——强盗多襄丸、武士武弘、武弘之妻真砂以及捕快，再由这四人分别讲述他们所经历的过程。《雪山飞狐》是通过宝树、苗若兰、平阿四、陶百岁、殷吉、阮士中、陶子安、刘元鹤八人的回忆完成对往事叙述的。可见，二者确实都采用了倒装叙述和多角度限制叙事的叙事方式。但是，在具体运用上，二者却大有分别。《罗生门》完全采用倒装叙述和多角度限制叙事。它由在罗生门躲雨的卖柴的疑惑不解的自言自语引起同样来罗生门躲雨的打杂的好奇而展开对往事的回忆。它的叙述进程是当前——卖柴的、行脚僧、多襄丸的叙述——回到当前——真砂的叙述——回到当前——武弘的叙述——回到当前——卖柴的叙述——回到当前。因为影片的重心就是回忆往事，所以整个当前部分基本上是在固定的时间、固定的地点、固定的人员之间进行，没有其他任何别的事件发生，推进速度非常快。可以说，三个人聚集在罗生门就是为了回忆往事。当往事回忆结束，虽然事件本身由于各人的表述不同因而没有明确的结论，但三个人很快离开了罗生门，影片也就到此结束。《雪山飞狐》却并非如此。《雪山飞狐》的叙事线索有二：一是铁盒之密，二是胡斐上玉笔山庄复仇。所以，在倒装叙述和多角度限制叙事之前，金庸用了相当大的篇幅，采取连贯叙述和全知叙事，以滚动的方式，让曹云奇等四人先出场，之后依次碰到陶子安、田青文、刘元鹤等人，并让他们取出铁盒且发生冲突。最后碰到宝树和尚，由他带领众人前往玉笔山庄。宝树当然不是偶然被碰到，他是应玉笔山庄之邀前往对付雪山飞狐的。他带众人上玉笔山庄，目的也在铁盒。在玉笔山庄，又遇到雪山飞狐的使者和后来的苗若兰。由于在整个过程中，众人始终围绕铁盒产生着纷争，这才运用倒装叙述和多角度限制叙事展开对往事的回忆。而在回忆往事的过程中，胡斐上山复仇的线索并没有中断。所以当平阿四叙述完，并不是陶百岁接着叙述，而是胡斐上山与众人的正面接触。虽然其余众人逃遁，胡斐与苗若兰却是一见钟情，两心相系，也为后文埋下伏笔。胡斐走后，苗若兰向陶百岁旧事重提，才又接着叙述。而当回忆全部结束，一切真相大白，不仅继续以全知叙事连贯叙述众人开始按图索宝、争宝的过程，而且接着回忆以前安排的线索和回忆中的有关交代，叙述胡斐再次上山，苗人凤来玉笔山庄并中计，以及胡斐出手相救、苗人凤误会胡斐而与之相斗，包括胡斐与苗若兰的互诉衷情，直至苗人凤与胡斐二人相斗而不知生死如何的开放性也是悲剧性的结局。所以，《雪山飞狐》采用了倒装叙述和多角度限制叙事的方法，但不完全如此，而是将连贯叙述与倒装叙述有机结合起来，全知叙事和多角度限制叙事高度统一，而且是以连贯叙述和全知叙事为主，以倒装叙述和多角度限制叙事为辅，倒装叙述和多角度限制叙事的目的是说明当前人物关系，揭示各种事件起因，推动情节进一步发展。

在多角度限制叙事过程中，《罗生门》所叙述的事件虽然本来很简单，但事件的真相究竟怎样，最终也没有一个清晰的结论。这是因为，除行脚僧叙述的是枝节问题因而可能比较客观以外，其他人都是从利己的立场和角度进行叙述的，凡不利之处就少说、不说或变化着说，无利害关系之处就客观、真实地说，有利于证明自己之处就夸大地说。因此，同一个事件在众人的叙述中能够吻合的部分很少，而无法相互印证、相互补充的部分则很多。所以，事件的叙述指向于混乱而非清晰，指向于模糊而非明确。《雪山飞狐》的多角度限制叙事，宝树带有明显的利己倾向，他隐瞒了很多不利于他的过程和细节；苗若兰指出了他的叙述和她自己所知道的情况的不同，但是因为她是从父亲那里间接听说的，所以只能提供所听到的事实，而不能证明宝树叙述之假；平阿四通过提供他所知道的事实，证明了苗若兰的叙述之真和宝树的叙述之假，并澄清了宝树所隐瞒或不知的诸多细节，如给刀剑涂抹毒药、偷听铁盒之密、抢夺珠宝和刀谱以及婴儿的失踪与去向等。但是，平阿四只能叙述他所知道的，对于胡一刀让阎基（宝树）转告苗人凤三件事，阎基是否转告了苗人凤，而苗人凤得知后何以仍要找胡一刀比武，就不得而知了；陶百岁的叙述回答了这一问题。他不仅说明了阎基来时苗人凤的不在场，因而无从得知这三件事，而且补充了本来是田归农让他往刀剑上涂毒药的，因为他自己不敢做，所以就将毒药交给了阎基这一事实。同时，他的叙述又引向天龙门北宗向南宗移交宝刀一事。之后，这一事件的当事人殷吉、阮士中、陶子安、刘元鹤等人又依次叙述，相互补充，将南北宗之争、北宗内部之争、田归农的阴谋及与朝廷的勾结、田归农的死因、田归农与苗人凤的恩怨、宝刀的去向、藏宝图的所在等问题一一叙述出来。至此，隐藏在宝刀背后的故事基本上真相大白了。之所以是说基本，是因为在众人叙述中提到的几件事尚未完全弄清楚，如苗人凤和田归农之父是怎么死的，苗人凤和田归农之间究竟发生了什么以致二人有那样的对话，朝廷欲加害苗人凤，苗人凤的命运将如何，等等，而这些在后文中才有交代。可见，《雪山飞狐》多角度限制叙事所叙述的事件虽然复杂，却层层推进、丝丝入扣，它指向于清晰而非混乱，指向于明确而非模糊。

同时，在多角度限制叙事过程中，无论是所叙述事件本身，还是叙事的技巧，《罗生门》与《雪山飞狐》也不相同。相对于原作《筱竹丛中》，《罗生门》在情节安排和人物设置上虽然进行了一定的调整，因而更加丰富，但事件本身仍然不复杂。如果说复杂，主要是因为杀人者、被杀者、被杀者之妻、目击者等人对事件的表述各有不同，使原本简单的事件复杂化。《雪山飞狐》的往事则要复杂得多。它由闯王李自成兵败九宫山说起，引出胡、苗、范、田四大卫士及其后人的百年恩仇，尤其是胡一刀、苗人凤和田归农这一代人的恩仇，一直说到铁盒宝刀为何会出现在天龙门以及陶百岁的手中。在这一过程中，既有李自成的生死归宿，又有忠诚卫士的铮铮铁骨；既有疯狂而执着的复仇，又有英雄间的惺惺相惜、肝胆相照；既有夺宝的不择手段，又有弃宝的豪情正气；既有江湖门派的明争暗斗，又有无可奈何的儿女私情；既有民间的仇怨与追杀，又有朝廷的觊觎与介入。可谓头绪繁多，情节曲折跌宕。而在具体叙述中，比之《罗生门》，《雪山飞狐》更加注意通过意外和叙述节奏的调度增加变化性和波澜感。例如，在所有叙述人中，除了宝树，从苗若兰到刘元鹤，在他们出来叙述前，谁也不知他们竟然是知情者或当事人。而胡斐的首次上山，包括平阿四擅自炸索桥毁粮之举给众人带来的恐慌，不仅事关当前连贯叙述的线索，而且也使这一段多角度限制叙事出现暂时的中断,从而有效地调度了叙述的节奏。所有这一切都使多角度限制叙事一波三折,变化多端,避免了单纯一个一个叙述的平铺直叙。

总之,《雪山飞狐》与《罗生门》有相似但更有不同。如果说《雪山飞狐》模仿了《罗生门》,那也是创造性的模仿,而非机械、简单的模仿,体现了金庸的创新精神。或者,按照金庸本人的说法,是受了《天方夜谭》的启发,但《雪山飞狐》与《天方夜谭》的区别也是显而易见的,同样显示了金庸的创造性。

《雪山飞狐》的创造性决不只是体现在与《罗生门》或《天方夜谭》有何不同上。根据陈平原的考察,中国古代小说尽管有个别作品采用倒装叙述,有个别作品采用限制叙事,也有个别作品以性格或背景为结构中心,"但总的来说,中国古代小说在叙事时间上基本采用连贯叙述,在叙事角度上基本采用全知视角,在叙事结构上基本以情节为结构中心"[1]。直到 20 世纪初,由于受外来小说形式移植的影响,以及传统文学形式的创造性转化,促成了中国小说叙事模式的转变。"现代中国小说采用连贯叙述、倒装叙述、交错叙述等多种叙事时间;全知叙事、限制叙事(第一人称、第三人称)、纯客观叙事等多种叙事角度;以情节为中心、以性格为中心、以背景为中心等多种叙事结构。"[2] 然而,这种极具文人化色彩的转变主要只限于纯文学、纯小说领域,在注重故事性、追求娱乐性的通俗文学领域则极为少见。就武侠小说而言,民国时期尽管有向恺然、赵焕亭、顾明道、李寿民、王度庐、郑证因等人的不俗表现,使武侠小说创作一时蔚为大观,而且相对于传统武侠小说也有很大突破,如李寿民的"奇幻仙侠"、王度庐的"悲剧侠情"小说等,但在叙事模式上,与传统武侠小说并无太大差异。因此,《雪山飞狐》的连贯叙述与倒装叙述相结合的叙事时间,全知叙事与多角度限制叙事相统一的叙事角度,西方推理小说技巧的运用,以及不知终局究竟如何的开放性结尾,无疑都是武侠小说创作中极为大胆的尝试与创新。

---

[1] 陈平原:《中国小说叙事模式的转变》,上海人民出版社 1988 年版,第 4 页。

[2] 同上书,第 5 页。

金庸能如此决非偶然。这源于金庸自武侠小说创作伊始就一直坚持的创新追求。如他所说："我喜欢不断的尝试和变化，希望情节不同，人物个性不同，笔法文字不同，设法尝试新的写法，要求不可重复已经写过的小说。"① 如果说包括《雪山飞狐》在内的早期小说因为此前金庸没有写小说的经验而不得不有所模仿，那也是融合了金庸的才情和创造力的模仿，是走向创新的模仿；如果说这一时期的金庸小说创作多了一些人为的痕迹、模仿的表征，那么跨越这一时期之后，金庸的小说创作就进入了"无招胜有招"的境界，随心所欲，自然无迹。

---

① 刘晓梅：《文人论武——香港学术界与金庸讨论武侠小说》，见费勇、钟晓毅《金庸传奇》，广东人民出版社 1995 年版，第 120 页。

当代大学生的金庸小说
阅读情况与侠义精神

——关于"金庸小说与侠义精神"
调查的分析报告

对于金庸小说和侠文化，一个基本结论是，金庸小说的读者众多，源远流长的侠文化也形成了国人牢固的关于"侠"的文化心理，至今不见颓势。但这只是一般印象和推论，并无具体数据能够证明。同样，当代大学生对于金庸小说的阅读情况以及侠义精神的强弱程度，也少有具体数据显示。为了解当代大学生的金庸小说阅读情况和侠义精神现状，笔者在学生会干部协助下对所在学校的在校学生进行了一次以"金庸小说与侠义精神"为主题的调查。调查采取问卷的方式，共设计十个问题，其中八题为单项选择题，两题为多项选择题。为保证调查结果的客观性、准确性，在发放问卷时，采取分层抽样的方法，注意了男女生比例和文理工专业学生比例以及陕西学生与外省学生比例的基本均衡。此次调查按在校学生15%的比例发放问卷，共发放问卷3000份，回收问卷2952份，有效问卷2952份。本次调查因只是对所在学校3000名学生的调查，相对于当代大学生这一庞大群体而言，其结果尽管具有非充分性、非准确性，但这些数据至少对了解当代大学生的金庸小说阅读情况和认识其侠义精神现状有较大的参考价值。

金庸小说据估计拥有数以亿计的读者，但当代大学生的阅读人数并无数据显示。问卷设计了"你了解金庸小说吗"和"你想进一步了解金庸小说吗"两个问题试图获得相关数据。被调查者的回答结果分别如表1和表2所示：

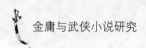

表1　　　　　　　　　　　　**你了解金庸小说吗**　　　　　　　　　　　　（人）

	男生	女生	文科生	理科生	工科生
非常了解	331	91	119	188	115
比较了解	314	366	211	210	259
了解一些	742	642	475	476	433
仅仅知道	191	275	154	142	170

表2　　　　　　　　　　　**你想进一步了解金庸小说吗**　　　　　　　　　　（人）

	男生	女生	文科生	理科生	工科生
非常想	275	113	102	170	116
比较愿意	514	460	332	322	320
条件允许时想	487	544	341	316	374
不想	302	257	184	208	167

　　如表1所示，"非常了解"的学生在所调查学生中比例并不大，其中，男生明显高于女生，理科生略高于文科生和工科生；"比较了解"的学生除男生比例略有下降外，其他都高于前者，其中，女生比例略高于男生，文理工学生之间无太大差异；"了解一些"的学生所占比例最大，且男女生之间、文理工学生之间没有较大差别；"仅仅知道"的学生除女生要高于男生外，文理工学生无明显差异。如表2所示，"非常想"的学生在所调查学生中比例也不是很大，同样，男生明显高于女生，理科生略高于文科生和工科生；"比较愿意"的学生所占比例较大，男女生之间、文理工学生之间无明显差别；"条件允许时想"的学生所占比例亦较大，且男女生之间、文理工学生之间也无明显差别；"不想"的学生占有一定比例，男女生之间、文理工学生之间没有大的差别。数据表明，当代大学生对于金庸小说的阅读，无论是"了解"还是"进一步了解"层面，虽然存在一定的性别差异、专业差异，但在整体上，痴迷者和拒绝者都不是很多，大多数学生处在中间状态，尽管也怀有一定的阅读期待，但比较理性。这说明，随着金庸小说的日益经典化，金庸小说在当代大学生这一群体中的认知度和接受度有了很大提升，不过并未广泛流行甚至泛滥。

金庸小说对当代大学生具有一定的吸引力，那么究竟是金庸小说中的什么元素吸引了他们？他们为何对金庸小说怀有比较浓厚的兴趣？围绕这一问题，问卷设计了三个问题及相关选项。"金庸小说最吸引你的是什么？"这一问题的回答结果如表3所示。

表3　　　　　　　　金庸小说最吸引你的是什么　　　　　　　　（人）

	男生	女生	文科生	理科生	工科生
侠义精神	685	505	393	392	405
神奇的武功	247	173	95	142	183
跌宕起伏的情节	356	351	223	264	220
动人的爱情故事	232	248	191	158	131
其他	58	97	57	60	38

数据显示，在具体选项上，虽然男女生之间和文理工学生之间存在一些差异，但整体上，"侠义精神""跌宕起伏的情节""动人的爱情故事""神奇的武功"和"其他"选项明显呈递减趋势，尤其是"侠义精神"选项的人数大大高于其他选项的人数。

对于"你觉得侠义精神在金庸小说中哪个人物身上最能得到充分的体现"这一问题，回答结果是：选择萧峰的，男生650人，女生469人，文科生331人，理科生433人，工科生355人；选择郭靖的，男生303人，女生270人，文科生199人，理科生158人，工科生216人；选择张无忌的，男生224人，女生249人，文科生131人，理科生166人，工科生176人；选择杨过的，男生194人，女生189人，文科生167人，理科生89人，工科生127人。此外，也有少数学生分别选择了陈家洛、胡斐、韦小宝等其他人物。萧峰、郭靖、张无忌、杨过等人无疑是金庸小说塑造得非常成功的侠形象，尤其是萧峰，不仅在金庸小说中，而且在整个武侠小说史上都是独一无二的。学生的选择虽然有差异，但整体上比较趋近，既说明学生选择的正确，也说明学生对以萧峰为代表的金庸小说侠形象的认可。

"金庸小说里的侠形象都有哪些优秀品质"这一问题是多项选择。结果如表4所示。

表4　　　　　　金庸小说里的侠形象都有哪些优秀品质　　　（％）

	男生	女生	文科生	理科生	工科生
义薄云天，真诚守诺	34.74	31.52	33.30	31.58	34.67
不畏艰险，百折不挠	18.04	15.83	19.05	18.50	17.37
为国为民	17.78	16.18	19.05	18.04	15.93
对感情忠贞不渝	13.67	16.69	9.52	11.69	14.52
宽容待人	9.41	12.99	14.29	11.93	11.97
才学至上，不断追求	5.83	7.05	4.76	7.57	5.31
其他	0.00	0.54	0.00	0.59	0.48

　　在所有选项中，"义薄云天，真诚守诺"选项的选择人数大大高于其他选项，男女生之间和文理工学生之间没有太大差别；"不畏艰险，百折不挠"和"为国为民"选项的选择人数相对较高，也基本均衡，男女生之间和文理工学生之间没有明显差别；"对感情忠贞不渝"和"宽容待人"选项，女生选择人数略高于男生，文科生和工科生略有差异；"才学至上，不断追求"选项的选择人数明显低于其他选项，其中，女生略高于男生，理科生略高于文科生和工科生；"其他"选项的选择人数极少，且为女生和理科生、工科生。整体观之，当代大学生对于金庸小说所弘扬的传统侠义精神即"义薄云天，真诚守诺"和"不畏艰险，百折不挠"，以及所赋予的侠义精神新内涵即"为国为民""对感情忠贞不渝"和"宽容待人"等给予了充分肯定。

　　这三个问题的回答的数据是基本统一的。当代大学生之所以比较喜欢阅读金庸小说，固然是因为它有神奇的武功、跌宕起伏的情节和动人的爱情故事，但更重要的是因为它所彰显的以"义薄云天，真诚守诺""不畏艰险，百折不挠""为国为民""对感情忠贞不渝""宽容待人"等为内涵，并在主要人物形象身上所具体、充分体现的侠义精神。被金庸小说所彰显的侠义精神所吸引，并对其表示肯定和赞赏，说明当代大学生深受侠文化的熏陶，具有比较浓厚的侠意识。

　　对于金庸小说与当代现实社会的关系，问卷设计了两个问题及有关选项，即"金庸小说对于当代社会是否还有意义？""金庸小说推崇的侠义精神在当代社会还有无必要传承、发扬？"前者是对金庸小说整体进行价值判断，后者是对金庸小说中的侠义精神进行价值判断。对这两个问题的回答结果如表5和表6所示。

表5　　　　　　　金庸小说对于当代社会是否还有意义　　　　　（人）

	男生	女生	文科生	理科生	工科生
有积极意义	1026	873	680	617	602
仅供消遣，意义不大	303	323	160	224	242
没有意义	101	88	60	74	55
不清楚	148	90	59	101	78

表6　　　金庸小说推崇的侠义精神在当代社会还有无必要传承、发扬　　（人）

	男　生	女　生	文科生	理科生	工科生
有很大必要	444	287	221	262	248
有一定必要	928	907	668	588	579
没必要	118	112	45	92	93
不清楚	88	68	25	74	57

表5数据显示，对于金庸小说在当代社会可能产生的积极作用，大多数学生都给予了肯定性回答，认为"有积极意义"，且男女生之间和文理工学生之间没有明显差异；少数学生的回答是否定性的，或不置可否，男女生之间和文理工学生之间同样没有明显差异。表6数据显示，绝大部分学生认为有必要传承和弘扬金庸小说中所推崇的侠义精神，少数学生认为没有必要或不置可否。无论是肯定性还是否定性回答，男女生之间和文理工学生之间都无较大差别。同时，在肯定性回答中，多数学生认为"有一定必要"，少数学生认为"有很大必要"。表5和表6的数据表明，对于金庸小说的价值判断，学生的态度在整体上比较理性，虽然认可，但比较客观理智。

侠义精神的内涵具有变化性。从司马迁的最初界定至今，随时代的变迁，在保持核心内涵始终被承继、发扬的同时，侠义精神被不断赋予新的内涵。在当代，侠义精神又有新的表现。针对此，问卷设计了"你认为下列哪些行为属于当代侠义精神的表现"这一问题，并列举了

8 个选项。这是一个多选题，选择结果是：

表7   你认为下列哪些行为属于当代侠义精神的表现   （%）

	男生	女生	文科生	理科生	工科生
无私奉献	14.90	14.15	13.53	12.96	14.18
为国为民	15.27	13.93	12.78	15.58	13.62
舍己救人	14.53	16.48	19.55	15.33	15.67
助人为乐	14.16	15.66	15.04	16.01	13.81
爱岗敬业	6.33	7.38	6.77	6.80	6.91
见义勇为	21.98	24.16	18.80	21.51	24.63
热心公益事业	12.11	9.52	13.53	10.99	10.64
其他	0.75	0.64	0.00	0.83	0.56

　　在所有选项中，"见义勇为"选项，除文科生的选择人数略低于"舍己救人"选项外，男女生、理工科学生的选择人数明显高于其他选项；"无私奉献""为国为民""舍己救人""助人为乐"等选项，除文科生在"舍己救人"选项的选择人数略高外，其余选项的选择人数基本均衡，且男女生、文理工学生之间无明显差别；"热心公益事业"选项，选择人数整体上略低于上述四个选项，其中，男生略高于女生，文科生略高于理工科学生；"爱岗敬业"选项的选择人数明显低于其他选项，而且男女生、文理工学生基本一致；"其他"选项只有个别学生选择，而且男女生、文理工学生同样基本一致。数据表明，当代大学生的侠意识既有传统性又有当代性，他们不仅对"见义勇为""舍己救人""助人为乐"等传统侠义精神的核心内涵给予了充分肯定，而且同时对"无私奉献""为国为民""热心公益事业""爱岗敬业"等行为中所渗透、表现出的侠义精神表示了认可。

　　具有侠意识，不等于就具有侠义精神，不等于必然产生侠义行为。尤其是当行侠需要以生命为代价时，就更是如此。所以问卷又设计了"你对因见义勇为、舍己救人而献出生命这种行为如何评价"和"当你遭遇歹徒行凶抢劫之类不平之事时，你会怎样做"这两个问题，并给出相应选项。选择结果分别如表8和表9所示。

表8　　你对因见义勇为、舍己救人而献出生命这样的行为如何评价　　（人）

	男生	女生	文科生	理科生	工科生
新时代的大侠	414	416	305	233	292
行为是好的，但付出生命不值得	744	559	385	478	440
不考虑后果，是对自己的不负责任	257	195	162	159	131
太傻了	152	68	88	51	81
其他	11	136	19	95	33

表9　　当你遭遇歹徒行凶抢劫之类不平之事时，你会怎样做　　（人）

	男生	女生	文科生	理科生	工科生
毫不犹豫，挺身而出	474	257	164	255	312
先考虑是否会伤害自己，再做选择	756	620	484	416	476
看别人如何做，自己附和	205	193	142	117	139
不多管闲事	69	187	99	117	40
其他	74	117	70	111	10

　　表8数据显示，无论是男女生还是文理工学生，选择"行为是好的，但付出生命不值得"选项的人数都是最多的，如果再加上选择"不考虑后果，是对自己的不负责任""太傻了"和"其他"选项的人数，那么对现实中他人因见义勇为、舍己救人而献出生命的行为不赞同者，在当代大学生中就占据了绝大多数，而选择"新时代的大侠"选项的只是少数学生。表9数据显示，无论是男女生，还是文理工学生，选择"毫不犹豫，挺身而出"选项的人数也是少数，而选择"先考虑是否会伤害自己，再做选择""看别人如何做，自己附和""不多管闲事"及"其他"选项的人数却是绝大多数。这说明，当代大学生虽然认为"见义勇为"和"舍己救人"仍然是侠义精神在当代社会最突出、最典型的体现，但是，对他人和自己在现实社会中是否要"见义勇为"和"舍己救人"，态度是非常谨慎的，显示出比较强烈的矛盾性。

　　分析调查所获数据可以得出以下结论：

　　随着金庸小说的经典化以及传媒的影响力，金庸小说在当代大学生中的知名度和认知度明显提升，绝大部分学生都"了解"或"知道"

金庸小说。而且，金庸小说对当代大学生的吸引力表现在诸多方面，其中尤其以通过侠形象的塑造所彰显的既具传统特征又富现代精神的侠义精神为最。当代大学生为金庸小说所彰显的侠义精神所吸引，并对其在当代社会可能产生的积极作用表示认可，说明当代大学生具有比较浓厚的侠意识，具有对侠义精神的心理需要。

侠义精神既具继承性，又具变化性。这是侠义精神所以能绵延千年而至今的前提。对于侠义精神在当今时代的表现，当代大学生既肯定了"见义勇为""舍己救人"等侠义精神核心内涵的重要性，又认识到侠义精神的其他一些表现形式或途径，同样说明当代大学生具有比较浓厚的侠意识，具有对侠义精神的心理需要。

然而，艺术化的江湖世界毕竟不同于实际存在的现实世界，作为审美对象存在的侠客形象毕竟不同于现实存在的真实人物，心理需要和意识毕竟不同于外化的现实行为。所以，一方面，当代大学生对金庸小说表现出比较强烈的兴趣，对其中的侠形象大加赞赏，并对侠形象所体现出的侠义精神以及侠义精神在当代社会的具体表现给予肯定，从而显示出浓厚的侠意识；另一方面，当代大学生在整体上对现实中他人因"见义勇为"和"舍己救人"而献出生命的行为的不认同，尤其是对其自身是否"见义勇为"和"舍己救人"的不能肯定，甚至完全否定，则又表现出侠义精神的缺失。因为"见义勇为"和"舍己救人"是侠义精神最根本也是最核心的价值内涵，侠义精神的内涵虽历经时代变迁而不断变化、丰富，但这一核心内涵始终未曾发生改变，同时，侠义精神被赋予的各种新内涵也是以此为根本而延伸、扩大的，所以，失去"见义勇为"和"舍己救人"，就失去了侠义精神的根本，也就失去了侠义精神本身。

国内目前的一些相关调查研究也证明了一点。如有研究者调查发现，"遇到突发事件，大多数学生愿意出手相助"、"对于日常生活中力所能及之事，绝大部分学生会义不容辞地采取行动"，但"面对不法侵害，很多学生的行为选择存在着一定的矛盾性和依赖性，缺乏勇气。如问及'看到陌生人被打劫时'，仅 15.2% 的人选择'挺身而出'，65.2% 的人选择'不敢，视情况而定'，8.2% 的人选择'这是警察的事，与我无关'"。其结论是："多数学生有将见义勇为付诸行动的主观意愿，但其行为选择也受到一些消极心理因素和社会不良风气的影响。"① 另有研究者对武汉地区八所高校的在校大学生进行调查后认为："大学生在见义勇为的实践中存在着'知行背离'现象。虽说总体上认同见义勇为作为社会的主流价值规范，思想上也有见义勇为的意识。但落实在实践层面上，真正敢于在关键时刻挺身而出的却不多。"其依据是相关调查问题的回答数据，如"'假如您发现有小偷在偷别人的钱包，您会怎么做'，有60.3%的人选择'悄悄提醒被偷者'，选择'用行动或语言立即阻止小偷'的人只有18.3%，还有17.2%的人选择'不做声响，装作没看见'，4.2%的人选择'其他'；'在客车上有人为保护自己的钱包与小偷搏斗，如果您是该车上的一名乘客'，只有35.4%的人选择'立即出手相助'，还有50.2%的人选择'等别人出手，我再救援'，有4.8%的人选择'视而不见'，9.6%的学生选择'其他'"②，等等。不可否认，从全国范围看，近年来，大学生见义勇为的行为时有出现，仅2015年就有多起，如2015年2月7日，西安工程大学学生曹承全在湖南耒阳市巧用旗杆救出两名因沼气中毒而被困下水道的清淤工人③；2015年2月26日，华北水利水电大学学生孟瑞鹏在河南省濮阳市清丰县因救2名落入人工湖儿童而溺亡④；2015年3月28日，河南警察学院学生潘冬冬、河南农业大学学生李二阳、河南交通职业技术学院学生武耀宗在郑州刘江黄河大桥西侧南岸救一落水男童，武耀宗献出生命。⑤ 但相对于大学生这个庞大的群体，这样的见义勇为行为还是显得太少。这不仅是因为客观上多数大学生未必能遭遇需要见义勇为的时刻，而且更是因为多数学生在主观上不能选择见义勇为的行为，特别是当见义勇为可能伤害其自身甚至需要以生命为代价之时。

---

① 史娜：《大学生见义勇为行为引导研究》，《辽宁行政学院学报》2013年第7期。

② 曾庆东：《见义勇为观的现代错位及其拯救——当代大学生见义勇为观的调查分析》，《武汉理工大学学报》（社会科学版）2007年第3期。

③ 徐德荣：《救人大学生获"见义勇为"奖》，http：//news.hexun.com，2015－04－16。

④ 樊欢欢：《救人溺亡大学生被授予见义勇为称号》，http：//www.henan100.com，2015－04－16。

⑤ 《南阳市：黄河救人大学生获见义勇为称号》，河南省人民政府门户网站（http：//www.henan.gov.cn），2015－04－16。

当今社会是一个文化多元、价值多元的时代，也是一个注重个体、张扬个性、追求自我实现的时代。对当代大学生而言，如果说侠文化的熏陶、传媒的影响和现实的种种不平与磨难使其得以具有比较浓厚的侠意识，那么以牺牲自我为核心内涵的侠义精神由于与其价值观和人生观相悖而成为观念与事实上的不可选择。或者说，要选择也必须以不牺牲自我为前提，必须是在一定限度内。侠意识的浓厚与侠义精神的缺失构成当代大学生在"侠义"问题上的一对矛盾体。它既表明当代大学生具有可贵的生命意识和自我保护意识，也更加理性与客观，同时也表明其具有过度的自我性和个体性。这种矛盾正是时代特征的一种折射和反映。

参考文献

葛涛：《金庸评说五十年》，文化艺术出版社 2007 年版。

葛涛、谷红梅、苏虹：《金庸其人》，社会科学文献出版社 2004 年版。

费勇、钟晓毅：《金庸传奇》，广东人民出版社 1995 年版。

孔庆东：《金庸评传》，重庆出版社 2008 年版。

廖可斌：《金庸小说论争集》，浙江大学出版社 2000 年版。

严家炎：《金庸小说论稿》，北京大学出版社 2007 年版。

徐岱：《侠士道——金庸小说与中国精神》，北京大学出版社 2009 年版。

林保淳：《解构金庸》，中国致公出版社 2008 年版。

陈墨：《金庸小说赏析》，百花洲文艺出版社 1992 年版。

陈墨：《金庸小说艺术论》，百花洲文艺出版社 1995 年版。

陈墨：《金庸小说与中国文化》，百花洲文艺出版社 1995 年版。

陈墨：《金庸小说情爱论》，百花洲文艺出版社 1999 年版。

陈墨：《修订金庸》，东方出版社 2008 年版。

洪振快：《讲武论剑——金庸小说武功的历史真相》，新星出版社 2006 年版。

温瑞安：《谈〈笑傲江湖〉》，重庆大学出版社 2009 年版。

罗立群：《中国武侠小说史》，辽宁人民出版社 1990 年版。

徐斯年：《侠的踪迹——中国武侠小说史论》，人民文学出版社 1995 年版。

龚鹏程：《侠的精神文化史论》，山东画报出版社 2008 年版。

陈平原：《千古文人侠客梦》，北京大学出版社 2010 年版。

陈平原：《中国小说叙事模式的转变》，上海人民出版社 1988 年版范伯群、汤哲声、孔庆东：《20 世纪中国通俗文学史》，高等教育出版社 2006 年版。

汤哲声：《中国当代通俗小说史论》，北京大学出版社 2007 年版。

汤哲声：《中国现代通俗小说思辨录》，北京大学出版社 2008 年版。

温儒敏、陈晓明等：《现代文学新传统及其当代阐释》，北京大学出版社 2010 年版。

陈墨：《影像金庸》，东方出版社 2008 年版。

贾磊磊：《中国武侠电影史》，文化艺术出版社 2005 年版。

张力：《功夫片的秘密——动作导演艺术》，青岛出版社 2009 年版。

汪流：《电影编剧学》，北京广播学院出版社 2000 年版。

王伟国、周里欣、张阿利：《电视剧策划艺术论》，中国传媒大学出版社 2006 年版。

杨光平：《影视技术概论》，西南师范大学出版社 2008 年版。

彭立勋：《美感心理研究》，湖南人民出版社 1985 年版。

李西建：《重塑人性——大众审美中的人性嬗变》，湖北人民出版社 1998 年版。

李泽厚：《中国古代思想史论》，人民出版社 1985 年版。

田伯元：《神话与中国社会》，上海人民出版社 1998 年版。

（汉）司马迁：《史记》，中华书局 2011 年版。

［法］罗贝尔·埃斯卡皮：《文学社会学》，于沛选编，浙江人民出版社 1987 年版。

后　记

经过一年有余时间的辛苦，书稿最终得以完成并出版，自然感到非常欣慰。

但这并不意味着研究工作的结束。在我的考虑中，对金庸小说还将继续研究下去。因为金庸小说博大精深，虽然至今已有众多研究者对其进行研究并取得很多重要成果，我对其研究也十年有余，但仍有诸多问题需要进一步研究，包括一些似乎已有定论或共识的问题，如果换一种研究角度、研究方法，也会获得不一样的认识和结果。然而，又不能止于金庸小说研究。金庸小说作为武侠小说的巅峰之作，既是武侠小说的集大成者，又深刻影响着后金庸时代的武侠小说创作。由研究金庸小说而扩及研究其他重要武侠小说作家作品，自是题中之义，如此不仅可以将研究范围扩大，既看到其他武侠小说作品的价值又更好地认识金庸小说的意义，而且在此基础上有助于对武侠小说理论研究这一目前还比较薄弱的问题进行思考和探讨。此外，也不能止于武侠小说研究。"侠"无论是作为实体还是作为审美对象，在中国都是贯穿古今的存在。就载体而言，武侠小说只是"侠"的载体之一而非全部，除此之外，在古代，还有散文之"侠"、诗词之"侠"、戏曲之"侠"，在现当代，又增加了影视之"侠"、游戏之"侠"等形式。虽然散文之"侠"、诗词之"侠"、戏曲之"侠"是过去的存在，但不等于没有研究的价值；而影视之"侠"、游戏之"侠"在当代则正方兴未艾，更有研究的必要。倘若能在理论层面对这些"侠"之载体进行类型研究，应该也是极有意义的。当然，就目前而言，这还只是研究设想，我能否就此真正展开研究工作，或者能展开研究工作但究竟能在多大程度上完成，亦未可知，因为上述研究设想特别是后两种设想所包含的问题是很多的，难度也很大，并不容易完成。不过，无论怎样，金庸小说研究肯定是要继续的。

限于学识和水平，本书疏漏和不足之处在所难免，敬请指正。